사계

나남
nanam

한국연구재단 학술명저번역총서
서양편 439

사계

2023년 6월 1일 발행
2023년 6월 1일 1쇄

지은이 제임스 톰슨
옮긴이 윤 준
발행자 趙相浩
발행처 (주) 나남
주소 10881 경기도 파주시 회동길 193
전화 (031) 955-4601 (代)
FAX (031) 955-4555
등록 제 1-71호 (1979. 5. 12)
홈페이지 http://www.nanam.net
전자우편 post@nanam.net

ISBN 978-89-300-4136-2
ISBN 978-89-300-8215-0 (세트)

표지 그림: ⓒ Lionel Denise
책값은 뒤표지에 있습니다.

'한국연구재단 학술명저번역총서'는 우리 시대 기초학문의 부흥을 위해
한국연구재단과 (주)나남이 공동으로 펼치는 서양명저 번역간행사업입니다.

한국연구재단 학술명저번역총서 서양편 439

The Seasons

사계

제임스 톰슨 지음
윤 준 옮김

나남
nanam

The Seasons

by

James Thomson

시인 제임스 톰슨(1700~1748)의 초상화.
스티븐 슬로터(Stephen Slaughter), 〈제임스 톰슨〉, 1736, 캔버스에 유화, 77.5cm x 64.1cm.

THE

SEASONS.

BY

JAMES THOMSON.

LONDON:

Printed for A. MILLAR, in the *Strand*. 1746.

《사계》의 1746년본 속표지.

SPRING.

Dimpling along, the breezy-ruffled Lake,
The Forest running round, the rising Spire,
Th' ætherial Mountain, and the distant Main.
But why so far excursive? when at hand, 485
Along the blushing Borders, dewy-bright,
And in yon mingled Wilderness of Flowers,
Fair-handed SPRING unbosoms every Grace;
Throws out the Snow-drop, and the Crocus first;
The Daisy, Primrose, Violet darkly blue, 490
Dew-bending Cowslips, and of nameless Dyes
Anemonies, Auriculas a Tribe
Peculiar powder'd with a shining Sand,
Renunculas, and Iris many-hued.
Then comes the Tulip-race, where Beauty plays
Her gayest Freaks: from Family diffus'd 496
To Family, as flies the Father-dust,
The varied Colours run; and while they BREAK
On the charm'd FLORIST'S Eye, he curious stands,
And new-flush'd Glories all ecstatic marks. 500
Nor Hyacinths are wanting, nor Junquils

Of

1743년 제임스 톰슨이 《사계》 중 〈봄〉의 482~501행을 개작한 내용.

TO

HIS ROYAL HIGHNESS

FREDERIC

PRINCE OF WALES,

THIS POEM,

CORRECTED AND MADE LESS UNWORTHY
OF HIS PROTECTION

IS,

WITH THE UTMOST GRATITUDE
AND VENERATION,

INSCRIBED,
BY HIS ROYAL HIGHNESS'S
MOST OBEDIENT
AND
MOST DEVOTED SERVANT,

JAMES THOMSON.

THIS POEM *having been published several Years ago, and considerable Additions made to it lately, some little Anachronisms have thence arisen, which it is hoped the Reader will excuse.*

《사계》 첫머리에 후원자인 왕세자 프레데릭에게 바친 톰슨의 헌사와 공지문.

영국 왕세자

프레데릭

저하(邸下)께,

조금이라도 저하의 보호에 어울리지 않는 부분이 없도록 수정한

이 시를

지극한 감사와 존경을 담아

저하의

가장 충직한 종

제임스 톰슨이

헌정합니다.

이 시는 수년 전에 출판되었고

최근에 상당 부분을 덧붙였기 때문에

몇 가지 사소한 시대착오적인 사항들이 생겨났는데,

독자께서 이들을 너그럽게 보아 주시기를 바랄 뿐이다.

일러두기

1. 이 책은 18세기 영국 시인 제임스 톰슨의 《사계》(*The Seasons*) 1746년 출간본(5, 541행)을 우리말로 옮긴 것이다.
2. 번역의 저본으로는 제임스 샘브룩(James Sambrook)이 편집해 참고자료와 주석을 덧붙여 옥스퍼드대 출판부에서 발간한 판본〔James Thomson, *The Seasons*, edited with Introduction and Commentary by James Sambrook(Oxford: Clarendon Press, 1981)〕을 사용했다.
3. 외래어 표기는 국립국어원의 외래어표기법을 따르는 것을 원칙으로 하되, 널리 굳어져 쓰이는 말은 예외로 했다.
4. 원문에서 이탤릭체로 표기한 단어는 볼드체로, 대문자로 시작한 단어는 고딕체로 옮겼다.
5. 본문의 각주 중 〔원주〕로 표시한 것은 지은이인 톰슨이 작성한 것이고, 그 외 각주는 샘브룩의 주석을 참고해 옮긴이가 작성한 것이다.
6. 단행본의 제목은 겹꺾쇠(《 》)로, 작품의 제목은 홑꺾쇠(〈 〉)로 표시했다.
7. 본문의 사계절 그림은 1730년판에 실린 삽화이다.

차례

《사계》(1730) 사절판을 위해 윌리엄 켄트(William Kent)가 도안하고
니콜라-앙리 타르디외(Nicolas-Henri Tardieu)가 판각한 삽화 중 〈봄〉.

개요

제재 제시. 하트포드 백작부인에게 바치는 헌사. 하등 부문에서부터 고등 부문에 이르기까지 자연의 다양한 부문에 미치는 이 계절의 영향이 묘사되고, 그 제재에서 비롯된 여담과 섞인다. 무생물, 식물, 짐승, 마지막으로 인간에게 미치는 봄의 영향. 순수하고 행복한 부류의 사랑과 대조된, 고르지 않고 거친 사랑의 격정을 그만두라는 설득으로 마무리한다.

오라, 온화한 **봄**이여, 천상의 온화함이여,
와서, 음악이 사방에서 깨어나는 동안,
저 비구름의 가슴으로부터, 뒷날 피어날 장미들을 예고하는
소나기의 너울을 쓰고, 우리의 평원으로 내려오라.[1]

오, 꾸밈없는 우아함으로 궁정에서 빛나거나 5
천진난만함과 명상이 부드럽게 어우러진 자태로
평원을 걷는 게 어울리는 **하트포드 백작부인**[2]이시여,

---

1 봄은 톰슨의 의인화된 네 계절 중 유일한 여성으로, 자연의 생성력과 연관된다.

2 허트포드 백작부인 프랜시스 신(Frances Thynne, Countess of Hertford, 1699~1754)은 캐롤라인 공주(뒷날 왕비가 됨)의 침실 시종장이었는데, 1726년 〈겨울〉이 발간된 후 그녀에게 소개된 톰슨은 이후 죽을 때까지 그녀의 우정 어린 후

자연이 온통 그대처럼 꽃피고 또 자애로운 때인
그대 자신의 계절을 색칠할
제 노래에 귀를 기울여 주소서. 10

그리고 보라, 어디에서 험악한 **겨울**이 저 멀리 북방으로
차츰 사라지며 제 수하의 악당인 돌풍들을 부르는지를.
그 돌풍들은 부름에 응해, 황량한 언덕과
산산조각 난 숲과 황폐한 계곡을 떠나고,
그새 한결 더 부드러운 산들바람들이 뒤를 잇고, 납빛 급류 속에 15
길 잃은 눈들을 녹이는 산들바람들의 다정한 손길에
산들은 제 초록빛 머리를 하늘로 들어 올린다.[3]

아직까지는 떨고 있는 한 해가 확인되지 않고,
겨울은 종종 저녁에 차가운 바람을 되찾아,
창백한 아침을 오싹하게 만들고, 20
휘몰아치는 제 진눈깨비에게 명해 낮을 음울하게 일그러뜨린다.
그래서 알락해오라기는, 부리를 집어넣은 채,
울리는 습지를 흔들어 댈 시간을 좀처럼 알지 못하고,[4]

원을 받았다. 톰슨은 여기에서 '허트포드'(Hertford)를 '하트포드'(Hartford)로 표기한다.

3 돌풍, 산들바람, 산 같은 자연 현상과 물상의 의인화는 전통적인 신화적 의인화를 보완하면서 생기 띤 세계의 관념을 전달한다.

4 실제로 알락해오라기는 새들이 흔히 그러듯 허공에 울음소리를 낸다. 여기에서의

해변의 물떼새들도 언제 황야 위로 흩어져 귀 기울이는 황무지에게
저희의 거친 가락을 노래할지 알지 못한다.[5] 25

마침내 **양자리**[6]에서 풍성한 해가 굴러오고,
빛나는 **황소자리**[7]가 해를 받는다. 그러고는 드넓은 대기는
더는 추위로 응축되지 않고,
생명과 생기를 주는 영혼으로 가득 찬 채,
가벼운 구름들을 높이 들어 올려, 삼라만상을 에워싸는 30
하늘 위로 양털처럼 하얗게 얇게 펼친다.

앞으로 날아간다, 미지근한 공기들은. 움직이는 부드러움은
대지를 풀어 주며, 들판을 거침없이 헤매고 다닌다.
기쁨에 겨워 안달하는 농부는 누그러지는 자연을
알아차리고는 마구간으로부터 잘 길난 쟁기가 35
서릿발에서 헐거워진 이랑에 놓여 있는 곳으로
튼실한 말들을 몰아간다.

"시간"은 '번식기'를 가리킨다.

5 봄에 물떼새들은 번식을 위해 해변에서 내륙으로 날아간다.

6 황도대의 첫 번째 자리로, 춘분(3월 20일이나 21일) 때 해는 이곳으로 들어선다. 황도대 또는 황도십이궁은 해가 외관상 거쳐 지나가는 하늘의 띠 모양 지역으로, 고대 천문학자들은 이 지역을 균등하게 12개로 나누고 각각에 별자리 이름을 붙였다.

7 황도대의 두 번째 자리로, 4월 21일경에 해는 이곳으로 들어선다.

거기에선, 마구(馬具) 달린 멍에를 거부하지 않는 말들이
소박한 노래와 솟구쳐 오르는 종달새의 응원을 받아
저희 어깨를 빌려주며 고된 일을 시작한다. 40
그새, 빛나는 보습 위로 몸을 싣는 주인은
허리를 굽혀 달라붙는 흙을 제거하고,
이랑 끝에서 농구(農具)들을 빙 돌려, 흙덩이를 옆으로 치운다.

씨 뿌리는 이는 허옇게 석회 가루를 뒤집어쓴 채,[8]
한결같은 걸음새로 이웃 밭들을 활보한다. 그러고는, 아낌없이, 45
땅의 충실한 가슴속에 씨앗들을 뿌린다.
해로가 거칠게 뒤따르며 그 장면을 마무리한다.

은혜를 베푸소서, **하늘**이여! 이제 부지런한 인간이 제 역할을
다했으니. 너희 길러 주는 산들바람이여, 불어오라! 너희 부드럽게
해 주는 이슬들이여, 너희 부드러운 소나기들이여, 내려라! 50
또 너 세상을 되살려 내는 해여, 삼라만상을 조율하여
완벽한 한 해(年) 속으로 넣어 다오! 또한, 사치와 안락함,
겉치레와 오만함 속에 사는 너희들이여,
이 사라진 주제들이 너희의 귀에 어울리지 않는다고 생각하지 말라.
그리스가 세련시킨 우아함과 멋을 55

---

8 예전에는 종자 통으로 침대보를 사용했다. 또 해충을 막기 위해 석회를 입혔는데, 바람이 많이 부는 날에는 이 석회 가루가 씨 뿌리는 사람에게 날리기도 했다.

한껏 뽐내던 드넓은 **로마 제국**에게
시골 마로[9]가 그런 주제들을 노래했으니.
고대에는 그 성스러운 쟁기를
왕들과 인류의 경외로운 선조들이 사용했다.
또 어떤 이들[10] — 그들과 견주면, 너희 같은 하찮은 족속들은 60
여름철 하루살이에 지나지 않을 텐데 — 은
제국의 저울[11]을 들고, 대전(大戰)의 폭풍을
지배했다. 그러고는, 하찮은 진미(珍味)들을 경멸하면서,
승리를 거둔 손으로 쟁기를 움켜쥐었고,
타락[12]이 수여할 수 있는 온갖 더러운 비축물들을 65
아주 초연하게 비웃었다.

너희 너그러운 **영국인들**이여, 쟁기를 공경하라!
또 너희의 언덕과 물러나는 긴 계곡들 위로,
가을이 제 보물들을 풍성하게 또 한없이
해에게 펼치도록 하라! 바다가 제 소란스런 하늘빛 영역 속 70
저 멀리까지 너희의 제국을 소유하고,
천 개의 해변으로부터 너희의 항구들 속으로

---

9 로마 시인 베르길리우스(Publius Vergilius Maro).

10 〈겨울〉 494, 511~513행에 나오는 필로포이멘(Philopoemen), 파브리키우스(Fabricius), 킨키나투스(Cincinnatus), 레굴루스(Regulus) 등을 가리킨다.

11 운명을 정하는 저울.

12 "타락"이라는 단어를 통해 톰슨은 당대의 정치인들을 겨냥한다.

생명의 그 모든 호화로움을 날려 보내는 것과 똑같이,
그렇게 빼어난 선물로 너희의 비옥하고 풍성한 토양이
땅덩이 하나하나 위로 자연의 더 나은 축복들을 75
쏟아붓고, 벌거벗은 민족들을 옷 입히고,
한 세계의 고갈되는 일 없는 곡창지대가 될 수 있기를![13]

또한 오직 너그러운 대기를 통해서만 이 변화가
달콤한 향기를 풍기는 건 아니다. 꿰뚫는 햇살은
초목의 어둑한 은신처의 깊숙한 곳까지 80
힘차게 돌진하여 수액을 자유롭게
풀어 주어, 갖가지 색깔로 초목 우거진 대지 위를
헤매고 다니게 만든다. 특히 너, 선명한 **녹색**이여,
너 미소 짓는 자연의 여신의 보편적인 의복이여!
빛과 그늘의 결합이여! 거기에서 경관은 85
커지는 힘, 또 늘 새로운 기쁨과 함께 거주한다.

촉촉한 목초지부터 메마른 언덕에 이르기까지,
산들바람의 인도를 받은 생생한 신록은 우묵한 눈에도
펼쳐지고 부풀어 오르고 깊어진다.
산사나무는 흰색을 더하고, 생기 띤 작은 숲들은 90

---

13 중세부터 영국은 양모나 모직 천의 수출국이었지만, 1765년까지 약 반세기 동안 곡물도 대량으로 수출했다.

조금씩 펼쳐지는 싹들을 내밀고,
마침내 잎으로 뒤덮인 숲 전체는 한숨짓는 질풍에게
더없이 무성한 잎들을 드러내며 서 있다.
거기에서는 사슴들이 얽힌 덤불 사이로 바스락대고,
새들은 몸을 숨긴 채 노래한다. 동시에, 95
자연의 날래고 은밀한 손길이
홍조 띤 한 해의 온갖 색깔로 한껏 차려입힌 정원은
빛을 발하며, 풍성한 향기로 드넓은 대기를
가득 채운다. 그새 약속된 열매는
진홍색 주름들 속에서, 눈에 안 띄게, 100
아직 작은 배아(胚芽)로 누워 있다. 이제 매연과
잠과 해로운 공기에 파묻힌 도시를 벗어나,[14]
종종 나로 하여금 이슬 젖은 상쾌한 들판 위를
헤매고 다니면서, 휘어진 수풀에서 떨어지는 이슬방울을
튀기게 해 다오 — 들장미 생울타리의 105
푸릇푸릇한 미로 사이로 내가 산책을 계속하거나,
낙농장 냄새를 맡거나, 아니면, 오거스터[15]여,
너의 평원에서 어느 언덕[16]에 올라,

---

14 당대의 많은 기록들에 따르면, 런던은 구름 아래에서 마치 담요로 감싼 듯 매연으로 가득 차 사람들이 해를 보거나 숨을 쉬기 어려울 정도였다고 한다.

15 런던을 가리키는 로마식 이름은 '아우구스타 트리노반툼'(Augusta Trinovantum)이고, 영어식으로는 '오거스터'(Augusta)라고 부른다.

16 리치먼드 힐(Richmond Hill).

사방 멀리까지 펼쳐진 전원 일대가
끝없는 장밋빛, 뒤섞인 꽃봉오리들의 110
눈부신 자줏빛 소나기임을 볼 때. 거기에서 홀린 눈은
기쁨에서 기쁨으로 서둘러 가고, 그 아름다운
풍성함 밑에 숨어 누런 가을을 남몰래 염탐한다.[17]

설령 **러시아**의 황야로부터 쓸려 내려온
살을 에는 듯한 북풍이 일어나 제 축축한 날개로부터 115
차고 끈적끈적한 노균병(露菌病)을 흩어 놓거나, 메마르게 불어 대며
때아닌 서리를 내리게 하지 않더라도, 그 해로운 한바탕 바람 앞에서
만발한 봄은 제 잎들 속에서 온통 쪼그라들어
아주 풀 죽고 음울한 불모의 황야 같아진다.
종종, 안개 낀 북방에서 생겨난 120
무수한 해충 무리는 유독한 산들바람 속에서
격렬하게 날리고, 또 싹들과 나무껍질을 뚫고
시커메진 속심까지 열심히 먹어들어 가
해치우니까. 가냘픈 족속! 하지만 종종
지나가면서 곡물을 말려 죽여 대기근을 불러오고 125
한 해를 결딴내는, 천벌의 성스러운 사절들!
이 재앙을 막으려고 노련한 농부는 마침내

---

17 톰슨은 종종 상상력과 이성의 '눈'이 자연의 아름다움과 질서와 조화를 육신의 눈보다 훨씬 더 많이 볼 수 있다고 주장한다.

온통 연기에 휩싸여 숨어 있던 적이 질식된 채
갈라진 온갖 틈새들로부터 떨어질 때까지
제 과수원 앞에서 겨와 짚 더미에 불을 붙여 태우거나, 130
꽃들 위로 서릿발 같은 족속[18]에겐 치명적인
얼얼한 후춧가루를 뿌리거나,
해충에 먹힌 잎이 꼬부라지기 시작할 때
물을 분무해 둥지에 든 곤충들을 익사시키지만,
작은 새 떼가 부리로 바쁘게 곤충들을 쪼아 먹을 동안에는 135
무분별하게 새들을 겁주지는 않는다.[19]

인내심을 가져라, 농부들이여. 언뜻 잔인해 보이는 이 바람들이
무익한 건 아니다. 그들은 광대한 **대서양**을 넘어
끝없이 연달아 이쪽으로 실려 와
여름의 폭염을 식히고 또 덜 익고 투박한 한 해를 140
음울하게 흠뻑 적셔 줄 비를 잔뜩 실은,

---

18 '물어뜯는 곤충들'을 우회 어법(*periphrasis*), 즉 우회적이지만 좀 더 우아한 어휘를 사용함으로써 천하거나 전문적이거나 케케묵은 용어를 피하기 위해 돌려 말하는 방식으로 표현한 것이다. 《사계》 전체에서 우회 어법은 묘사된 자연 물상의 어떤 특징을 규정하거나, 어떤 세계나 질서 속에서의 그 물상의 위상을 나타내기 위해 사용되고 있다. 그것은 17~18세기 과학자들이 활용한 분류 체계의 항목들과 비슷한 장치다.

19 [114~136행] 봄의 동풍은 곤충들이나 그들의 알들을 운반함으로써, 아니면 지난해에 식물들 위에 낳아 둔 알들을 부화시키기에 적당한 기온을 만들어 줌으로써 마름병을 초래할 수 있다.

저 자욱해지는 엄청난 구름 떼를 저 멀리에 억눌러 놓는다.

북동풍은 맹위를 다 떨쳤고, 이제,
제 철제 동굴들 안에 갇혔다가 터져 나오는 남풍은
드넓은 대기를 데우고, 광대한 천공(天空) 위로 145
봄 소나기로 부푼 커다란 구름들을 토해 낸다. 처음에는
그 구름들은 좀처럼 상공 유체층(流體層)[20]을 더럽히는 법 없이
어둑한 화환 모양으로 솟아오르는 것처럼 보이지만,
산더미처럼 쌓여 배로 늘어나는 증기 덩어리는 점점 더 빨리
잔뜩 구름 낀 하늘을 따라 미끄러지듯 나아가, 자욱하게 뒤섞여, 150
지평선 위 고정된 어둠 주변에 자리 잡는다.
겨울 폭풍우가 생명을 억누르며 인간들 위로
쏟아지는 것처럼이 아니라, 사랑스럽고 온화하고 친절하게
또 온갖 희망과 온갖 기쁨으로 가득한 채
자연이 학수고대하던 물이 쏟아진다. 차츰, 산들바람은 155
완벽한 정적 속으로 가라앉아, 닫히는 숲속에서
떨고, 높다란 사시나무의 숱하게 반짝거리는 잎들을
바스락거리며 뒤집는 살랑거리는 소리 하나
들리지 않는다. 잔물결 하나 없는 큰 개울들은
널찍하게 유리처럼 두루 퍼져, 미동도 없이 160

---

20 여기에서는 '대기'가 아니라 빛을 전도하는 더 가볍고 더 희박한 액체 매질(媒質)을 가리킨다.

흐르는 것을 잊은 듯하다. 사방엔 온통 정적과
즐거운 기대만 가득하다. 소들과 양들은
마른 잔가지를 떨어뜨리고, 말없이 애원하며
비에 젖을 신록을 기다린다. 잠깐 긴장해 숨죽인
깃털 달린 족속[21]은 빛나는 물방울을 뚝뚝 털며 165
저희 날개에 기름으로 줄무늬를 넣고는,
봄이 다가오는 조짐을 기다리면서
일제히 대합창을 시작한다. 산과 계곡,
숲들조차 참지 못하고 꽃향기 가득한 봄이 다가오는 징표를
요구하는 듯하다. 고등동물인 인간은, 170
찬미할 내용을 심사숙고하고, 지극한 감사의 표정을 지으며,
기쁨에 찬 피조물들 사이를 걷는다. 마침내,
구름들은 제 보물들을 들판에 넘기고,
움푹해진 웅덩이 위에 전주(前奏)의 물방울들을
부드럽게 흔들어 대면서, 물기란 물기는 다 대량으로 유출해 175
생기 띤 세계 위로 흐르게 내버려 둔다.
무수한 잎들의 그늘 속에서 숲속 오솔길 사이를 돌아다니는
그런 이들에겐 은밀하게 쏟아지는 소나기가
후두두 떨어지는 소리가 좀처럼 들리지 않는다.
하지만 하늘이 어디서나 풍성하게 내려와 180
자연의 넉넉한 무릎 위에 풀과 열매와 꽃들을 떨어뜨리는 동안

---

21 '새들'을 가리키는 우회 어법.

누가 그 그늘을 붙잡아 둘 수 있을까?
불붙은 날랜 공상은 그들의 생장을 예견하고,
유액(乳液) 같은 양분[22]이 농축되는 동안
사방에서 불붙는 전원의 색조를 바라본다. 185

이렇듯 종일 하늘 한쪽을 가득 채울 만큼 부푼 구름들은
쾌적한 빗방울들을 한껏 뿌리고, 흠뻑 적셔진 대지는
식물의 생명으로 깊이 풍요로워지고,
마침내 서녘 하늘에서는 지는 해가
제 햇살로 쾌활하게 옮아가면서 190
부서진 구름들의 불그레한 빛 사이로 찬란하게 내다본다.
급속한 광휘(光輝)는 즉각 환해진 산에 닿아
숲속을 뚫고 흐르다가 물결 위에서 흔들리더니,
저 멀리 끝없는 평원 위로 피어오르는
누런 엷은 안개 속에서 무수히 반짝이며 195
이슬 젖은 보석들을 빛나게 한다.[23]
축축하고 빛나는 녹색 풍경은 사방에서 웃는다.
한껏 부풀어 오른다, 숲들은. 그들의 음악 하나하나는
늘어난 지저귀는 개울들과 격렬하게 어우러져
언덕들의 아스라한 매애 소리들을, 만물을 섞으며 200

---

22 '수액'(樹液)을 가리킨다.
23 여기서 꽃봉오리들은 빗방울로부터 반사된 햇살로 보석들처럼 반짝인다.

달달해진 서풍이 솟아 나오는 계곡들에서 화답하는
공허한 음매 소리들을 깨운다.
그새 저 동녘의 구름으로부터 굴절되었다가
땅에 걸터앉은 장려한 창공의 활[24]은
거대하게 우뚝 솟는다. 또 갖가지 색조는 205
빨간색부터 순서대로 아주 고르게 펼쳐지고,
마지막의 보라색은 서서히 공중에서 잦아든다.
여기에서, 숭엄한 **뉴턴**[25]이여, 용해되는 구름들은
해를 향하며 그대의 소나기 같은 프리즘을 이루고,
그대에 의해 뒤섞인 하얀 미로로부터 드러난, 210
다채롭게 엮인 빛을 현자의 가르침을 받은 눈에
펼친다. 시골 젊은이의 경우는 그렇지 않은데,
그는 눈부신 들판 위로 빛나는 활 모양의 신비가
굽어 있는 걸 기쁘게 경탄하며 바라보다가
떨어지는 장관을 붙잡으려고 달리지만, 215
환영 같은 아치가 눈앞에서 달아나
흔적도 없이 사라지는 걸 깜짝 놀라 바라본다. 조용히 밤이,
부드러워진 그늘이 뒤따르고, 빗물에 흠뻑 적셔진 대지는
일만 개의 다른 유연한 도관(導管)들[26]을 통해

---

24 '무지개'를 가리킨다.

25 이 구절의 무지개에 대한 설명은 아이작 뉴턴(Issac Newton)의 《광학》(*Opticks*, 1704)에 따른 것이다.

26 수액이 운반되는 도관들.

끌어올린 전날의 향긋한 보물들을 220
아침 햇살이 빛에게 내주는 걸 기다린다.

그러고는 야생의 신선한 약초들이 풍성하게
암녹색 대지 곳곳에서 싹을 내미는데, 식물학자가
그 종류를 일일이 셀 수 없을 정도다—
그가 살그머니 지나가면서 한적한 계곡을 따라 225
말없이 찾아 나서건, 아니면 둔하고 부주의한 이들이
잡초라고 여기는 풀들이 우거진 원시림을 헤치며
무턱대고 돌진해 길을 내건, 아니면 벼랑 이마에서
고갯짓하는 신록에 고무되어 벼랑을 기어오르건 간에.
그토록 아낌없는 손길로 자연은 약초들의 씨앗들을 230
사방에 던지고, 바람으로 여기저기 날려 보내고,
키워 주는 곰팡이와 땅속을 흐르는 수분과
생장을 촉진하는 비와 그것들을 무수히 뒤섞는다.

하지만 누가 그들의 효능을 선언할 수 있을까?
누가 건강과 활력과 기쁨을 가져오는 235
이 은밀한 비축물들을, 아직 인간이 천진난만하게 살면서
손에 피를 묻히지 않은 채 기나긴 황금시대를 헤아리며
생명을 앗아 가는 잔혹한 기예들, 즉 죽음과 약탈과
살육과 폭식과 질병 같은 건 전혀 알지 못한 채
이 세상의 폭군이 아니라 명군(名君)이던 시절의 240

먹거리들을 순수한 눈으로 꿰뚫어 볼 수 있을까?

최초의 신선한 새벽은 그때 기쁨에 겨운
타락하지 않은 인류를 깨웠고, 그 성스러운 빛 아래 잠든
게으름뱅이들을 바라보느라 얼굴 붉히지도 않았다.
그들의 가벼운 잠은 서서히 증발해 버렸고,[27] 245
그들은 해처럼 활기차게 일어나
반가워하는 대지를 경작하거나
쾌활하게 양 떼를 돌보러 나갔으니까.
그새 노랫소리가 울려 퍼지고, 춤과 스포츠와
지혜와 친근한 대화는 연달아 그들의 시간을 250
훔쳐 가 버렸다. 한편 장밋빛 계곡에서는 사랑의 신이
고뇌라곤 알지 못하고 더없는 행복 — 속으로 떨리게 하지만
그 행복을 한층 더 드높이는 달콤한 고통만 빼고는 — 으로
가득한 채 제 유년의 한숨을 내쉬었다.
아직은 악행이나 난폭한 행위도 255
이 행복한 하늘의 아들들 사이에서는 알려지지 않았는데,
이성과 선의가 곧 법이기 때문이었다.
조화로운 자연의 여신도 미소를 띠고 바라보았다.
끊임없는 산들바람과 향긋한 온갖 기운으로 서늘해진

---

27 어쩌면 톰슨은 증기가 위로부터 두뇌까지 솟아오르고 따라서 식사가 잠에 영향을 미친다는 존 밀턴(John Milton)의 믿음을 염두에 두고 이 구절을 썼을 수 있다.

하늘은 맑게 빛났다. 신록이 넘실거리는 초원에서 260
소 떼와 양 떼가 뒤섞여 안전하게 노닐 때, 젊은 해는
제 최고의 광선을 내쏘았고, 인자한 구름들은
조용히 풍작을 가져올 비를 뿌렸다.
어둑한 숲에서 나오며 눈을 부라리던 사자가
이것을 보자 그의 무시무시한 기질은 265
온화해졌고, 걸걸한 목소리로 포효했다.
음악은 삼라만상을 완벽한 평화 속에 감쌌다.
부드럽게 피리 소리가 울려 퍼졌고, 갖가지 마음을 떨며 노래하는
여린 목소리가 들렸고, 주위의 삼림은 합창대에 가세했고,
바람과 개울은 공명하며 흘렀다. 270
나날들 중 으뜸인 저 봄철은 바로 그러했다.

하지만 이제 전설을 이야기하는 시인들이
황금시대[28]로 받아들였던 그 오점 하나 없는 순백의 시간들은
이 철의 시대, 이 삶의 찌꺼기들 사이에서는
더는 찾을 길 없구나! 이제 병든 정신은 275
행복의 정수를 이루는 균형 잡힌 힘들의
그 조화를 잃어버렸다. 만물은 내부의 평형을 잃어,

---

28 오비디우스(Ovidius)나 베르길리우스(Vergilius)를 비롯한 많은 고대 시인들에 의하면, '황금시대'는 농경의 신 사투르누스가 정결하고 행복한 세계를 다스리던 시대이고, 그 뒤를 이어 점점 더 사악한 '은의 시대'와 '동의 시대', 마지막으로 시인들을 비롯한 인간들이 태어나는 불운을 겪게 되는 '철의 시대'가 나타난다.

격한 감정들은 다 경계를 폭파시켰고,
반쯤 꺼졌거나 무력한 이성은
더러운 무질서를 보면서 인정한다. 280
무분별하고 꼴사납고 발작적인 분노는
고래고래 소리 지르거나, 창백하게,
또 말없이, 잔혹한 복수로 낙착된다.
비열한 시기(猜忌)는 다른 이의 기쁨을 시들게 하고,
제가 이를 수 없는 그 탁월함을 미워한다. 285
가냘프고 나약하고 겁 많은 공상들로 가득한
낙담시키는 두려움은 온갖 힘을 헐겁게 만든다.
사랑조차 영혼의 쓴맛,
심장을 초췌하게 만드는 수심 어린 고뇌가 되어 버린다.
아니면, 더러운 사리사욕으로까지 가라앉아, 290
이기적인 기쁨을 깔보며 오로지 그 불길의 더 소중한 대상을
축복하려 애쓰는 그 고귀한 바람,
결코 물리지 않는 그 갈망을 더는 느끼지 못한다.
희망은 무절제로 병들고, 삶을 견디지 못하는
깊은 슬픔은 부풀어 광기로 변하거나, 295
완전한 침묵 속에서 우는 시간들을 허비한다.
이들, 또 끊임없이 변하는 선악의 관념들에서 비롯된
뒤섞인 순한 정서들도, 끝없이 시시각각 변하며,
그칠 줄 모르는 폭풍으로 마음을 괴롭힌다.
이로부터, 깊이 사무쳐, 자라난다. 300

편파적인 상념, 이웃의 이익으로부터 눈을 돌리며
내키지 않아 하는 냉정한 무관심이,
그러고는 음험한 혐오와 증오와 교묘한 계략들과
비겁한 기만과 잔인한 폭력이.
마침내 사회적 감정은 흔적도 없이 사라지고, 잔인하고 305
기쁨 없는 무자비함만이 판치며,
가슴을 돌로 만들어 버린다. 어지럽혀진 자연은,
앙심이 깊어, 제 행로를 바꾼 걸로 여겨진다.

그러고는, 어스레한 옛날, 대홍수가 났다.
그때 중심부의 큰물을 아치형으로 덮은 지구가 310
속에서 갈라져 쪼개지고 사방에서 터지며
맹렬한 기세로 깊숙한 틈새로 돌진했고,
파쇄된 흙이 높다랗게 쌓인 언덕 위로
큰물이 광대하게 굽이치며 사방에 넘쳤고,
마침내, 중심에서부터 흘러가 구름들 가장자리에 이르기까지, 315
가없는 대양이 대지 주변에서 몸을 뒤척였다.

그때 이래로 사계(四季)는, 더 가혹하게 다스리면서,
부서진 한 세계를 억눌렀다. 엄혹한 겨울은
눈 가득한 황야를 쏟아 냈고, 여름은
역병을 나르는 열풍을 쏘아 댔다. 그전에, 위대한 봄은 320
한 해를 온통 초록으로 물들였고, 과실들과 꽃들은

같은 가지에서 화기애애하게 얼굴을 붉혔다.[29]
온화한 대기는 맑았고, 서풍이 푸르른 창공 위로
상쾌하게 불어 댈 때를 빼고는 한결같은 고요가 끝없이 지배했다.
왜냐하면 그때는 어떤 폭풍우도 몰아치는 법을, 325
어떤 태풍도 맹위를 떨치는 법을 알지 못했으니까.
바다는 곤히 잠들었고, 유황 섞인 어떤 어둠도
하늘에서 부풀어 올라 번개를 내보내지 않았다.
그새 건강에 해로운 습기와 차가운 가을 안개들은
생명의 스프링들[30] 위에 느긋하게 매달려 있지 않았다. 330
하지만 이제, 혼탁한 원소들의 유희는
맑은 상태부터 구름 낀 상태까지, 더위부터 추위까지,
건조한 상태부터 습한 상태까지, 속을 파먹는 변화와 함께,
던져 올려지고, 우리의 풀 죽은 나날들은 무(無)로 졸아들고,

---

29 [309~322행] 톰슨의 이론의 토대가 된 토머스 버넷(Thomas Burnet)의 《지구에 관한 신성한 이론》(*Telluris Theoria Sacra*), 1681~1689년, 영역본 1684~1690년)에 따르면, 노아의 홍수 이전의 세계는 그 축이 황도와 직각을 이루는 매끄럽고 정연한 회전타원체여서, 해는 늘 지구의 적도 바로 위에 자리하면서 영원한 봄이 지배했다. 지구와 물은 서로 분리되어 있어서, 물은 회전타원체 안에, 그리고 지구는 그 표면에 자리했고, 따라서 산이나 바다는 존재하지 않았다. 지구 표면이 갑자기 쪼개져(310~311행) 지하의 거대한 심연(“중심부의 큰물”, 310행) 속으로 굴러떨어지면서 큰물을 던져 올려 지구를 집어삼키고 파괴하는 홍수가 생겨났고, 동시에 지구의 축이 기울면서 황도가 비스듬해지고 사계의 순환이 시작되었다. 고대 시인들에 의하면, 사계의 순환은 ‘은의 시대’에 제우스 치하에서 시작된 것이다.

30 생명 유지에 필요한 기관들은 기계의 스프링들에 비유되고 있다.

채 시작도 하기 전에 그 시절은 끝나 버린다. **31** 335

그렇지만 비록 의학 기술로는 찾아낼 수 없는,
영양과 건강을 북돋우는 본질적인 성분과
원기가 풍성하게 들어 있긴 하지만,
건강에 이로운 약초는 방치된 채 말라 죽는다.
자극적인 육식으로 달아오른, 입이 온통 피 칠갑인 인간은 340
이제 초원의 사자나 그보다 못한 존재가
되어 버렸으니까. 밤마다 우리에서 매애 우는 먹잇감을
난폭하게 끌어내는 늑대는 양젖을 마시지도 않고,
따뜻한 양털을 걸치지도 않았다. 또한 무시무시한 호랑이를
실팍한 가슴팍에 매단 농삿소는 결코 호랑이를 위해 345
밭을 갈진 않았다. 허기와 야수의 본능에 자극된
그 육식동물들도 무척 다급해져
털 속 가슴에 일말의 연민도 품고 있지 않다.

---

31 [329~335행] 버넷에 의하면, 사계의 순환에서 비롯된 대기의 '고르지 않은 작용'과 날씨의 끊임없는 변화는 신체 기관의 스프링과 섬유조직들을 약화하고, "비록 그 변화가 이 부위들에서 즉각 감지 가능한 게 아니더라도, 섬유조직들을 수축시키고 이완시키는, 고르지 않은 더위와 추위, 건조함과 습기 등에 의해 매년 거듭 영향을 받게 되면, 결국 그 기관들의 상태는 크게 손상되거나 눈에 띄게 쇠약해진다. 거대한 스프링들이 약해지면, 그에 비례해 그 스프링들에 의존하는 더 작은 스프링들이 약해지고, 쇠퇴와 노령화의 온갖 증상들이 뒤따르게 된다."(《지구에 관한 신성한 이론》, 2권 3~4장) 많은 영국 사상가들은 육체를 시계의 작동에 견줄 만한 반사작용들의 정교한 체계로 보는 데카르트의 기계론적 관념을 받아들였다.

하지만 자연의 여신이 가슴속에 온갖 정서를 다 넣어 주고
좀 더 부드러운 흙으로 빚어 350
유일하게 우는 법을 가르쳐 준 **인간**이, 우아한 미소를 띠고
똑바로 서서 하늘을 바라보는 아름다운 형상인 그가,
그녀가 오만 가지 산해진미와 약초들과 과일들을 안겨 준
빗방울들이나 햇살만큼 무수한 그 먹거리들을
자신의 품에서 쏟아 내는데도, 355
어떻든 허리를 굽혀 배회하는 무리와 뒤섞여
제 혀를 핏속에 담가야 할까? 피로 얼룩진
육식동물은 피 흘려 마땅하다. 그러나 너희 양들,
너희는 무슨 일을 했는가? 너희 평화로운 족속은
죽어 마땅한 무슨 일을 했는가? 우리에게 맛 좋은 젖을 360
한없이 내주고, 겨울 추위에 맞설 수 있도록
털옷을 건네준 너희는? 또 소박한 수소,
저 무해하고 정직하고 순진한 동물이
무슨 잘못을 저질렀는가? 수소는 참을성 많고
늘 준비된 상태에서 고된 일로 대지를 호화로운 수확물로 365
장식하는데, 그가 심지어 자신이 먹여 살리는
촌뜨기들의 잔인한 손길 아래에서 피 흘리고
버둥거리며 신음해야 할까? 그것도, 어쩌면,
제 노동으로 쟁취된 가을 축제의 난장판을
흥청거리게 하려고? 다정다감한 가슴은 이것을 370
부드럽게 암시하리라. 하지만 파란만장한

이 현대에는 **사모스섬**의 현자[32]의 수학을
가볍게 손대는 것만으로 충분하다.
드높은 **하늘**은 대담하고 주제넘은 가락을 금지하고,
그의 최고의 영단(英斷)은 우리를 아직은 완전무결한 상태까지 375
솟아올라서는 안 되는 상태에 고정시켰다.
게다가, 어떻게 **생명의 척도**가 단계별로
더 높은 생명체까지 **올라가는지** 누가 아는가?[33]

이제 봄의 거듭된 비로 부풀어 오른
실개천의 첫 탁류가 빠지고, 380
노도와도 같은 포말들이 하얗게
이끼빛 물결[34] 따라 내려오는 지금이 바로,
아직 암갈색 탁류가 인간의 책략을 돕는 새에
송어를 낚을 절호의 기회. 감쪽같은 파리 미끼,

---

32 기원전 580년경 사모스섬에서 태어난 그리스 철학자이자 수학자이자 채식주의자인 피타고라스는 자신이 신봉하는 짐승과 인간 간의 영혼의 윤회설에 따라 채식주의를 옹호했다.

33 톰슨의 결론(374~378행)은 인간의 섭생과 그의 영적 상승이 관련되어 있다는 점을 암시하고, 또 어쩌면 짐승들의 살육이 그들의 영혼을 해방하여 더 높은 형태의 생명 속으로 들어가게 하는 것이기 때문에 그들에게 이익이 될 수 있다는 점을 함축하고 있는 듯하다. 이런 관념은 각각의 존재(짐승, 인간, 천사)가 생명의 척도에서 영원히 한 단계씩 올라갈 수 있다는, 진화적 관점에서의 '존재의 대연쇄'에 관한 톰슨의 생각과 일치한다.

34 개울이 이탄(泥炭) 늪을 관통한다는 것을 암시한다.

유연한 탄력으로 미세하게 가늘어지는 낚싯대, 385
허연 말털에서 잡아채 온 낚싯줄,[35]
또 그대에게 필요한 최소한의 낚시 도구를 빠짐없이 준비하라.
하지만 그대의 낚싯바늘에서 고문당하는 벌레가
경련하며 고통스럽게 몸이 접혀 비틀리게 하지는 말아라.
욕심 사나운 허기로 인해 깊이 삼켜진 녀석이 390
나약하고 무력하고 불평이라곤 모르는 가엾은 물고기의
피 흘리는 가슴에서 떼어 내어질 때, 그대의 부드러운 손에
모진 고통과 전율을 안겨 주니까.[36]

강력한 해가 생기 띤 햇살로 물속을 꿰뚫고
비늘 달린 족속[37]을 깨울 때, 그때, 395
쾌활하게 집을 나와, 그대의 스포츠를 시작하라.
무엇보다도 서쪽으로 불어 대는 산들바람이 물결을 만들어 노닐면서
그늘진 구름들을 먼 창공 위로 가볍게 실어 가리라.
이날, 언덕들과 사방에서 지저귀는 숲 사이로,
산속 높은 곳에 있는 실개천의 발원지까지 찾아 올라가라. 400
다음엔, 바위틈 사이로 미로처럼 난 수로를 따라

---

35 낚싯줄은 꼰 말털로 만들어졌다.

36 톰슨의 관심은 벌레에서 물고기로, 그러고는 더 사실적으로 낚시꾼의 손으로 옮겨 간다. 송어 낚시에서 파리는 꿀꺽 삼켜지는 벌레와는 달리 고통에 거의 무감각한 물고기의 주둥이의 연골에 달라붙기 때문에 벌레보다는 덜 잔인한 미끼다.

37 '물고기들'을 가리키는 우회 어법.

개울까지 내려가면, 거기 풍성한 수면에서
물의 꼬마 요정들[38]이 활개 치며 즐겁게 놀고 있다.
떨리는 물결이 웅덩이와 섞이거나, 바위 주변에서 405
물이 부글거리거나, 물이 역류하면서 휑한 개울둑에서
굽이치며 흐르면서 노니는 바로 그 수상한 지점에서,
잘 판단해 가짜 파리 미끼를 던져라.
또, 그대가 교묘하게 활 모양으로 그것을 사방으로 끌어당길 때,
주의 깊은 눈으로 솟아오르는 낚싯감을 눈여겨보라. 410
녀석들은 수면 위로 옹색하게
멋대로 솟아오르거나, 허기에 내몰려 뛰어올랐다가는,
갈고리 모양의 낚싯바늘을 부드럽게 확 잡아챈다.
어떤 녀석들은 풀 무성한 둑까지 가볍게 던져 올리고,
다른 녀석들은 완만한 비탈의 기슭까지 천천히 끌어당기면서, 415
녀석들의 힘에 맞춰 다양하게 손을 써라.
만일 아직 너무 어려 쉽게 속아, 그대의 낭창낭창한 낚싯대를
휘게 만들지도 못하는 무가치한 낚싯감이라면,
녀석이 너무 어려 생기를 주는 하늘의 빛을
잠깐밖에 즐기지 못한 걸 가엾게 여겨, 420
부드럽게 낚싯바늘에서 빼어, 그 반점 찍힌 치어를
물속에 도로 던져 넣어라. 하지만 만일 그대가
휘늘어진 나무들의 뒤얽힌 뿌리 아래 어둑한 서식지에서

---

38 여기에서 물고기들은 모의-영웅시(*mock-heroic poetry*) 방식으로 묘사되고 있다.

그 개울의 군주[39]를 꾀어낸다면, 그때 그대는
최고의 솜씨를 애써 보여 주는 게 좋으리라. 425
오래도록 녀석은 거듭 조심하며 파리 미끼를 유심히 보면서
종종 붙잡으려고 시도하지만, 또 그만큼 종종
잔물결은 녀석의 경계심과 두려움을 일러 준다.
마침내, 우연히 그늘진 해 위로 구름 한 조각이
지나는 새에, 녀석은 필사적으로 죽음을 덥석 물면서 430
음울한 도발을 행한다. 즉각 녀석은 낚싯바늘에 깊이 꿰인 채
쏜살같이 달아나, 긴 낚싯줄이 모자랄 지경이다.
그러고는 가장 멀리 있는 바닥의 개흙이나 울창한 수초들이나
동굴 같은 둑 밑 등 예전의 안전한 은신처를 찾고,
높이 솟구쳐 올라, 인간의 간계에 분개하며 435
웅덩이 주변에서 몸부림친다. 여전히 녀석을 감지하지만
발광해 날뛰는 녀석의 행로를 순순히 뒤따르는
나긋나긋한 손으로, 그대는, 때로 물러나고, 때로 개울을
가로질러 좇아가며, 녀석의 쓸데없는 광란을 소모시킨다.
그러고는 마침내 탈진해 숨도 못 쉬고 뒤집힌 채 둥둥 떠서 440
제 운명에 몸을 내맡긴 그 무저항의 노획물을
그대는 의기양양하게 기슭으로 끌어올린다.[40]

---

39 '다 자란 송어'를 가리킨다.

40 [379~442행] 낚시질에 대한 묘사는 스포츠에 관한 전원시의 방식을 따라 실용적이고 교훈적이지만, 어쩌면 채식주의와 "완전무결한 상태"(375행)에 대한 풍자적인 논평일 수도 있다.

그렇게 온화한 시간들을 보내라. 하지만 해가
정오의 제 옥좌로부터 흩어져 있는 구름들을 흔들고
심지어 노곤한 울적함을 심연 속으로 쏘아 댈 때, 445
그때 꽃 피는 딱총나무들[41]이 군생하고,
어지럽게 흩어진 은방울꽃이 향긋한 진액을 풍기고,
구륜앵초들이 이슬 젖은 머리를 늘어뜨리고,
자줏빛 제비꽃들이 그늘의 보잘것없는
온갖 아이들[42]과 함께 숨어 있는 기슭을 찾아보라. 450
아니면 벼랑 위쪽에 매달린, 저 가지 뻗은 물푸레나무의
그늘 아래 누워라. 거기에서는 비둘기가
빛나는 날개를 퍼덕이며 쏜살같이 급강하하거나,
매가 툭 튀어나온 벼랑 위 높은 곳에 둥지를 짓는다.
거기에서 **만토바**의 목동[43]이 455
비길 데 없이 조화로운 노래에서 그리듯 고전을 본떠
그대의 공상이 전원 풍경을 노래하게 하라.
아니면 상상[44]의 생기 띤 눈을 사방으로 날래게
내달리게 하여 그대만의 풍경을 붙잡아라.

---

41 보통의 딱총나무가 아니라 스코틀랜드와 잉글랜드 북동부에서 발견되는 붉은 딱총나무로, 이 구절에 묘사된 다른 식물들처럼 봄에 꽃을 피운다.

42 그늘에서 눈에 잘 띄지 않는 '자잘한 꽃들'을 가리킨다.

43 이탈리아 북부 만토바 태생으로 《전원시》의 저자인 로마 시인 베르길리우스를 가리킨다.

44 여기서 "공상"과 "상상"은 동의어로, 마음속에서 이미지들을 빚는 능력을 뜻한다.

아니면 숲과 개울의 목소리에 얼러져, 460
사물들의 형상들이 무수히 오가며 뒤섞이는
어지러운 몽상에, 근심 걱정 없는 혼자만의
고독한 명상에 탐닉한 채,
온갖 격정의 폭발을 어루만져 가라앉히고,
모든 게 그저 부풀어 오른 애정들이 되어 465
차분한 정신을 일깨우되 어지럽히지는 않게 하라.

보라, 저기 숨 쉬는 경관이 온갖 아름다운 묘사를
앞에 던져놓으라고 시신(詩神)에게 명하는 것을. 하지만 누가
자연처럼 그릴 수 있을까? 상상이 제가 만든 화려한 것들 사이에서
자연과 같은 색조를 뽐낼 수 있을까? 470
아니면 상상이 피어나는 온갖 꽃봉오리들에 나타나는 것처럼
그 절묘한 솜씨로 색조들을 뒤섞어
그토록 자연스럽게 어우러지게 할 수 있을까? 만일 공상이 그때
자연의 그 매력적인 임무에 한참 못 미친다면,
아, 언어가 하게 될 일은 무엇일까? 아, 어디에서 그토록 많은 475
색깔들로 물든 단어들을 찾을까? 또 누구의 힘이,
박진감 있게, 무진장하게 사방에서 끊임없이 흐르는
그 멋진 향유(香油), 그 향기로운 미풍으로
내 노래를 향기롭게 해 줄 수 있을까?

하지만, 비록 성공을 거두진 못하더라도, 480

노고는 즐거움을 주리라. 그러니 오라, 마음을 맑게 해주는
사랑의 황홀경을 가슴으로 느낀 그대 처녀들, 또 청년들이여!
또 내 노래의 자랑거리인 그대 아만다[45]여, 오라!
미의 세 여신[46]이 만들어 낸 사랑스러움 그 자체여!
차분하고 상냥한 눈을 내리깔고, 485
영혼을 깊이 꿰뚫어 보는 그 침착한 눈길을 갖고.
그 눈길에서는 사려 깊은 이성의 빛과 뒤섞여,
활기찬 공상과 다정다감한 마음이 빛난다.
오, 오라! 그리하여 장밋빛 발을 지닌 5월이
얼굴 붉히며 살며시 나아가는 동안, 함께 아침 이슬을 밟고 490
갓 피어난 한창때의 꽃들을 그러모아,
그대의 땋은 머리칼과 꽃들의 향기를 한층 더 짙게 만드는
그대의 사랑스러운 가슴을 장식하자꾸나.

보라, 어디에서 구불구불한 계곡이 물을 대며 그 풍성한 보고를
펼치는지도. 보라, 어떻게 나팔수선화가 무성하게 자란 495
풀들 사이로 좀처럼 새어 나오지 못하는 숨은 실개천의 물을
들이마시거나, 아름답고 풍성하게 축축한 기슭을
치장하는지를. 우리 오래도록 거닐자,

---

45 1743년에 톰슨의 청혼을 거절한 엘리자베스 영(Elizabeth Young)을 가리킨다.
46 그리스 신화에서 아름다움이나 우아함을 인격화한 세 여신, 즉 아글라이아(Aglaea, '빛남'), 에우프로시네(Euphrosyne, '기쁨'), 탈리아(Thalia, '꽃핌')를 가리킨다.

피어난 콩꽃들 가득한 저 너른 밭 너머로부터 산들바람이
불어오는 곳에서. **아라비아**도 풍성하게 감각 속으로 스며들어 500
황홀경의 영혼을 사로잡는, 이보다 더 충만한
기쁨의 산들바람을 뽐내진 못하리라. **47**
신록과, **자연**이 내버려 둔 넓게 펼쳐진
무수한 들꽃들 가득한 초원도
그대의 발걸음을 받을 만하리라. 505
거기에서는 모방술**48**로 위장되지 않은 자연이
배회하는 눈에 무한한 아름다움을 펼쳐 보일 테니까.
여기에서는 열심히 일하는 꿀벌 수백만 마리가
바글거리며 꿀을 모으는 임무를 수행한다. 이 분주한 족속은
온화한 대기 속에서 좌우로, 종횡으로 날아다니며, 510
꽃봉오리에 달라붙어, 끼워 넣은 관으로
꽃의 순수한 진액, 그 오묘한 영액(靈液)을 빨아들인다.
그러고는 종종, 더 대담하게 날갯짓하여 자줏빛 히스 군락 위로
날아오르거나, 야생백리향 무성한 곳에서
달콤한 노획물인 노란 꽃가루를 잔뜩 머리에 인다. 515

드디어 마무리된 정원은 그 경관과

---

47 선원들은 아라비아 향료들을 멀리 떨어진 바다에서도 냄새 맡는 것으로 알려져 있다.

48 조원술(造園術).

녹색 오솔길을 시야에 펼친다.
초록의 미로 속으로 낚아채진 서두르는 눈은
정처 없이 헤맨다. 때로는 길게 뻗은 어둠 위로
햇살 한 점 떨어지지 않는, 울창하게 나무로 뒤덮인 520
나무 그늘 속 산책로를 훑어보다가,
때로는 굽은 하늘, 때로는 잔물결 일으키는
큰 개울, 산들바람에 물결치는 호수,
사방이 온통 어둑해지는 숲, 반짝이는 첨탑,
어렴풋이 보이는 산, 먼 바다를 만난다. 525
하지만 왜 그토록 멀리 배회하는가? 바로 손닿는 곳에서,
이슬로 빛나는 이 얼굴 붉히는 화단을 따라,
또 저기 들꽃들이 뒤섞인 황야에서,
공평한 봄이 온갖 아름다운 특질들을 끄집어내는데.
맨 처음 봄은 스노드롭[49]과 크로커스, 530
데이지, 앵초, 암청색 제비꽃,
무수한 빛깔의 폴리앤서스,[50]
고동색 반점이 찍힌 노란 향꽃장대,[51]
정원을 온통 향긋하게 만드는 풍성한 스토크꽃[52]을 내보낸다.
봄바람의 부드러운 날개에서 떨어진 535

49 초봄에 순백의 꽃이 핀다.
50 앵초과의 여러해살이풀로, 여러 빛깔의 꽃이 핀다.
51 십자화과의 여러해살이풀.
52 겨잣과의 여러해살이풀로, '자라난화'라고도 한다.

아네모네들, 벨벳 같은 잎들 위에 온통
빛나는 꽃가루 풍성한 오리큘라앵초들,53
타는 듯한 붉은색의 리넌큘라아네모네들,
그러고는 미의 여신이 하릴없이 변덕을 부린
튤립 속(屬)이 나온다. 다채로운 색깔들이, 540
아버지 격의 꽃가루가 날리듯, 이 과(科)에서
저 과로 널리 퍼져 있고, 색깔들의 천변만화(千變萬化)가
홀린 눈에 **터지듯** 나타나는 동안, 환희에 찬 화초 재배자는
은밀한 자부심을 품고 제 손길이 빚은 경이들을 눈여겨본다.
봄의 첫 꽃봉오리부터 향기 가득한 여름 꽃들에 이르기까지 545
저마다 다르게 차례로 피어나는 게 부족하진 않다 —
낮게 엎드려 속으로 얼굴 붉히는
순백의 처녀 히아신스도, 강렬한 향기를 내뿜는
노랑수선화도, 전설 속 샘물54 위로
조용히 고개 숙인 듯한 아름다운 수선화도, 550
널찍한 카네이션도, 화려한 반점 찍힌 패랭이꽃도,
또 온갖 덤불에서 쏟아져 내리는 다마스커스장미도.
숫자건 향기건 절묘한 아름다움이건 무한하고,

---

53 알프스산의 고산식물로 노란 꽃이 피며, 잎사귀 모양이 귀와 흡사하다.

54 오비디우스의 《변신》에 따르면, 무척 아름답지만 사랑을 경멸했던 젊은이인 나르키소스는 사냥을 마친 후 목을 축이려고 갔던 샘의 물에 비친 자신의 너무나 아름다운 모습을 보고 반해 자기 얼굴만 바라보며 죽어 갔고, 그가 죽은 자리에 수선화가 피어났다고 한다.

색조 또한 다채로워, 펜으로는 이루 다 표현할 수 없다,
자연의 숨결과 그 끝없는 개화를. 555

만세, **만물의 근원**이여! 하늘과 땅의
보편적 영(靈)이여! **본질적 존재**[55]여, 만세!
당신 앞에 나는 무릎 꿇는다. 대가의 손으로
대자연 전체를 완벽하게 매만져 온
당신을 향해 내 상념들은 끊임없이 기어오른다. 560
당신에 의해 얇은 막 같은 망상조직[56]으로 싸이고
잎들로 옷 입혀진 다양한 식물 족속들은
생명의 영기(靈氣)[57]를 끌어당기고, 이슬을 빨아들인다.
당신에 의해 쾌적한 토양 속에 배치되어
수분을 끌어당기는 초목 하나하나는 서서 풍성한 수액을 흡수해 565
팽창시켜, 뒤얽힌 무수한 도관들의 덩어리가 된다.
당신의 명령에 봄철의 해는 겨울바람이
뿌리 속에 처박은 굼뜬 수액을
일깨우고, 이제 그것은 약동하며
활발한 발효 과정을 통해 상승하면서 삼라만상의 570
이 모든 무수한 빛깔의 풍경을 눈앞에 펼쳐 보인다.[58]

---

55 절대적 존재로서의 신.
56 수액을 나르는 도관들의 체계.
57 에테르는 식물의 생장을 뒷받침하는 초석(硝石)을 형성하는 산(酸)을 함유한 것으로 여겨졌다.

식물계로부터 내 주제가
솟아오르듯, 똑같은 날개로 비상하라,
나의 헐떡이는 시신이여! 또 들으라, 얼마나 큰 소리로 숲이
더없이 쾌활한 상태의 그대를 초청하고 있는지를. 575
내게 너희의 노래를 빌려 다오, 너희 나이팅게일들이여!
오, 미로처럼 구불구불한 선율의 혼을 나의 다채로운 운문 속에
쏟아 넣어 다오! 내가 허공을 울리는 뻐꾸기 노래의
첫 음으로부터 봄의 교향악을 추적하고,
세상에는 전혀 알려지지 않은 주제인 580
숲의 열정을 연주할 수 있도록.

맨 처음 사랑의 영(靈)이 생기 넘치는 대기 속으로
다사롭게 내보내지고 음악을 좋아하는 마음을
사로잡을 때면, 쾌활한 무리[59]는 구애의 일념으로
여러 빛깔의 날개깃을 다듬기 시작하고, 585
오래 잊힌 가락을 다시 노래하려 애쓰지만,
처음에는 약하게 지저귈 뿐. 하지만 부드럽게 주입된
사랑의 영이 점점 더 멀리 사방에 퍼지게 되자마자
즉각 그들의 기쁨은 노래 속에서 아주 활기차게

---

58 톰슨은 신성한 힘의 보편적 확산을 해의 침투력 및 해가 초목에 미치는 효과와 연관시킨다.

59 '새들'을 가리킨다.

거침없이 넘쳐흐른다. 아침의 전령인 종달새가 590
날카로운 목소리로 요란하게 노래하며 공중으로 솟구친다.
밤의 장막이 다 걷히기도 전에, 녀석은 솟아올라
동틀 녘 구름들 사이에서 노래하면서, 노래를 잘하는 족속들을
서식지에서 깨워 불러낸다. 빽빽하게 뒤얽힌
온갖 잡목 숲들과 제멋대로 자란 나무와 595
이슬의 습기로 휜 덤불마다 그 속에 서식하는
수줍어하는 성가대원들[60]의 머리 위로,
화음이 넘쳐난다. 개똥지빠귀와
숲종다리는, 겨루는 같은 종의 무리보다
한층 더 멋진 소리로, 더없이 감미로운 가락들을 600
길게 끌고 간다. 그때 귀 기울여 듣는 **필로멜라**[61]는
그들이 기뻐하게 내버려 두고는, 내심 의기양양하게,
제 밤이 그들의 낮을 능가하게 하겠노라고 마음먹는다.
검은지빠귀는 산사나무 덤불에서 휘파람 불고,
고운 목소리의 피리새는 작은 숲에서 화답하고, 605
꽃 핀 가시금작화 위로 풍성하게 쏟아지는[62] 홍방울새들 또한

---

60 593행의 "노래를 잘하는 족속들"과 마찬가지로 '새들'을 가리키는 우회 어법.

61 참새목 딱샛과의 새인 '나이팅게일'을 가리킨다. 그리스 신화에서 필로멜라는 아테나이 왕의 딸로, 언니를 만나러 갔다가 형부인 테레우스에게 겁탈당하고 혀가 잘렸지만 천에 수를 놓아 언니에게 알리고, 테레우스에게 복수한 언니와 함께 쫓기다 신들의 도움으로 나이팅게일로 변신했다. 톰슨은 많은 시인들처럼 나이팅게일 암컷이 노래한다고 그릇되게 믿고 있다.

침묵하지 않는다. 이들과 합세하여,
새로 돋은 잎들의 상쾌한 그늘 속에 있는
숱한 가객들은 변조된 가락들을 유려하게
뒤섞는다. 어치와 떼까마귀와 갈까마귀의 610
각각의 거친 울음소리는 따로따로 들을 때는 귀에 거슬리지만
완전한 합창에 일조하고, 그새 들비둘기는
합창 속에 우울한 속삭임을 불어넣는다.

그들의 선율을 만들어 내는 것은 바로 사랑이고,
이 모든 풍성한 음악은 사랑의 목소리다. 615
그것은 새들과 짐승들에게조차 남을 즐겁게 하는
부드러운 기예를 가르친다. 따라서 윤기 있는 부류[63]는
창의적인 사랑이 명하는 짝을 얻는 온갖 방식을
시도하고, 짝에게 구애하면서
제 작은 영혼을 쏟아 낸다. 처음에는 저 멀리서 두려워하던 620
그들은 널찍하게 공중을 빙빙 돌며 다가와서는,
천 가지 묘기를 부려 의식적으로 반쯤 얼굴을 돌리며
저희를 거들떠보지도 않는 암컷의 교활한 눈길을
사로잡으려고 애쓴다. 만일 암컷이 온화해져

---

62 홍방울새들은 큰 무리를 지어서 날기 때문에 "쏟아진다". 그들의 노래 또한 쏟아진다.

63 '새들'. 톰슨은 새들이 짝짓기할 때 윤기 있는 깃털이 중요하다는 것을 보여 주려고 이 우회 어법을 활용한다.

눈곱만큼이라도 허락할 기색이 보이면, 625
깃털 색깔은 빛을 발하고, 기대에 찬 그들은
기운차게 다가간다. 그러고는, 갑작스럽게,
허둥지둥 물러났다가, 다시 다가가고,
다정하게 몇 번이고 빙빙 돌면서 반점 찍힌 날개를 펼치고,
흥분하여 온몸의 깃털이란 깃털을 다 떤다. 630

결혼 계약이 체결되고, 울창한 숲으로
그들은 서둘러 떠난다. 하나같이 마음 내키는 대로,
쾌락이나 먹이나 은밀한 안전이 재촉하는 대로,
자연의 여신의 **절대적인 명령**이 엄수되도록,
또 그들이 느낀 달콤한 감각들이 헛되이 635
탐닉된 게 아니도록. 일부는 둥지를 지으려고
호랑가시나무 생울타리로, 일부는 잡목 숲으로 향하고,
일부는 제 연약한 후손들을 가시나무의
투박한 보호에 내맡긴다. 갈라진 나무는
소수에게는 친절한 은신처를 제공하여, 640
그곳의 곤충들은 먹이가, 그곳의 이끼는 둥지가 된다.
저 멀리 뚝 떨어진 풀 무성한 계곡이나
거친 황야에 있는 다른 새들은 조악한 직물을 짠다.
하지만 대다수는 숲의 한적함과
인적 드문 숲의 어둠이나, 졸졸거리는 개울이 나눈 645
수풀 우거진 가파른 기슭을 좋아하는데,

개울의 속삭임은 사랑의 책무에 붙잡혀 있는
그들의 마음을 종일 어루만져 준다. 구슬프게 흐르는
물결 위에 늘어진 개암나무 뿌리들 사이에
그들은 저희 둥지의 첫 토대를 세우는데, 650
마른 잔가지들을 솜씨 좋게 조립해
진흙으로 함께 묶어 놓았다. 이제는 오로지
무수한 날개들이 쉼 없이 분주한 대기를
퍼덕거리며 헤치고 나아가는 부산한 소리만 들릴 뿐. 제비는
벼랑에 늘어뜨려진 둥지를 짓겠다는 일념으로 655
질척질척한 웅덩이를 스치듯 날아간다.
또 종종, 잡아당기는 힘이 좋은 천 개의 부리가
방심한 소 떼와 양 떼의 등에서 털들을 뽑고, 또 종종 남몰래
헛간에서 지푸라기를 훔쳐, 마침내 부드럽고 따뜻하고
청결하고 완벽한 거처가 만들어진다. 660

이렇게 참을성 많은 어미 새가 줄기차게 앉아 있을 때,
비록 풀려난 봄바람이 온통 그녀 주위에 불어 대더라도
그녀가 격심한 허기나 평온한 기쁨에 이끌려
제 사랑의 임무를 그만두고픈 유혹을 느끼지 않게 하려고,
일심동체인 그녀의 연인은 맞은편 기슭 높은 곳에 665
붙박이로 자리해 쉬지 않고 노래하며
지루한 시간을 잊게 만들거나, 그녀가 보잘것없는 먹잇감을
집어 올리려고 갑자기 휙 자리를 뜨는 동안

그녀와 잠시 교대한다. 헌신적으로 애쓴 덕분에
일정한 포란기(抱卵期)가 무사히 지나면, 알 속의 새끼 새는 670
몸이 덥혀져 완전한 생명체로 성장해서,
깨지기 쉬운 알껍데기를 부수고 빛 속으로 나와,
아직은 아무것도 할 수 없어 끊임없이 삐악거리며
먹이를 요구한다. 오, 그때는 어떤 정열이,
마음을 녹이는 다정한 돌봄의 어떤 감정들이 675
새 부모의 마음속에 자리 잡는지? 애정 깊은 두 마리는
둥지를 떠나 날아가, 제 허기는 잊은 채
가장 맛있는 먹이를 새끼들에게 물고 와,
똑같이 나눠 주고는 다시
먹이를 찾아 나선다. 그럴 때조차 온화한 부부는 680
운이 나빠 수확이 없어도 워낙 너그러운 성격을 타고났고
또 보통의 부모 이상으로 걱정이 많아,
하늘의 신의 가호를 받아
먼 숲 사이 한적한 오두막에서 먹잇감을 찾아내더라도,
종종, 눈물 흘리며 어린 새끼들을 눈여겨보면서, 685
저희 식욕을 억누르고 그들에게 모든 걸 건네준다.

또한 그들이 노고를 깔보기만 하는 건 아니다.
위대한 봄의 아버지64가 불어넣은 고결한 사랑의 영은

64 창조주.

겁 많은 족속들과 **소박한** 솜씨를 지닌 피조물들에게
즉각 용기를 북돋운다. 만일 어떤 거친 발이 690
그들의 숲속 서식지를 짓밟고 다닌다면,
근처 덤불 사이로 살짝 날아들어 가,
마치 깜짝 놀란 것처럼, 거기서 훽훽 날면서,
비정한 학동을 속인다. 마찬가지로, 헤매고 다니는
시골 젊은이의 머리 주위에서, 흰 날개의 물떼새는 695
다이빙하듯[65] 요란하게 선회하고는, 곧장
평평한 풀밭 위를 스치듯 오랫동안 날아다니면서
그를 유혹해 제 둥지로부터 떼어 낸다. 마찬가지로, 들오리는
황량한 늪에서, 멧닭 암컷은 길도 없는 황야에서
퍼덕거리며, (이 경건한 속임수라니!) 열띠게 쫓아오는 700
스패니얼을 저 멀리서 헤매게 만든다.

여기에서 포악한 인간에게 몰인정하게 붙잡혀
자유와 무한한 하늘을 빼앗기고 좁은 새장에 갇힌
작은 숲의 제 형제들을 슬퍼하는 것은
시신(詩神)으로서는 받아들이기 힘든 부끄러운 일이리라.[66] 705
새장에 갇힌 예쁜 노예들은 생기가 없고, 깃털도 우중충하고

---

65 포식자들을 둥지에서 떼어 놓으려고 애쓸 때의 댕기물떼새의 비행은 무척 별나다.
66 시인이 페가수스의 날개를 타고 높이 솟아오른다는 믿음은 일찍이 '날개 달린 시인'의 관념으로 발전했다.

누덕누덕하며, 빛나는 광택도 다 사라졌고,
그들의 음조에는 너도밤나무에서 또렷하고 힘차게
지저귈 때의 그 활기찬 야성적 특질도 없다.
오, 그러니, 사랑과 사랑이 가르친 노래의 벗들이여, 710
그 연약한 족속들을 남겨 두고, 이 야만적인 기술을 삼가라!
만일 그대들의 가슴이 천진난만함을 존중하고,
음악을 사랑하거나 경건함을 설득할 수 있기만 하다면.

하지만 특히 나이팅게일이 제 새끼들을 잃어
비탄에 빠지게 하지 말라. 그들은 너무 연약해서 715
새장의 가혹한 감금 상태를 견디지 못할 테니.
종종 부리에 먹이를 잔뜩 물고 돌아온 어미 새는
무자비한 촌뜨기들의 냉혹한 손길에 약탈당한
텅 빈 둥지를 보고 경악하고는,
이제는 소용없게 된 먹이를 땅에 떨어뜨린다. 720
어미 새의 날개깃은 헝클어지고 축 처져
비탄에 빠진 그녀를 포플러 그늘까지 데려가지도 못할 판이다.
거기에서 깊은 절망의 구렁텅이에 빠진 그녀는
밤새 제 슬픔을 노래한다. 그러고는, 나뭇가지 위에
홀로 앉아, 노래가 잦아들 때마다 계속해서, 725
굽이굽이 이어지는 비통함의 슬픈 가락을
거듭 집어 올리고, 마침내 저 멀리 사방에서 숲들은
그녀의 노래에 한숨짓고, 온통 그녀의 울부짖음만 울려 퍼진다.

하지만 이제 깃털이 갓 난 애송이들은 저희의 이전 경계선을
아주 깔보고, 종종 몸의 균형을 잡으면서, 730
하늘에 대한 무상(無償) 소유권을 요구한다.
이런 즐거운 의식을 몇 번 치르고 나면, 이젠 쓸모없게 된
부모의 사랑은 즉각 녹아 버린다.
스스로 배워 얻은 **지혜**가 쓸모없게 되는 경우는 결코 없는 법.
노란 광채로 빛나는 숲속으로 735
향기만 스며드는 밝고 상쾌하고 온화한
어느 저녁에, 새끼 새 무리는
드넓은 하늘을 방문하고, 눈으로 보고
또 날갯짓할 수 있는 한 멀리까지 측량하듯
자연의 공유지와 목초지를 바라본다. 이리저리 흔들리는 740
나뭇가지 위, 아직 현기증 나는 끄트머리에서
그들의 결심은 사라져 버린다. 그들의 날개는 아직,
제대로 균형 잡지 못한 채, 벌벌 떨며 허공을
믿는 걸 거부한다. 마침내 그들 앞에 길잡이인 부모 새들이
날아와 앉아, 나무라고 훈계하고 지시하거나 745
밀어 내보낸다. 넘실거리는 대기는 깃털의 중량을
받아들이고, 그들의 날개는 스스로 배운 대로
대기를 키질해 물결치게 한다.[67] 그들은 땅 위로
내려와, 좀 더 대담하게 거듭 날아오르고,

---

67 대기가 "물결치는" 것은 "키질"한 결과다.

좀 더 멀리까지 비행 거리를 늘린다. 750
마침내 온갖 두려움이 사라지고 힘이란 힘을 다 쏟아부은
그들은 활기차게 움직이고, 이제 임무에서 풀려난 부모 새들은
경쾌하게 공중을 나는 새끼들을 바라보는데, 일단 안심하는 새에
부모 곁을 떠난 새끼들을 더는 보지 못한다.

지는 해를 **인도**의 땅에 넘기는 755
외로운 경주를 벌이는 최서단(最西端)의 **킬다섬**68 바닷가에
대해 위쪽에 서서 놀랍게 얼굴을 찌푸리는 것 같은
바위투성이 벼랑 꼭대기에 우뚝하니,
왕다운 독수리는 갈고리발톱으로 땅을 단단히 움켜쥔 채 서서,
아버지로서 근엄한 열정을 품고 활기찬 새끼들을 몰아낸다. 760
이제 새끼들도 저희 왕국을 세울 만큼 자랐기에
그는 오랫동안 자기 제국의 우뚝한 영지였던 요새로부터
새끼들을 내쫓고, 이곳을 흠 하나 없이
평온하게 지키면서 몇십 리나 되는 바다 위를 날아
먼 섬들에서 먹이를 낚아 올린다. 69 765

만일 내가 초봄에 나뭇가지들 사이
높은 곳에서 제 공중도시70를 짓고서 끊임없이

68 [원주] "스코틀랜드의 서부 제도 중 가장 서쪽에 자리해 있다."
69 한 쌍의 황금독수리가 충분한 먹이를 확보하기 위해서는 넓은 사냥터가 필요하다.

즐겁게 깍깍 울어 대는 떼까마귀를 끌어들이는
높다란 느릅나무들과 고색창연한 참나무들이 자리한
전원 풍경으로 발걸음을 옮긴다면, 거기에서, 흡족하게, 770
각양각색의 가축들의 다양한 사회를
훑어볼 수 있으리라. 조심스러운 암탉은
겁 없는 수탉이 지켜 주며 먹이를 날라다 주는
삐악거리는 가족들을 제 주변에 불러 모은다.
위풍당당하게 활보하고 도전하듯 울어 대는 775
수탉의 가슴은 열의로 불타오른다. 연못에서는
알록달록한 멋진 무늬의 오리가 일행 앞에서
시끄럽게 꽥꽥거린다. 당당하게 미끄러져 가는 백조는
눈처럼 하얀 깃털을 산들바람에 맡기고,
도도하게 목을 아치형으로 만들면서 노 역할 하는 발로 780
힘차게 앞으로 나아가며 새끼들을 숨긴
고리버들로 만든 떠다니는 섬을 지킨다. 근처의 칠면조는
얼굴 붉히며 큰소리로 위협하고, 그새 공작은
해를 향해 다채롭고 현란한 깃털을 펼치면서
눈부실 만큼 장엄하게 미끄러지듯 나아간다. 785
이 모든 가정적인 정경 위로 구구거리는 비둘기는
연인을 좇아 쉴 새 없이 날고, 경박하게
추파를 던지며, 두리번거리면서 목을 연신 돌려 댄다.

---

70 '군서지'(群棲地)를 가리킨다.

이렇게 숲 그늘의 온화한 세입자들이
저희의 더 청순한 사랑에 탐닉하는 새에, 아래쪽 790
짐승들의 더 거친 세계는 불길과 뜨거운 욕정 속으로
격렬하게 돌진한다. 수소는 강건한 혈관 속속들이
욕망으로 불타올라 격한 정열을 온몸으로 느낀다.
목초는 지겨워하고 좀처럼 눈에 띄지 않는 먹이에는
무관심한 그는 노란 금작화 사이를 헤치고 나아가면서 795
마구 뻗은 잔가지들이 제 튼실한 옆구리 위로
빽빽하게 튀어나오게 하거나, 미로 같은 숲속을
풀 죽어 헤매면서 매혹적인 꽃봉오리가 식욕을 자극하는데도
신경도 쓰지 않고 따먹지도 않는다.
그러고는 종종, 미칠 듯한 질투심에 휩싸여, 800
싸움질할 상대를 찾고, 공연히 뿔을 치올리며
옹이진 나무 몸통에 연적(戀敵)을 들이받는 시늉을 한다.
만일 연적을 만나게 되면, 그때는 울부짖는 전쟁이 시작된다.
그들의 눈은 격노로 번뜩이고, 모래가 흩날리는
우묵한 땅에 대고 살벌한 행위를 시위하고는 805
나직하게 으르렁거리며 대 난투극을 벌인다.
그새 아름다운 암소는, 근처에서, 향긋하게 숨을 내쉬며,
그들의 격정을 부채질하며 서 있다. 신경섬유 하나하나가
이 뜨거운 충동에 사로잡혀 몸을 떨고 있는 말은
고삐를 따르지도 않고, 채찍 소리도 개의치 않고, 810
채찍에 맞아도 느끼지 못하고, 머리를 높이 쳐들고는,

제 본능적인 기쁨에 강하게 이끌려
발광하듯 먼 평원으로 쏜살같이 달아나 버린다.
그러고는 바위들과 숲들과 바위투성이 산 위로 나는 듯 올라가,
히힝거리며, 산꼭대기에서 흥분시키는 815
질풍을 맞고는, 가파른 산길을 내려가다가
언덕 아래에서 포말을 일으키는 곤두박이의 급류를 가르는데,
그곳에서조차 좁혀진 물결의 광기는
시커먼 소용돌이 속에서 빙글빙글 돈다. 말의 광란한 심장과
근육이 부풀어 오를 때의 힘이 바로 그러했다. 820

또한 끝없이 드넓은 봄의 기운에 포말 이는 바다의
거대한 괴물들도 기쁘지 않은 건 아니다.
바다 밑바닥의 개흙과 얼음 같은 동굴에서 깨어난
그들은 꼴사나운 기쁨으로 몸부림치며 뒹군다.
이 야수류의 끔찍한 황홀경을 노래하는 가락은 825
무시무시하고 귀에 거슬렸다.
이 욕정의 불길에 그들의 타고난 흉포함이 얼마나 더 심해졌는지,
그들은 격해진 가슴으로 한층 더 사나운 무리를 이루어
파도 소리 울려 퍼지는 황막한 바다 속을 배회하며,
저희의 섬뜩한 사랑의 괴성을 질러 댄다.[71] 830

---

71 [789~830행] 톰슨은 《농경시》에서의 베르길리우스와 마찬가지로 수소에 대해서는 모의-연애 비가체를, 말과 사나운 짐승들에 대해서는 영웅시체를 사용한다.

내가 노래하는 주제는
영국의 여성들에게 이런 내용은 금지하고,[72]
양치기가 풀밭에 앉아 건강하게 지는 해를 온몸으로 받아들이는
산꼭대기로 나를 인도한다.
그 주위에선 양 떼가 갖가지 억양으로 자꾸만 835
매애 매애 울어 대며 풀을 뜯고, 희희낙락하며
이리저리 뒤엉켜 뛰어다니는 새끼 양들은
장난치며 까분다. 그리고 이제 활기찬 종족들[73]은
양 떼를 앞으로 몰아 대고, 신호를 받으면
양 떼는 날래게 움직이기 시작해서 언덕 주위로 이어진 840
거대한 흙 둔덕[74]을 쓸고 다닌다. 그곳은 한때,
통일되지 않은 **영국**이 영원한 분쟁의 소용돌이에 휘말려
늘 유혈이 낭자했던 고대 야만 시대의
누벽(累壁)이었던 곳. 하지만 이제 **영국**은
이토록 흔들림 없는 통일된 국가로 성장하여, 845
부와 **상업**이 황금빛 머리를 높이 들고,
우리의 노동 위에서 공평한 **자유**와 **법**이
경이로운 한 세계를 지켜보는구나![75]

---

72 온화한 사랑에 관한 톰슨의 주제와 영국 여성 독자들에 대한 그의 존중은 그가 성적 폭력에 관한 이 끔찍하고 귀에 거슬리는 노래를 부르는 걸 금지한다.

73 양치기 개들.

74 톰슨이 염두에 두고 있는 "흙 둔덕"은 그가 열두 살 때까지 살았던 마을 위쪽의 사우스딘 로(Southdean Law)에 있던 초기 철기 시대의 요새일 수 있다.

호기심 많은 그대들아, 말하라. 들리진 않지만
느껴지는 강력한 언어로 하늘의 날짐승들을 가르치고, 850
그들의 가슴속에 이 사랑의 기예를 불어넣는
이 **막강한 숨결**은 무엇인가? **신**이 아니면 무엇이겠는가?
무한한 영(靈) 전부와 줄어들지 않는 활력에
고루 스며들어 조정하고 지탱시키고
삼라만상을 활동케 하는 원기를 불어넣는 **신**! 855
그는 끊임없이 **홀로** 일하지만, **홀로**
일하지 않는 것처럼 보인다. 이 복잡하고 엄청난 우주의 체계는
그토록 완벽하게 구성되어 있다.
하지만, 비록 숨어 있더라도, 좀 더 맑은 눈을 지닌 누구에게나
원기를 불어넣어 주는 장본인은 제 작품들에 나타난다. 860
특히, 사랑스러운 봄이여, 네게서, 또 너의 온화한 정경에서,
미소 짓는 신의 모습이 보인다. 물과 대지와 대기는
온갖 짐승들을 이 좀 더 고상한 상념[76]으로 끌어올리고
해마다 그들의 본능적인 가슴을
다정함과 기쁨 속에 이렇게 풍성하게 녹여 주는 865
그의 은혜를 입증한다.

---

75 [840~848행] 여기에서 톰슨의 시야는 소박한 시골 장면에서부터 국가적 위대성의 비전으로 그답게 확대된다.

76 '사랑'을 가리킨다.

내 노래가 늘 한결 더 고상한 가락을 띠고,
하늘과 땅이, 마치 경쟁하듯, 인간 존재를 끌어올리고
그의 영혼을 평온하게 만들어 주는
봄의 감화력을 노래하게 하라. 870
그가 어디서나 볼 수 있는 자연의 미소에 합세하는 걸
삼갈 수 있을까? 산들바람 하나하나가 평온하고
작은 숲 하나하나가 노랫가락인 동안, 격한 감정들이
그의 가슴을 괴롭힐 수 있을까? 꺼져라! 넘쳐흐르는 봄의
풍성한 세계로부터, 남의 비통함에 무감각하고 875
자신에게만 한없이 너그럽고 냉혹한
너희 지상의 더러운 속물들[77]아, 꺼져라!
반면에, 오라, 너그러운 마음을 지닌 이들이여.
그대들의 통 큰 생각 속에서 그 어떤 것보다 **창조의 은혜**의 불길은
가장 따뜻한 빛을 발하며 타오르고, 제 어둑한 피난처에서 나와 880
그대들의 탁 트인 이마와 관대한 눈에 자리하여
순박하고 궁핍한 이들을 부른다. 또한 한시도 가만히 있지 못하는
선함은 간청될 때까지 기다릴 수가 없다. 그대들의 적극적인 탐색은
겨울의 그 어떤 추운 구석도 모른 체하며 내버려 두는 법 없고,
말없이 움직이는 **하늘**처럼 생각지도 않은 선행으로 885
종종 외로운 가슴을 깜짝 놀라게 한다.

---

77 하늘나라에 대한 생각이 전혀 없는 압제자들. 구약성서 〈시편〉에는 "다시는 이 땅에 겁주는 자 없게 하소서"(10장 18절) 라는 구절이 나온다.

그대들을 위해 봄은 바람의 유랑하는 기운을
불어 보내고, 그대들을 위해 무리 지은 구름들은
기쁨에 찬 단비로 이 세상 위로 풍성하게 내려오고,
해는 그대들, 인류의 꽃인 그대들을 위해 890
가장 다정한 광선을 쏜다. — 이 초록빛 시절[78]에,
되살아나는 병은 기운 없는 제 머리를 들어 올리고,
생명은 새롭게 넘쳐흐르고, 눈이 맑은 건강[79]은
삼라만상 전체를 두루 끌어올린다. 만족은 볕 잘 드는
숲속 빈터를 걸으며, 제국의 왕들은 결코 살 수 없는 895
내면의 더없는 행복이 제 머리 위로 솟아오르는 것을
느낀다. 순수한 평온함은 재빨리
사색과 고요한 정관(靜觀)을 끌어낸다.
자연의 사랑이 조금씩 날래게 작용하여
가슴을 데워 주고, 마침내 황홀경과 900
열광적인 도취 상태에 빠지게 된
우리는 신의 현존을 느끼고, 신의 기쁨을 맛보면서
한 행복한 세계를 보게 된다![80]

---

78 '봄'을 뜻한다.

79 셰익스피어의 《베니스의 상인》(5막 1장)에는 "눈이 맑은 지품천사"라는 어구가 나온다.

80 신의 "창조의 은혜"(879행)는 인간의 자선의 형태로 확산되고, 인간은 자선을 실천하면서 신 같은 즐거움을 누린다(902~903행). 톰슨은 사회애는 몇몇 도덕철학자들이 주장하듯 자기애의 이성적 연장이 아니라 하늘로부터 고취된 독특한 정

이들이 그대의 가슴, 이성의 더 순수한 광선으로
생기 띤 그대의 가슴의 성스러운 감정들이다, 905
오, 벗 **리틀턴**[81]이여! 시신에게 구애하면서,
자유롭게 그대가 그대의 **영국의 템페**[82]인
해글리파크[83]를 돌아다닐 때, 그대의 열정과 명상은
이렇게 바뀌노라! 분출하는 물들이 양편에
넘치고, 거친 폭포가 하얀 비말을 일으키며 910
떨어지거나 나무들 사이 늘어난 전망 속에서
희미하게 빛나고, 숲으로 뒤덮이고
이끼 낀 바위투성이 계곡을 따라 그곳에서,
그대는 말없이 조용히 걷거나, 자연의 소탈한 손길에 의해
우아하게 사방에 던져진 부풀어 오른 구릉지를 915
장식하듯 뒤덮은 장엄한 참나무들의 그늘 아래 앉아,
전원의 평화로움의 갖가지 목소리 — 소들과 양들과

서라고 늘 주장했다.

81 조지 리틀턴 경(George, Lord Lyttelton, 1709~1773)은 톰슨, 알렉산더 포프(Alexander Pope), 헨리 필딩(Henry Fielding) 및 다른 작가들의 벗이자 후원자였다. 리틀턴은 시를 쓰기도 했지만(908, 932~935행), 주로 영국사나 당대의 정치에 대해 폭넓게 저술 활동을 했다(926~931행). 로버트 월폴(Robert Walpole) 수상에 대한 단호한 반대자였던 그는 1742년에 월폴이 몰락하자 입각해서 1744년에는 국가재정위원장이 되었다.

82 고전 시인들이 찬미한 테살리아의 아름다운 계곡.

83 우스터셔(Worcestershire)에 있는 리틀턴의 험준한 사유지로, 18세기 영국에서 가장 높게 평가된 풍경식 정원이었다. 톰슨은 1743년에 처음 이곳을 방문했다.

새들의 소리, 산들바람의 허허로운 속삭임,
사방으로 뻗은 비틀린 뿌리들 사이로
졸졸 흘러내려 가면서 차분한 귀에 920
상쾌한 중얼거림을 떨어뜨리는 실개천의 한탄 — 에
골똘히 귀 기울인다. 이들로부터 떠나 종종 도취된 채
그대는 이런저런 철학적 명상에 빠져드는데,
그대의 호기심 많고 경건한 눈에
끊임없는 경이들이 눈부신 무리 지어 솟아오른다. 925
또 종종, 역사적 진리에 이끌려,
그대는 길게 펼쳐진 과거의 시간을 밟고 다니면서,
따뜻하고 자애로운 마음과 당리당략에 치우치지 않은
정직한 열의를 갖고 브리타니아[84]의 복리(福利)를 추구하고,
어떻게 타락의 심연에서 그녀의 미덕을 끌어올리고 930
또 그녀의 학예를 소생시킬지를 모색한다.
아니면, 거기에서 눈을 돌려, 이 더 엄숙한 상념들이
시신들을 매혹하는 동안, 엄정한 심미안으로 정련된 그대는
옛 노래의 영감을 주는 숨결을 끌어와서,
마침내 그대 자신의 노래가 경쟁하듯 고결하게 솟아오른다. 935
어쩌면 그대가 사랑하는 루신다[85]가 자기 영혼을

---

84 '영국'을 여성으로 의인화한 것.

85 1742년에 리틀턴과 결혼한 루시 포테스큐(Lucy Fortescue)를 가리킨다. 리틀턴은 1747년에 세상을 떠난 그녀를 기리는 〈비가〉("*Monody*")를 썼다.

그대의 영혼에 맞추며 함께 산책하리라. 그때 자연은 하나같이
연인의 눈에는 사랑의 표정을 짓고,
비열한 열정에 까불린 죄 많은 세상의
그 모든 소동들은 가라앉아 사라진다. 940
다정한 마음은 생기 띤 평온함이어서,
갖가지 대화 속에서 그 풍성한 보고(寶庫)를 쏟아 내며
온갖 화제를 부드럽게 할 때,
그대는 종종 잠시 발을 멈추고는 몸을 돌려, 홀린 채
온화한 분별력과 상냥한 우아함과 활기찬 다정함이 깃든 945
그녀의 눈으로부터 그 형언할 수 없는
영묘한 기쁨의 기운, 오로지 사랑만이
총애받은 소수에게만 수여하는
비길 데 없는 행복을 들이마신다!
한편, 그대는 언덕에 오르고, 그 아름다운 꼭대기로부터 950
갑자기 나타난 경관이 사방에 광활하게 펼쳐진다.
언덕과 계곡, 숲과 잔디밭,
초록빛 들판, 그사이의 어둑해지는 황야,
나무들 사이에 부드럽게 안긴 마을들,
집집마다 솟아오르며 물결치는 연기 다발이 돋보이는 955
뾰족탑 있는 읍내들 위로 낚아채진 그대의 눈은
종작없이 배회하면서, **환대하는 수호신**이 늘 머무르는
상서로운 터가 자리한 **저택**에서부터
기복이 있는 풍경이 서서히 오르막길에서 거칠어져

단단한 언덕으로 이어지는 곳까지 넓게 펼쳐지는데, 960
그 언덕 위로는 **캄브리아**[86]의 산맥들이 푸른 수평선의 가장자리를
스치고 지나가는 먼 곳의 구름들처럼 거뭇하게 솟아오른다.

따뜻한 한 해의 봄바람으로 홍조를 띤
처녀의 뺨에서는 이제 차츰 분홍색이 엷어지고,
한결 더 청신한 붉은 빛이 넘쳐흐른다. 입술은 965
한층 더 진한 향기를 풍기며 붉어지고, 그녀는 젊음을 발산한다.
빛나는 윤기는 더 환하게 흐르면서 부풀어 올라
눈 속으로 들어가고, 갈망하는 가슴은 격렬한 두근거림으로
들먹거리고, 사랑의 격정이 혈관을 사로잡아,
그녀의 나긋나긋한 영혼은 온통 사랑의 포로가 된 상태다. 970
그 귀한 황홀한 힘으로 가득하고 한숨짓는 나른함으로 병든
그녀의 연인은 열렬한 응시를 피해
몸을 돌린다. 아, 그렇다면, 그대들 여성들이여!
그대들의 미끄러지는 가슴들을 아주 조심하고,
전염성 강한 한숨을, 온순한 복종의 옷을 걸쳤지만 975
간계 가득한, 풀 죽어 기운 없고 탄원하는 눈길을
감히 시도하지 말라. 번지르르한 아부로
날래게 속이는 열렬한 혀로 하여금 그대들의 마음속 의지를
잠식하게 하지 말라. 또 인동덩굴이 뽐내고

---

86 '웨일스'의 옛 로마식 이름.

장미가 꽃봉오리를 떨어뜨려 침상을 만드는 나무 그늘에서, 980
저녁이 제 진홍색 커튼을 사방에 드리우는 동안,
그대들의 달콤한 시간을 배신하는 남자에게 맡기지 말라.

또 큰 뜻을 품은 청년으로 하여금 사랑을 조심하게,
여성의 추파를 조심하게 하라. 그의 가슴에
사랑의 급류가 쏟아질 때는 너무 늦으니까. 985
그때 지혜는 엎드리고, 빛바랜 명성은
녹아 허공으로 사라진다. 반면에 어리석은 영혼은,
더없는 행복의 들뜬 환상에 사로잡혀,
기만적인 형상과 눈부신 우아함과 매혹적인 미소와
수줍어하는 듯한 눈을 끊임없이 미화하지만, 990
여신 같은 그 아름다운 눈빛 뒤에는
헤아릴 수 없는 교활함과 잔인함과 죽음이 도사리고 있다.
또 환청에 시달리는 그의 귀에 그럴듯하게 재잘거리는
그녀의 요염한[87] 마력적인 목소리는 끊임없이 가짜 해안,
치명적인 기쁨의 초원으로 그를 꾀어 들인다. 995

연인이 눈앞에 있을 때조차, 음악과 향수와 향유와
포도주와 음란한 시간들이 사방에 흘러넘치는 동안,

---

87 원문에는 "*syren*"으로 나와 있다. 그리스 신화에서 사이렌들은 매혹적인 노래로 남성들을 파멸로 이끄는 아름다운 여성들 또는 반(半)-여성 괴물들이다.

수치스럽게 놓인 연인의 바로 그 무릎에서,
장미들 사이에서 격심한 회한은 뱀 같은
머리를 쳐들고, 날래게 되풀이되는 양심의 가책은 1000
맨정신의 가슴속을 후비고 지나간다. 가슴속에선 끊임없이
도의심(道義心)과 고결한 목적이 쾌락의 중압에 맞서
안달하며 발작적으로 꿈틀거린다.[88]

하지만 연인이 없을 때면, 얼마나 근거 없는 고뇌들이 깨어나
불안한 묵상이 키운 상념 하나하나 속에서 맹위를 떨치고, 1005
따뜻한 뺨을 차갑게 하고, 생명의 꽃을 시들게 하는가?
방치한 재산은 날아가고, 내팽개친 일들은
순식간에 미끄러지며 어그러져 망치기 십상이다.
사방엔 그저 어둠뿐이다. 어둑해진 해는
빛을 잃는다. 장밋빛 가슴의 봄은 1010
초췌해져 눈물진 공상에 잠기고, 거기 빛나는 아치[89]가
위축되고 휘어져 거무스름한 천정 속으로 들어가 버린다.
자연은 깡그리 다 시들어 버리고, 그녀의 목소리와
감촉과 모습만이 온갖 상념들을 사로잡고,
온갖 감각들을 가득 채우며, 혈관 하나하나에서 헐떡거린다. 1015

---

88 톰슨은 때로 죄책감을 대표하는 것으로 받아들여진, 그리스·로마 신화의 뱀 같은 머리칼을 한 복수의 여신들을 염두에 두고 있는 듯하다.

89 '하늘'을 가리킨다.

책들은 의례적이고 따분한 것, 지루한 벗들에 지나지 않고,
사교 모임에서도 그는 애처로운 모습으로
외롭게 넋 놓고 앉아 있다. 혀에서는
지리멸렬한 문장이 나오고, 그새 부풀어 오른 상념에
실려 가는 그의 흩날리는 정신은 1020
멀리 있는 연인의 텅 빈 가슴으로 날아가고,
고개는 떨어뜨리고 사랑 때문에 낙담한 눈으로
우울한 자세로 고정된 채 전형적인 연인의
모습을 남긴다. 갑자기 그는 달콤한 황홀경에서 빠져나온 듯
깜짝 놀라며, 희미하게 빛나는 그늘과 1025
무성한 암갈색 잎들이 떨어지는 개울 위로
낭만적으로[90] 매달린 공감해 주는 나무 그늘로
쉬지 않고 달려간다. 그러고는 그곳의 구슬픈 어스름 속에서
오로지 연인만 생각하면서 가슴을 파고드는
상념에 잠긴 채 헤매거나, 천변에 내동댕이쳐져 1030
고개 숙인 백합들 사이에서 끝없는 한숨으로
산들바람을 부풀리거나 눈물로 개울물을 늘린다.
이렇듯 그는 사랑의 고뇌 속에서 하루를 보내며
깊숙한 은신처를 떠나지 않는다. 마침내 달은
양털 같은 동녘의 방들 사이로 얼굴을 드러내고,[91] 1035

90 '기발하게' 또는 '비현실적으로'라는 뜻이다.
91 '동쪽 하늘의 구름 사이로 빛난다'는 뜻이다.

차츰 밝아지면서 제 뒤로 온화한 시간들을
끌고 온다. 그때 그는 달빛의 나른하게 떨리는 눈길 아래로,
평온해진 영혼으로, 걸어 나와,
저녁의 새92에게 그녀93의 비통과 제 비통을
섞자고 조른다. 아니면, 세상 사람들과 1040
비탄에 잠긴 모든 아들들이 숨죽이며 잠들어 누워 있는 동안
황량한 유령들을 한밤중과 연관시키고,
외로운 양초에게 탄식하며, 마음을 움직여 줄
사랑의 메신저 노릇을 해 줄 종이에다
하릴없이 고문당한 가슴을 쏟아붓는데, 1045
거기에선 시행 하나하나가 솟구치는 연정(戀情)으로 불붙여져
황홀경이 황홀경 위에서 불탄다. 하지만 침상에서
갑자기 열광적인 상태가 되면, 잠은 머리맡에서 달아나 버린다.
밤새 그는 뒤척이고, 어떤 자세로도
편히 잠들지 못한다. 마침내 잿빛 아침은 사랑으로 수척해진, 1050
저보다 더 파리한 가엾은 젊은이의 머리 위의
창백한 달빛을 걷어 낸다. 그때는 어쩌면
탈진한 자연은 잠시 잠에 곯아떨어질 테지만,
병든 상상 위로 솟아오르며
시커먼 색들로 가짜 정경을 색칠하는 1055

92 '나이팅게일'을 가리킨다.
93 '새'를 가리킨다.

심란한 꿈들로 내내 방해받는다.
종종 그는 제 영혼을 매혹한 연인과 얘기한다.
때로 군중 사이에서 번민하거나
세상 사람들의 지루하기만 한 번잡함에서 멀리 벗어나
꽃으로 엮어 짠 그늘의 깊은 비경(秘境)으로 물러나, 1060
마치 꼭 쉽게 믿는 그가 그녀가 내어준 손에서 낚아챈,
모든 걸 잊게 만드는 눈먼 사랑 속에서 끝없는 시름을
잊기 시작할 때처럼, 그는 알지 못한다 — 어떻게
자신이 밤과 폭풍우에 덮인 채 광활한 숲을
또 황량하고 인적 없는, 길게 펼쳐진 갈색 황무지를 1065
무작정 헤매는지를, 또는 어떻게 가파른 벼랑으로부터
겁에 질려 움찔하며 물러나는지를, 또는 어떻게 아래쪽의
탁한 개울을 건너 더 먼 곳의 연안(거기에서는
그녀가 구조해 줄 이 없이 처량하게 양팔을 뻗어
그의 도움을 간청하지만 다 허사일 뿐인데)에 이르려고 1070
애쓰는지를, 또는 어떻게 급류에 휩쓸려
저 멀리 떠내려가면서 그가 파도의 물마루를 타 넘거나
압도당해 맹렬한 소용돌이 아래 가라앉는지를. **94**

---

94 [1067~1073행] 그리스 신화에서 아프로디테 여신의 여사제로 세스토스의 탑에 살던 헤로는 헬레스폰토스 해협 맞은편의 아비도스에 살면서 매일 밤바다를 헤엄쳐 건너온 레안드로스와 사랑을 나누는데, 어느 날 밤 그가 수로를 잘 찾도록 그녀가 탑 꼭대기에 피워 놓은 램프의 불이 폭풍우에 꺼지는 바람에 레안드로스는 결국 익사하고 만다.

이런 것들이 사랑의 매력적인 고뇌들인데,
그 비참함은 오히려 기쁨을 준다. 하지만 가슴속에 1075
질투가 일단 그 독을 뿌리면,
그때는 기쁜 비참함은 더는 찾을 수 없고,
오로지 고뇌 일색의 끊임없는 쓰라림이
상념이란 상념을 다 좀먹고, 사랑의 낙원을
흔적도 없이 폭파한다. 그때는, 너희 아름다운 정경들이여, 1080
너희 장미꽃 침대들이여, 또 너희 열락(悅樂)의 그늘이여,
안녕! 사라진 평안의 미광(微光)들이여,
너희의 마지막 빛을 발하라! 누런 빛깔의 재앙[95]은
내면의 심상을 더럽히고, 납빛 침울함 가득한
밤으로 상상을 싸 버린다. 1085
아, 그때는 사랑으로 생기 띤 뺨과
빛나는 얼굴과 넘쳐흐르는 황홀로 빛나는
열렬한 눈빛 대신에, 눈물로 뒤덮이고
질투의 불길로 타오르는 음침한 표정이
어두운 안색과 붉게 물든 뺨을 뒤따르는데, 1090
독이 들어간 영혼 전체가 악의를 품고 앉아
사랑의 신을 겁을 주며 쫓아 버린다. 터무니없이 커진
오만 가지 두려움들, 꺼림칙한 연적들에 대한
미칠 듯한 오만 가지 생각들이, 마음을 온통 빼앗길 정도의

---

95 '질투'를 가리킨다.

매력들에 매달려, 극심한 고뇌와 1095
온 마음을 사로잡는 격노로 그를 집어삼킨다.
질책들은 게으르게 거들지만 허사고,
기만적인 자부심과 나약한 결심은
잠시 가짜 평화를 가져다줄 뿐. 새로이, 상상은
사랑의 덫의 온갖 마법으로 1100
영혼을 돌돌 감으며, 그의 부산하기만 한 상념에
그녀의 미모를, 그녀의 첫 호의의 표시를 쏟아붓는다.
맹렬한 폭풍은 가차 없이 그의 마음을 또다시 사로잡고,
신경 속으로 타들어 가, 혈관을 따라 끓어오르고,
그새 불안한 의심은 고통스러운 가슴을 어지럽힌다. 1105
그의 두려움들에 대한 슬픈 확신조차
그가 느끼는 바에 비하면 평온함일 테니까. 이렇듯 열렬한[96]
젊은이는 사랑에 홀려 꽃들이 유혹하는 오솔길을 거쳐
가시투성이 황야 속으로 들어가거나,
열병 같은 황홀경이나 잔인한 시름의 삶을 살아간다. 1110
그의 가장 빛나는 목표들은 다 꺼져 버렸고,
그의 활기찬 순간들은 다 소모되고 허비되어 버린다.[97]

하지만 좀 더 온화한 별들이 결합시키고 또 한 운명 속에

96 '사랑에 빠진'이라는 뜻이다.
97 톰슨 자신의 운명에 대한 기이할 정도로 정확한 예언처럼 들린다.

그 가슴들과 운세(運勢) 들과 존재들이 섞이는 이들은
행복하여라! 인류 중 가장 행복하여라! 1115
그들의 평화를 묶어 주는 것은 종종 부자연스럽고
마음에는 낯선, 인간의 법률의
좀 더 조잡한 속박이 아니라, 그들의 온갖 열정들을
사랑 속에 조율시키는 조화 그 자체다.
이 사랑 속에서 우정은 저의 가장 부드러운 힘인, 1120
이루 형언할 수 없는 갈망에 의해 생기 띤
순수한 경의와 영혼의 공감을 한껏 발휘해,
생각은 생각을 만나고, 무한한 확신을 갖고
의지는 의지를 예견한다. 오로지 사랑만이
사랑에 응답할 수 있고, 더없는 행복을 보장할 수 있으니까. 1125
자신만 행복해질 생각에 골몰하여
탐욕스런 부모로부터 내키지 않아 하는 처녀를 사들인
인색한 자로 하여금 마땅히
밤낮으로 영원한 번민 속에서 지내게 하라.
미친 듯한 욕망에 사로잡혀 비인간적인 사랑을 하는 야만적인 1130
민족들로 하여금 그들을 비추는 해들만큼이나 불타오르게 하라.
사랑이 성스러운 신앙과 동등한 황홀경 속에
굳게 결합시킨 이들이 두려움을 경멸하며
자연처럼 자유롭게 사는 동안, 동방의 폭군들로 하여금
그저 생기 없고 겁탈당한 형상만 겨우 지닌 1135
노예 같은 후궁들을 하늘의 빛으로부터

차단하게 하라. 서로에게서 드높은 상상이 빚고
풍성한 가슴들이 바랄 수 있는 어떤 아름다움이건
꼭 껴안는 그들에게 이 세상은, 이 세상의 허식과
쾌락과 어리석은 짓들은 다 뭐란 말인가! 1140
그들은 마음이나 마음이 비친 얼굴에서
아름다움보다 더 소중한 어떤 것,
자애로운 하늘의 가장 풍성한 하사품인
진실과 미덕과 명예와 조화와 사랑을 보게 되리라.
그새 미소 짓는 자손은 사방에서 솟아나, 1145
양친의 장점들을 한 몸에 골고루 다 갖추게 된다.
차츰 인간의 꽃이 피어나고, 하루하루는
매끄럽게 굴러가면서도 새로운 어떤 매력,
즉 아버지의 광택과 어머니의 꽃을 보여 준다.
그러고는 아기 이성(理性)은 빨리 자라, 1150
헌신적으로 돌봐 주는 다정한 손길을 부른다.
즐거운 임무이리라, 여린 생각을 키우고,
젊은 관념에게 싹트는 법을 가르치고,
마음 위에 참신한 교육을 쏟아붓고,
생기 띤 정신에 숨결을 불어넣고, 불타는 가슴에 1155
고결한 목적을 심어 주는 것은!
오, 기쁨을 말하라, 주위를 둘러보면서
더없는 행복의 광경들 외에는 아무것도 눈에 들어오지 않고
갖가지 자연이 가슴을 눌러 대는 바람에

종종 왈칵 눈물을 쏟아내는 그대들이여! 1160
우아한 충족감, 만족,
은둔 생활, 전원의 정적, 우정, 독서,
휴식과 노동의 교대, 유익한 생활,
덕성의 향상, 그리고 흡족해하는 하늘.
이들이 고결한 사랑의 비길 데 없는 기쁨들이고, 1165
이렇게 그들의 순간들은 휙 날아간다. 사계(四季)는 이렇게,
삐걱거리는 뜬세상을 빙 돌아 끊임없이 구르면서,
늘 그들이 행복해하는 걸 보고, 동의하는 봄은
그들의 머리에 제 장미 화환을 떨어뜨린다.
마침내 평온한 저녁이 찾아오고, 1170
인생의 긴 봄날이 지나간 후,
사랑의 숱한 추억들의 증거와 더불어
더 많은 추억들이 부풀어 오를 때,
그들은 함께 상냥한 잠 속에 가라앉는다.[98]
함께 육신에서 해방된 그들의 온화한 정신은 1175
불멸의 사랑과 더없는 행복이 지배하는 장소[99]로 날아간다.

98 그들은 함께 같은 시각에 죽게 될 것이다.
99 '천국'을 가리킨다.

여름

《사계》(1730) 사절판을 위해 윌리엄 켄트(William Kent)가 도안하고
니콜라-앙리 타르디외(Nicolas-Henri Tardieu)가 판각한 삽화 중 〈여름〉.

개요

제재 제시. 시신(詩神)에게 영감을 달라고 기원한다. **도딩턴** 씨에게 바치는 헌사. 계절의 변화를 초래하는 천체들의 운행에 관한 서두의 사색. 이 계절에는 자연의 양상이 거의 같기 때문에, 이 시는 어느 여름날의 정경을 차례로 묘사한다. 새벽. 해돋이. 해에 대한 찬가. 오전. 여름벌레들에 대한 묘사. 건초 만들기. 양털 깎기. 한낮. 숲속 오지. 소 떼와 양 떼. 엄숙한 작은 숲. 어떻게 그것이 정관(靜觀)하는 마음에 영향을 미치는가. 폭포와 거친 풍경. 열대 지방에서의 여름 정경. 천둥과 번개를 동반한 폭풍. 어떤 이야기. 폭풍이 지나간 뒤의 평온한 오후. 멱 감기. 산책 시간. 잘 경작된 비옥한 시골의 경관으로 옮겨 가고, 그것은 **영국**에 대한 찬사를 끌어들인다. 해넘이. 저녁. 밤. 여름 유성들. 혜성. 철학에 대한 찬양으로 전편을 마무리한다.

　아름다운 모습을 드러낸 눈부신 상공 유체층(流體層)으로부터
해의 아이인 눈부신 **여름**이 온다.[1]
한창때의 청춘으로, 자연 속에서 속속들이 느껴지며,
오는 동안 내내 격정적인 **시간의 여신들**[2]과

---

1 여름은 봄처럼 의인화되어 당당하게 '행차한다'. 여름의 남성적인 힘은 봄의 여성적인 온화함과 대조된다.

연신 부채질하는 **산들바람들**을 데리고 온다. 5
그새, 돌아서는 **봄**은 여름의 열렬한 눈길로부터
빨개진 얼굴을 돌리고, 땅과 하늘은
만면에 미소를 띠고 여름의 뜨거운 영토를 떠난다.

그러니, 나로 하여금 햇살 하나 뚫고 들어올 수 없는
어둑한 숲속 그늘 속으로 서둘러 가서, 10
참나무 뿌리 옆 바위투성이 물길 위로
굴러가는, 시신들이 종종 들르는 개울의 가장자리 옆
암녹색 풀밭 위에 자유롭게 누워,
순환하는 한 해의 장관들을 노래하게 하라.

오라, **영감**이여![3] 인간이 좀처럼 찾지 못하는 15
은거지로부터. 그래서 상상력이 너의 진지한 응시와
머리 위를 덮는 천공(天空)을 향한 황홀한 일견(一見)으로부터
시인의 창조적 눈길을 감히 훔쳐,
온갖 힘을 영혼의 황홀경으로
끌어올릴 수 있게 해 다오. 20

---

2 그리스 신화에서 계절과 시간의 변화를 주관하는 것으로 추정된 날씨의 여신들로, 하늘의 문지기나 해의 전차를 매어 두고 새벽을 데려오는 하녀 역할을 한다.

3 15~20행에서 톰슨은 창조자로서의 시인의 관념을 강조하는데, 이런 관념은 〈여름〉(192~196행)과 〈가을〉(668~672행)에서의 모방자이자 '자연의 책'의 번역자로서의 시인의 관념과는 대조된다.

또 마음의 순수한 빛, 따뜻한 가슴,
천재성과 지혜, 예의범절에 의해 억제된
쾌활한 사교 감각, 좀처럼 보기 드물게
조화롭게 결합된 선함과 재치,
흠 하나 없는 명예, 영국의 영광과 25
자유와 인간에 대한 적극적인 열의 같은
인간의 온갖 미점들을 한 몸에 지닌
내 청춘의 벗이자 시신의 총아인 그대,
오, 도딩턴[4]이여! 나의 전원시를 눈여겨보고,
나의 주제에 몸을 굽히고, 시행 하나하나에 기운을 불어넣고, 30
그대의 공정한 찬사를 받을 만하게 나를 가르쳐 주오.

세계를 회전시키는 얼마나 가공할 힘으로
맨 처음 다루기 힘든 행성들이 무한한 천공을 따라
발진되었는지! 그래서 그 행성들은
애써 일하는 인류와 그들의 노동의 기념물들을 35
종종 쓸어버렸던 수천 년의 시간의 흐름 속에서도
제 행로를 유지하면서

---

4 정치인이자 후원자이자 재사이면서 평범한 시인이었던 조지 법 도딩턴(George Bubb Dodington, 1691~1762)은 톰슨의 〈겨울〉(1726)에 깊은 인상을 받았고, 톰슨은 〈여름〉(1727)을 그에게 헌정했다. 1730년에 그는 톰슨의 사절판 《사계》 20권을 예약 구입했고, 톰슨은 도싯의 이스트베리에 있는 그의 대저택을 종종 방문했다.

더할 나위 없이 굳건하고 줄기차게
밤낮의 또 늘 어느새 돌아오는 사계(四季)의
일관된 변화에 한 치의 어긋남 없이 40
충실하게 남아 있는지! **더없이 완벽한 손**은 그렇게
평형을 유지한 채 안정된 태양계 전체를 추진시키고 지배한다.[5]

이제 더 이상 교대하는 **쌍둥이자리**[6]가 불타지 않고,
게자리[7]가 해의 불길로 붉어질 때,
수상쩍은 밤의 제국은 짧다. 45
그리고 이내, 다가오는 낮을 눈여겨보면서,
이슬의 어머니인 온화한 눈매의 아침[8]이 처음에는
알록달록한 동녘 하늘에서 희미하게 나타난다.
그러다가 마침내 상공 저 멀리에서 붉은빛이

---

5 당대의 물리신학자들은 인력이 '한 신성한 활력과 인상'으로부터 유래하고, 횡단 운동은 태양계를 그 형태로 계속 보존하려는 '최고의 신의 오른손 때문이라고 볼 수밖에 없다'고 주장했다. "더없이 완벽한 손"(40행)이라는 어구는 신의 상존(常存)이 태양계에서의 질서를 유지하는 데 필수적이라는 뉴턴의 견해와 부합한다.

6 황도대의 세 번째 자리로, 가장 북쪽에 있기 때문에 해가 이 별자리에 들 때 하지(6월 21일이나 22일로, 톰슨의 시대에는 6월 10일경)가 된다. 쌍둥이자리는 그리스 신화에서 고니로 변신한 최고신 제우스와 스파르타의 왕비 레다 사이에서 태어난 쌍둥이 아들을 나타내는데, 형은 2등성인 알파(α) 별 카스토르고, 아우는 1등성인 베타(β) 별 폴룩스다. 원래 형인 카스토르가 더 밝았지만, 지금은 아우인 폴룩스가 더 밝다고 한다.

7 황도대의 네 번째 자리로, 하지 때 해는 그 속으로 들어간다.

8 '새벽의 여신'을 가리킨다.

점점 더 넓게 퍼지고, 새벽의 여신의 얼굴 앞에서부터 50
구름들이 하얗게 얇게 떨어져 나간다. 점점 더 빠른 걸음으로
갈색 밤이 물러난다. 젊은 낮이 빠르게 쏟아져 들어오고,
풀로 뒤덮인 경관을 활짝 열어젖힌다.
이슬이 똑똑 떨어지는 바위와 엷은 안개 낀 산꼭대기는
좀 더 또렷하게 드러나고, 새벽빛으로 빛난다. 55
김을 내뿜는 기류들9은 새벽 어스름 속에서 파랗게 빛나고,
칼날 같은 잎 무성한 들판에서 나온 겁 많은 산토끼는
어색하게 절뚝거리고, 그새 숲속 빈터를 따라
들 사슴이 경쾌하게 움직이면서 종종 고개를 돌려
일찍 길을 나선 도보 여행자를 응시한다. 순수한 환희의 60
꾸밈없는 목소리인 숲의 음악이 눈을 뜨고,
숲 주변에서 찬가들이 사방에서 솟아오른다.
수탉 울음에 깨어난 양치기는 서둘러 옷을 걸치고는
자신의 **평온**한 거처인 이끼 낀 오두막을 떠나,
양 떼가 바글거리는 우리에서 차례로 양들을 내몰아 65
아침의 신선한 풀들을 맛보게 한다.

　인간이 깨어나, 나태의 침상에서 뛰쳐나와
명상과 성스러운 노래에 걸맞은
서늘하고 향기로운 침묵의 시간을 즐기지 않는다면

9　솟아오르는 엷은 아지랑이.

그릇된 호사를 누리는 게 아닐까? 70
잠에는 지혜로운 사람을 매혹할 게 있을까 싶으니까.
너무 짧은 인생의 덧없는 순간들의 절반을 잃으며
쥐 죽은 듯한 망각 속에 누워 있기 위해?
깨친 영혼의 전적인 절멸,
아니면 어리둥절하며 열띤 허영에 민감한 채 75
병적인 꿈속에서 뒤치락거리기 위해?
집 바깥에서 온갖 시신(詩神)들과 피어나는 온갖 즐거움[10]이
빙 돌아가는 아침 산책을 축복하려고 기다리는데,
자연이 필요로 하는 것보다 더 긴 시간 동안
그런 음울한 상태에 누가 남아 있으려 하겠는가? 80

하지만 저기 동녘에서 기뻐하며
강력한 낮의 왕[11]이 온다. 잦아드는 구름,
불붙는 창공, 흐르는 금(金)[12]으로 불 밝힌
산의 이마[13]가 그가 가까이 다가오는 것을

---

10 '노래하는 새들과 꽃들'을 가리킨다.

11 "해"는 의인화되어 "사계"(116, 121행)와 "시간들"(122행)보다 앞서 당당하게 행차한다.

12 빛이 그 원천인 해로부터 액체 형태로 내려오는 물질이라는 피타고라스적 관념은 루크레티우스의 《사물의 본성에 관해》(5권 281~285, 592~603행)를 비롯해 밀턴의 《실낙원》(7권 359~365행)과 톰슨의 《사계》의 〈여름〉(435, 453~455, 609, 659~661행), 〈가을〉(958, 1095~1102행), 〈찬가〉(68행)에도 나타난다.

13 영어에서 산의 이마 또는 눈썹(*brow*)은 '산등성이'를 의미한다.

기쁘게 예고한다. 보라! 이제 아주 또렷하게, 85
이슬로 빛나는 대지와 채색된 허공을 비스듬히 가로질러
그는 더없이 장엄하게 사방을 둘러보며
빛나는 햇살을 뿌리고, 그것은 반들거리며
저 멀리 높다랗게 어슴푸레 빛나는 바위들과 언덕들과 탑들과
굽이도는 개울들 위에서 노닌다. 삼라만상 중 첫 번째이자 90
최고이면서, 만물에 생기를 주는 으뜸가는 빛이여!
신성한 유출물이여! 자연의 휘황찬란한 의복이여!
그대가 입혀 주는 아름다움을 걸치지 못한
만물은 공허한 어둠 속에 뒤덮여 있었다. 또, 오, 너 해여!
에워싸는 세계들의 영혼[14]이여! 네게서 네 창조주는 95
가장 환하게 빛나는구나! 내가 너를 노래해도 좋을까?

  마치 풀 수 없는 사슬에 묶인 듯
태양계 전체가 굴러가는 것은
너의 신비롭고 강력한 인력[15]에 의해서다 — 30년을 주기로
네 주위를 널찍하게 공전하는 가장 끝자락의 **토성**[16]의 100
먼 경계로부터, 가까이에 있는 네 불길의 광휘 속에서
길을 잃은 과학자의 눈으로는 붙잡기 어려운

---

14 '생명의 원천'을 뜻한다.
15 이 인력은 우주에서의 신의 지속적이고 사랑스러운 현존의 증거로 받아들여진다.
16 토성은 해로부터 가장 멀리 떨어진 행성으로 여겨졌다.

원반형 윤곽을 지닌 **수성17**에 이르기까지.

행성 무리의 활력원(活力源) **18**이여!
생기를 북돋우는 너의 광선 없이는 그들의 육중한 구체(球體)는 105
야만적이고 꼴사납고 죽은 불활성(不活性)의 덩어리일 뿐,
지금처럼 생물들의 녹색 거처들**19**이 아니었으리라.
너에 의해 순화된 형체 없는 영(靈) **20**에서부터
너의 석양빛 속에서 뒤섞이는 무수한 하루살이 종족들**21**에
이르기까지 얼마나 숱한 존재의 형체들이 110
정기를 들이마시며 네게 의존하는지!

해마다 온 세상의 만물을 기쁘게 하면서,
빛나는 황도(黃道) **22**를 따라, 너의 광대한 영토 곳곳을

---

17 수성은 해와 가장 가까이 붙어 있어서 해가 진 직후나 해가 뜨기 직전 동쪽 하늘에서만 볼 수 있고 그 시간 외에는 지평선상에 결코 있지 않기 때문이다.

18 창조주의 "최고의 권화(權化)"(〈찬가〉 66행)로서의 해.

19 루크레티우스는 《사물의 본성에 관해》 92권 1052~1076행에서, 끝없는 공간 속의 무수한 '종자들'이나 원자들이 결합되어 우리 자신의 세계와는 다른 주거 세계들을 형성하기 마련이라고 주장했고, 조르다노 브루노(Giordano Bruno)도 마찬가지로 세계의 복수성(複數性)을 주장했다. 그렇지만 이 이론에 대한 당대의 가장 영향력 있는 진술은 베르나르 드 퐁트넬(Bernard de Fontenelle)의 《세계의 복수성에 관한 대화》(*Entretiens sur la Pluralité des Mondes*, 1686년, 영역본 1688년)였다.

20 천사 같은 존재들의 영을 가리킨다.

21 '하루살이 곤충들'을 가리키는 우회 어법.

숭엄하게 한 바퀴 돌며 나아가는 식물계 또한
너의 옥좌를 기다리는 화려한 자연 현상보다 앞서는 115
사계의 부모인 너의 것이다.
한편 기대에 부푼 인간들의 나라들은,
먹거리 풍성한 대지의 온갖 부족들[23]에 즐겁게 에워싸인 채,
너의 은혜를 간청하거나, 감사하며
공동의 찬가를 바친다. 그새 하늘 높은 곳에서는, 120
너의 빛나는 전차 주위에서, **사계**가, 조화롭게 짜인
활기찬 춤으로, 장밋빛 손가락[24]의 **시간들**,
자유분방한 **서풍들**, 때맞춘 **비들**,
영묘한 꽃 같은 날랜 발걸음의 **이슬들**,
험악했지만 어루만져져 온화해진 **폭풍들**을 이끈다. 125
이들은, 연달아, 차례차례, 손으로 아낌없이,
초본(草本)들과 꽃들과 열매들에게 갖가지 아름다움과
갖가지 향기를 부어 주어, 마침내 네 손길에 불붙여진
봄철이 이 땅 곳곳에서 홍조를 띤다.

또한 네 힘은 언덕들과 골짜기들, 130
대지의 풍성한 머리 단인 잎 무성한 숲들로 우아한

---

22 해가 연주운동(年周運動)을 하면서 천구상의 별자리 사이를 지나가는 길.
23 동식물들의 부족들.
24 "장밋빛 손가락"은 '아침'을 가리키는 호메로스의 수식어이다.

생기 띤 대지의 표면에 국한되지 않고
땅속 가장 깊은 동굴까지 돌진해 들어가,
광물 종(種) 들25은 너의 강력한 힘을 고백한다.
그래서 돌결이 있는 대리석은 눈부시게 빛나고, 135
그래서 노동은 인간의 도구들을 끌어내고,
그래서 윤나는 전투 용품은 그날 빛을 발한다.
반면 평화의 좀 더 고귀한 이기(利器) 들은 그래서 인류를 축복하고,
우호적인 교역은 전 세계의 국가들을 황금 사슬로 묶는다.

　캄캄한 땅속에 칩거하는 무익한 바위조차 140
너의 빛에 회임되어26 빛나는 보석으로 변한다.
선명한 다이아몬드는 너의 가장 순수한 광선들,
일곱 색의 빛을 속속들이 들이마시고, 빛나게 연마되고
그 본연의 광채가 빠짐없이 사방에 발산되어,
미인의 가슴에서 반짝일 때면 145
그녀의 두 눈과 감히 겨루려는 헛된 야망을 품기도 한다.
너를 향해 루비는 그 짙어지는 붉은빛을 비추고,
흔들리는 광휘로 내부를 태운다.
네게서 강옥(鋼玉) 사파이어는

25 광물들이 다른 생물들처럼 성장하고 살아간다는 것을 나타낸다. 해의 침투력이 광물의 생장과 채색을 야기한다는, 아리스토텔레스의 《기상학》에서의 주장은 이후 많은 학자들에게 큰 영향을 미쳤다.

26 '빛이 가득 스며들어'라는 뜻이다.

그 심청색을 얻고, 저녁 하늘처럼 물든 150
자줏빛 흐르는 자수정도 너의 것이다.
너 자신의 미소로 황금색 토파즈는 불타오른다.
봄이 맨 처음 제 의복을 남풍에게 건네줄 때,
녹색 에메랄드가 보여 주는 것보다 더 짙은 녹색이
봄의 의복을 물들이진 않는다. 하지만, 모든 색이 섞여, 155
너의 광선들은 하얘지는 오팔 속으로 빽빽하게 스며들거나,
응시하는 이의 손에서 위치가 달라질 때면
그 표면으로부터 여러 색깔을 날려 보내면서
회전하는 색조들이 떨리며 차츰 변하는 모습을 보인다.[27]

무감각한 피조물조차 너의 빛이 닿으면 160
생물처럼 보인다. 반짝이는 개울은
너에 의해 정제되어, 한층 더 빛나는 미로들 속에서,
초원 위에서 춤추듯 노닌다. 시커메진 물결 위에
가공할 모습을 투영하는[28] 험준한 절벽은
네가 되돌아올 때면 부드러워진다. 사막은 165
제 침울한 영역 곳곳에서 열렬히 기뻐한다.
황량한 폐허들은 반짝거리고, 어떤 뾰족한 곳의 꼭대기부터

---

27 뉴턴은 스펙트럼의 색들이 하얀 빛으로 섞여 든다는 것을 실증했다. 140~159행에서의 톰슨의 묘사는 색들이 다이아몬드의 순수한 빛으로부터 떠올라 오팔의 하늘빛으로 되돌아갈 때까지 스펙트럼 전체를 훑는다.

28 '깔쭉깔쭉한 그림자를 던지는'이라는 뜻이다.

저 멀리 푸른 수평선의 맨 끝에 이르기까지 보이는
대양(大洋)은 떠다니는 빛을
쉼 없이 반사한다.[29] 하지만 이것, 170
또 무척 황홀해진 시신이 노래할 수 있는 모든 것은
너의 아름다움과 위엄과 쓸모에는
훨씬 못 미친다 — 지상의 빛과 생명과
우아함과 환희의 으뜸가는 대원천이여!

그러니, 어떻게 내가 스스로 빛으로서, 창조된 적 없는 빛을 175
속속들이 부여받고, 인간의 눈이나
천사의 좀 더 순수한 시야로부터 멀리 떨어져
경외롭게 거주하고, 또 태초부터 한 번의 미소로
무한한 하늘 곳곳을 영원히 비추는
그 모든 천상의 등불을 넘쳐흐르게 가득 채웠던[30] 180
그분을 노래하려고 시도해야 할까?

---

29 163~170행은 뒷날 J. M. W. 터너(Turner)의 그림 〈던스탠버러성, 돌풍이 불었던 밤이 지난 뒤의 해돋이〉(1798년 전시)와 존 콘스터블(John Constable)의 그림 〈해들리성〉(1829년 전시)의 모토로 사용되었다. 두 화가 모두 톰슨의 시를 좋아했다.

30 [175~180행] 창조되지 않은 빛은 물리적인 빛과는 별개의, 신성한 유출물 자체인 그 빛이다. 밀턴의 《실낙원》(3권 3~6행)에도 비슷한 내용이 나온다. 81~184행 전체가 해 — 물리적으로는 생명의 버팀목으로서, 또 영적으로는 빛이 우주의 으뜸가는 힘이고 창조주가 빛 자체이기 때문에 — 의 핵심적 중요성을 강조한다(176행과 〈찬가〉 117행을 볼 것).

하지만, 만일 그분이 해의 얼굴을 숨긴다면, 깜짝 놀란 해와
꺼진 그 모든 별들은 제 궤도에서 멀리 벗어나
느슨해져 비틀거릴 테고, 혼돈이 다시 찾아오리라.

하지만 전능한 아버지시여! 인간의 더듬거리는 185
온갖 혀들은 당신을 찬미할 말을 찾지 못했다.
당신의 작품들 자체가 인적 없는
한적한 깊은 숲속에서조차
일제히 소리 높여 당신의 권능을 선언하고,
천상의 성가대에게 만물의 불변의 근원이자 190
버팀목이자 목표인 당신을 울려 퍼지게 하리라.

자연의 책은 내 눈앞에 활짝 펼쳐져 있어야 하리라.
그래서 떨어지는 어둠 속에서 내가 생각에 잠겨
헤매거나, 동트는 새벽과 더불어
상상의 독수리 날개를 타고 여기저기 비상할 때, 195
교훈 가득한 자연의 책갈피 하나하나를 찬찬히 읽거나,
거기에서 운 좋게 영감을 얻어 황홀경 상태에서
어떤 쉬운 구절을 번역하는 것이 내 유일한 기쁨이 되어야 하리라. 31

---

31 [185~198행] 〈찬가〉에서 드러나듯, 많은 18세기 설교자들과 철학자들과 시인들과 마찬가지로, 톰슨은 '자연의 작품들은 도처에서 유일신을 충분히 증거한다'는 것을 믿는다. 그에 따르면, 더욱이 신은 위대한 예술가와 저자이고 또 자연은 그의 작품이기 때문에, 인간이 시도할 수 있는 최고의 예술은 자연이라는 성스러

이제, 천공을 불길로 태우는 강력한 해는
높다란 구름들과 얼룩덜룩한 무리로 200
언덕 주변에서 서성거리던 아침 안개들을 녹여
맑은 대기 속으로 들여서, 마침내 자연의 얼굴이
그 너울을 활짝 벗어 빛나고, 거기에서부터 대지는
사방 멀리까지 펼쳐진 채 굽은 창공을 만나는 것처럼 보인다.

무리 지어 피어 있는 장미들의 홍조 속에 반은 흡수된, 205
이슬을 떨어뜨리는 **냉기**는 그늘로 물러난다 —
거기, 파릇파릇한 뗏장 위나 화단에서,
얼음 같은 샘들이나 태평한 실개천 곁에서 생각에 잠기려고.
그새 폭군인 **열기**가 신속하게 제공권을 장악해
온 하늘 전체에 퍼지면서, 인간과 짐승과 210
초본과 미지근한 개울에 불타는 영향력을 쏘아 보낸다.

아침이 피워 낸 꽃들이 작열하는 햇살 앞에서
갓 피어난 꽃송이를 포기하는 모습을 가엾게 여기지 않고
볼 수 있는 사람이 누가 있겠는가? 열기가 하늘빛 혈관 속을
흥청대며 누비고 다닐 때 그렇게 미인은 시든다. 215
하지만 한 종류, 해의 고귀한 추종자는
해가 지면 슬퍼하며 노란 잎들을 아주 닫고

운 책을 읽고 번역하는 것이다.

밤새 고개를 떨구다가, 해가 온기를 내뿜으며 돌아올 때면
제 매혹된 가슴을 햇살 쪽으로 향한다. 32

아침 일과를 마치고 양치기는 집으로 돌아오고, 220
양 떼는 그 앞에서 우리로 걸음을 옮긴다.
한편 젖이 꽉 찬 어미 소는 때맞춰 먹거리, 33
정갈한 먹거리이자 건강식을 기다리는
명랑한 오두막 가족 주위에서 울어 댄다!
갈까마귀와 떼까마귀와 까치는 225
(평온한 마을을 푸릇푸릇한 팔로 덮어 주며 껴안는)
잿빛으로 자란 참나무들에게로 느긋하게 날아들어 가고,
찌는 듯한 한낮 내내 좀 더 서늘한 시간이 다가올 때까지
나무 그늘 속 얽힌 가지들 위에 앉아 있다.
그 아래에서 집안의 닭들은 힘없이 모여 있고, 230
벌들이 웅웅대는 그늘 한구석에서
집 지키는 개는 맥 풀린 그레이하운드와 함께
사지를 뻗고 졸린 듯 누워 있다. 꿈속에서 한 마리는
밤도둑을 공격하고, 다른 한 마리는 언덕과 계곡 위를
기뻐 날뛰다가, 마침내 말벌이 깨우는 바람에 235
둘 다 소스라치며 뛰어오른다. 시신도 시끄럽고 자잘한

32 해바라기가 해를 따라간다는 믿음은 쉽게 교정되지 않는 시적 허구다.

33 오두막의 가족이 기대하는 '우유'를 가리킨다.

여름 족속[34]이 자신의 노래 속에 살면서
소박하지만 보잘것없지는 않은 자신의 노래 사이로 날갯짓하도록
내버려 두는 걸 경멸하지는 않으리라. 해와 같은 편인
곤충 무리는 해로부터 그들의 생명의 불을 얻는다. 240

좀 더 따뜻한 햇살에 깨어난 모충(毛蟲) 새끼는
가벼운 바람을 타고, 더 가볍고 발랄해져
날개 달린 채 땅 밖으로 나온다. 겨울 폭풍을 피해
동면해 있던 온갖 틈새나
은밀한 구석으로부터, 또는 그들의 무덤[35]으로부터 245
더 고등한 생명체로 솟아오르며, 무수히, 한꺼번에
그들은 떼 지어 쏟아져 나온다. 아름다움을 내뿜는
그들의 아버지[36]가 드러낼 수 있는 갖가지 색조로
오만 가지 형체들, 서로 다른 오만 가지 족속들이
땡볕 속에 모인다. 어떤 녀석들은 치명적인 본능에 따라 250
햇살 내리쬐는 물로 날아가, 거기 물웅덩이 위에서
까불대며 선회하거나, 수면을 따라 내려가다가
눈매가 날카로운 송어나 쏜살같은 연어에게
즉각 낚아채진다. 초록 숲의 빈터를 헤매고 다니는 걸

34 '단명한 곤충 무리'를 가리키는 우회 어법.
35 '번데기'를 가리킨다.
36 일곱 색의 빛을 발산하는 '해'를 가리킨다.

좋아하는 녀석들도 있어서, 그곳의 신선한 풀잎에 255
머물러 즐겁게 배를 채운다. 또 다른 녀석들은 호사스럽게
초원을 골라 꽃이란 꽃과 눈에 잘 띄지 않는
풀이란 풀도 다 찾아간다. 그들은 종족을 번식하려는
달콤한 임무를 위해, 또 어떤 부드러운 침상에서
저희 새끼들37을 아직 드러나지 않게 어디에 감싸 숨길 것인지, 260
아주 세심한 주의를 기울인다. 배가 고파
집과 축사와 낙농장으로 방향을 틀어 날아가,
양동이 주변을 핥아먹거나 반쯤 응고된 치즈를 맛보다가,
종종, 뜻하지 않게, 쏟아지는 우유에 맞아
죽기도 하고, 아니면 우유 사발 속에서 뒹굴다가 265
힘 빠진 날개에 싸인 채 숨을 거두는 녀석들도 있다.

그런데 특히 부주의한 파리들에게 창가는 늘 죽음의 위험이
도사린 곳임이 밝혀진다. 그곳에는, 살그머니 몸을 숨긴,
교활함과 사나움이 뒤섞인 가증스러운
악당 거미가 산다! 난도질된 사체 더미 사이에서, 270
녀석은 사방에서 흔들리는 제 온갖 덫들을
내려다보며 빈틈없이 감시하고 있다.
이 끔찍한 무덤 근처를 겁 없는 파리가 종종
돌아다니는데, 그만큼 종종 악당 거미도 제 얼굴을 드러낸다.

---

37 ‘알들’을 가리킨다.

먹잇감이 마침내 덫에 걸리고, 거미는 기울어진 거미줄을 따라 275
날래게 미끄러지며 쏜살같이 내달려,
가엾은 녀석에게 잔인한 독니를 꽂고
섬뜩할 정도로 즐거워하며 뒤에서 가격한다. 퍼덕거리는 날개와
더 날카로운 소리는 극도의 고통을 선언하고,
도와줄 구원의 손길을 필사적으로 찾는다. **38** 280

지상의 생기 띤 표면은 소리로 가득하다.
정오에 숲을 산책하며 생각에 잠긴 사람이나,
개울 위로 무성한 가지를 늘어뜨린 잿빛 버드나무들의
떠도는 그늘 아래 반쯤 눈을 감고 누워
졸고 있는 양치기에게도, 곤충들이 285
끊임없이 윙윙대는 소리가 즐겁지 않은 건 아니다.

차츰, 이들로부터 시작해 현미경으로도 보이지 않는
얼마나 무수한 부류들이 내려오는지!
온 자연은 생물들로 들끓는다—경이로운 동물들 집단이나
미생물들은 **아버지 하늘**이 290
그의 영(靈)에게 불어넣으라고 명할
생명의 숨결을 기다리면서. 허연 늪은,
악취 나는 김 속에서, 역병의 자욱한 독기를

38 톰슨의 모의-영웅시적 어조는 230~280행에서 더 뚜렷해진다.

계속 내뿜는다. 날카로운 햇살도 좀처럼
뚫고 들어갈 수 없는 지하의 움에서 295
대지는 생기 띤 채 들먹거린다. 꽃 이파리에도
부드러운 거주자들이 모자라진 않다. 바위는
그 구불구불한 요새에서 무수한 생물들을
안전하게 담고 있다. 하지만 특히 희롱하는 산들바람에 맞춰
춤추는 무수한 숲의 나뭇가지들, 300
솜털로 덮인 과일나무들, 또 잘 익은 과일의
녹아내릴 듯한 과육은 이름 없는 덧없는 곤충들의
무리를 먹여 살린다. 온통 초록 망토를 걸친
연못에서는 떠도는 수초 사이에서, 눈에 띄지 않게,
무수한 미생물들이 헤매고 다닌다. 305
미각에 얼얼하건 달콤하건 매콤하건 상큼하건
자극적이건 간에, 어떤 물에도
갖가지 형태의 미생물들이 넘쳐난다. 더없이 순수한
수정 같은 개울이나 맑은 대기에도,
비록 투명한 공간처럼 보이더라도, 310
눈에 보이지 않는 생물들이 없지는 않다. 이들은,
만물을 빚는 **하늘**의 자애로운 솜씨 덕분에 감춰져,
인간의 좀 더 조악한 눈에는 보이지 않는다. 세계들 속에 포함된
세계들이 그의 오관(五官)에 갑자기 나타나게 되면, 그는
아주 맛 좋은 진미와 달콤한 음료가 담긴 사발로부터 질색하며 315
고개를 돌릴 테고, 만물이 정적 속에 잠들어 있는 쥐죽은 듯한

한밤중에도 꿈틀거리는 소음으로 깜짝깜짝 놀랄 테니까. 39

그 어떤 주제넘은 불경한 욕쟁이로 하여금 마치 어떤 것이
헛되이 만들어졌거나 또는 탄복할 만한 목적을 위해
만들어진 게 아니라고 **창조주의 지혜**를 비난하지 않게 하라. 320
하찮고 오만하고 무지몽매한 자가, 창조주의 작품들의
가장 작은 부분조차 제 마음의 좁은 소견을 넘어서는데도,
그의 작품들을 어리석은 거라고 감히 단언할까?
마치 점점 높아지는 기둥들 위에 들어 올려진
완벽하게 균형 잡힌 돔 위에 놓인 듯한 예술의 정화(精華)를! 325
사방으로 한 치도 뻗어 나가지 못하는 약한 시선의 소유자인
파리 같은 비평가는 무턱대고 주제넘고 뻔뻔스럽게
대자연의 구조를 감히 비난하리라.
하지만 우주적인 눈으로 만물의 무한한 체계를
즉각 훑어보고 또 그들의 상호의존과 330
확고한 조화를 그렇게 지켜본 살아 계신 그분이
어떻게 한 치의 망설임도 없이 단호하게
이것이 아무 쓸모가 없다고 결론짓겠는가? 누가
완전무결한 존재부터 생각만 해도 깜짝 놀라
움찔하며 돌아서게 되는 음울한 **무**(無)의 335
황량한 심연의 가장자리에 이르기까지

39 287~317행에 제시된 내용은 18세기의 물리신학자들이 종종 재진술했던 것이다.

점점 낮아지는 존재의 대연쇄[40]를 본 적이 있는가?
마침내 그때 거룩한 경이에 대한 열렬한 찬사와 찬가들만이
그분의 종인 해가 우리의 미소 짓는 두 눈을
환하게 해 주는 것만큼이나 사랑스럽게 우리의 마음을 340
환하게 해 주는 지혜를 지닌 그 힘으로 올라가게 하라.

저쪽의 빛의 바다에서는, 태풍의 날개를 단
사나운 겨울이 낮의 얼굴로부터 자신들을 쓸어버릴 때까지,
나부끼는 족속들[41]이 위로, 아래로, 가로지르고, 뒤엉키며,
오만 가지 방식으로, 빽빽하게, 노닌다. 345
방탕한 인간들조차 그렇게 경솔하게
행운의 빛, 한 계절의 광채 속에서 빈둥거리며
여름날을 보낸다! 그렇게 그들은 계속 이 노리개에서 저 노리개로,
허영에서 악행으로 퍼덕거리며 나아가다가,
마침내, 죽음의 신에 의해 흩날리고, 망각이 뒤에서 다가와 350

---

40 '존재의 대연쇄'(*the great chain of being*)라는 관념은 플라톤과 아리스토텔레스와 플로티노스에게서 발견되는 신 또는 제 1원인의 본성에 관한 견해에 그 토대를 두고 있으며, 뒷날의 사상가들에 의해 하나의 포괄적인 세계관으로 발전되었다. 18세기 사상가들에 의하면, 신의 본질적인 '탁월성'은 그의 무한한 창조력, 즉 그의 빛이 아낌없이 흘러나와 가능한 최대의 다양성을 지닌 존재들 속으로 들어간 데 있다. 특히 현존하는 종들은 미물의 가장 낮은 지위에서 신에 이르는 하나의 존재의 대연쇄 또는 사다리와 같은 위계를 이룬다. 이 연쇄에서 인간은 동물과 천사, 즉 순전히 영적인 존재 사이의 중간 위치를 차지한다.

41 '춤추는 무수한 곤충들'을 가리킨다.

그들을 후려쳐 생명의 책42에서 떨어뜨린다.

이제 마을 사람들은 쾌활한 목초지로 모여든다.
시골 청년은 한낮의 노동으로 볕에 그을린
건강하고 씩씩한 모습으로, 강한 햇살을 받아
여름 장미처럼 활짝 피어난 불그레한 처녀는 355
가슴이 눈에 띄게 부풀어 올라43 반쯤 드러난 모습으로,
또 뺨 위로 불 밝힌 매력들이 타오르는 모습으로.
허리 굽은 노인들조차 와 있다. 유아의 두 손은
긴 갈퀴를 좇거나, 향긋한 풀을 가득 움켜쥐고
그다지 무게를 느끼지 못하며 굴러간다. 360
널어 말린 풀씨들이 멀리까지 날린다. 모두 일렬로
널찍널찍하게 전진하거나 들판을 빙 돌면서,
그들은 사방에 시골 냄새를 상큼하게 풍기는
향긋한 풀들이 햇살을 잘 받도록 펼친다.
그들이 초록색 지면을 갈퀴질하며 365
목초지를 따라 거무스름한 건초의 물결을 몰아갈 때,
황갈색 건초 더미는 뒤에서 명랑하고 가지런하게
빽빽하게 쌓여 간다. 한편 이 골짜기에서 저 골짜기까지
산들바람을 깨우며 행복한 노동과 사랑과

---

42 영생을 누리게 될 이들의 이름이 적힌 기록.

43 처녀는 젖가슴을 반쯤 드러낸 채 코르셋과 스커트를 걸친 상태다.

공동체의 환희가 뒤섞인 목소리가 울려 퍼진다. 370

아니면, 거기서부터 서두르며, 산만한 한 무리[44]를 이룬 채,
그들은 숱한 개들에게 쫓겨 우왕좌왕하는 양 떼를
굽이도는 개울이 깊은 웅덩이를 이루는 곳으로
몰아간다 — 높고 가파른 이 둑과,
자갈 깔린 연안에 아름답게 펼쳐진 저 둑으로. 375
아찔한 가장자리까지 쫓기느라 겁에 질린 유순한 족속[45]은
어른들과 아이들과 개들의 왁자지껄한 소리 속에서
고역을 치르고는, 자신들의 털북숭이 허리를
물결에 내맡긴다. 또 종종 양치기는
서둘러 몇 마리를 붙잡아 물속에 던져 넣는다. 380
그러자 양들은 대담해져 더는 망설이지 않고,
빨리빨리 흩어지는 물결 사이로 돌진해,
헐떡거리며 더 먼 쪽의 기슭까지 헤엄쳐 간다.
잘 씻긴 양털이 물을 잔뜩 빨아들일 때까지
이런 일이 되풀이되고, 물이 더러워지는 바람에 385
송어는 제 상쾌한 서식지에서 쫓겨난다.
무해한 종족[46]은 물을 뚝뚝 흘리며 무거워진 몸으로

44 마을 사람들이 저 멀리까지 흩어져 있지만 협력해 일한다는 것을 나타낸다.
45 '양 떼'를 가리키는 우회 어법.
46 '양 떼'를 가리키는 우회 어법.

바람이 잘 통하는 비탈 가장자리까지 느릿하게 움직이고,
거기에서 저희의 부풀어 오른 보물47을 햇살을 향해 펼친다.
그러고는 심란한 상태에서 이 터무니없는 시끌벅적한 소동이 390
뭘 뜻하는지 궁금해하면서 요란한 투덜거림으로
사방을 가득 채우는데, 그들의 끊임없는 매애 매애 소리는
이 바위 저 바위로 메아리치며 언덕 일대를 맴돈다.
마침내, 한데 모인 눈처럼 새하얀 양 떼는
욋가지로 엮은 우리 속에 빽빽이 들어차 395
머리 위로 머리만 보이고, 건장한 양치기들은
가지런히 자리를 잡고 앉아 찰카당거리는 큰 가위를 간다.
안주인은 주변에 화려하게 차려입은 처녀들을 거느리고
곧 쌓일 양털을 돌돌 말아 묶으려고 기다린다.
우아한 위엄을 드러내며 옥좌에 앉은 한 사람, 400
양털 깎기 축제의 여왕이 특히 다른 처녀들보다 더 환하게 빛나면서,
양치기 왕에게 사랑스러운 미소를 아낌없이 보내고,
그새 그들을 에워싼 기쁨에 찬 무리는 쓴맛이라곤 전혀 알지 못하는
재치와 축제의 기쁨에 저희의 영혼을 내맡긴다. 48
한편, 그들의 즐거운 작업은 빠르게 이어진다. 405
녹은 타르를 뒤섞는 이들도 있고, 막 털이 깎인

47 곧 잘라야 할, 길게 자란 양털.

48 '양치기 왕'의 주재하에 이웃들이 모여 양털을 깎는 활동에 곁들여 잔치를 여는 것이 고대의 관습이었다.

떠돌이 양[49]의 들먹거리는 옆구리에 소유주 낙인을
깊이 눌러 찍을 준비를 한 채 서 있는 이들도 있다.
싫다는 숫양을 질질 끌고 가는 이들도 있고,
제힘을 뽐내는 건장한 젊은이는 410
격분한 숫양의 구부러진 뿔을 붙잡는다.
모든 걸 의지하고 있는 그 주인인 곤궁한 인간에 의해
묶이고 또 옷이 벗겨진 채 저 온순한 피조물이
얼마나 유순하게 얼마나 참을성 있게 누워 있는지 보라!
어떤 부드러움이, 말없이 불평하는 어떤 천진난만함이 415
그 우울한 얼굴에 나타나 있는지!
두려워 말라, 너희 유순한 부족아. 너희 위로
휘둘러지는 것은 무시무시한 살육의 칼이 아니고,
다정한 양치기의 잘 감독된 털 깎는 가위니까.
그들은 이제, 연간 지대(地代)를 납부하려고, 420
너희에게 성가신 짐이 되는 양털을 빌리고는,
다시 너희가 언덕으로 뛰어가게 해 줄 테니까.

소박한 정경이어라! 하지만, 여기서부터 브리타니아[50]는
제 견실한 위엄이 솟아오르는 것을 본다. 여기서부터 그녀는
더 온난한 온갖 풍토들의 고귀한 산물들,[51] 425

---

49 양털 깎기는 양의 옆구리에서 소유주의 낙인을 일시적으로 제거했기 때문이다.
50 '영국'을 여성으로 의인화한 것.

온화한 해의 보물들을 맘대로 쓰고,
여기서부터, 아주 열렬하게, 문화와 노고와 기예로,
제 영토를 널리 빛낸다. 그녀의 가공할 우레는 여기서부터
파도들 너머로 숭엄하게 울려 퍼지고, 이제, 바로 이 순간에도,
갈리아[52]의 무너진 해안 바로 위에 드리워져, 430
여기서부터 에워싼 바다를 지배하고, 전 세계를 압도한다.

지금은 작열하는 정오. 해는 제 강력한 광선들을
곧장 머리 위로 수직으로 쏘아 댄다.
여기저기 둘러보는 눈이 미칠 수 있는 멀리까지
현란한 빛의 홍수가 하늘과 땅 위에 넘쳐나고, 세계 곳곳에서 435
만물이 하나같이 온통 불길에 싸여 있다.
땅을 향해 시선을 내리깔아 보지만
아무 소용이 없고, 땅에서 솟아오르는 뜨거운 열기와
날카로운 반사광이 눈에 통증만 안긴다. 땅속 깊이
초목의 뿌리까지 바싹 말라 버리고, 열기로 표면이 갈라진 들판과 440
미끈거리는 풀밭은 메마른 색조를 드러내고,
상상력의 꽃을 말려 버리고, 영혼까지 시들게 한다.
메아리는 날카로워지는 낮의 명랑한 소리를

---

51 열대 지방에서 들여온 물품들.

52 프랑스. 비록 영국은 1744년까지 전쟁 선언을 하지 않았지만, 영국 함대는 그 전부터 브레스트와 툴롱을 봉쇄하고 있었다.

더는 되돌려 주지 않는다. 풀 베는 이는 고개를 숙인 채
꽃향기가 남아 있는 축축한 건초를 산더미같이 쌓아 올리고, 445
정적에 싸인 초원에서는 찌르륵거리는 메뚜기 소리도
좀처럼 들리지 않는다. 괴로워하는 자연은 헐떡거린다.
저 멀리 있는 개울들도 노곤한 모습이거나,
가림막 하나 없는 숲속 빈터를 지나가면서 안달하며
작은 숲의 은신처 속으로 황급히 몸을 던지는 듯하다. 450

삼라만상을 정복하는 열기여, 오, 너의 맹위를 잠시 멈춰 다오!
그래서 격렬하게 고동치는 내 관자놀이 위에 그토록 맹렬하게
열기를 퍼붓지 말아 다오! 여전히 끊임없이 너는 흐르고,
여전히 또 다른 열기의 홍수가 잇달아
머리 위로 엄청나게 쏟아진다. 한숨 쉬고, 455
불안하게 몸을 돌려, 밤을 찾아 사방을 둘러보아도 허사구나.
밤은 저 멀리 있고, 더 뜨거운 시간들이 다가온다.
세 배나 행복하여라, 숲의 왕관을 쓴
어떤 낭만적인[53] 산의 볕이 들지 않는 옆구리의
차분하고 건전한 그늘 아래에서 몸을 눕히고 있거나, 460
인동덩굴로 장식되고 늘 솟아 나오는 물로
신선하게 적셔진 얼음 같은 동굴에서 시원하게

---

53 로망스를 상기시키는 "로맨틱"(*romantic*)이라는 단어는 18세기에 야생의 풍경을 묘사하는 데 널리 사용되었다.

또 고요히 앉아 있는 이는! 그새 세상 사람들은
온통 병들어 불만이 가득한 채 정오에 몸부림치고 있으니.
그것은 악의 불길로 타오르는 불화의 세상에서 465
절제된 마음을 평온하고 맑게 유지하면서
온갖 열정들을 적절히 조화시키는
덕 있는 이의 교훈적인 표상이어라.

환영하노라, 너희 그늘들아! 너희 숲속 덤불들아, 환영하노라!
너희 우뚝한 소나무들아! 너희 고색창연한 참나무들아! 470
벼랑 위로 메아리치는 너희 울창한 물푸레나무들아!
쫓기는 수사슴에게 풀 우거진 물가를 따라
헤엄치면서 부풀어 오른 제 옆구리를 담그는
솟아 나오는 샘이나 넘칠 듯 흐르는 개울이 그렇듯,
너희의 은신처는 영혼에게는 정말 달콤하구나. 475
너희의 기분 좋은 위로는 신경 속으로 서늘하게 미끄러져 들어가고,
심장은 기쁘게 뛰고, 상쾌하게 팽창된 눈과
귀는 다시 예민해지고, 근육들은 밀착되고,
가벼워진 팔다리 속으로 생기가 빠르게 넘쳐흐른다.

새소리 울려 퍼지는 작은 숲을 따라 졸졸 흐르면서, 480
때로는 바위 위로 물결이 일게 하고, 때로는 갈대 우거진 못을
좀처럼 빠져나가지 못하고, 때로는 급류로
변하기도 하고, 때로는 탁 트인 평원으로 부드럽게

넓게 퍼져 들어가는 인접한 개울 주변에서,
소 떼와 양 떼는 삼삼오오 무리를 짓는다. 485
시골다운 혼란상이어라! 풀 우거진 둑에서
일부는 되새김질하며 앉아 있고, 다른 녀석들은 물속에
반쯤 몸을 담그고 서서 종종 고개를 숙이고
넓게 파문 이는 개울물을 홀짝인다. 한가운데에서는
성실한 이마를 지닌 튼실한 수컷 일소가 490
풀이 죽고 심란해져 이마를 흔들고, 옆구리에 붙어 있는
곤충들을 꼬리로 찰싹 때려 보지만
별 소용이 없다. 제 신하들 사이에서 군주 격인
안전한 목동은 폭신한 이끼를 받친 머리를
태평하게 팔로 두르고는 선잠이 드는데, 495
이쪽엔 건강한 먹거리가 잔뜩 들어 있는 작은 주머니가 있고,
저쪽엔 소리 하나 놓칠까 봐 귀를 쫑긋 세운 양치기 개가 지키고 있다.

만일 날아다니는 성난 등에 무리가 혹시라도
소 떼에 달라붙기라도 하면, 그의 선잠은 휙 달아난다.
깜짝 놀란 소 떼는 얕은 개울가를 벗어나 500
깊은 물을 찾아 나선다. 사납게 거품을 내뿜으면서,
그들은 눈부시게 엄혹한 정오 내내
목동의 목소리를 귓전으로 흘리며 평원을 쏘다니고,
그새 벌떡거리는 그들의 가슴에서 터져 나온 공허한 신음 소리는
점점 커져 나직한 울부짖음으로 변해 언덕 주변을 맴돈다. 505

이맘때면 종종 흥분한 말도
커다란 근육이 활기로 가득 차 부풀고,
피가 뜨거워져, 활력으로 몸을 떨며,
높은 울타리를 뛰어넘고, 한 곳만 응시하며
두려움이라곤 모르는 가슴으로, 들판을 벗어나 510
어둑한 큰 개울로 쏜살같이 달려간다. 힘의 원천인,
녀석의 곧고 힘차고 널찍한 흉곽은
역류를 압도한다. 갈증을 해소하지 못한
녀석은 강물을 다시 두 배로 들이켜고,
널찍한 콧구멍으로 콧김을 뿜으면서 강물을 급히 훑어본다. 515

마구잡이로 더없이 무성해진 저쪽의 작은 숲속으로
내가 조용히 한밤중에 뚫고 들어갈 수 있게 하라.
거기에서 나무들은 공중 높이 숲의 성가대[54]를 이루어
아래쪽 산 위로 고개를 끄덕인다. 엄숙하고 느릿한
발걸음마다 그림자가 더 시커멓게 떨어지고, 520
사방엔 온통 장엄한 어둠만이 정적에 잠겨 있다.

이들이 명상의 단골 장소, 이들이
옛 시인들이 황홀경 속에서 시적 영감을
얻었던 현장이다. 그들은 이 뜬세상에서 물러나,

---

54 '내진'(內陣)을 가리킨다.

천사들과 불멸의 형상들과 대화하면서, 525
고결한 임무들 — 악의 가장자리에서 버둥거리는
미덕의 추락을 구하는 임무,
깨어 있는 상태의 속삭임들과 거듭된 꿈들에서
순수한 상념을 암시하고, 아끼는 영혼에게
닥치게 될 미래의 시련들에 대비하라고 경고하는 임무, 530
더 나은 주제들에 제 시신(詩神)을 주려는
헌신적인 시인을 재촉하는 임무, 죽어 가는 훌륭한 이들의
격통을 어루만지고, (혐오스러운 전쟁에 섞이는 건
내키지 않아 하지만, 일단 참전하면 누구보다도 앞장서는)
애국자의 가슴으로부터 죽음의 방향을 돌리는 임무, 535
또 사랑의 그런 숱한 임무들을 밤낮으로
열렬하게 수행하는 임무 — 에 열중했었다.

하늘의 가슴으로부터 갑자기 흔들려 떨어진
무수한 형체들55이 어둠을 가로질러 미끄러지거나
위풍당당하게 활보한다. 화들짝 놀란 나는 540
성스러운 공포와 깊은 환희가
내 육신을 뚫고 지나가는 걸 느끼는데, 그래서, 내 생각엔,
초인적인 한 목소리가 상상의 멍한 귀청을
때리는 듯하다. "우리를 두려워하지 마라,

---

55 '망령들'을 가리킨다.

동족인 가엾은 인간아! 너와 동족인 우리는 545
같은 **생명원**(生命源)**56**에서 생겨난 존재들로,
창조주도 법칙들도 추구하는 커다란 목표도 같다.
한때 우리 중 일부도, 순수함과 평화가 매력을 뒤섞는
이 성스러운 평온, 이 마음의 조화를
얻기 전에는, 너처럼 온갖 풍상에 시달리며 550
파란만장한 삶을 힘겹게 이어 왔다.
그러니 우리를 두려워하지 말고, 소란스러운 우행(愚行)과
귀에 거슬리는 악업(惡業)에 동요하지 않은 채,
이 어둑한 숲의 은신처에서, 화답하는 노래로
우리와 함께 자연을, 또 자연의 **창조주**를 노래하라. 555
이곳에 종종 들러라, 묵상하는 자정이나
무언의 정오가 군림하고, 천사들의 하프들의
완벽한 화음이 들리고, 숲의 왕관을 쓴 언덕이나
깊어지는 계곡이나 내밀한 숲속 빈터로부터
목소리들이 울려 퍼지는 환상적인 시간**57**에. 560
그것은 정관(靜觀)이나, 신성한 가락으로까지
부풀어 오른 시인의 성화된 귀에
우리만이 줄 수 있는 하나의 특권이다."

---

56 '창조주'라기보다는 어쩌면 '대자연'을 가리키는 듯하다.
57 초자연적인 존재들은 정오와 자정에 맞닥뜨릴 공산이 가장 크다.

그리고 스탠리[58]여, 그대는 그 성스러운 무리 중 하나인가?
애석하게도, 너무 일찍 세상을 떠났구나! — 비록 인간의 565
고통의 영역 너머로, 인간의 환희의 비상(飛翔) 너머로
끌어올려지긴 했지만, 슬픔과 기쁨이 뒤섞인
추억의 광선으로 그대는 틀림없이 느끼리라,
어머니의 사랑, 어머니의 사랑 가득한 비통을.
어머니는 예전의 숱한 장면들에서 끊임없이 그대를 찾고, 570
그대의 아름다운 자태, 사랑스럽게 미소 짓는 그대의 두 눈,
명랑하고 활기찬 분별력에 의해 고무된, 즐거움을 주는
그대의 대화 — 여기에서는 도덕적 지혜가 애써 솜씨를 부리지 않고
온화하게 빛나고, 미덕은 불쾌한 자만심 없이
한껏 미소 지으며 빛난다 — 를 찾는다. 575
하지만, 오, 그대 최고의 어머니여! 눈물을 닦아라.
아니면 차라리 좀 더 어린 그대의 분신,
그대의 계몽된 정신과 온화한 인격을 물려받은
이 첫 꽃을 잠시 그대에게 하사한
어머니 자연에게 감사하며 기쁨의 눈물을 바쳐라. 580
시신(詩神)을 믿어라. 죽음의 차가운 질풍은

---

58 [원주] "1738년 18세의 나이로 세상을 떠난, 저자가 잘 아는 젊은 숙녀." 엘리자베스 스탠리(Elizabeth Stanley)를 가리킨다. 1740년에 톰슨은 사우샘프턴의 홀리루드 성당에 있는 그녀의 무덤의 묘비명을 썼다. 그녀의 어머니(569행)는 톰슨의 어린 시절 벗인 한스 슬로운 경(Sir Hans Sloane)의 딸이었다. 564~584행은 1744년본에 처음 덧붙여졌다.

결코 미덕의 꽃봉오리들을 죽이지 못하고, 오히려 그 꽃봉오리들은
좀 더 빛나는 해들[59]의 오묘한 광휘를 받으며 피어나
영원히 더 높은 힘들 속으로 들어간다.

이렇게 나는 언덕을 올라, 환상의 세계에 잠겨, 585
어디든 헤매고 다니다가, 마침내 근처의
폭포 소리가 상념의 매혹으로부터
오감(五感)을 일깨워, 황급히 움찔하며 물러나
걸음을 멈추고는 기복이 있는 경관을 바라본다.

아래로 경사진 가장자리로 풍성한 물은 맑고 잔잔하게 590
조용히 흘러내리고, 거기에서 모두 얽혀
격한 급류가 되어, 벼랑 아래로
천둥 치듯 흘러내리며 사방 일대를 흔들어 댄다.
처음엔 담청색 시트 모양으로 광활하게 돌진하고는,
곤두박이로 떨어지며 차츰 하얘지고, 595
굉음을 내는 아래쪽 바위들로부터
구름 같은 물거품에 싸여 돌진해서는
허연 물안개를 일으키며 끊임없이 비를 뿌린다.
고문당한 물결은 여기에서도 쉬지 못하고,
거친 바위들 사이로 여전히 난폭하게 감아 돌면서 600

---

59 '상상력'을 뜻한다.

때로는 흩어진 파편들 위에서 번뜩이고,
때로는 움푹 팬 수로를 따라 비스듬히 쏜살같이 달려간다.
그러고는 끊긴 거친 수로를 따라 덜 소란스레
완만한 이 비탈에서 저 비탈로 빠르게 떨어져,
좀 더 안전한 하상(河床)에 이르고는, 마침내 605
조용한 계곡의 미로들을 따라 살그머니 흘러간다.

어두운 벼랑의 이마에 달라붙어 있다가 해에 이끌려
가파르게 솟구치는 독수리는 날갯짓하며
햇살의 바다 속으로 급상승하고,
불길에 제 가슴을 온통 내맡기며 610
해에게 바짝 다가간다. 그새 노래하는 다른 족속[60]은
고통스러운 한낮의 폭염에 난타당해 무성한 덤불 속에 정신없이
몸을 파묻거나, 아니면 이 그늘에서 저 그늘로 옮겨 다니면서
서로 화답하며 중단된 노랫가락을 쥐어짜 낸다.
들비둘기만 숲속에서 구슬픈 쉰 목소리로 615
구구거린다. 종종 한탄이 그치고,
잠시 힘겨운 비통함을 멈추는 시간. 하지만
야만적인 새 사냥꾼의 간계로 인해
제 옆에서 총에 맞아 살해된 짝에 대한 슬픈 생각이
문득 다시 머릿속에 떠오를 때면, 그때는 작은 숲속 전체에 620

60 ‘새들’을 가리키는 우회 어법.

한층 더 요란한 슬픔의 노래가 울려 퍼진다.

만물이 상쾌하고 촉촉한 대기 속에 자리한
이슬 젖은 물가에 앉게 해 다오.
거기에선 기괴하고 거친 움푹한 바위가
이끼로 줄무늬 진 풍성한 의자가 되고, 머리 위로는 625
꽃핀 나무들의 잎들이 그늘을 이루고, 거기에선 벌이
부지런히 돌아다니며 향긋한 인동덩굴에서 뽑아 낸
향료를 제 작은 허벅지에 잔뜩 싣는다.

지금, 내가 나의 그늘의 상쾌함을 맛보는 동안,
자연이 정오에 얼러져 사방에서 곤히 자는 동안, 630
대담한 **공상**이여, 지금 와서 담대한 비상을 시작하여,
작열하는 지대의 경이로운 경관들을 살펴보라.
무자비한 기후여! 너의 맹위에 견주면,
저 불길은 약하고, 저 하늘은 서늘한 편이리.

보라, 어떻게 즉시 찬란하게 빛나는 해가 635
똑바로 솟아올라 하늘에서 단명한 어스름을
날래게 쫓아내고, 이글거리는 불길로
그 모든 눈부신 대기를 쾌활한 표정으로 사납게 훑어보는지를.
그는 자신의 옥좌에 오르지만, 제 열기를 누그러뜨리고
약해지는 삼라만상에 원기를 불어넣기 위해 640

친절하게도 저보다 먼저 아침의 현관에서

일반풍(一般風)**61**을 불어 보낸다.

가공할 아름다움과 야만적인 부(富)의 영예를 누리며, 해마다

되돌아오는 해들과 사계가 1년에 **두 번**

지나가는 것**62**을 보는 지역들은 멋지다. 645

보석들로 가득한 바위들, 광산들로 꽉 찬 산들**63**은

적도 선상에서 산맥들로 이어지고,

거기서부터 금을 함유한 숱한 개울들이 흘러나오고,

생기 띤 갖가지 녹색의 장중한 숲들은

각 시기의 지층별로 언덕 위에서 드높이 물결치거나, 650

저 먼 지평선까지 넓게 흩어져

광대무변의 깊은 그늘을 이룬다.

여기에서는 맹렬한 열기와 구름으로부터 급강하하는 호우의

고귀한 아들들인, 옛 노래에 등장하지 않은

키 큰 나무들이 가시투성이 몸통들을 655

하늘 쪽으로 곧추세우고, 주위에

---

61 [원주] "평행을 이루는 남북회귀선 사이의 동쪽, 즉 북동과 남동에서 늘 부는 바람으로, 동쪽에서 서쪽으로의 해의 일주운동에 따라 희박해진 대기가 앞쪽 대기를 압박해 일어난다." 일반풍은 넓은 지역의 바람의 상태를 대표하는 것으로, 지형과 지상물의 영향을 받지 않는 계절풍·무역풍·편서풍 등 큰 규모의 바람을 가리킬 때가 많다.

62 [원주] "남북회귀선 사이의 모든 지점에서는, 해는 연주운동(年周運動)을 하며 두 번 지나가면서 수직을 이루고, 그로 인해 이런 효과가 생긴다."

63 해의 작용으로 인한 것이다.

정오의 그늘을 떨어뜨린다. 여기에서는 늘 잘 익어
유난히 맛도 좋고 원기를 북돋우는
숱한 과일들이 관목 무성한 계곡들을 에워싸는
타는 듯한 모래와 벼랑 사이에서 두 배로 뜨거워진 660
햇살을 들이마시면서도, 울퉁불퉁한 껍질 속에
해의 맹위를 식혀 줄 달콤한 즙을 담고 있다.[64]

포모나 여신[65]이여, 나를 그대의 감귤밭으로 데려가라!
그곳은 레몬과 신맛 얼얼한 라임이
짙은 색 오렌지와 함께 초록 잎들 사이로 산뜻하게 빛나며 665
저희의 좀 더 가벼운 자랑거리들을 뒤섞는 곳. 나로 하여금
산들바람의 부채질을 받아 열기를 식혀 줄 열매를 흔들어 대는
가지 뻗은 타마린드나무[66]의 그늘 아래 기대어 누워 있게 하라.
거대한 쿠르바릴나무[67]가 떨어뜨리는 그늘 속 깊은 곳에서
나의 뜨거운 사지를 식혀 주거나, 끝없는 나무 그늘을 만드는 670
반얀나무[68]의 미로 사이로 나를 인도하라.

---

64 톰슨은 열대 과일들이 땡볕의 열기를 식혀 줄 즙을 함유하고 있다는 사실을 조화로운 자연 질서의 유익한 역설들 중 하나로 여긴다.

65 로마 신화에 나오는 과일나무의 여신.

66 열대산 콩과의 상록 교목으로, 열매는 여러 식품과 음료의 재료로 사용된다.

67 카리브해와 중앙아메리카와 남아메리카에 흔한 나무로, 목질이 단단해 가구나 마룻바닥 재료로 사용된다. '서인도아카시아나무'라고도 한다.

68 거대한 나무로, 넓게 퍼진 가지들은 햇가지들을 떨어뜨리고, 그들은 뿌리를 내리고 줄기로 자라나, 나무 한 그루가 빽빽하고 어둑한 작은 숲 모양을 이룬다.

아니면, 어떤 멋진 벼랑머리에서,
산들바람의 속삭임으로 시원해진 내가 머리 위로
널찍하게 푸릇푸릇한 삼나무[69]가 물결치고
우뚝한 종려나무들이 우아한 그늘을 펼치는 걸 바라보게 하라. 675
오, 나로 하여금 이 해의 과수원들 사이에 온몸을 뻗고
코코넛 과즙이 담긴 사발을 다 들이켜고
종려나무로부터 그 상큼한 음료를 끌어내게 하라!
바쿠스 신[70]이 부어 주는, 취하게 만드는 그 모든 과즙보다
훨씬 더 풍성하구나. 또 그 가느다란 가지 위에 680
낮게 드리워진 속이 꽉 찬 석류나
숲속으로 기어들어 가는 상큼한 딸기류 과실들도
비웃지 마라. 종종 땅바닥에 바짝 붙어서도
까다로운 겉치레를 넘어선 소박한 가치가 깃들어 있으니.
황금시대 시인들이 그려 냈던 것들을 685
다 넘어선, 식물 중 자랑거리인 너,
너 최고의 파인애플[71]이여, 증언하라.
재빨리, 나로 하여금 너의 털이 많은 껍질을 벗기고,
너의 향기로운 속살을 펼쳐, **유피테르**[72]와 잔치를 벌이게 하라!

---

69 잉글랜드에서는 1760년경 전에는 대량으로 심은 적이 없는 이국종인 레바논삼나무. 소나무과의 상록 교목으로 '백향목'이라고도 하며, 성전과 궁궐을 짓는 데 많이 사용되었다.

70 로마 신화에 나오는 술의 신.

71 파인애플은 17세기 후반에 처음 재배되어 비싸게 팔렸다.

이들과는 다른 경관이 펼쳐진다. 엄청난 평원들과 690
끝없는 대초원과 광활한 사바나[73]가
아래쪽에 펼쳐지는데, 거기에서는 헤매는 눈이
끊임없이 움직이며 초록 바다에서 길을 잃는다.
거기에서는 우리 정원의 자랑거리보다
더 대담한 색조와 더 짙은 향기의 **플로라 여신**[74]이 695
들판에서 노닐며 뜻밖의 손길로 생기 가득한 봄을
소나기처럼 부어 주는데, 종종 이 계곡들이
불덩이 같은 해나 흘러내리는 이슬이나
억수 같은 비가 압도할 때마다 녹색 수가 놓아진 저희의 복장을
타는 듯한 갈색으로, 또다시 날래게 녹색으로 바꾸기 때문이다. 700
기예의 작은 세계로부터 물러나 **대자연**이
경외로운 고독[75] 속에 거주하고 또 그 어떤 주인의 마구간도
소유하지 않은 들소 떼를 빼고는
아무것도 보이지 않는 이 한적한 지대를 따라,
엄청난 강들이 생명의 물을 굴려 간다. 705
풀 우거진 그 강가에서, 쓰러진 삼나무처럼,
반쯤 몸을 숨긴 채, 꼬리를 멀리 펼쳐 놓고는,
녹색 비늘에 싸인 악어가 몸을 뻗는다.

---

72 로마 신화의 주신(主神)으로, 그리스 신화의 제우스에 해당한다.
73 비가 적은 열대 지방의 초원으로, 우기에만 키 큰 풀이 자란다.
74 로마 신화의 꽃과 풍요의 여신.
75 인간이 없는 상태.

물결이 쪼개진다. 보라, 엮인 비늘갑옷을 걸친
거대한 짐승[76]이 고개를 드는 모습을! 옆구리에서 반사된 710
철갑은 물속에서 쏜살같이 날아 흩어진다.
그는 겁내지 않고 평원을 걷거나 언덕을 찾아 나서는데,
거기에서 그가 갖가지 풀을 따먹을 때 소들은,
점점 더 넓게 원을 그리며, 먹는 것도 잊고
그 무해한 손님을 경이롭게 응시한다. 715

니제르강[77]의 누런 강물 위로
풍성한 그늘을 던지는 원시림 사이에서,
갠지스강[78]이 성스러운 물결을 굴리는 곳에서,
아니면 사방의 엄숙한 자연의 원형극장에서 우뚝 솟은
시커메지는 밀림의 중심부에서, 720
거대한 코끼리는 느긋하게 몸을 기댄다. 가장 지혜로운 짐승이여!
오, 진정 지혜로운 짐승이여! 강력하지만 파괴적이지는 않은,
온화한 힘을 부여받았구나! 여기에서 그는 본다,
돌고 도는 시대가 변화무쌍한 지상을 쓸어버리고,
숱한 제국들이 흥망성쇠를 거듭하는 것을. — 725
잔인한 탐욕으로 인해 그의 발걸음을 깊은 구덩이에

---

76 [원주] "하마".
77 서아프리카를 지나 기니만으로 흘러든다.
78 인도 북부에서 발원하여 벵골만으로 흘러드는 큰 강.

빠지게 해 사로잡거나, 그의 우뚝한 장려함으로 자신들의 위엄,
왕들의 긍지를 부풀리려 하거나,[79] 아니면 그의 힘을 악용해
인간의 광기에 경악한 그가 치명적인 싸움에서
격분하게 명하는 인간들의 간계를 피할 수만 있다면, 730
결코 쉴 줄 모르는 인류가 기획하는 바와는
전혀 무관하게 세 배나 행복하리라!

강가에 마구 우거진 숲 전역에
멀리서 빛나는 선명한 꽃봉오리들처럼
좀 더 빛나는 새들이 바글거린다. 735
장난치듯 우쭐대며 깃털 달린 종족을 꾸며 준
자연의 여신의 손길은 거기에 가장 화려한 색조들을
아낌없이 쏟았으니까. 하지만, 설령 그녀가 그들을
온갖 아름다운 햇살들 속에 배치하여 빛나도록 명하더라도,[80]
여전히 검소한 그녀는 그들의 노래를 소박하게 만들어 놓는다.[81] 740
또 우리는 그들이 자부심 강한 **몬테수마**[82]의 왕국에 빌려주어,
그 군대가 햇살에 물결치는 끝없는 광채를 던지게 했던 머리쓰개

---

79 '코끼리의 등에 올라타는 것'을 가리킨다.

80 뉴턴이 보여 주었듯, 광선이 색의 원천이기 때문이다.

81 [원주] "열대 지방에서는 어김없이 새들이 깃털은 더 아름답지만, 노래는 우리 새들만 못하다." 톰슨의 이 주장이 전적으로 옳은 것은 아니다.

82 스페인에 정복되기 전 멕시코의 마지막 아즈텍 왕이었던 몬테수마(Montezuma, 1466~1520).

그 반짝거리는 복장[83]이 부럽지 않다.
반면에 필로멜[84]은 우리의 새고, 우리 그늘에서
귀 기울이는 밤의 부드러운 정적 속에서 745
이 수수한 복장의 여가수는 노래를 지저귄다.

하지만 나의 **시신**이여, 생명 없는 모래와 하늘로 이루어진
황막한 지대인 사막 장벽을 뚫고 와,
고단한 카라반[85]보다 더 날래게 **센나르**[86]의 계곡 위를
쏜살같이 지나가고, **누비아**[87]의 산맥들을 750
열심히 오르고, 철벽같은 **아비시니아**[88]의
은밀한 변경을 대담하게 관통하라.
그대는 상호 교역의 가면 아래
그들의 재화를 강탈하러 온 악당이 전혀 아니고,
하늘을 모독하면서 축성(祝聖)된 총검으로 그들의 평화를 찌르고 755
아직 내전의 상처로 피 흘리는 국토 전역에
로마의 자줏빛 폭정[89]을 전파하러 온

---

83 아즈텍인들은 깃털을 값비싼 천에 엮어 짰고, 그들의 병사들은 머리쓰개와 방패를 깃털로 장식했다.
84 참새목 딱샛과의 작은 새인 나이팅게일.
85 낙타나 말에 짐을 싣고 떼를 지어 먼 곳으로 다니며 특산물을 교역하는 상인 집단.
86 지금은 아비시니아 국경에 가까운 수단의 일부인, 청나일강 상류 계곡에 있던 왕국과 도시.
87 나일강 상류 지역의 옛 이름.
88 아프리카 북동부에 자리한 에티오피아의 옛 이름.

광신자가 결코 아니다.
그대는, 무해한 벌처럼, 의기양양한 꽃들로 빛나는
이 초원에서 저 초원으로, 이 재스민 숲에서 저 재스민 숲으로 760
자유롭게 돌아다닐 수 있고, 평원을 장식하고
사람들이 거주하는 언덕을 뒤덮고
알프스의 산보다 더 높은 산들 위에서 물결치는 야자수 그늘들과
향기로운 숲들 사이를 쾌활하게 헤매고 다닐 수 있으리라.
거기에서, 수십 리에 걸쳐 아름답게 펼쳐지는 765
바람 부는 정상에서, 아니면 해를 되비쳐 두 배로 열기를 강화하는
계곡[90]으로부터 서늘한 중간 대기층[91]까지
잔디로 덮인 꼭대기를 들어 올리는 거대한 바위들 위에서,
궁전들과 신전들과 저택들이 솟고
정원들과 경작된 들이 사방에서 미소 짓고 770
분수들이 뿜어 나오고 태평한 소 떼와 양 떼가
안전하게 돌아다니는, 온갖 공격을 비웃는[92]
자족적인 세계에서, 거기에서 나로 하여금 천상의 영기(靈氣)를
들이쉬고, 거기에서 향긋한 작은 숲들과

---

89 16세기와 17세기 초에 예수회 선교사들은 아비시니아의 콥트교도들을 로마가톨릭으로 개종시키려 애썼다. 황제를 개종시키는 데 성공한 그들은 유혈 내전을 유발했고, 그로 인해 유럽인들은 아비시니아에서 완전히 추방당했다.
90 햇살을 그 옆구리로 반사함으로써 열기를 늘리는 계곡.
91 증기 가득한 추운 지역으로, 중세 철학자들이 대기권을 나눈 세 층 중 두 번째 층.
92 산들로 둘러싸여 있기 때문이다.

꽃향기 가득한 계곡들에서 풍성하게 불어오는 775
원기를 소생시키는 바람을 들이마시고, 거기에서
배가 갈라진 대지로부터 순금을 휩쓸고 가는
노호하는 강물들과 폭포들의 소리를 멀리서 듣게 하고,
좀 더 아름다운 부류의 생물들로 넘쳐나는
다채로운 풍경 속을 쉴 새 없이 헤매고 다니게 하라. 780
해가 마치 그 사랑스러운 영역에 홀딱 빠져
거기에서 거주하는 걸 기뻐하는 듯
일직선의 햇살로 늘 주시하는 경이의 땅을!

얼마나 풍경은 급변하는지! 불타는 듯한 정오인데,
해는 진압되어 더없이 두터운 어둠 속에 파묻혀 버렸다. 785
황량한 어스름 주위로, 투쟁하는 밤과 낮이
적의를 품고 뒤섞이고, 여전히 공포가 지배한다.
대기가 무척 희박해져, 증기의 흐름을
쉽사리 받아들이는 뜨거운 적도 쪽으로
증기들이 끝없이 빠르게 굴러가면서, 790
거대한 구름들이 구름들 위에 쉴 새 없이 쌓이거나,
강풍에 격렬하게 선회하거나,
대양의 엄청난 양의 수증기를 가득 품은 채
묵중하게 천천히 소리 없이 실려 가기 때문이다.
한편, 공중에 치솟은 차가운 산의 이마 주위에 795
응축되고 또 서로 싸우는 바람들에게 다 두들겨 맞는

이 구름바다 한가운데에서,
천둥은 엄청난 시커먼 옥좌를 차지하고,
번개는 이 구름 저 구름을 찢으며 맹위를 떨친 끝에,
마침내 격렬한 대기의 전쟁은 800
차츰 해소되고, 응결된 구름 덩어리 전체는
쉴 새 없이 호우와 소나기를 연달아 쏟아붓는다. 93

이들이 옛 학문의 제한된 조사로는 알 수 없었던
귀중한 정보다. 이런 식으로, 해마다 장려하게,
풍성한 강들의 왕인 부풀어 오르는 **나일강**이 범람한다. 94 805
고잠95의 볕 잘 드는 영역의 두 발원지로부터
맑게 흘러나와서는, 그96는 맑고 아름다운
담베아 호수97를 통해 아기 개울을 굴려 간다.
거기에서, 물의 님프들의 보살핌을 받고 자란 그는
시들지 않는 신록으로 사방에서 미소 짓는 810

---

93 [788~802행] 온대 지방의 바람은 대기가 더 따뜻하고 따라서 밀도가 더 낮은 열대 지방을 향해 구름을 몰아간다. 이 구름은 아비시니아와 히말라야와 다른 산맥들 위에서 응축되어 몬순 비를 생산한다.

94 고대인들과 근대인들은 똑같이 나일강의 발원지에 대해, 또 그것이 여름에 범람하는 유일한 강이라는 사실에 대해 추론했었다. 톰슨은 지리적 사실에서 벗어나지 않으면서 이 강을 의인화한다.

95 아비시니아 북서부의 한 지역.

96 남성으로 의인화된 '나일강'을 가리킨다.

97 아비시니아의 타나 호수.

향기로운 섬들 사이에서 제 분방한 청년기를 뽐내고 다닌다.
그것으로부터 야심만만한 어른 강이 터져 나와,
숱한 지류들과 합쳐지고 하늘의 부드러워진
보물들[98]을 풍성하게 공급받아,
차츰 도도한 흐름으로 내내 굽이치면서, 815
때로 화려한 왕국들 속에 미로를 넘겨주거나,
때로 생명체 하나 없는 황량한 사막을
거칠게 헤매고 다니다가, 마침내 기쁨 없는 사막을
떠나게 된 걸 기뻐하면서, **누비아**의 절벽들[99] 아래로
차례차례 굉음을 내며 제 독을 쏟아붓고,[100] 820
이집트는 뒤덮는 물결에 잠겨 기뻐한다.

그의 동생 **니제르강**도, 또 **아프리카**의
성숙한 처녀들이 흑옥 같은 사지를 담그는
그 모든 강물들, 또 화려한 **인도** 전역에 뻗은
숲 무성한 산악 지대로부터 **코로만델 연안**[101]이나 825
말라바르 연안[102]으로 흘러내리는 모든 강들,

---

98 '비'를 가리킨다. 구름 속의 수증기와 얼음 알갱이들이 서로 붙어 무게를 견디지 못하고 떨어질 때 대기의 온도가 높으면 녹으면서 비로 변한다.

99 큰 폭포가 있는 절벽들을 가리킨다.

100 이 이미지는 강 신의 조상이나 다른 재현물의 그것이다. 이것은 하(下) 이집트의 연례 홍수에 대한 언급이다.

101 인도 동부의 연안.

102 인도 서부의 연안.

밤마다 유아등(誘蛾燈)[103]으로 빛나는 **메남**의 반짝이는
강물[104]에서부터 오로라 여신[105]이 **인더스강**의 미소 짓는 둑에
장밋빛 소나기를 뿌리는 곳에 이르기까지
모두가, 이 물 풍성한 우기에는, 제 독을 열고,[106] 830
땅 위로 수월한 수확물들을 쏟아붓는다.

그에 못지않게, **콜럼버스**[107]여, 그대의 세계는
여름날의 풍성한 수분을 들이마시고 생기를 되찾는다.
갈라져 나간 **오리노코강**[108]은 제 섬들 전역에
엄청난 양의 탁류를 굴려 보내고, 원주민들은 835
저희 집이자 의복이자 먹거리이자 무기로서
생명의 원천인 나무 위 높은 곳에 거주하려고 질주한다.

---

103 나방이나 벌레 등 해충의 피해를 막기 위해 달아 놓는 등불로, 벌레가 날아들어 타 죽거나 등 밑의 물그릇에 빠져 죽게 한다.

104 [원주] "시암 지방을 관통하는 큰 강. 그 강둑에는 엄청난 숫자의 개똥벌레들이 밤에 아름답게 나타난다." 이 강의 정식 명칭은 메남 짜오프라야강으로, 전체 길이는 약 1,200킬로미터다.

105 로마 신화에 나오는 새벽의 여신으로, 장밋빛이나 장미와 연관된다. 고도가 높은 카슈미르 지방을 흐르는 인더스강의 둑들에만 장미가 만발해 있다.

106 육지에 충적물을 만드는 몬순 홍수들.

107 크리스토퍼 콜럼버스(Christopher Columbus, 1450~1506)는 이탈리아 제노바 출신의 탐험가이자 항해사로, 아메리카 대륙을 발견했다.

108 브라질과 베네수엘라의 국경 부근에서 발원하여 콜롬비아 동쪽 국경을 따라 북류하다가, 다시 베네수엘라를 관류하여 북동쪽으로 대서양으로 흘러드는 길이 2,575킬로미터의 큰 강.

무수한 지류들로 수고(水高)가 높아지고 굉음을 내는
안데스산맥 전역에서 격렬하게 내던져진 막강한 **오레야나강**[109]은
거대하게 굴러 내려온다. 시신(詩神) 조차 840
돌진하는 이 엄청난 양의 강물 위에서
좀처럼 제 날개를 펼치지 못하고, 바다 같은 **플라타강**[110]을
감히 노래할 엄두도 내지 못한다. 이들의 가공할 광대함과
변함없는 수심과 경이로울 정도로 긴 행로와 견주면,
우리의 강은 개울이나 다름없다. 힘이 빠지지 않은 채, 845
말없이 위풍당당하게 그들은 휩쓸고 가고,
해가 미소 짓고 사계의 혜택이 풍성하지만
누구도 즐겨 찾지 않는 방치된 미개지들과
꽃 만발한 황야들과 과실 무성한 사막들과
한적한 세계들을 가로지른다. 이들을 버려두고, 850
그들은 사람들이 거주하는 평원들 위를 드넓게 흐르고,
숱한 민족들을 먹여 살리고, 저희의 부드러운 가슴속에
숱한 행복한 섬들, 기독교인들의 범죄와
유럽의 잔혹한 아들들[111]에게 아직은 시달리지 않은

---

109 아마존 밀림의 강으로, 프란시스코 피사로(Francisco Pizarro, 1475~1541)의 추종자인 최초의 해양탐험가 프란시스코 데 오레야나(Francisco de Orellana, 1510~1546)의 이름을 딴 것이다.

110 라플라타강. 남아메리카의 아르헨티나와 우루과이 사이를 지나 대서양으로 흘러 들어 가는 강으로, 하구의 폭이 200킬로미터가 넘어 세계에서 두 번째로 넓다.

111 스페인인들과 포르투갈인들.

나무랄 데 없는 **판 신**[112]의 거처를 안전하게 에워싼다. 855
이런 식으로 그들은 쇄도하며 당당하게 바다를 찾아 나서는데,
바다의 정복된 조수(潮水)는, 그 충격으로 움찔하면서,
지구 절반이나 되는 물의 중압에 굴복하고,
대양은 제 녹색 영토[113]를 생각하며 부들부들 떤다.[114]

하지만 이 경이로운 부(富)의 황야가 무슨 소용인가?[115] 860
호화로운 지복(至福)의 이 쾌활한 풍성함이?
자연의 이 장관이? 그들의 향기로운 초원들,
그들의 효험 좋은 약초들, 노동이 빠진 **케레스 여신**[116]이?
떠돌이새들과 나부끼는 바람에 씨앗들이 흩날려 저절로 열린
그들의 과일들이 무슨 소용인가? 그들의 숲이 내놓는 865
서늘한 샘물, 아주 맛 좋은 먹거리, 풍성한 수지(樹脂),
건강한 향신료들이 무슨 소용인가? 그들의 애쓰는 누에들,
그들의 빛나는 비단, 식물 소재의 의복들이 무슨 소용인가?

---

112 그리스의 양 떼와 양치기들과 목가의 신. 플루타르코스의 이야기에 바탕을 둔 기독교 전설에서, 그리스도가 탄생할 무렵 '위대한 판 신은 죽었다'는 소리가 들렸다고 한다.

113 '푸른 해원(海原)'을 가리킨다.

114 [856~859행] 늘 그렇듯, 톰슨은 여기에서도 대양을 의인화한다.

115 [860~897행] 비록 톰슨의 이국 풍토로의 긴 산책이 열대의 낙원적 특질들과 섬뜩한 특질들 간에 균형을 맞추긴 하지만, 여기에서 그의 결론은 유럽의 개화된 학예가 열대 지방의 야만적인 성격보다 더 낫다는 것이다.

116 로마 신화의 농경의 여신. 여기에서는 '노동이 빠진 수확'을 뜻한다.

아! 애처로워하는 대지의 내장 속 깊이 감춰진
그들의 숙명의 보물들, **골콘다**[117]의 보석들과 870
해의 가장 온화한 자손들[118]이 거주했던
슬픈 **포토시**[119]의 광산들이 무슨 소용인가?
아프리카의 황금빛 강들이 굴리는 모든 것,[120]
그 향기로운 숲들, 빛나는 상아 더미들이 무슨 소용인가?
비운의 종족이어라! 사람들을 교화하는 시신들이 가르치는 게 875
무엇이건 간에 마음을 평온하게 해 주는 학예(學藝),
담금질된 가슴의 거룩한 지혜,
발전해 가는 진리, 참을성 있는 사색의 힘,
무언의 영향력으로 온 세상을 지배하는
차분한 탐구, **하늘**로 이어지는 **빛**, 880
평등하고 온정적인 통치, 법의 지배,
인간의 이름과 존엄을 유일하게 지탱해 주는
만인을 보호하는 **자유** —
이것들은 그들의 것이 아니다. 아버지인 해 자신은
이 노예들의 세계에서 폭군으로 군림하는 듯하고, 885

---

117 다이아몬드가 운반되어 절단되고 세공되었던 인도 남부 하이데라바드 인근에 있는 도시.

118 고대 페루의 잉카인들은 해를 숭배했고, 그 후손이 자신들의 지배자라고 여겼다.

119 지금의 볼리비아에 있는 무척 부유한 은광 지역으로, "슬픈"이란 수식어는 스페인인들이 원주민 일꾼들을 잔혹하게 다루었음을 보여 준다.

120 '사금'(砂金)을 뜻한다.

가혹한 햇살로, 아름다움의 장밋빛 꽃들을
시들게 하면서, 음울한 색조와
투박한 용모를 부여하거나, 더 나쁘게는, 냉혹한 행위들,
미친 듯한 질투심, 맹목적인 격노, 잔인한 복수 쪽으로
그들의 열정을 부추긴다. 거기에는 사랑이나 890
부드러운 관심이나 생명에 대한 다정함이나
가슴에서 우러난 눈물이나 아름다운 인간애가 가져다주는
이루 말로 다 할 수 없는 기쁨은 없다. 이런 것들은
좀 더 온화한 풍토의 햇살에 어울리고, 열대 지방의
지독한 사리사욕과 격렬한 육욕에서는 895
찾을 길 없다. 그곳의 말 그대로 야만적인 족속은
이 격정을 나눠 갖고, 섬뜩한 욕정의 불길로 타오른다.

보라! 녹색 뱀이, 상상조차 밟기를 저어하는
캄캄한 구멍 속으로부터, 정오에
고개를 내밀고 나와, 가늘고 긴 몸뚱이를 900
엄청나게 돌돌 말고는, 다시 몸을 던져,
청량한 샘을 찾아 나서는데, 샘물이 흩뿌려지자
똬리를 튼다. 위협적인 혀와 치명적인 턱을 곧추세우며
이 괴물이 불타는 듯한 대가리를 꼬는 동안,
목이 말라 찾아온 다른 짐승들은 모두 겁에 질려 905
부들부들 떨며 달아나거나, 멀리서 걸음을 멈추고 서 있거나,
감히 다가올 엄두도 못 낸다. 하지만 한층 더 끔찍한 것은

고열로 익힌 독[121]을 혈관 속으로
전광석화처럼 쏘아 상대의 혈행(血行)을
신속하게 저지하는, 바로 가까이에 숨어 있는 910
운명의 사절(使節)인 자그마한 독사다. 이 복수의 여신의 아들은
미친한 인간의 모습을 닮았구나! 거기에서,
피에 대한 겁 없는 갈망에 이끌린 이 야만적인 족속은
청순한 해가 제 성스러운 눈을 감을 때,
죄와 악행의 그늘진 시간의 허가를 받아 915
배회한다. 호랑이는 사납게 쏜살같이 뛰쳐나와,
제가 일찍이 점찍어 둔 먹잇감을 향해 돌진한다.
온몸에 숱한 반점이 찍힌, 선명하게 빛나는
표범은 황야의 꽃인 셈이다.
또 길들이고 싶어 하는 인간의 온갖 기예를 비웃는 920
영리한 하이에나는 맹수 중의 맹수다.
이들은, **모리타니아**[122]의 황량한 숲이나
리비아의 사막에서 초록빛으로 솟아오르는
잎 무성한 섬들[123]로부터 뛰쳐나와,
모래 위에 발자국을 남기며 당당하게 활보하면서 925
저희의 털북숭이 왕[124] 주위에서 무수히 눈을 빛내고,

---

121 신화에 따르면, 이집트 코브라는 메두사의 핏덩이 위로 비친 햇살에서 나온 열기로 만들어졌다고 한다.

122 지금의 모로코와 알제리 서부에 해당하는 지중해 연안 지역.

123 '오아시스들'을 가리킨다.

도도하게 거듭 포효하면서
저희 몫의 먹이를 요구한다. 겁에 질린 양 떼는
보호자인 양치기 근처로 모여들고, 좀 더 점잖은 소 떼는
당당한 황소 주위에서 전원의 안락함을 누리면서 930
되새김질하며 누워 있다가, 다가오는 위험에
전전긍긍한다. 깨어난 마을 사람들도 깜짝 놀란다.
엄마는 태평한 제 아이를 두근거리는 가슴 쪽으로
끌어당긴다. **해적**의 소굴이나
모로코의 모진 폭군의 독니로부터 벗어난 935
가엾은 이들은 다시 속박된 신세를 반쯤 바라고,
그새 동쪽의 **아틀라스산맥**으로부터 겁에 질린 **나일강**에 이르기까지
온통 시끌벅적해지면서 황야는 아수라장으로 변한다.

삶의 으뜸가는 기쁨인 벗들과의 교제가 끊겨
이 죽음의 세계에 홀로 남겨진 이는 940
불행하여라! 날이면 날마다, 그는
절벽의 튀어나온 끝자락에 앉아 슬픔에 잠긴 채
저 아래에서 끊임없이 움직이는 드넓은 바다를 바라보면서,
둥근 천공(天空)이 파도와 섞이는
수평선 끝을 지나가며 떨어진 한 조각 구름을
어리석게도 어렴풋이 보이는 배라고 생각한다. 945

---

124 '사자'를 가리킨다.

저녁이면, 그는 지는 해에게
구슬픈 눈길을 던지고, 낙심의 밑바닥으로 힘없이
가라앉는데, 밖에서는 예의 노호하는 소리가 커지고,
위협적인 슈웃 소리가 지루한 밤 내내 이어진다. 950
하지만 여기에서, 여기에서조차 **자유**는
기울어 가는 **로마**와 죄 많은 **카이사르**[125]로부터
괴물들의 이 캄캄한 거처 속으로 전혀 겁먹지 않고 물러났다.
카토[126]는 **캄파냐**[127]의 비옥한 평야와
아우소니아[128]가 쏟아 내는 온갖 녹색 기쁨들을 경멸하면서 955
누미디아[129]의 사막을 따라간다 —
그 기쁨들을 얻으려고 **로마**가 비굴하게 무릎을 꿇지 않을 수 없고,
알랑거리며 그 멋진 날강도[130]의 은혜를 입을 수밖에 없는 시대에.

---

125 로마의 대(大) 정치가였던 가이우스 율리우스 카이사르(Gaius Julius Caesar). 그는 1차 삼두정치로 집정관의 자리에 올라 로마를 강력하게 통치하면서 갈리아를 정복하고 대로마제국을 건설했지만, 결국 1인 독재에 불만을 품은 귀족들에게 암살당했다.

126 로마 내전 중 율리우스 카이사르의 정적이었던 '소(小) 카토' 마르쿠스 포르키우스 카토(Marcus Porcius Cato)는 우티카의 동맹 세력에 가담하기 위해 사막을 가로지르는 6일간의 행군에 나섰지만, 동맹 세력이 카이사르의 제의를 받아들이고 자신의 죽음을 원하는 상황이 되자 자살했다.

127 나폴리 주변의 비옥한 지역.

128 이탈리아를 가리키는 옛 이름.

129 아프리카 북서부의 고대 왕국.

130 율리우스 카이사르.

또한 여기에서도 이 지역의 위협들은 멈추지 않는다.
분노의 천사들, 신의 명령을 받은 악령들은 960
맹위를 떨치는 자연력을 풀어놓는다. 하늘의
거대한 용광로와 이글거리며 반짝이는
드넓은 사막으로부터 뜨겁게 불어오는
질식할 듯한 열풍은 순례자를 강타하여
즉사시킨다. 갈증과 노역을 잘 견디는 965
사막의 아들인 낙타조차 시든 심장을
꿰뚫고 지나가는 타는 듯한 열풍을 느낀다.
아니면 검붉은 허공으로부터 회오리바람이
느닷없이 활짝 터지듯 솟는다. 모래는 옹색하게
사방에서 동요하며 차츰 강해지는 소용돌이 속에서 빙빙 돈다. 970
점점 더 가깝게 계속 모래 먼지는 어둑하게 다가오고,
마침내 온 사막을 뒤덮는 모래 폭풍에 휩쓸려
끝없는 사막 전체가 솟아오르고,
그새 정오에 오아시스 옆에 내팽개쳐진 채,
아니면 밤중에 내리막의 모래언덕 밑에서 975
슬프고 불길한 잠에 빠져든 채, 카라반은
산 채로 깊이 파묻힌다. **카이로**의 번화가에서
카라반의 도착을 궁금해하던 상인의 초조한 기다림은 허사가 되고,
메카[131]는 이렇게 오래 지체되는 걸 슬퍼한다.

---

131 이슬람 세계의 성지.

하지만 특히 나긋나긋한 파도 하나하나가 980
질풍에 복종하는 바다에서, 대기의 동요가 격심해진다.
지구를 띠로 매는 그 빛나는 선[132] 아래에서
드넓게 굽이치는 가공할 대양에서는,
온 하늘의 맹위란 맹위를 남김없이 떨치면서
종횡무진으로 소용돌이치는 태풍과 985
끔찍한 폭풍인 에크네피아[133]가 군림한다. 언뜻 평온해 보이는
창공 속, 구름 사이의 작은 반점[134] 속에
깊이 밀어 넣어진 채, 강력한 태풍은 자욱하게 자리 잡는다.
노련한 뱃사람의 눈에만 띄는,
탁하게 이글거리는 이 작은 조짐은 990
상공에 나타나거나, 곶의 이마에서
그 힘을 모은다. 악령은 뱃사람들이 돛을 펼치도록
그럴듯한 미약한 고요, 나부끼는 온화한 산들바람을
먼저 보낸다. 그러고는 즉각,
노호하는 바람과 번개와 홍수가 뒤섞인 995
덩어리가 쏜살같이 내리 닥친다.
완전히 얼이 빠진 뱃사람은 꼼짝 않고 서 있다.
선박 조종술[135]은 너무 느리다. 화급한 운명에 내몰린

132 ‘적도’를 가리킨다.
133 열대 지방에서만 생기는 특수한 허리케인.
134 [원주] “뱃사람들은 이것을 ‘소의 눈’이라고 부르는데, 언뜻 보면 딱 그만한 크기이기 때문이다.”

널찍한 돛을 단 그의 배는 압도적인 조수를 들이마시고는
시커먼 심연의 한복판에 처박힌다. 1000
그런 광란하는 바다들과, 숱한 낮들과
가공할 숱한 밤들 동안, 담대한 야망에,
또 황금에 대한 더 담대한 갈망에 이끌려, 끊임없이,
폭풍우 치는 희망봉을 애써 돌아 나오면서, 담대한 **가마**[136]는
악전고투했다. 그때 고대의 어둠을 벗어나 1005
막 떠오르는 교역의 세계가 탄생했으니. 그때,
빈둥거리던 수 세기 동안, 광대한 대서양의 심연에서
가망 없는 나태함 속에 잠들어 있던
항해의 **수호신**이, 깜짝 놀라, 마침내,
하늘의 인도를 받아, 유익한 영광을 사랑하도록[137] 1010
인류를 일깨우고 또 무한한 교역으로 전 세계를 뒤섞은
그 **루시타니아 왕자**[138]의 목소리를 들었으니.

---

135 돛을 감는 기술.

136 [원주] "맨 처음 희망봉을 경유해 아프리카를 돌아 동인도제도로 항행한 바스코 다 가마." 포르투갈의 탐험가이자 항해사인 바스코 다 가마(Vasco da Gama, 1469~1524)는 1497~1499년에 인도항로를 개척했다.

137 '항해열'을 가리킨다.

138 [원주] "포르투갈 국왕 주앙 1세의 셋째 아들인 엔리케 왕자. 새 나라들을 발견하는 데 보인 그의 강한 천재성은 근대 항해술의 발전의 원동력이었다." 영어로는 '헨리'(Henry)로도 불리는 그는 '항해왕자 엔리케(Henrique)'로 널리 알려졌다. '루시타니아'(Lusitania)는 '포르투갈'의 옛 이름이다.

이 폭풍들의 위협을 한층 더 늘리며,
삼중의 운명[139]으로 턱을 섬뜩하게 무장한 채,
여기 무시무시한 상어가 산다. 보라, 사람들의 땀이나 1015
병자들의 악취나 사체 냄새에 이끌려,
배가 순풍을 받아 미끄러지듯 날래게
바닷물을 가르며 그가 돌진해서는,
불행한 **기니**에게서 아들들을 강탈해 가는
그 잔혹한 노예무역 상인들에게 1020
제 몫의 먹잇감인 그들 자신을 달라고 요구하는 것을!
운명의 여신들의 폭풍이 내리 덮쳐, 일격에 상인들과 노예들을
바다로 내팽개치자, 당장 그들의 짓이겨진 사지를
산산조각 낸 그는 핏덩이로 바다를 자줏빛으로
물들이면서 식사에 전적으로 탐닉한다. 1025

적도의 호우로 엄청나게 침수된
이 세상을 음울한 해가 내다보고,
부패가 생명체를 발효시켜 무수한 해충들이
생겨나게 만드는 질퍽한 늪이나, 악취 나는 증기와
푸른색 부패물로 덮이고 또 아직 어떤 절망적인 발걸음도 1030
일찍이 감히 꿰뚫지 못한 어두운 공포들을 지닌
숲들과 뚫고 지나갈 수 없는 그늘들과

139 상어의 이빨은 세 줄이다.

더럽고 후미진 곳들로부터
엄청난 양의 증기를 끌어올 때, 그때, 역병의
끔찍한 **세력**은, 파괴력을 품고, 앞으로 걸어 나온다. 1035
무수한 끔찍한 악마들이 역병의 행로를 따라다니면서,
병약한 자연을 시들게 하고, 인간의 우뚝한 희망과
그 모든 자부심을 풀 죽은 비통함과
맥 빠진 황량함에게로 내팽개친다.
그런 것이, 최근에, **카르타헤나**[140]에서 **영국**의 불길을 1040
꺼 버렸다. 그대, 용장(勇將) **버논**[141]은 그 비참한 광경을
보았다. 그대는, 애처로워하며, 전사의 강한 팔이
아기처럼 나약하게 가라앉는 것을 보았고,
심하게 고문하는 격통, 끔찍한 몰골,
파리하게 떠는 입술, 더는 열정으로 빛나지 않는 1045
광채 없는 눈을 보았다. 그대는 이 해안에서 저 해안까지
고통스러워하는 함선들의 신음 소리를 들었고,
밤마다 음침한 물결 속으로 종종 사체들을 던지는
소리를 들었다. 그새 파리한 사체처리반원들은,

---

140 지금의 콜롬비아.

141 에드워드 버논 제독(Admiral Edward Vernon, 1684~1757)은 1739~1741년에 스페인령 서인도제도에 대한 영국군의 여러 차례의 공격을 지휘했다. 그는 함선 6척만으로 포르토벨로(파나마)를 장악함으로써 큰 명성을 얻었지만, 1741년에 카르타헤나를 장악하려는 시도는 실패했다. 그 부분적인 이유는 여기에 묘사된 것처럼 역병의 발발이었지만, 더 큰 이유는 군 장교들의 역량 부족이었다.

슬픈 예감 속에서, 서로를 응시하며, 말없이, 1050
운명의 여신이 다음엔 누구를 부를까 묻는 듯했다.

네메시스 여신[142]의 가장 사나운 딸인
역병이 종종 내리 덮치는
소름 끼치는 대도시의 그 험악한 하늘을 내가 언급할
필요가 있을까? **에티오피아**의 유독한 밀림으로부터, 1055
숨 막힐 듯한 **카이로**의 오물들과, 부패하는 메뚜기 떼의 사체들이
산더미처럼 쌓인 악취 가득한 들판으로부터,
이 대파괴자는 솟아났다.[143] 역병의 끔찍한 맹위로부터
짐승들은 벗어난다. 인간이 그녀의 정해진 먹잇감이다,
무절제한 인간이! 그의 사악한 건물들 위로 1060
그녀는 죽음의 자욱한 암운을 드리우는데,
이 암운은 신선한 산들바람을 보내는 게 금지된
상쾌한 바람들의 방해를 받지 않은 채
분노의 별자리[144]에 자리한 해에 의해

---

142 그리스 신화에 나오는 복수의 여신으로, 신들에 대해 오만불손한 언행을 일삼는 자들을 응징했다.

143 투키디데스(Thucydides)는 《펠로폰네소스 전쟁사》(2권 7장)에서 아테나이의 대역병이 에티오피아 북부에서 시작해 이집트로 퍼졌다고 적고 있고, 루크레티우스는 《사물의 본성에 관해》(6권 1141행)에서 이집트 중심부에서 역병이 발생했다고 적고 있다.

144 점성술사들이 말하는, 재난을 예고하는 천공에서의 위치.

숱한 혼합물들로 잔뜩 더럽혀져 있다. 당당한 지혜는, 그때, 1065
저의 빈틈없는 눈을 내팽개치고, 연약한 정의의 여신의
손에서는 칼과 저울이 힘없이
떨어지고, 기쁨의 목소리는 침묵하고
분주한 세상의 떠들썩한 소리들은 숨을 죽인다.
거리는 텅 비고, 파릇파릇한 잡초들만 무성해지고, 1070
사람들로 북적거리던 번화가는 한순간에
최악의 사막으로 변한다. 극도로 창궐한 역병이 지배하는
비운의 집에서 탈출하지 못해 역병에 감염된
가엾은 이는 잔인한 두려움에 사로잡힌 채
격렬하게 발광하다가 갑자기 축 늘어져, 하늘을 향해 1075
큰 소리로 비명을 지르면서 비인도적이고 어리석은
그 끔찍한 격리 정책을 비난한다. 아직 감염되지 않은
시무룩한 문은 그 조심스러운 경첩 위에서 도는 걸
두려워하면서 사람들의 모임을 끔찍이도 싫어한다.
딸린 식구들과 벗들과 친척들과 사랑의 신 자신도 1080
재난에 짓눌려, 부드러운 유대와
다감한 마음의 상냥한 관여를 잊어버린다.
하지만 그들의 이기적인 관심은 헛된 것. 에워싸는 하늘,
즉 생기 띠게 만드는 드넓은 대기는 역병의 운명으로 가득 차 있고,
차츰 감염되어 가는 그들은 외롭게 격통에 시달리며 1085
축복도 간호도 애도도 받지 못하고 쓰러진다.
이런 식으로 엎드린 도시 위로 시커먼 절망이

칠흑 같은 날개를 펴고, 그새 사방에 펼쳐진
황량한 광경을 마무리하느라고
무서운 경비대[145]가 서서 퇴로를 차단하면서, 1090
달아나는 가엾은 이들에게 더 나은 죽음을 선사한다.

아직 노래하지 않은 게 많이 남아 있다. 놋쇠 천장의
하늘의 맹위와, 가뭄과 기근이 시들어 버린 한 해를
굶주리게 만드는 쇠 같은 들판들의 맹위가.
정오의 횃불에 의해 열 배로 뜨겁게 불붙여져 1095
기둥 모양 불길을 내뿜는 화산과
지하 세계 안에서 일깨워져
거침없이 우뚝한 도시들을 그 견고한 토대에서부터
흔들어 대고 또 불타는 깊은 틈새 속에
산들을 매몰시키는 점점 더 커지는 지진이. 1100
하지만 이 정도로 해 두자. 돌아오라, 나의 떠도는 시신(詩神)이여,
좀 더 가까이의 공포스러운 광경이 그대를 집으로 부르고 있으니.

보라, 타는 듯이 붉은 작은 숲 위로 특이한 어둠이
천천히 자리 잡고, 여러 세대에 걸친 광물들이 잠들어 있는
땅속의 은밀한 침상에서 끓어오르는 1105
성난 증기가 잔뜩 실린 하늘 전체를

---

145 '방역선'(防役線)을 가리킨다.

점점 더 완벽하게 뒤덮는 모습을.
그러고는 초석(硝石), 유황, 수지(樹脂)가 많은 역청(瀝靑)의
불타는 거품이, 해 위에서 김을 내뿜으며,
각각 연소될 때와 같은 다채로운 색깔들로 1110
하늘을 오염시키고, 저쪽의 해로운 구름 속에서,
붉어지는 어둠, 운명의 화약고를
발효시켜서는, 마침내 위쪽 대기와의 접촉이나
구름들의 충돌이나 싸우는 바람들의
자극적인 전쟁에 촉발되어, 아래쪽 삼라만상이 고요한 동안, 1115
맹렬하게 불꽃이 솟아오른다.[146] 회갈색 창공 전체를
가공할 불길한 침묵이 지배하고, 들리는 건 오직
태풍에 앞서, 산에서부터 중얼거리는 대지 위를 구르고
수면을 어지럽히며 바람 한 점 없는데도
숲의 잎들을 흔들어 대는 둔중한 천둥소리뿐. 1120
엎드린 채, 계곡의 가장 아래쪽으로, 공중의 부족들[147]은
내려간다. 태풍을 좋아하는 갈까마귀도
수상쩍은 황혼 녘에는 좀처럼 감히 날갯짓하지 않는다.
소 떼는 서서 애처롭게 응시하며,
가족들로 바글거리는 시골집으로 서둘러 가거나 1125

---

146 루크레티우스를 비롯한 박물학자들은 '불의 씨앗들'을 실은 구름들이 바람들의 전쟁에서 서로 부딪칠 때 천둥과 번개가 뒤따른다고 믿었다.

147 더는 자유롭게 공중을 날아다니지 않는 '새들'을 가리키는 우회 어법.

땅속 동굴 피난처를 찾는 주인에게 버림받은 채
얼굴을 찡그리는 하늘에 개탄의 눈길을 던진다.

갑작스런 섬광이 모두의 깜짝 놀란 눈앞에서
저 멀리 남쪽에서 구름 사이로 분출하고,
좀 더 천천히 뒤이어 사방 멀리에서 폭발하는 1130
천둥이 엄청난 굉음을 낼 때, 삼라만상은
두려워하며 귀를 쫑긋 세우고 놀라 말문이 막힌다.
처음엔 폭풍이 으르렁거리는 소리가 하늘가 너머로
엄숙하게 울려 퍼지지만, 점점 더 가까이 다가와
바람 위에 그 엄청난 짐을 굴릴 때면, 1135
번갯불이 좀 더 큰 곡선을 그리며 번쩍이고,
점점 더 굉음은 커져, 마침내 머리 위로 널찍한 천 같은
검푸른 불길이 활짝 열렸다가는, 닫혔다가
더 활짝 열리고, 닫혔다가 한층 더 넓게
열리면서, 창공을 불길로 감싼다. 1140
뒤이어 느슨해지면서 격화된 굉음이
커지고 깊어지고 뒤섞이면서 울림 하나하나마다
섬뜩하게 으깨진 하늘과 땅을 부들부들 떨게 만든다.

낭랑한 소리를 내는 우박이나 급강하하는 비의
홍수가 쏟아진다. 널찍하게 찢긴 구름들이 1145
큰물을 쏟아붓지만, 불길이 꺼지지 않은

무적의 번개는 깔쭉깔쭉하고 맹렬하게,
또는 붉은 공처럼 회오리치며 밀치고 나아가면서,
다시 두 배나 맹렬하게 산에 불을 붙인다.
벼락 맞아 시커메진 채, 위쪽엔, 연기가 나는 소나무가 1150
산산조각 난 몸통으로 애처롭게 서 있고, 아래쪽엔,
벼락 맞은 소들이 죽어 널브러져 있다.
이쪽엔 유순한 양들이 살아 있을 때와 똑같이
천진난만한 표정으로 상상의 눈에는 여전히
되새김질하는 것처럼 보이고, 저쪽엔 찌푸린 표정의 수소와 1155
반쯤 몸을 일으킨 황소가 쓰러져 있다. 절벽에 자리한 성에서
벼락 맞은 고색창연한 탑과 뾰족탑이 있는 사원은
저희의 유서 깊은 자부심을 포기한다. 어둑한 숲들은
번쩍하는 번갯불에 깜짝 놀라, 사방 멀리까지 불타는 깊숙한
은신처에 숨어 있던 벌벌 떠는 동숙자들[148]을 흔들어 댄다. 1160
메아리치는 굉음은 **카나번**[149]의 산들 사이에서
요란하게 광란한다. 벼락 맞은 절벽들은
엄청난 충격을 받아 하늘까지 겁나게 쌓인 **펜마인 언덕**[150]의
투박한 바위들로부터 번쩍이는 심연 속으로
굴러떨어지고, **스노든산**[151] 꼭대기는 1165

---

148 '작은 새들'을 가리킨다.
149 영국 웨일스 북서부의 항구도시. 13세기에는 고성이 있었다.
150 웨일스 북부의 언덕으로, 콘웨이만이 내려다보인다.
151 웨일스 북서부의 최고봉으로, 해발 1,085미터다.

녹으면서 제 겨울 짐[152]을 당장 내준다.
멀리 보이는 히스 무성한 **체비엇**[153]의 언덕들은 활활 타오르고,
툴레[154]는 가장 먼 곳의 섬들에게도 우렁찬 천둥소리를 건네준다.

죄 많은 자는 아주 심란해진 채 겁에 질려 그 소리를 듣지만,
운명의 벼락이 늘 죄 많은 자의 머리에만 1170
떨어지는 건 아니다. 젊은 **셀라돈**과
그의 연인 **아멜리아**는 비길 데 없는 한 쌍으로,
둘 다 똑같은 미덕과 우아함을 갖추고,
오직 성별로만 구별될 뿐인데,
그녀는 온화하게 빛나며 피어나는 아침 같았고, 1175
그는 찬란하게 빛나는 떠오른 해 같았다.

그들은 서로 사랑했다. 그들의 정직한 열정은
태초에 순수하고 꾸밈없고 진실한 가슴에
생기를 불어넣었던 그런 것이었다.
그것은 서로에 대한 기원(祈願), 매혹적인 희망, 1180
서로의 눈에서 내뿜어지는 공감의 불꽃으로
끌어올린 우정이었다. 사랑에 모든 걸 바치는 두 사람은

---

152 '눈'을 가리킨다.

153 잉글랜드와 스코틀랜드 경계의 구릉지.

154 고대 지리학자들이 영국 최북부의 한 섬에 부여한 이름으로, 여기서는 셰틀랜드 제도를 가리키는 듯하다.

서로가 서로에게 자기 자신보다 더 소중한 존재였고,
서로에게 기쁨을 주는 일깨워진 힘이 있다는 사실에
더없이 행복해했다. 그들은 숲의 그늘에서 1185
남들과 떨어져 늘 조화롭게 교감하며
전원의 삶을 누렸고, 사랑이 흘러넘치는 서로의 마음을 전하거나
한숨 쉬며, 말로 표현할 수 없는 것들을 눈으로 말하곤 했다.

합류한 맑은 물줄기처럼, 근심 걱정 없이 순탄하게,
그렇게 그들의 삶은 흘러갔다. 그런데, 결국, 흉조의 시간에, 1190
서로의 존재로 복 받은 채, 창조적인 사랑이
여느 때처럼 영원한 **에덴동산**이 사방에서 미소 짓도록
명하는 동안, 깜빡 방심한 사이에 부드러운 산책 길의
미로들이 마구 뻗어 있는 곳에서 폭풍이 그들을 덮쳤다.
임박한 운명을 떠올리며 마음이 무거워진 그녀는 1195
여느 때와는 달리 한숨을 푹푹 내쉬었고, **셀라돈**의
무척 어두운 표정을 종종 훔쳐보던 그녀의 눈에서는
눈물이 넘쳐나 빰은 엉망이 되었다.
확고한 사랑과 **하늘**에 대한 믿음도
그녀의 두려움을 억누르지 못했고, 두려움은 점점 커져 1200
그녀의 몸이 무너질 정도로 흔들어 댔다. 그는
그녀의 약해진 모습을 알아차렸고, 천사들이 죽어 가는 성인들을
바라볼 때처럼 그의 눈에서는 사랑으로 한껏 불 밝혀진
연민의 정이 흘러나왔다. 그는 말했다. "두려워하지 마오,

아름답고 청순한 이여! 죄와 내면의 폭풍과는 1205
전혀 무관한 그대여! 저 하늘을 어둠의 찡그림 속에
집어넣는 그분은 다정한 관심을 갖고 그대를 향해
늘 미소 짓고 계신다오. 한밤중이나 누구도 두려워하지 않는
대낮에 모든 걸 파괴하는 은밀한 창[155]도 아무런 해를 입히지 않고
그대 머리 위로 날아가고, 죄 많은 자의 가슴속에 1210
천둥 치며 공포를 안기는 바로 그 목소리조차 치품천사의 혀로
그대의 가슴에 평화를 속삭인다오. 그대 곁에서 내가 이렇게
그대의 몸을 완벽하게 덮어 줄 테니 틀림없이 안전할 거요!"
그는 양팔로 그녀를 덮어 주려 했지만 허사였고,
(어찌 된 일인지!) 그 순간, 그 아름다운 처녀는 벼락을 맞아 1215
시커먼 시체로 땅바닥으로 굴러떨어졌다.
하지만 경악을 금치 못한 채, 자신이 살아 있다는 걸 혐오하며,
벌린 입을 다물지 못하고 비통한 죽음에 꽂힌
연인을 누가 그릴 수 있겠는가!
그렇게, 어렴풋이 닮은 모습으로, 대리석 무덤 앞에서, 1220
영원히 말없이, 영원히 슬픈 표정으로,
잘 분장한 애도자는 허리를 굽히고 서 있다.[156]

---

155 '번개'나 '벼락'.

156 1169~1222행의 셀라돈-아멜리아 에피소드는 실제로 1718년 6월에 영국의 스탠턴 하코트(Stanton Harcourt)에서 벼락을 맞아 사망한 존 휴이트(John Hewit)와 사라 드루(Sarah Drew)라는 두 연인의 사건을 토대로 한 것이다.

하늘의 표면에서 떨어져 나온 산산조각 난 구름들이
소란스레 떠돌아다닐 때, 무한한 천공은
한층 더 높이 부풀어 오르고, 이 세상 위로 1225
한층 더 맑은 하늘색이 퍼져 간다. 폭풍에서 벗어난 자연은
다시 생기를 띠고, 환해진 대기 속에서
한층 더 밝은 광채와 한층 더 뚜렷한 정적이
흔들리며 퍼지는데, 그새, 마치 지나간 위험을
표시하기라도 하듯, 노란 햇살로 풍성하게 돋보인 1230
기쁨의 반짝거리는 의복이 여전히 폭풍의 빗물이
떨어지는 들판에 옷을 입힌다.

모든 게 아름답고, 사방에선 감사의 노래가
소들의 음매 소리, 계곡의 클로버들을 실컷 갉아먹는
양들의 무수한 매애 소리와 대합창을 이룬다. 1235
또렷한 목소리로 이 더 낮은 세계의 합창을
이끌어야 할, 더없이 사랑받으면서도 감사할 줄 모르는
인간에 의해 그 찬가가 망쳐질 것인가?
천둥을 숨죽이게 만들었고 하늘을 평온하게 만든
손길을 그토록 빨리 잊는 그가, 1240
제 연약한 가슴이 폭풍에 대한 두려움을 잃기도 전에,
폭풍이 일깨운 그 불꽃이 꺼진 것을,
제힘을 훨씬 넘어선 초인적인 힘을 과연 느끼게 될까?

좀 더 온화한 햇살에 힘을 얻은 활기찬 젊은이는
잘 알려진 연못으로 서둘러 가는데, 그곳의 수정 같은 1245
깊은 물에서는 바닥의 모래까지 다 드러난다. 잠시 그는 서서
아래쪽의 푸른 심연에 관심을 집중하는 걸
반쯤 두려워하면서 물에 투영된 뒤집힌 풍경을 응시하고는,
파문이 이는 물속으로 곤두박질쳐 뛰어든다.
그의 흑단 같은 머리칼과 장밋빛 뺨은 1250
즉각 떠오르고, 매번 짧게 숨을 쉴 때마다
입술로 유순한 물결을 밀어내고,
팔과 다리를 잘 조화시키면서, 마음 내키는 대로,
완만하게 곡선을 이루며 헤엄치는데,
그새 그의 윤나는 허리에서 나오는 이슬 같은 빛은 1255
주위에서 즐겁게 바라보는 이들에게 퍼져 나간다.

이것이 건강을 지키는 더없이 순수한 운동,
여름의 무더위를 식혀 주는 친절한 해소책이다.
추운 겨울이 빛나는 물결을 얼어붙게 할 때도
나는 나약하게 벌벌 떨며 물가에서 미적거리지 않으리라. 1260
이렇게 담대하게 헤엄치는 이는
두려운 재난이 날래게 닥쳐도, 체력을 보강해
건강을 유지하곤 한다. 그래서 사지는
탄탄하게 단련되고, 승승장구하며
숱한 나라들을 정복했던 그 **로마인들**의 팔**157**은 1265

맨 처음, 아직 연약할 때도, 물결을 진압하는 법을 배웠다.
정신조차, 건전한 육체로부터,
남몰래 공감이 깃든 도움을 받는 법이다.

제멋대로 펼쳐진 계곡이 구불구불하게 뻗어 나가
쾌적하고 한적한 개암나무 숲속 1270
사람들 눈에 띄지 않는 은밀한 곳에, 젊은 데이먼이
사랑의 유쾌한 격통에 시달리며 수심에 잠긴 채 앉아 있었다.
거기에서 그는 쉰 목소리로 속삭이며 먼 곳의 바위들 아래로
떨어지는 개울과, 흰 버드나무들 사이에서 노니는
구슬픈 산들바람에게, 무시도라의 잔인함에 대해 1275
아무런 근거 없는 불평을 늘어놓았다.
그녀는 그의 열정의 불길을 느꼈지만, 부끄러움과 수줍음 탓에,
아니면 처녀의 자존심 때문에, 내리깐 눈으로부터의
곁눈질이나, 부풀어 오르는 영혼에서 나오는
숨죽인 한숨들에서 살짝 나타날 때를 빼고는 1280
그에 대한 연정을 가슴속 깊이 숨겼다.
그런 모습에 감동한 그는, 자신의 맹세에 걸맞게,
그녀의 마음을 시험하기 위해, 또 만일 조금이라도

---

157 로마 제국에서는 젊은이들의 체력 강화 훈련 중 하나로 수영을 강조했다. 여기에서 "로마인들의 팔"은 특히 어린 시절 수영에 뛰어났던 율리우스 카이사르의 팔, 또는 대다수 로마인들의 팔을 가리킨다.

거기에서 열정이 버둥거린다면, 그 열정을 불러내기 위해,
구애의 노래를 지었다. 세 배로 행복한 젊은이여! 1285
막강한 군주들의 운명을 결정하는 행운이
그때는 그대의 운명을 결정했다.[158]
왜냐하면 보라! 웃는 사랑의 신들[159]의 인도를 받아
이 서늘한 은신처를 그의 **무시도라**가 찾아 나섰으니.
그녀의 뺨에선 찌는 듯한 계절이 따뜻하게 빛을 발했고, 1290
헐거운 옷을 걸친 그녀가 상쾌한 개울에
제 뜨거운 사지를 담그려고 찾아왔으니.
그는 어떻게 해야 할까? 달콤한 혼란과
모호한 설렘에 난감해하며, 그는 잠시 가만히 있었다.
영혼의 순진무구한 기품, 1295
보기 드물게 섬세한 고상함이
그의 가슴을 어지럽히며 뒤로 물러나도록 재촉했다.
하지만 사랑의 신이 그걸 막았다. 너희 고결한 척하는 이들이여,
말하라, 너희 더없이 엄격한 이들이여, 너희는 어떻게 했을지?
한편, 이 절세의 미인은 불안한 눈빛으로 둑 주위를 둘러보며 1300
아르카디아[160]의 개울을 축복하고는,

---

158 1285~1287행의 모의-영웅시적 어조는 어쩌면 여신들 중에서 아프로디테가 가장 아름답다고 판정함으로써 트로이아의 몰락을 가져온 파리스의 불운을 언급하는 것일 수 있다. 반면 데이먼은 지혜의 여신인 아테나에 해당하는 여성인 무시도라에게 온통 마음을 빼앗긴 상태다.

159 그리스 신화의 '에로스', 로마 신화의 '쿠피도'나 '아모르'를 가리킨다.

아름다운 자태를 드러내며
맑고 서늘한 개울물 속으로 걸어 들어갔다.
아, 소나무 우거진 **이다산** 꼭대기에 서서, 자신의 눈앞에서
경쟁자인 여신들이 성스러운 베일을 거침없이 내팽개치며 1305
저희의 온갖 매력을 뽐내는 걸 지켜보던 **파리스**도,
그때의, 눈처럼 하얀 다리와 가느다란 발에서
그녀가 비단 신발을 벗었을 때의, 부드러운 손길이
처녀지를 녹였을 때의, 또 열리는 옷 속에서
젊음으로 세차게 고동치는 그녀의 젖가슴이 1310
몰래 훔쳐보는 그대의 눈길 위로 차례로
더없이 풍만하게 솟아올랐을 때의 그대 **데이먼**보다
더 격렬하게 헐떡거리진 않았다. 하지만, 무모한 젊은이여,
어떻게 그대는, 자연의 가장 섬세한 손길로
조화롭게 부푼, 눈부시게 하얀 그녀의 나신(裸身)으로부터 1315
얇은 면포가 접힌 채 헐겁게 떨어져 내리고,
또 그녀가 저만의 상상으로 얼굴을 붉히면서
수상한 미풍에 불안해하며 겁먹은 새끼사슴처럼
깜짝 놀라 움츠러들며 전라(全裸)의 몸으로 서 있을 때,
감히 영혼을 어지럽히는 광경을 보는 위험을 무릅썼는가?[161] 1320

---

160 그리스 중부 산악지대로, 고대에는 여기에서 판 신을 숭배했다. 일찍이 베르길리우스의 《전원시》에서 언급된 이래 전원의 기쁨의 이상향으로 여겨지게 되었다.

161 토머스 게인스버러(Thomas Gainsborough, 1727~1788)와 윌리엄 에티(William Etty, 1787~1849)를 비롯한 많은 영국 화가들이 이런 포즈의 무시도라를 즐

그때 그녀는 물속으로 뛰어들었고, 갈라진 물결은
닫히는 물로 그 사랑스러운 손님을 맞았으며,
부드러워지는 온갖 아름다움, 새로 빛나는
온갖 우아함은 그윽한 빛을 뿌렸다—
백합이 수정 같은 물속에서 은은하게 빛나듯, 1325
아니면 아침 이슬에 젖은 장미가
오로라 여신의 손길로 신선해져 더 향기롭게 빛나듯.
이렇듯 그녀가 때로는 물속에서 몸매를 그대로 드러내거나,
때로는 흠뻑 젖어 몸을 반쯤 덮은 머리칼을 늘어뜨리며
다시 솟아오르면서 마음껏 즐겁게 1330
놀고 있는 동안, 숨어 있던 데이먼은
너무 담대한 호사로 그의 황홀한 기분을
잠시 압도한 듯한, 자신을 미치게 만드는
여체의 아름다움의 잔들을 한껏 들이켰다. 마침내,
연인으로서의 정숙하고 공손한 태도를 되찾아 욕망을 억누른 1335
그는 (만일 무언가가 사랑을 모독하는 걸로 여겨질 수 있다면)
그렇게 훔쳐보는 걸 모독으로 여겨, 그늘에서 겨우 빠져나와
황급히 달아났다. 그렇지만 먼저 그는
손에 든 연필로 써 나간 이 쪽지를 떨리는 손으로
둑 위로 던졌다. "계속 물놀이하세요, 충실한 사랑의 신의 1340
성스러운 눈길을 빼고는 아직 누구의 눈에도 띈 적 없는

겨 그렸다.

나의 고운 임이여. 내가 그대가 즐겨 찾는 이곳을 지키며,
떠돌아다니는 자의 발걸음과 음란한 눈길을 모조리
막아 버리겠소." 너무나 놀라,
마치 무감각한 석상처럼 굳어 버린 채, 1345
그녀는 잠시 꼼짝도 하지 않고 멍하니 서 있었다.
전 세계를 매료시킨 석상162도 그렇게 서서,
그렇게 허리를 굽히고 비길 데 없는 자랑거리, 전성기 **그리스**의
아름다움의 총화를 베일로 가릴 듯한 모습이다.
가까스로 정신을 수습한 그녀는 날래게 1350
더없이 복된 **에덴동산**이 알지 못했던 그 옷들을 찾았고,
마구 서둘러 챙겨 입고는 그 두려운 쪽지를 낚아챘다.
하지만 자신이 잘 아는 **데이먼**의 필적임을 확인하자
공포는 사라졌고, 뭐라 이름 붙이기 힘든 복잡한 기분들의
한결 더 부드러운 행렬 — 죄책감은 없는 부끄러움, 1355
천진난만함의 매력적인 홍조, 겸손함으로 인해 돋보이는
연인의 열정에 대한 경의와 찬탄 — 이
세차게 뛰는 그녀의 가슴을 사로잡았다. 심지어
자신의 미모에 대한 자신감도 분주한 상념 속으로
살그머니 찾아왔다. 마침내! 부드러운 평온이 1360
차츰 그녀의 영혼의 동요를 잠재웠고,

162 〔원주〕 "메디치가의 베누스 상." 종종 모사된 이 석상은 모든 여성적 아름다움의 기준으로 여겨졌다.

개울 위로 널찍하게 드리워진
너도밤나무 위에 그녀는 전원의 연인들의
숲속 펜[163]으로 이런 고백을 새겼는데,
이내 그녀의 데이먼은 기쁨의 눈물을 흘리며 거기에 키스했다. 1365
"이 글의 의미를 판단할 줄 아는 유일한 분으로,
운명의 여신의 사랑을 넘치게 받았지만, 애석하게도!
사랑의 신의 사랑은 그만큼 받지 못한 소중한 분이시여!
늘 지금처럼 사려 깊은 분이 되어 주세요.
당신이 달아날 필요가 없는 시간이 올지도 모르니까요." 1370

해는 더는 맹위를 떨치지 못하고, 기울어 가면서
생기를 주는 온기와 생명의 광채만을
지금 내쏜다. 그러고는 다채로운 햇살로,
낭만적인 형상으로 끊임없이 천변만화하는
하늘의 저 아름다운 의복들인 구름들을 불 밝히며, 1375
깨어 있는 상상력의 꿈을 보여 주는구나! 아래쪽 지상에서는 두루,
익어 가는 과일들로 뒤덮이고 빠르게 부풀어 올라
완벽한 한 해를 기약하면서, 풍성한 대지와
그녀의 온갖 족속들이 너나없이 기뻐한다. 홀로
머나먼 산속을 찾아, 거기에서 자연과 대화하고, 1380
거기에서 자신의 가슴을 자연과 하나 되게 하면서,

163 '나이프'를 가리킨다.

누구나 공감할 수 있는 노래로 그 일체감을
다른 이들에게 전하는 걸 좋아하는 이에게는
지금이 더할 나위 없는 산책의 시간이다. 자연과의
행복한 영적 합일을 경험할 수 있게 된 1385
벗들 무리의 격조 높은 눈에는 속된 이들이
한 번도 본 적 없는 진실로 아름다운 세계가
그 매력들을 드러내고, 그들의 마음속에는
탁월한 빛인 심오한 상념들이 가득 들어 있고,
그들의 가슴에서는 제 잇속만 차리는 이들이 1390
공상이라고 치부하는 미덕이 열렬하게 불타오른다.
이들은 때로는 밖으로 나가 석양빛을 즐기고,
때로는 숲의 푸릇푸릇한 **현관**164으로,
자연의 광대한 **뤼케이온**165으로 산책을 나온다—
어떤 오만한 교사도 군림할 수 없는 그 친절한 **학교**에 의해 1395
또 우호적인 가슴의 자유롭고 충만한 영적 교제를 통해
남을 향상시키고 또 자신도 향상되면서. 이제 연인들은
속세를 떠나 그들만의 달콤한 은거지로 남몰래 빠져나가
황홀경 속에 자신들의 영혼을 쏟아붓는데, 사랑의
아버지166는 만족스레 그 소리를 들으며 **좋다고 말한다.** 1400

---

164 제논이 철학을 가르쳤던 고대 아테나이의 채색된 현관을 가리킨다.

165 아리스토텔레스가 철학을 가르쳤던 아테나이의 정원으로, 지붕이 있는 산책로가 있었다고 전해진다.

166 예수 그리스도.

아만다[167]여, 어느 길로 우리의 행로를 잡아야 할까?
선택은 당혹스럽다. 왜 우리가 선택해야 하는 것인가?
어느 길이건 그대와 함께라면 다 똑같다. 이를테면, 개울을 따라
휘돌아 갈까? 아니면 미소 짓는 초원을 걸어갈까?
아니면 숲속 빈터에 들어가 볼까? 아니면 물결치는 1405
작물들 사이를 소란스레 헤매고 다닐까? 아니면 눈부신 여름이
그 모든 자랑거리들을 펼쳐 보이는 동안, 그대가 좋아하는 언덕,
쾌적한 **쉰**[168]에 오를까? 여기에서 끝없이 펼쳐진 풍경을
훑어봅시다. 먼저 금방 희희낙락하는
황홀경에 잠긴 눈을 대도시 **오거스터**[169]에게 보내고, 1410
그러고는 그 평원을 에워싼 **두 자매 언덕**[170]에게,
그러고는 높은 **해로 언덕**에게, 그러고는 장중한 **윈저성**이
제 위풍당당한 이마를 들어 올리는 곳으로 보냅시다.
그러고는, 이 평온하면서도 장려한 눈부신 경관과
사랑스럽게 대조되도록, 은빛의 **템스강**이 맨 처음 1415
서서히 전원 풍경을 드러내는 곳으로 향합시다.

---

167 1743년에 톰슨의 청혼을 거절한 엘리자베스 영(Elizabeth Young)을 가리킨다.

168 [원주] "리치먼드 힐의 옛 이름으로, 색슨어로 '빛남'이나 '장려함' 등을 뜻한다." 1736년 이래 톰슨이 거주했던 이곳의 경관은 18세기에 가장 상찬되었던 경관들 중 하나였다.

169 '런던'을 가리키는 로마식 이름은 '아우구스타 트리노반툼'(Augusta Trinovantum)이고, 영어식으로는 '오거스터'(Augusta)라고 부른다.

170 [원주] "하이게이트 언덕과 햄스테드 언덕."

거기에서 즐거워진 눈으로 하여금 지치지 않고 돌아다니게 하고,
거기에서 **해링턴**[171]의 은거지 위에 까딱거리며 매달린
늘어진 숲들 사이를 호사스레 헤매고 다닙시다.
그러고는, 거기서부터 녹음 무성한 **햄**의 산책로 — 1420
그 그늘 아래에서, 완벽한 평화 속에서 은거하며,
가슴속의 상냥한 동반자인 **그녀**와 함께, 훌륭한 **퀸즈베리 경**은
여전히 **게이**의 처지를 한탄하고, 세련된 **콘베리 백작**은
자발적인 시신에게 구애한다 — 까지 허리를 굽힌 채
비길 데 없이 아름다운 **템스 계곡**을 따라 천천히 걸어갑시다. 1425
완만하게 굽이진 길을 오르며 시신들이 **트위크넘**[172]의 정자에

---

171 [1418~1424행] 1720년대에 피터스햄 로지(Petersham Lodge)를 건축한 해링턴 백작 윌리엄 스탠호프(William Stanhope, Count of Harrington, 1690~1756)는 이곳을 은거지로 삼았다. "늘어진 숲들"(1419행)은 1713년 이전에 이 영지의 전 소유자인 로체스터 백작 헨리 하이드(Henry Hyde, Earl of Rochester)가 설계한 초기 영국의 풍경식 정원의 하나에 속했다. 하이드의 둘째 딸인 키티(Kitty, 1422행의 "그녀")는 미모와 기행(奇行)으로 널리 알려졌는데, 3대 퀸즈베리 공작인 찰스 더글러스(Charles Douglas, 3rd Duke of Queensbury, 1423행)와 결혼했다. 시인 존 게이(John Gay, 1423행)는 생애의 마지막 4년 간 트위크넘(Twickenham) 근처의 햄 하우스(Ham House, 1430행)에서 퀸즈베리 공작 가족과 함께 살았다. 공작부인은 극작가 윌리엄 콩그리브(William Congreve)와 소설가 조너선 스위프트(Jonathan Swift)와 시인 매튜 프라이어(Matthew Prior)와 알렉산더 포프(Alexander Pope) 등의 벗이었고, 하이드의 장남인 콘베리 자작 헨리(Henry, Viscount Cornbury) (1424행)는 의원이자 고위 성직자로 볼링브로크(Bolingbroke), 포프, 스위프트, 그리고 해링턴의 벗이었다. 콘베리, 퀸즈베리, 볼링브로크는 모두 1730년 사절판 《사계》를 예약 구입했다. 햄 하우스는 월폴 수상과 조지 2세에 맞선 반대파의 근거지였다.

172 포프는 트위크넘에 있는 자기 집의 유명한 정원을 설계했다. 그는 톰슨이 이 시행

자주 들러 그들의 **포프**를 위해 하느님의 치유의 손길을
간청하는 곳으로, **햄프턴**의 왕궁으로,
클레어몬트의 계단식 언덕으로, 고요한 **몰강**[173]의
부드러운 굴곡들에 에워싸인 채 더없이 감미로운 1430
한적함 속에서, **펠럼**[174]이 궁정과 상원의 공무에서 벗어나
휴식을 찾던 **에셔**의 작은 숲으로.
시신이 **아카이아**[175]나 **헤스페리아**[176]에 대해 노래한 것들을
능가하는 이 얼마나 매혹적인 계곡인가!
오, 더없이 행복한 계곡이여! **경작의 신**이 누워 1435
제 노동의 경이로운 성과들을 기쁘게 바라보고 있는
오, 부드럽게 부풀어 오르는 언덕들이여!

세상에! 언덕들과 계곡들과 숲들과 잔디밭들과 첨탑들과
반짝이는 읍들과 황금빛 개울들의

들을 쓰기 직전인 1744년 초에 불치병에 걸렸고, 5월 30일에 사망했다.

173 잉글랜드 남부에 있는 템스강 지류.

174 휘그당 정치인 헨리 펠럼(Henry Pelham, 1696~1754)은 전쟁성 장관과 재무성 회계장관이었고, 1743년부터 사망할 때까지 수상으로 봉직했다. 서리(Surrey)의 몰(Mole) 강변의 에셔(Esher)에 있는 그의 영지인 클레어몬트(Claremont)는 18세기의 가장 유명한 풍경식 정원을 갖추고 있었다.

175 그리스 남부의 로마 영토.

176 '이탈리아'를 가리키는 그리스 지명이자, '스페인'을 가리키는 로마 지명. 톰슨은 여기에서 '이탈리아'를 염두에 두고 있다. "헤스페리아"(Hesperia)는 '서쪽 영토'라는 뜻이다.

그 얼마나 멋진 전망이 사방에 펼쳐지고, 마침내 1440
끝없이 광활한 풍경이 푸른 아지랑이 속으로 사라지는지!
행복한 브리타니아여! 이곳에서 활력을 불어넣는
기예의 여왕인 자유는 거침없이
아주 먼 곳의 오두막집까지 걸어 나가
풍성한 혜택을 아낌없이 뿌려 댄다.[177] 1445

너의 토양은 비옥하고, 너의 기후는 온화하다.
너의 개울은 여름 가뭄에도 마르는 법 없다.
너의 수호목인 참나무들은 그 무엇과도 견줄 수 없다. 너의 계곡들은
황금빛으로 물결치고, 너의 산 위에서는 무수한 양 떼가
매애 매애 울어 대고, 그새 산허리 주변을 빙빙 돌며 1450
시커메지는 소 떼가 활기차게 몰려가며 음매 음매 울어 댄다.
산 아래에서는 너의 목초지들이 빛나고, 목초들은 베는 이의
낫으로 진압되지 않고 계속 솟아난다. 사방에서
너의 대저택들은 빛난다. 너의 시골은 부(富)로 넘쳐나고,
국가의 보호를 받으며 지치지 않고 즐겁게 노동하는 1455
농민에게 국가는 재산을 보장한다.

너의 도시들은 기술자들로 가득하고,

---

177 "재산"(1456행)과 "고된 일"(1461행)의 지원을 받아 풍성하게 뿌리는 "기예의 여왕"(1443행)인 영국의 "자유"(1443행)는 광활한 자연의 정치적 등가물이다.

번화가마다 교역과 기쁨의 환성이
뒤섞여 들리고, 땀 흘리며 마차와 씨름하거나
먼지투성이인 채 궁성의 돌을 자르는 일처럼 1460
고된 일을 하는 이들조차 쾌활해 보인다. 무수한 돛대들이
무한한 가능성을 펼쳐 보이는 바글거리는 너의 항구들은
하역 노동으로 달아오르고, 서두르는 선원이
힘차게 손을 흔들며 작별을 고하고
돛이란 돛은 다 풀면서 미끄러지는 범선을 1465
바람에 내맡길 때 그의 외침들에 반향한다.

너의 고결한 젊은이들은 담대하고 굳건하고 기품이 있다.
고난으로 단련되고, 위험에 떨쳐 일어나고,
가는 곳마다 온갖 민족들을 몰아내며 울타리 친 평원[178]이건
폭풍우 치는 바다이건 간에 일등을 차지한다. 1470
사려 깊은 너의 왕들이 국가의 번영과 평화의
계획들을 주재하기에,[179] 너의 영예 또한 평화롭다.
재능과 실질적 학식에서 드높고,
갖가지 미덕과 갖가지 가치로 명성이 높고,
성실하고 솔직하고 친절하고 사람을 환대하지만, 1475

178 중세 때 마상시합을 하기 위해 울타리를 친 땅.

179 비록 프랑스와의 전쟁은 1748년까지 종식되지 않았지만, 펠럼 내각은 1744년에 평화에 찬성했다.

분노할 때는 차츰 맹렬해지는 천둥처럼
폭군에게는 공포의 대상이고, 모진 압제에
신음하는 이들에게는 유일한 의지처다.

너의 **영예로운 아들들**은 숱하게 많다! **알프레드**[180]는
그 전형으로, 그에게선 영웅적인 전쟁의 장관과 1480
잘 통치될 때의 더 영웅적인 평화가 결합되어 있고,
왕중왕인 그의 이름을 덕망 높은 이들은
우러러 받들고, **그 자신**의 시신(詩神)들은 사랑한다.
그와 더불어 너의 **에드워드들**과 너의 **헨리들**은
명성에게는 소중한 이름들로, **흑태자 에드워드**는 1485
오만한 **갈리아인들**[181]에게 너의 군사력에 대한 공포를 깊이 아로새겼고,
여전히 그들의 수호신을 겁에 질리게 한다. **정치인들**과
애국자들도 네겐 풍성하다. 너의 아들인 한결같은 **모어**[182]는

---

180 [1479~1487행] 9세기에 덴마크인들의 침략에 맞서 영국을 수호하고 커다란 문화적 업적을 쌓은 알프레드 대왕(King Alfred the Great, 848/849~899)과, 잉글랜드 왕 에드워드 3세(Edward III)의 장남으로 프랑스와의 백년전쟁에서 혁혁한 전공을 세운 흑태자 에드워드(Edward the Black Prince, 1330~1376)는 야당인 휘그당의 특별한 영웅들이었다. 알프레드 대왕과 에드워드 3세와 헨리 5세(Henry V)는 톰슨의 《자유》에서 찬양되었고, 헨리 1세(Henry I)는 노르망디를 정복했으며, 헨리 2세(Henry II)는 프랑스 영토 중 상당한 부분을 영국 영토로 만들었다.

181 고대 켈트인들의 땅이었던 갈리아(Gallia) 또는 골(Gaul) 지방은 지금의 북이탈리아·프랑스·벨기에 등을 포함한 지역으로, "갈리아인들"은 여기에서는 '프랑스인들'을 가리킨다.

그릇되긴 하지만 아낌없는 열의로
카토[183]처럼 굳건하게, 아리스티데스[184]처럼 공정하게, 1490
엄정한 킨키나투스[185]처럼 청빈하게 살면서,
야만적인 폭군[186]의 이기적인 광기에 맞섰고,
죽음을 웃어넘겼던, 두려움을 모르는 올곧은 영혼이었다.
검소하고 지혜로운 월싱엄[187]과, 너를 바다의 여왕으로 만들어 주고
세계 곳곳에 너의 이름을 천둥 치듯 알렸던 1495
드레이크[188] 같은 이도 너의 아들이다.
그때 너는 기염을 토했지만, 처녀 여왕[189]의 치세하의

---

182 토머스 모어 경(Sir Thomas More, 1478~1535)은 대법관으로 《유토피아》(*Utopia*)의 저자이며, 헨리 8세(Henry VIII)가 영국 교회의 수장이라는 사실을 받아들이지 않았다는 이유로 대역죄로 기소되고 처형되었다.

183 954행의 각주를 볼 것.

184 '공정한 이' 아리스티데스(Aristides, 기원전 468년 사망)는 아테나이의 민주적인 지도자로, 강직함·애국심·절제로 널리 알려졌다. 동료인 테미스토클레스(Themistocles)의 음모로 인해 추방되었지만, 아테나이로 돌아올 수 있게 되자 테미스토클레스를 도와 일했고 페르시아와의 전쟁에서 큰 역할을 했다.

185 초기 로마의 경건한 검소함을 대표하는 루키우스 퀸크티우스 킨키나투스(Lucius Quinctius Cincinnatus)는 시골 농장에 거주하다가 기원전 458년 로마군이 패배의 위기에 처하자 쟁기를 버리고 집정관의 직무를 수행했고, 적들을 물리친 후 다시 농장으로 돌아간 것으로 전해진다.

186 헨리 8세.

187 외교관이자 정치인이었던 프랜시스 월싱엄 경(Sir Francis Walsingham, 1536~1590).

188 프랜시스 드레이크 경(Sir Francis Drake, 1540~1596)은 해군 제독으로, 1577~1580년에 배로 세계를 일주하며 스페인 선박들을 나포하거나 침몰시켰다.

189 헨리 8세와 앤 불린(Anne Boleyn)의 딸인 엘리자베스 1세(Elizabeth I).

그 숱한 명사들에 대해 누가 다 말할 수 있을까?
그들의 온갖 영예가 **롤리**에게서 섞여 있음을 눈여겨보라.
온통 현자・애국자・영웅의 정신으로 불타올랐던, 1500
스페인의 회초리였던 **롤리**![190]
패배한 적의 복수심을 만족시키려고
겁쟁이 군주[191]가 이 용사를 족쇄에 채워
결국 적에게 넘겨주고 말았을 때도 그는 기죽지 않았다.
그러고는, 여전히 속박되지 않고 활기찬 그의 정신은 1505
과거의 장구한 시대를 탐색했고,
옥중 생활을 견디며 이 세상을 풍요롭게 만들었다.
그러면서도 그 기나긴 연구 기간 동안 그가 원정에 나서서
피 흘리며 스스로 경험했던 시대처럼
그토록 영광스럽거나 그토록 저열한 시대는 보지 못했다. 1510
또한 일찍이 월계수 가지와 연인의 도금양(桃金孃)과
시인의 월계수 잎으로 만든 관을 쓴 전사의 모범인
용맹한 **시드니**[192]를 시신도 지나치지 못하리라.

---

190 월터 롤리 경(Sir Walter Raleigh, 1552?~1618)은 대역죄라는 부당한 죄목으로 런던탑에 투옥되어 있는 동안(1603~1615) 《세계사》를 저술했다. 1618년에 제임스 1세(James I)를 위해 금을 찾으려고 가이아나로 원정을 갔지만 실패한 후, 스페인인들의 압박을 받은 제임스 1세에 의해 13년 전 선고된 형으로 처형되었다.

191 제임스 1세.

192 궁신・군인・정치인・시인・소설가인 필립 시드니 경(Sir Philip Sidney, 1554~1586). 그는 네덜란드에서 스페인 군과의 전투에서 입은 부상으로 전사했는데, 죽어 가면서도 자신보다 더 물을 필요로 하는 부상당한 다른 병사에게 순서를 양보

지혜롭고 열성적이고 굳건한 불굴의 영혼을 지닌
햄던193 같은 이도 빼어난 국가인 너의 아들이다. 1515
그는 굴종으로 기우는 몰락하는 시대의 급류를 막고,
너의 타고난 장려한 자유 속에서
담대하게 다시 일어서도록 네게 명했다.
그의 외침에 너의 **인간**의 시대는 환하게 빛났고,
뒷날194 사람들은 눈을 빛내며 그 시대를 바라보고, 1520
폭군들은 그의 업적을 알고는 부들부들 떨리라.
가장 향긋한 꽃을 다 가져와서, **러셀**195이 잠들어 있는
무덤에 뿌리게 해 다오. 더없이 냉철하면서도 쾌활하게
너를 위해 흘린 그의 진정된 피는
수치스러운 방만한 사치 속에 비천하게 가라앉은 1525
무도한 왕권을 겨냥하면서, 현기증 나는 치세196의
슬픈 연대기를 얼룩지게 했다. 그와 더불어
그의 벗, **영국판 카시우스**197는 대담무쌍하게 피를 흘렸다.

했다는 이야기가 전해진다.

193 의회 의원이었던 존 햄던(John Hampden, 1594~1643).

194 '먼 미래'를 가리킨다.

195 윌리엄 러셀(William Russel, 1639~1683)은 휘그당 의원들에 의한 국왕 암살 미수사건인 라이하우스(Ryehouse) 음모 사건의 공모자로 처형된 인물로, 생전과 사후에 휘그당 의원들의 큰 존경을 받았다.

196 찰스 2세(Charles II)의 통치를 가리킨다.

197 앨저논 시드니(Algernon Sidney, 1622~1683)는 찰스 1세의 재판 때 재판관 중 한 명으로, 라이하우스 음모 사건에 연루되어 처형되었는데, 러셀과 함께 휘그당

드높고 결연한 기백을 갖추고, 용맹하고 과감하며,
고대의 학문에 감화되어 고대의 자유에 대한 1530
사랑을 갖도록 계몽된 인물이었다. 너의 명성은
훌륭한 **현자들**과 고결한 **시인들**을 배출한 점에서도 상당히 높다.
동트는 과학의 빛이 이내 눈부신 광선을 발산하며
시신들의 노래를 깨웠던 것이다.
운 나쁘게도 선택을 잘못한 **베이컨**[198] 같은 인물도 1535
너의 아들인데, 국정의 폭풍을 견디고, 굳건하면서도
유연한 미덕으로, 궁정의 매끄러운 야만성을 헤쳐 나가며
계속 자신의 노선을 끝까지 밀고 나갈
성격은 못 되었다. 학문의 그늘 속에서 살도록
친절한 자연은 그를 깊이 있고 이해력 빠르고 명석하고 1540
정확하고 우아한 인물로 만들어 주었는데, 풍요로운 한 영혼 속에
플라톤[199]과 **스타기라인**[200]과 **툴리**[201]가 합쳐진 셈이었다.
그 얼마나 위대한 학문적 구원자였던가! 그는 수도원에 틀어박힌
수도사들과 전문 용어들이나 가르치는 학교들의 어둠으로부터

의 영웅이었다.

198 대법관이었던 프랜시스 베이컨(Francis Bacon, 1561~1626)은 뇌물수수죄로 1621년 해직되었다. 톰슨은 그를 철학자로서, 특히 과학적 탐구의 토대가 되어 온 실험의 귀납적 원리들을 밝힌 저작인 《신기관》(*Novum Organum*, 1620)의 저자로서 찬양한다.

199 소크라테스의 제자로서 객관적 관념론의 창시자로 여겨진다.

200 고대 마케도니아의 스타기라 출신의 아리스토텔레스.

201 고대 로마의 정치인이자 작가이자 웅변가인 키케로.

단어들과 형식들과 공허한 정의(定義)의 1545
마법의 사슬에 오랫동안 묶여 있던 참된 철학을
앞으로 이끌었다. 그는, 서서히 계속 상승하면서
존재의 연쇄를 확실히 조사하고
눈부신 손가락으로 다시 **하늘**을 가리키는,
하늘의 딸인 철학을 앞으로 이끌었다. 1550
인류의 벗인 너그러운 **애슐리202**도 너의 아들이다.
그는 형제의 눈으로 인간의 본성을 정밀하게 조사해서,
그의 약점을 날래게 가리고, 그의 목표를 끌어올리고,
정신의 좀 더 미세한 움직임들을 다루고,
도덕적 아름다움으로 가슴을 매혹했다. 1555
구석진 곳의 어둑한 실험실에서 자신이 찾아 낸 것들 사이에서
위대한 **조물주**를 경건하게 찾아 나선 너의 **보일203**을
내가 거명할 필요가 있을까? 또 인간의 내면세계 전체를
자신의 탐구 영역으로 삼은 너의 **로크204**를?

---

202 3대 샤프츠베리 백작 앤서니 애슐리 쿠퍼(Anthony Ashley Cooper, 3rd Earl of Shaftesbury, 1671~1713)는 인간들이 자연스럽게 자신들을 주변의 모든 생명체들에게 너그럽게 행동하게 만들어 주는 직관적인 도덕감각을 갖고 있다고 주장한 도덕철학자였다.

203 로버트 보일(Robert Boyle, 1627~1691)은 화학자이자 물리학자이자 신학자로, 왕립학회 창설자의 일원이었다.

204 여기에서 톰슨은 철학자이자 정치사상가인 존 로크(John Locke, 1632~1704)의 《인간오성론》(*An Essay Concerning Human Understanding*, 1690)을 언급한다.

신이 숭엄하면서 단순한 법칙들로부터 1560
자신의 무한한 피조물들을 추적하라고 인간들에게 빌려준
순수 지성인 **뉴턴205**으로 하여금 철학**206** 전반에서의
너의 명성을 말하게 하라. 고매한 분별력,
창조적 상상력, 인간 마음의
신비한 미로들을 예리하게 점검하는 능력에서는 1565
격정의 **셰익스피어207**가 너의, 또 자연의 자랑거리가 아니던가?
고전 시대의 위대한 각 시신과 사랑스러운 각 시신은
너의 **밀턴208**에게서 만났던 건 아닌가?
그는 자신의 주제만큼 보편적이고,
혼돈만큼 경악스럽고, 에덴동산에서 피어나는 1570
꽃만큼 아름답고, 하늘만큼 숭엄한 천재였다.
또한 내 시는 그 선배 시인, 상상력의 매력적인 아들,

---

205 아이작 뉴턴(Issac Newton, 1642~1727)은 물리학자이자 천문학자이자 수학자로, 근대 이론과학의 선구자였다. 그는 자신이 '수학적 방식'이라고 불렀던 바를 엄격하게 따르면서 어떤 가설도 설정하지 않았기 때문에 "순수 지성"(1562행)으로 불릴 수 있다. 《자연철학의 수학적 원리》(*Principia*, 1687)에서의 세계의 체계에 관한 그의 설명은 이른바 17세기 초반의 기계론 철학자들—데카르트(Descartes), 홉스(Hobbes), 가상디(Gassendi)—이 선호하는 세계의 '회화적' 재현과는 달리 추상적이고 도식적이며 "단순한"(1560행) 것이었다.

206 여기에서는 '과학'을 가리킨다.

207 윌리엄 셰익스피어(William Shakespeare, 1564~1616)의 '시적 격정'은 18세기 비평의 상투 문구 중 하나였다.

208 존 드라이든(John Dryden, 1631~1700)은 호메로스의 힘과 베르길리우스의 힘이 《실낙원》의 저자인 밀턴에게서 만나 결합되었다고 선언했다.

그 온화한 **스펜서**209를 잊어서는 안 되리라.
그는, 풍성한 강처럼, 마법에 걸린 땅의
온갖 미로들 위에 노래를 쏟아부었다. 1575
또한 그의 옛 스승, 유쾌한 현자인 그대 **초서**210도
잊어서는 안 되리라. 영국 사회와 풍습을 묘사한
그대의 멋진 교훈적인 노래는 그대의 천재성 위로 던져진
시대와 언어의 고딕풍211 구름 사이로 빛난다.

브리타니아여, 내가 너의 딸들을 환호하며 맞을 때, 1580
내 노래를 부드럽게 만들어 주길! 아름다움,
다정한 마음씨, 소박한 삶, 우아함,
심미안이 그녀들의 것이니까. 조화의 손길이 빚은
흠 하나 없는 자태, 생기 띤 진홍색이
타고난 흰색 사이로 부드럽게 휙 스쳐 지나가면서 1585
얼굴 위에 홍조와 형언할 수 없는 온갖 매력을

---

209 톰슨은 《나태의 성》(*The Castle of Indolence*, 1748)에서 자신이 그 특질들(1572~1575행)을 되살려 내려고 애썼던 선배 시인인 에드먼드 스펜서(Edmund Spenser, 1552?~1599)를 찬양한다. 스펜서는 아서 왕 이야기에 바탕을 둔 알레고리인 《요정 여왕》(*The Faerie Queene*, 1590~1596)을 12권으로 계획했지만 절반 정도만 완성했다.

210 제프리 초서(Geoffrey Chaucer, 1343~1400)는 '영시의 아버지'로 불리는 중세 최고의 시인으로, 미완성작인 《캔터베리 이야기》(*The Canterbury Tales*, 1393~1400)를 통해 중세의 인간상과 사회상과 풍습을 실감 나게 그려 냈다.

211 '괴기한'이라는 뜻이다.

뿌리는 뺨, 아침 이슬로 촉촉한
붉은 꽃봉오리처럼 기쁨을 풍기는
벌린 입술, 치렁치렁 흘러내린 칠흑 같은 머리칼이나
햇살 눈부신 고수머리나 둥글게 말린 갈색 머리칼 아래 1590
약간 그늘진 목과 부풀어 오른 가슴,
사랑의 옷을 걸치고 그녀가 수줍어하는 눈길로
환하게 미소 지으며 앉아 있을 때 영혼까지 꿰뚫고
또 영혼에 의해 생기 띤, 저항하기 어려운 표정.

더없이 행복한 섬이여! 바위투성이 해안들 주변에서 1595
천둥 치는 복종하는 바다들 사이에,
멀리 떨어진 국가들의 경이이자 공포이자 기쁨인
국가를 세워라. 그 국가들의 가장 먼 해안조차
너의 해군력으로 곧 흔들릴 테니.
너 자신은 결코 흔들림 없고, 너의 백악질(白堊質) 절벽들이 1600
소란스러운 파도들을 막아 주듯 온갖 공격을 막아 줄 테니.

오, 전능한 **고갯짓** 한 번으로 제국의 저울을
번갈아 올라가게 하거나 내려가게 만드는 **당신**[212]이시여!
눈부시게 순찰하며 영토 주위에 구원의 **미덕들** —
순결한 **평화**와 **인류애**, 1605

---

212 '제국의 흥망성쇠를 결정하는 신'이라는 뜻이다.

관대한 행위들에 열성적이고 미소 속에서도
눈물짓는[213] 다정한 표정의 **자선**,
기죽지 않는 **진리**와 정신의 **위엄**,
차분하면서도 강인한 **용기**와 심신에 유익한
건전한 **절제**, 여기저기 다닐 때 1610
다른 이들이 보내는 깊은 관심에 당혹하며
얼굴이 새빨개지는 돋보이는 **정숙함**,
고된 일을 마다 않는 **근면**, 지칠 줄 모르고
풍성한 활기가 넘치고 늘 깨어 있는 **활동** — 을 내보내시라.
한편 눈부신 얼굴에서는, 모든 이들을 1615
고루 평등하게 바라보고 언제나 공공의 복리를
곰곰 생각하면서 원대한 계획을 품고
늘 즐겁게 각고의 노력을 기울이는
그 으뜸가는 원조 미덕인 **공적 열의**가 찬란하게 빛난다.

해는 낮게 가라앉으며 낮의 가장자리 바로 위에서 1620
차츰 넓어진다.[214] 즐겁게 모인
움직이는 구름들은 호화찬란한 행렬을 이루어
더없이 성대하게 저무는 해의 옥좌를 따른다.

---

213 "미소 속에서도 눈물짓는" 것은 로망스에 흔히 그려진다.

214 왜냐하면 햇빛은 저각 또는 앙각에서 넓은 대기권 벨트를 통과하면서 굴절되기 때문이다. "낮의 가장자리"는 서쪽 수평선을 가리킨다.

대기와 대지와 대양의 얼굴엔 기쁜 빛이 가득하다. 이제,
마치 자신의 지친 전차가 **암피트리테**[215]와 그녀의 님프들의 1625
정자를 찾아 나선 듯 (**그리스** 신화에서는 그렇게 노래했다)
그는 자신의 구체를 물속에 담근다.
지금 반쯤 잠겼고, 또 지금 황금빛 반원이 마지막으로
한번 빛나는 눈길을 주고는, 완전히 사라져 버린다.

불가사의한 순환을 영원히 계속하면서, 1630
낮 시간은 남을 속이며 헛되이 속절없이 지나간다—
이런저런 형상을 빚는 두뇌 위로 환영(幻影)이 휙 스쳐 지나가면서
한순간 열정적인 영혼이 갑자기 거칠어졌다가
다음 순간 홀연히 사라질 때처럼. 이 지상의 몽상가인 그에게
시간의 경과는 그렇게 무가치한 공백이고, 1635
온종일 더러운 쾌락 속에서 뒹굴며
스스로 쓸모없는 짐이 되어 소박하게 살아가는
풀 죽은 일가를 성원해 줄 수도 있었을 거금을
악당 일행들과의 유흥에 탕진해 버린
비정한 악한에게는 두려운 광경이다. 1640
하지만, 지금 조용히 이슬이 내리듯, 겸허하게
인정 어린 자선을 사방에 흩뿌리며

---

215 네레우스의 딸이자 바다의 신인 포세이돈의 아내로, 그녀의 님프들은 오케아누스의 딸들인 오케아니스들이다.

희망 잃은 이들의 가슴에 기쁨의 노래를 부르게 만드는
늘 스스로 갈고닦는 자애로운 마음의 소유자에게
가지런한 삶을 오래도록 돌아보는 일은 1645
그만이 느낄 수 있는 내밀한 황홀경이다.

서서히 사라지는 저쪽의 구름들로부터 모습을 드러내고,
하늘을 온통 부드럽게 만들면서, 차분한 **저녁**이
중간 대기층의 익숙한 장소에 자리 잡고는,
고갯짓 하나로 무수한 **그림자들**을 부른다. 맨 처음 **이 그림자**를 1650
저녁은 지상으로 보내고, 다음엔 좀 더 짙은 색의 **저 그림자**가
살그머니 그 뒤로 들어서고, 그러고는 **한층 더 짙은 그림자**가
점점 더 넓게 원을 그리며 사방에 모여들어,
삼라만상의 얼굴을 가린다. 한결 더 상쾌한 저녁 바람이
숲을 물결치게 만들고 개울물을 흔들기 시작하더니, 1655
어둑한 돌풍으로 곡물밭을 쓸고 가고,
그새 메추라기는 달아나는 짝을 소란스레 뒤쫓는다.
바람이 점점 더 강해지자, 엉겅퀴 무성한 초원 위로 드넓게
쏟아져 내리는 식물들의 새하얀 솜털들이
경쾌하게 떠다닌다. 자연의 여신의 자애롭고 공정한 손길은 1660
그 어느 것 하나 소홀히 하지 않는다. 가장 낮은 등급의 생물들을
먹이고 또 다가오는 한 해를 옷 입힐 사려 깊은 마음에서,
자연의 여신은 이 들판 저 들판에 깃털 달린 씨앗들을 날린다.

양 떼를 우리에 안전하게 집어넣은 양치기는 서둘러
즐거운 마음으로 집으로 돌아오고, 불그레한 얼굴로 1665
젖을 짜는 아내의 넘칠 듯한 양동이를 차례로 운반한다.
어쩌면 그의 둔한 가슴이, 기쁨과 뒤섞인 고뇌가
무엇을 뜻하는지 알지 못한 채, 진심으로 사랑하는
그 미인은 애정 어린 눈길들과 친절한 행위들로 이루어진
그 최고의 언어로만 십분 드러날 뿐이다. 1670
두 사람은 앞으로 나아가, 숨차게 만드는
숱한 언덕들과 인적 드문 우묵한 계곡을 지나가는데,
마을에서 전해 내려오는 이야기에 따르면, 거기에서는
밤의 장막이 드리워질 무렵이면 요정들이 모여들어
갖가지 게임이나 술판을 벌이며 여름밤을 보낸다고 한다. 1675
하지만 그들은 무정한 운명 탓에 절박한 심정으로
불경하게도 제 슬픈 가슴에 칼을 꽂은
어떤 사람의 무덤 근처에는 절대로
가지 않는다. 밤에 꽂힌 공상이 지어낸 것일 테지만,
괴성을 질러 대는 유령이 거주하는 구슬픈 방들이 있다는 1680
황폐한 탑도 그들에겐 기피의 대상이다.

굽은 샛길 사이의 생울타리마다
개똥벌레는 제 보석의 빛을 내뿜고, 어둠 속에서
움직이는 광채가 반짝거린다. **저녁은**
육중한 직물로 짠 스틱스강 같은[216] 겨울옷이 아니라 1685

암갈색 망토를 느슨하게 걸친 **밤**에게
세상을 넘겨준다. 사물들의 불완전한 표면에서 반사된
표랑하는 희미한 광선은
긴장한 눈에 반쯤의 영상을 던지고,
그새 흔들리는 숲들과 마을들과 개울들과 1690
바위들과 솟아오르는 석양빛을 오래 간직한
산꼭대기들은 다 보이긴 하지만 흐릿한,
어른거리는 하나의 정경이다. 거기에서부터
지친 눈은 갑작스레 하늘로 향하는데, 하늘에서는
아름다운 **금성**이 조용한 사랑의 시간들을 이끌면서 1695
더없이 순수한 광선으로 빛난다. 해가 약해져
새로 솟을 때까지는 밤의 가장 아름다운 등불은
온화하게 돋아날 때부터 천하무적으로 홀로 군림한다.
그래서 내가 떨리는 광채를 소중하게 응시하며
들이마실 때, 깜박거리는 번개들[217]은 하늘을 가로질러 1700
달려가거나 불가사의한 모습으로
수평으로 날아가는데, 겁에 질려 웅성거리는 사람들은
그걸 보고 흉조라고 여긴다. 하늘을 장식하는 걸 넘어
생기 띠게 하는 빛나는 구체(球體)들,
즉 다른 세계들[218]의 생명을 주입하는 행성들[219] 사이에서, 1705

216 하계(下界)에서 흐르는 스틱스강처럼 새까맣다는 뜻이다.
217 '유성들'을 가리킨다.

보라! 광막한 두려운 공간으로부터
차츰 속도를 내어 제 행로를 따라 되돌아오면서,
돌진하는 혜성은 해를 향해 내려온다.
혜성이 공중에 섬뜩한 꼬리를 남기며
어둑한 땅속으로 가라앉을 때, 1710
죄 많은 무리는 두려움으로 몸을 떤다. 하지만,
불가사의한 믿음과 맹목적인 경악에 쉽게 빠지는
맹종하는 어리석은 무리를 사로잡는
그 미신적인 공포를 훌쩍 넘어선 계몽된 소수는
그들의 신 같은 정신을 자연철학으로 단련시켜 1715
이 눈부시게 아름다운 귀한 손님을 환호로 맞는다. 그들은
성스러운 큰 기쁨을 느끼고, 자신들의 능력,
즉 솟아오르면서 이 어둑한 지점을 물리치고
하늘을 남김없이 측정하는 그 경이로운 지적 능력에 환호한다.
다른 한편으로, 황막한 우주 공간을 때맞춰 1720
어김없이 멀리 주유(周遊)하는 혜성에게서
그들은 겉으로는 공포로 옷 입혀져 있지만 삼라만상을 지탱하는
사랑의 의지를 실현시키려는 자애로운 목표에 골몰한
불타는 경이가 새롭게 솟아오르는 걸 본다.

---

218 멀리 떨어진 행성들인 별들. 톰슨은 여기서 '세계의 복수성'의 이론을 언급한다. 〈봄〉 107행의 주를 볼 것.

219 '해들'을 가리킨다.

어쩌면 그건 혜성의 거대한 증기의 꼬리로부터 1725
혜성의 긴 타원형 궤도가 굽이치며 지나가는 무수한 구체들 위에
재생의 수분(水分)을 흔들어 떨어 버리기 위해서거나, 어쩌면
기우는 행성들에게 새 연료를 공급하여
세계들을 불 밝히고 불길이 영원히 타오르게 하려는 것이리라.

너, 차분한 **철학220**이여, 너와 1730
너의 빛나는 화환으로, 내가 내 노래의 대미를 장식하게 해 다오!
증거와 진리의 넘쳐흐르는 원천이여!
고결한 정신 위로 여름철 정오보다 더 강하면서
그만큼 순수한 광채를 뿌려 주어,
그 온화한 진동들은 천상의 날이 동트는 것에 1735
익숙지 않은 망자의 영혼을 달래 주는구나.
그래서 네가 키우고 늘려 준 힘으로
나의 노래는 부박한 무리를 묶고 있는
저급한 욕망들이 뒤얽힌 덩어리 위로
의기양양하게 높이 솟아올라, 천사의 날개를 달고 1740
삼라만상이 평온하고 또렷한
학문과 미덕의 언덕에 다다르게 되어, 주위 자연은
별 총총한 지역이건 심해이건 간에
이성과 상상력의 눈에 그 현상이 빠짐없이 드러나리라.

---

220 시를 훈육해야 할 '자연철학', 즉 '과학'을 가리킨다.

이성은 인과(因果)의 사슬을 찾아 황량한 공허로부터 1745
유일하게 존재들 일체를 지배하는,
이 세상을 창조한 **본질**[221]인 **그분**에게까지
거슬러 올라가고, 반면에 **상상력**은
하늘과 땅의 장엄한 일체의 것들과,
민첩한 정신 위에 두루 채색된, 1750
섬세하거나 두드러진, 눈앞에 있거나 멀리 떨어진,
온갖 아름다움을 한결 생생한 감각으로 받아들인다.[222]

따라서, 너에게 훈육되어, 시는 수 세기 동안
제 목소리를 드높이고, 인류의 보물이자
최고의 영예이자 더없이 참된 기쁨인 1755
끝없이 이어질 음악과 심상과 정서와 사상으로
지면(紙面) 하나하나에 생명을 부여한다.[223]

네가 없었다면, 계몽되지 않은 인간은 어떠했을까?
먹잇감을 찾아 숲과 황야를 배회하는 야만인으로,
전혀 가공되지 않은 투박한 털가죽을 걸친 채, 1760
정교한 기예는 하나도 못 익히고

221 '신'을 가리킨다.
222 1745~1752행에서는 자연에 대한 시인의 이중적 관심을 간결하게 진술한다.
223 1753~1757행은 리치먼드 교회에 건립된 톰슨의 기념 묘에 새겨졌다.

삶의 우아함도 전혀 누리지 못했으리라.
다정함과 배려가 뒤섞인 가정의 행복도,
도덕적 탁월성이나 사회적 복락이나
사회를 지켜줄 법도, 논밭을 갈거나 1765
기계나 도구들을 쓰는 갖가지 기술도,
하늘의 인도를 받아 타는 듯한 적도에 겁 없이 도전하거나
한겨울의 극지를 대담하게 탐사하는,
무한한 기쁨을 안겨 줄 엄한 어머니인
모험적인 항해 수단인 범선도 없었으리라! 1770
오로지 강탈과 나태함과 간계와
끝없이 이어질 재난만 있었으리라!
그런 끔찍한 악순환을 겪는 인간의 삶은
없었던 것보다 못했겠지만, 너의 가르침을 받아
우리는 나름의 방침과 함께 평화롭게 살아갈 계획을 세우고, 1775
형제처럼 살면서 모두가 화합해
삶을 풍요롭게 만든다. 이처럼 부지런한 무리가
애써 힘겹게 노를 저어 가는 동안, 철학은
키를 잡아 인도하거나, 전능한 신의
풍성한 숨결처럼, 눈에 띄지 않게, 1780
돛을 부풀려 열등한 세계[224]를 싣고 간다.

---

224 '자연계'를 가리킨다.

또한 지상의 이 덧없는 반점에
빈약하게 국한되지 않고, 찬란한 천상계도
철학의 고상한 연구 영역인데, 이것은 피조물 일체를
응시해 꿰뚫어 보고, 또 끝없는 경이들이 가득한 1785
그 복잡한 세계를 토대로 삼아 **말씀으로**
자연을 완전하게 작동시킨 그 **유일한 존재**를
올바로 이해하기 위해서다. 그러고는 철학은
내면을 바라보며 관념의 왕국[225]으로 날래게
눈길을 돌린다. 그녀의 강력한 일별에 즉각 1790
유순한 환영(幻影)들은 사라지거나 나타나고,
합쳐지거나 나뉘거나, 단순한 지각으로부터
휙 스쳐 지나가는 상상의 아름다운 형상들의 행렬에 이르기까지
각자의 지위에 맞게 빠르게 정돈되고,
그러고는 진리에서 진리를 이끌어 내는 이성에, 1795
또 아주 추상적인 관념에 이르는데, 여기에서 처음으로
영혼들, 온갖 행위들, 또 자유롭고 순수한
생명의 세계가 시작된다. 그렇지만 여기는,
영원한 섭리의 뜻대로, 구름이 자욱하다.[226]

---

225 그 관념들, 즉 오성의 대상들을 지닌 마음.

226 1788~1799행은 로크의 《인간오성론》에 기대고 있다. 로크에 의하면, 우리의 가장 단순한 최초의 관념들은 감각작용으로부터 수동적으로 받아들여지고, 지각의 관념은 우리가 이 단순한 관념들을 능동적으로 숙고하면서 비롯되는 것이다. 관념들을 한층 더 숙고하면서, 즉 합성하고 정돈하고 분할하면서, 우리는 한층 더

그것은 변덕스러운 격정들과 헛된 추구 속에 길 잃은 1800
이 암흑 상태, 이 존재의 유아기가
한없는 **사랑**과 완벽한 **지혜**에 의해 형성되고
또 향상하는 정신과 더불어 늘 향상하는
신의 창조 작업의 최종 산물로 판명되지는 않는다는 점을
우리가 깨닫게 하기에 충분한 것이다. **227** 1805

복합적인 관념들 — 그중 일부는 그릇되었거나 환상적이다 — 을 쌓아 올릴 수 있다. 그렇지만 신은 인간 인식의 범위에 한계를 정해 주었다.

227 1796~1805행에서 톰슨은 로크의 심리학을 생명력의 상승 또는 영적 진화에 대한 그 자신의 이론과 합체시킨다.

가을

《사계》(1730) 사절판을 위해 윌리엄 켄트(William Kent)가 도안하고
니콜라-앙리 타르디외(Nicolas-Henri Tardieu)가 판각한 삽화 중 〈가을〉.

개요

제재 제시. 온슬로 씨에게 바치는 헌사. 수확 준비가 된 들판의 경관. 그 관찰에서 비롯된, 근면을 찬양하는 사색. 보리 베기. 그와 관련된 이야기. 수확기의 폭풍. 사격과 사냥의 야만성. 여우 사냥에 관한 우스꽝스러운 설명. 과수원 풍경. 벽에 세워진 과일. 포도밭. 늦가을에 자주 나타나는 짙은 안개에 대한 묘사 — 그로부터 벗어난, 샘들과 개울들의 발생에 관한 조사. 지금 서식지를 옮기는 철새들에 대한 고찰. **스코틀랜드** 북서부 섬들에 두루 서식하는 엄청난 수의 철새들. 그러고는 전원의 풍경. 변색되고 시들어 가는 숲의 경관. 온화하고 어스레한 낮이 지나간 뒤의 달빛. 가을의 유성들. 아침. 그 뒤를 잇는, 늘 가을을 마무리하는 평온하고 맑고 볕바른 날. 수확물을 거두어들이고는 기쁨에 겨운 농민들. 철학적인 전원생활에 대한 찬가로 전편을 마무리한다.

　낫과 밀 이삭 다발 관을 쓴
가을이 누런 평원 위로 고개를 끄덕이며
쾌활하게 나오는 동안, 나는 흡족해하며 한 번 더
도리아의 갈대[1]를 조율한다. 질소를 함유한[2] 겨울 서리가

1　시골풍 피리.

준비했고, 백화난만한 봄이 백지 약속을 통해 내놓았고, 5
또 여름의 순한 해들이 열심히 숙성시킨 것들은
무엇이건 이제 서둘러 풍성하고 더없이 완벽한 모습으로
끝없이 모습을 드러내고, 나의 영광스러운 주제를 부풀린다.

온슬로[3]여! 제 노래에 기품과 활력과 위엄을 부여하기 위해
그대의 이름을 열망하는 시신(詩神)[4]은 10
공적인 목소리[5]에게서 잠시 그대의 온화한 귀를
빌리고 싶어 하리라. 시신은 안다, 그대의 고결한 근심들을,
그대의 사색을 넓히고 그대의 얼굴 위에 펼쳐지고
그대의 가슴 위에서 타오르는 애국심을.
한편, 시신의 노래보다 더 감미로운 미문(美文)들의 두루마리를 15
능변의 미로 속으로 굴리는 그대의 혀에
의원들은 귀 기울이며 매달린다.
하지만 시신 또한 공적인 미덕을 위해 헐떡거리고,[6]
비록 힘은 약하지만 열의는 강하기에
조국에 대한 걱정이 가슴을 파고들 때마다, 20

---

2 식물의 생육에 유익하다.

3 아서 온슬로(Arthur Onslow, 1691~1768)는 하원의장을 역임했고, 톰슨뿐만 아니라 소설가 새뮤얼 리처드슨(Samuel Richardson, 1689~1761)과 시인 에드워드 영(Edward Young, 1683~1765)의 후원자이기도 했다.

4 여기에서는 시인 자신을 가리킨다.

5 '의회'를 가리킨다.

6 '가치 있는 정치적 대의에 이바지하기를 갈망하고'라는 뜻이다.

좀 더 대담한 곡조를 택해, 애정을 갖고
애국자의 열정과 시인의 열정을 뒤섞으려고 애쓴다.

　빛나는 **처녀자리**[7]가 아름다운 날들을 주고,
천칭자리[8]가 균등한 저울로 한 해를 잴 때,
떠나가는 여름의 맹렬한 열기는 하늘의 높다란 외투로부터　　25
흔들리고, 좀 더 고요한 청색이
황금빛으로 생기 띤 채 행복한 세계를
두루 뒤덮는다. 누그러진 더위는 일어나
상쾌한 빛을 발하고 또 종종 맑은 구름들 사이로 쾌적한 고요를
떨어뜨리는데, 그새 지상에서는 사방에서　　30
엄청난 양의 갈색 작물들이 묵직한 머리를 늘어뜨린다.
그들이 말없이 뿌리를 깊이 내린 채 풍성하게 서 있는 걸 보니,
굽이치는 평원 위로 제 경쾌한 파도를 굴리는 바람 한 점 없는 듯하다.
이 얼마나 풍성한 고요인지! 하지만 차츰
대기가 술렁이며 산들바람을 불어 보낸다.　　35
하늘의 양털 망토는 찢기고,
구름들은 제멋대로 흩날리고, 갑자기 고개를 내민 해는
환한 들판을 간간이 찬란하게 도금하고,

---

7 황도대의 여섯 번째 자리로, 해는 8월 23일경(톰슨 시대에는 8월 12일경) 그 속으로 들어간다.

8 황도대의 일곱 번째 자리로, 해는 낮과 밤의 길이가 같아지는 추분(9월 22일이나 23일)에 그 속으로 들어가고, 따라서 "균등한 저울"(24행)이라는 어구가 나온다.

그림자들은 발작하듯 시커멓게 내달린다.
호연지기를 길러 주는 화려한 체크무늬 풍경은 40
선회하는 눈이 미치는 사방 멀리까지
곡물의 바다에서 한없이 흔들린다.

　이들이 너의 복들이다, 근면이여![9] 노동과
땀과 고통이 따르는 억센 힘이여!
그러면서도 온화한 온갖 기술과 45
삶의 그 모든 부드러운 문명의 친절한 원천이어라.
인류의 양육자여! 인류는, 자연에 의해
벌거벗긴 채 무력하게, 숲들과 황야 사이에,
사나운 악천후 속에 내던져졌고,
기술의 갖가지 씨앗들이 정신 속 깊이 50
심어지고 무한한 재료들이 사방에 풍족하게
쏟아졌지만, 한없이 게을렀다.
무의식적인 가슴속에는 무기력한 힘들이 아직
발휘되지 않은 채 잠들어 있었고, 타락은 여전히
아낌없이 풍성한 자연의 손이 황량한 한 해 위에 55
뿌려 놓은 것들을 게걸스레 꿀꺽 집어삼켰다.
그러고도 여전히 그 슬픈 미개인은 숲을 배회하며

---

9 톰슨은 43~150행의 특정한 시골 장면 묘사를 통해 휘그당의 진보의 신화라는 일반화된 형태로 영국의 위대성에 대해 낙관적으로 사색한다.

야수들과 어울리거나, 도토리 먹이를 얻으려고
엄니가 있는 사나운 멧돼지와 싸웠던 겁 많고 비루한 자였다.
동장군을 가득 실은 황량한 북풍이 60
우박과 비와 눈과 매서운 서릿발이 뒤섞인
태풍을 불어 보낼 때면, 아연실색한 채 쓸쓸하게,
오두막 피난처로 날래게 달아났고,
이 혹독한 계절 동안 꾀죄죄하고 수척해졌다.
왜냐하면 그는 가정을 갖지 못했으니까. 가정이야말로 65
사랑과 기쁨과 평안과 윤택함의 보고(寶庫)로서,
세련된 벗들과 소중한 친족들이 서로 지지하고
또 지지받으며 함께 행복에 이르는 곳이니까.
그러나 이것을 그 거친 야만인은 느껴 본 적 없었고,
사람들 무리 속에서조차 쓸쓸해했으며, 이런 식으로 70
그의 나날은 단조롭고 음울하고 아무런 낙도 없이 굴러갔다.
시간 낭비였다! 그러다가 마침내 근면이 다가와,
비참한 나태함으로부터 그를 깨워 일어나게 했고,
그의 능력을 발휘하게 했고, 어디에서 풍성한 자연이
기술의 인도하는 손길을 필요로 하는지 75
가리켜 주었고, 어떻게 기계력으로
그의 약한 힘을 끌어올릴 수 있는지,
어떻게 아치형으로 펼쳐진 땅속으로부터 광물을 채굴하는지,
어떻게 하면 날카롭고 맹렬한 불을 피울 수 있는지,
어떻게 하면 수력과 모인 풍력을 이용할 수 있는지 보여 주었고 80

쑥쑥 뻗은 고풍스러운 숲을 그의 도끼에게 넘겨주었다.
또 나무를 잘라 내고 돌을 자르는 법을 가르쳐서,
드디어 차츰 완성된 구조물이 솟았다.
또 그의 사지에서 피로 오염된 모피를 떼어 내고,
따뜻한 양모 의복이나 빛나고 윤기 있는 실크나 85
흐르는 듯한 얇은 면포 복지(服地)로 몸을 감쌌고,
영양가 있는 음식으로 식탁을 가득 채웠고,
큼직한 술잔을 사방에 돌리면서 훌륭한 재사(才士)의
삶을 순화시키는 영혼을 고무해 일깨우곤 했다.
또 빈약하고 볼품없는 생활필수품 앞에서 멈춰 서지 않고, 90
한층 더 대담하게 계속 진보하여 그를
화려함과 쾌락과 우아함과 아름다움으로 이끌었고,
그의 영혼 속에 드높은 야망을 불어넣어
과학과 지혜와 영광을 목표로 삼게 했고,
마침내 그로 하여금 지상의 만물의 **영장**이 되도록 명했다. 95

그러고는 모여든 인간들은 타고난 힘을 결집해
사회10를 이루었고, 공공의 복리를 목표로 삼아
모두 그에 복종하며 그에 맞춰 처신했다.
이를 위해 **애국자 의회**, 완벽하고 자유롭고
공정하게 대표된 **전체**가 만났다. 100

---

10 '공동체'나 '국가'를 가리킨다.

이를 위해 그들은 사회를 수호하는 성스러운 법률을 입안했고,
각 계층을 구분했고, 기술을 연마했으며,
힘을 합쳐 **압제**를 사슬로 묶으면서
제권(帝權)**의 정의**에 지배권을 맡겼지만 여전히
그들이 책임을 떠맡았다. 또한 그들은 노예처럼 105
수백만의 노동자들이 애써 찾은 꿀과 자신들의 번영을
자신들만을 위해 스스로의 지위를 끌어올려 온
그런 이들에게 모두 양도해야 한다고는 생각하지 않았다.

그래서, 개화된 삶의 갖가지 형태가
정돈되고 보호되고 장려되고 110
완성되었다. 통합을 이룬 사회는
다양하고 품격 있고 우아하고 행복한 곳으로
성장했다. 기술의 유모인 도시는 탑으로 에워싸인 머리를 쳐들었고,
계속 거리를 늘려 가면서, 욋가지로 엮은 오두막을
짓는 일에서부터 억센 주목(朱木)을 힘껏 구부러뜨려 115
배의 이물로 만드는 일에 이르기까지,
야심만만한 제 아들들을 수천 명씩 끌어냈다.

그러고는 상업이 분주한 상인을 큰길로
데려갔고, 널찍한 창고가 지어졌고,
튼튼한 기중기를 일으켜 세웠고, 인파 가득한 거리를 120
숱한 외국인들로 꽉꽉 채웠고, 오, **템스**여,

크고 온화하고 깊고 장엄한 강의 왕인 너의 강물을
제 쾌적한 행락지로 택했다. 양안(兩岸)에서는,
기나긴 겨울 숲처럼, 돛대의 수풀들이
뾰족탑들을 쏘아 올렸고, 그 사이에서 바람을 가득 받아 125
돛은 잔뜩 불룩해졌고, 검댕이 묻은 큰 배는
굼뜨게 앞으로 나아갔고, 호화로운 연락선은
규칙적으로 노를 저어 조화롭게 움직였고, 사방에서
보트는 경쾌하게 미끄러지며 제 날개를 펼쳤다.
한편 이 연안에서 저 연안까지 고된 노동의 갖가지 목소리가 130
크게 늘어났고, 그곳에서부터 참나무로 늑재를 두른 군함이
영국의 대포를 싣고 가려고, 시커먼 모습으로 담대하게,
요란한 기적 소리를 내며 서둘러 바다로 나섰다.[11]

그러고는 또 둥근 기둥 위에 얹힌 천장은 웅장하게
널찍한 지붕을 들어 올렸고, 그 안의 호사스러운 장식은 135
무수한 광채를 쏟아 냈고, 매끈한 화폭은
빛나는 생명으로 불룩해져 형체를 갖추고
사람들의 눈으로 솟아올랐고, 조각상은 조형하는 기술의
손길 아래 상상력이 부여한 홍조를 띤 채

---

11 [121~133행] 영국의 해군력과 상업의 강점은 18세기 초엽 시인들이 즐겨 다룬 제재였다. 130~133행은 톰슨 시대의 가장 인상적인 장관이었을 선박 건조와 진수를 언급한다. 1726~1730년에 톰슨은 런던탑 근처에 살았고, 뎁트포드에 있는 왕립조선소에서의 진수식을 보았을 공산이 크다.

숨을 쉬며 부드럽게 살아 움직이는 듯했다. 140

삶을 끌어올리고 윤색하고
즐겁게 만들어 주는 것은 하나같이
근면의 선물이다. 수심 어린 겨울은 근면에 의해 북돋워져
사람들이 모여 있는 난롯가에 앉아, 바깥의 태풍이
하릴없이 발광하고 다니는 소리를 즐겁게 듣는다. 145
근면의 단단해진 손가락들은 화사한 봄을 장식하고,
근면이 없다면 여름도 메마른 황야였을 테고,
사방에서 물결치며 나의 떠도는 노래를 떠올리게 하는
그 가득하고 무르익은 헤아릴 수 없는 수확물들을
가을철 몇 달에게 이렇게 건넬 수는 없었으리라. 150

아침이 하늘에서 몸을 떨며
퍼져 가는 빛을 눈에 띄지 않게 펼치자마자
잘 여문 낟알들이 달린 보리밭 앞에 보리 베는 이들이 적당히
대형을 이루고 서 있는데, 각자 자기가 사랑하는 처녀 옆에서
좀 더 힘든 역할을 떠맡아 이름 없는 155
고결한 직무로 그녀의 노고를 덜어 주기 위해서다.
일제히 그들은 허리를 굽혀 실팍한 보릿단을 쌓아 올리고,
그새 화기애애한 무리 사이로 시골의 수다와
시골의 스캔들과 시골의 농지거리가
무해하게 날아다니면서 지루한 시간을 잊게 만들고, 160

찌는 듯한 시간을 어느덧 훔쳐 간다.
뒤에서는 주인이 걸어오며 보리 가리를 쌓아 올리고,
종종 흐뭇한 눈길로 사방을 둘러보며
가슴이 기쁨으로 설레는 걸 새삼 느낀다.
이삭 줍는 이들은 사방에 퍼져, 여기저기에서 165
떨어진 보리 이삭을 하나하나 살피며 보잘것없는 수확물을 거둔다.[12]
농부여! 너무 인색하게 굴지 말고, 몰래 자선을 베풀듯
가득한 보릿단에서 넉넉하게 이삭 한 움큼을
던져 놓아라.[13] 생각해 보라, 오, 고마워하며 생각해 보라!
너와 같은 부류의 이 가난한 협력자들이 170
하늘의 새 떼처럼 네 주위를 드넓게 배회하면서
그들의 얼마 되지 않는 몫을 간청하는 데 비해,
길게 펼쳐진 너의 밭 위로 풍작을 안겨 준
수확의 신은 네게 얼마나 자애로우신지를. 운명의
갖가지 변전(變轉)을 곰곰이 생각해 보라. 네 자손들은 네가 지금 175
아주 내키지 않아 하며 건성으로 건네주는 것을 원할 수도 있으니까.

사랑스러운 처녀 **라비니아**에게는 한때 벗들도 있었다.
하지만 운명은 그녀의 출생에 미소 짓는 시늉만 했다.

---

12 [151~166행] 특히 니콜라 푸생(Nicolas Poussin, 1594~1665)의 그림인 〈여름 – 룻과 보아즈〉의 세부를 떠올리게 하는 구절이다.

13 구약성서 〈룻기〉(2장 16절)에서 보아즈가 수확하는 이들에게 한 말.

속수무책이던 시절에 청순함과 하늘을 뺀
모든 걸 다 빼앗긴 그녀는 180
병약하고 가난한 늙은 과부 어머니와 함께,
고독과 에워싸는 깊은 그늘에 의해,
하지만 그보다는 수줍음과 겸손함에 의해 가려진 채,
인적 드문 심산유곡의 오두막에서
속세와는 멀리 떨어져 은둔 생활을 했던 것이다. 185
그렇게 모녀는 함께, 갑자기 곤궁해진 덕성스런 이들이
변덕스런 유행에 들뜬 이들과 비열하고 오만한 이들로부터
받게 되곤 하는 잔인한 경멸을 피했고,
그들에게 노래로 마음의 평화를 안겨 준 쾌활한 새들처럼
자연에 풍성하게 널린 것들[14]로 대개 배를 채우고는 190
내일 일은 걱정하지 않고 만족스레 지냈다.[15]
그녀의 모습은 이슬 젖은 잎들이 달린
아침 장미보다 더 상큼했고, 백합이나
산에 쌓인 눈처럼 티 하나 없이 청순했다.
정숙한 미덕들은 그녀의 두 눈에 섞여 들었는데, 195
늘 풀 죽어 땅만 내려다보는 두 눈은 피어나는 꽃들을 향해
물기 어린 광채를 남김없이 쏘아 댔다.

14 견과류와 열매들.

15 181~183, 189~191행에서의 새와 인간들의 비교는 〈봄〉 680~686행을 보완하고 있다.

아니면, 그녀의 신의 없는 운명이 한때 약속했던 것들에 대해
어머니가 들려준 구슬픈 이야기가 그녀의 상념을
새삼 자극할 때면, 두 눈은 이슬 젖은 샛별처럼 200
눈물 속에서 빛났다. 타고난 우아함이
호화로운 드레스를 훨씬 능가하는 최고의 의상인
소박한 옷으로 가려진 그녀의 매끄러운 사지 위에
멋지게 조화를 이루고 있었다. 사랑스러움은
장식물이라는 외부의 도움이 필요 없고, 205
치장하지 않을 때 가장 멋지게 치장되는 법이니까.
울창한 숲속에 사는 은둔자로 아름다움 같은 건
생각지도 않는 그녀야말로 아름다움 자체였다.
아펜니노산맥[16]의 우묵한 가슴속
에워싸는 언덕들의 은신처 밑에서 도금양이 피어나 210
사람의 눈에서 멀찌감치 떨어진 곳에서
황야 위로 상큼한 향기를 내뿜는 것과 똑같이,[17]
그렇게 마음씨 고운 **라비니아**는 누구의 눈에도 띄지 않은 채
아름답게 피어났다. 하지만 결국 지독한 궁핍의
준엄한 명령에 따르지 않을 수 없었던 그녀는 215

16 이탈리아반도를 남북으로 지나는 산맥으로, 최고봉은 몬테코르노산(2,914미터)이다.

17 구약성서 〈이사야〉(41장 19절, 55장 13절)에는 황야에 사랑스럽고 향기로운 도금양을 심는 것에 대한 언급이 나온다. 고전 신화에서 도금양은 베누스 여신에게 바쳐졌다.

전혀 싫은 내색 없이 미소 띤 표정으로
팔레몬의 밭으로 떨어진 이삭들을 주우러 갔다.
팔레몬은 시골 멋쟁이의 표상으로,
압제적인 관습이 인간을 족쇄에 채우지 않고
자유롭게 자연을 따르는 것이 유행이던 220
타락하지 않은 고대부터 아르카디아[18]의 노래가
전하는 것 같은 전원생활의 기쁨과 우아함을
만끽해 온 너그럽고 유복한 사람이었다.
그때 그는 가을 정경을 즐겁게 상상하면서
우연히 보리 베는 일꾼들 곁을 걸어가게 되었는데, 225
가엾은 라비니아의 모습에 눈길이 갔다.
자신의 매력을 의식하지 못하고 꾸밈없이 얼굴을 붉히며
그의 응시를 재빨리 피하는 그녀를
그는 매력적이라고 생각했지만, 고개를 숙인 그녀의
정숙함이 감춘 매력들의 절반도 채 보지 못했다. 230
바로 그 순간 사랑과 정결한 욕망이
자신도 모르는 새에 그의 가슴에 솟았다.
만일 그가 밭에서 이삭 줍는 여자에게 마음을 빼앗긴다면
당시로서는 생각만 해도 두려운 세간의 웃음거리가 될 게 뻔했고,
그건 심지 굳은 철학자도 좀처럼 깔볼 수 없는 일이었기에 235

---

18 그리스 중부 산악 지대로, 고대에는 여기에서 판 신을 숭배했다. 베르길리우스의 《전원시》에서 언급된 이래 전원의 기쁨의 이상향으로 여겨지게 되었다.

그는 남몰래 속으로만 한숨을 내쉴 뿐이었다.

"아름다움으로 빛나고, 활기 띠게 만드는 지성과
속되지 않은 덕성이 깃들어 있는 듯한
저토록 우아한 자태가 어떤 상스러운 촌뜨기의
거친 포옹에 내맡겨져야 하다니 240
이 얼마나 애석한 일인가! 내 생각엔, 그녀는
그리운 아카스토 씨의 피붙이처럼 보이고, 또 그녀를 보니
나의 풍족한 재산을 불려 주었던,
행복했던 시절의 그 은인이 마음속에 떠오르는구나.
이제 그는 흙으로 돌아갔고, 그의 저택들과 토지들과 245
한때 크게 번창하던 가문도 다 녹아 사라져 버렸지.
들리는 말로는, 가슴 아픈 기억과 높은 자존심 때문에
자신들의 좋았던 시절을 잘 아는 그 현장에서 멀리 떨어진
이름 없는 어느 쓸쓸한 산간벽지에
연로한 미망인과 딸이 살고 있다는데, 250
아무리 애써도 그들을 아직도 찾지 못했지.
이 여인이 바로 그 딸이었으면 하는 건 낭만적인 바람이겠지."

집요하게 캐물어, 그녀가 자신의 벗인
더없이 너그러운 아카스토의 바로 그 딸이라는 사실을
그녀로부터 확인했을 때 그의 가슴을 급습하며 255
떨리는 황홀경 속에서 그의 신경 속을 뚫고 달려가던

그 걱정들을 누가 이루 다 말로 표현할 수 있을까?
그때 억눌렸던 사랑의 불길은 공공연히 대담하게 타올랐고,
그가 그녀를 열렬히 거듭거듭 바라보았을 때,
사랑과 감사와 연민의 눈물이 한꺼번에 흘러나왔다. 260
그의 느닷없는 눈물에 당황하고 겁도 나서
점점 더 아름다워지는 그녀의 얼굴이 한층 더 붉어졌을 때
팔레몬은 열정적으로 또 진지하게
제 영혼의 경건한 황홀감을 이렇게 쏟아 냈다.

"그럼 그대는 내가 한없는 감사의 마음으로 265
그토록 오랫동안 헛되이 찾아다녔던 아카스토 씨의
소중한 유족인가요? 오, 맞군요! 내 고결한 벗의
부드러운 모습 그대로, 똑같아요.
그분의 이목구비며 표정이 그대로 살아 있고,
더 우아한 모습이군요. 봄보다 더 상큼하네요! 270
말하자면 내 재산을 크게 키워 준 그 뿌리에서 생겨나
유일하게 살아남은 꽃인 그대여, 아, 어디에서,
어떤 외진 산골에서, 그대는 기쁨에 겨운 하늘의
더없이 자애로운 측면을 끌어낸 건가요?
가난의 차가운 바람과 때려 부술 듯 엄청나게 퍼붓는 비가 275
그대의 어린 시절을 모질게 또 맹렬하게 두들겨 댔을 텐데도,
그토록 아름답게 자라나 이렇게 곱게 피어났나요?
오, 이제 내가 봄날의 해와 소나기가 가장 따뜻하고

가장 풍성한 영향력을 흩뿌려 줄 좀 더 비옥한 토양에
그대를 안전하게 옮겨 심으리다! 280
그리고 그대가 나의 정원의 자랑거리이자 기쁨이 되게 하겠소!
아카스토 씨의 자애로운 우정 덕분에 내가 향유하게 된
저 수확물 풍성한 밭들의 그 찌꺼기들[19]을
이렇게 줍고 다니는 건, 그분의 따님인 그대에게는
전혀 어울리지 않소. 정말이지, 그분의 탁 트인 광대한 곳간도 285
이 고장의 아버지 격인 그분의 더 드넓은 가슴에 비하면
보잘것없었지요. 오, 전혀 어울리지 않소.
그러니 그런 고된 일에 어울리지 않을 뿐인 그대의 손에 들어 있는
그 하찮은 한 줌의 보리 이삭들을 내던져 버리시오.
아름다운 분이여, 만일 그대의 가문이 내게 아낌없이 베풀어 준 290
갖가지 축복에 그대가 그 더없는 행복, 가장 소중한 그 더없는 행복,
그대를 축복하는 힘을 덧붙일 의사만 있다면[20]
밭들과 주인과 모든 것이 그대 것이라오."

여기에서 그 젊은이는 말을 그쳤지만, 여전히
그의 말하는 눈은 속된 기쁨 위로 성스럽게 끌어올려진 295
의식적인 미덕과 감사와 사랑으로[21]

---

19 보리 이삭들.

20 리틀턴(Lyttelton)의 개작 전에 톰슨은 팔레몬이 결혼의 조건을 달지 않고 자신의 전 재산을 제공하는 걸 용인했었다.

21 각성된 자선은 스스로를 의식하기에 "속된 기쁨" 위로 "성스럽게 끌어올려진다".

그의 영혼의 거룩한 승리를 나타냈다.
또 그는 대답을 기다리지도 않았다. 저항할 수 없는
선의의 매력에 사로잡히고 또 온통 달콤하기만 한 혼란에 빠진
그녀는 얼굴을 붉히며 동의했다. 300
이 소식은 그동안 라비니아의 운명에 대한
근심과 걱정에 시달리며 슬픔 속에 시간을 보내던
그녀의 어머니에게 곧장 전해졌다.
그녀는 깜짝 놀라 귀를 의심했지만,
이내 기쁨이 그녀의 시든 혈관을 붙잡았고, 저물어 가는 삶의 305
밝은 빛 하나가 그녀의 저녁 시간 위에서 빛났다.
그녀의 황홀경은 그 행복한 한 쌍의 젊은이들에 못지않았다.
이 젊은 한 쌍은 따사로운 행복을 누리며 오래도록 잘 살았고,
이 고장 전체의 자랑거리인, 부모만큼이나
사랑스럽고 마음씨 고운 숱한 자손들을 낳아 길렀다. 310

종종 한 해의 노고를 좌절시키곤 하는
무척 뜨거운 남풍은 강력한 돌풍을 모은다.
처음엔, 작은 숲들이 부들부들 떠는 우듬지들을
흔드는 모습은 보이지 않고, 조용한 속삭임이
부드럽게 기울어지는 보리밭을 따라 달린다. 315
하지만 공중에서 태풍의 세력이 좀 더 강해지고,
눈에 보이지 않는 엄청나게 막강한
흐름 속에서 격동하는 대기 전체가

소란스러운 세계 위로 맹렬하게 돌진하자,
허리를 굽힌 숲은 뿌리까지 긴장한 채 320
아직은 바스락거리는 때 이른 낙엽들의 소나기를 쏟아붓는다.
심하게 두들겨 맞은 주변의 산들은 노출된 황야로부터
소멸된 폭풍을 회오리바람 속에 모아서는,
급류처럼 계곡 아래로 보낸다.
돌풍의 극심한 맹위에 노출되고 발가벗겨 325
곡물의 바다 전역을 빙빙 도는 큰 파도 같은 보리밭은
온 사방을 떠돌고, 비록 돌풍에 순종하면서도
돌풍의 움켜쥐는 힘을 피하지는 못한 채
공중에서 소용돌이치거나 까불려
텅 빈 겨만 남게 된다. 때로는 시커먼 지평선으로부터 쓸려 온 330
느닷없는 폭우도 사방에서 계속
억수로 쏟아진다. 여전히 머리 위에서는
여러 가지가 뒤섞인 사나운 비바람이 두터운 어둠을 엮어 짜고,
여전히 폭우는 맹렬해져, 결국 들판 전체가
흙탕물에 잠겨 평평해진다. 335
갑자기 도랑들이 넘쳐 나고, 목초지들이 둥둥 떠다닌다.
주변 언덕에서 쓸려 내려온 무수한 갈래의 붉은색[22] 토사류(土砂流)가
떠들썩하게 고함치며 개울 둑 너머까지
범람하고, 그 돌진하는 격류 앞에서

22 톰슨은 체비엇(Cheviot) 지역의 붉은 흙을 염두에 두고 이 구절을 썼을 수 있다.

소 떼와 양 떼와 곡물들과 농가들과 농민들은 뒤섞여 340
굴러 내려온다. 농민들의 큰 희망이자 한 해의 노고 끝에
당당히 얻은 보물들로 숱한 바람에도 잘 견딘 모든 것들이
소란스러운 한순간에 물거품이 되고 만다.
근처의 높은 지대로 피난 간 농부는
비참한 난파물들이 떠내려가는 걸 345
손 놓고 바라본다. 물에 빠진 자신의 황소가
사방에 작물들이 흩어진 가운데 곧장 물속으로 가라앉는 게
그의 눈에 보이는데, 당장 그의 뇌리에
무방비로 맞아야 하는 겨울과 울부짖는 소중한 아이들에 대한
오싹한 상념이 찾아든다. 그러니, 너희 주인들이여, 350
너희를 우아함과 안락함 속에 부드럽게 잠길 수 있게 해 준
거칠고 부지런한 손을 생각하라.
자신들의 노고를 통해 너희에게 온기와 우아한 자부심을 안겨 준,
황갈색 옷을 걸친 그 몸들을 생각하라.
또, 오, 너희의 식탁을 풍성하고 호화롭게 가득 채워 주고, 355
너희의 술잔을 반짝거리게 해 주고 너희의 감각을
기쁘게 해 주는 저 빈약한 식탁을 생각하라.
또한 엄청난 호우와 모든 걸 집어삼키는 바람이
다 쓸어버린 것들을 잔인하게 요구하지는 말아라.

여기에서 기뻐하는 스포츠맨의 거칠고 떠들썩한 외침, 23 360
천둥 치듯 빠르게 울리는 총포 소리, 굽은 뿔피리 소리가

시신(詩神)으로 하여금 **농촌의 오락**을 노래하게끔 유혹하리라.
보라, 빙빙 도는 메추라기 떼가 별을 쬐며
다채로운 깃털을 다듬고, 사방을 경계하며
투박한 그루터기 사이로 은밀한 눈길을 던질 때, 365
어떻게 한창때의 스패니얼이 무척이나 예민한
코를 벌름거리며 동물 냄새가 밴 산들바람을
직통으로 냄새 맡고는, 숨어 있는 사냥감을 두려워하며
조심스럽게 완전히 **몰아내는지**를.
던져진 그물에 갇힌 채, 그들은 아무 소용없는 날개를 370
헛되이 퍼덕거리지만, 점점 더 그물에 얽혀 들 뿐이다. [24]
설령 무한한 대기의 큰 파도에 의기양양하게
실려 간다 하더라도 안전하지는 않다. 정확하게 또 느닷없이
새 사냥꾼의 눈에서 조준된 총포는
그들의 요란한 날개깃들을 갑자기 덮쳐, 375
아무리 높이 날아올라도 다시 그들을
즉각 땅바닥으로 떨어뜨리거나, 부상당한 채, 뿔뿔이 흩어져,
바람을 따라 저마다 빙글빙글 돌다가 떨어지게 만든다.

---

23 [360~492행] 사냥 장면들은 영국의 농경시와 풍경시 전통에 들어 있다. 그렇지만 이 상투적인 자료를 다루는 톰슨의 구절에서는 벌레스크(*burlesque*, 우스꽝스러운 모방작)의 요소가 천천히 떠올라서, 모의-영웅시적인 "오, 영광스러워라"(492행)와 잇따르는 음주 장면에서 아주 뚜렷해진다.

24 스패니얼은 사냥감을 "몰아내거나" 그 위치를 가리키도록 훈련되어 있어서, 새들은 사냥꾼들이 자기들 위로 그물을 던질 때까지 개를 지켜보며 꼼짝하지 않는다.

이들은 평화를 사랑하는 시신들의 제재가 아니고, 그녀는
그런 것들로 자신의 흠 없는 노래를 더럽히지는 않으리라. 380
사실 그녀로서는 인간들과 동물들이 사방에서 잘 어우러져
행복하게 사는 걸 상냥하게 바라볼 때가
가장 기쁘니까. 그녀에겐 기쁨이 아니다,
이 그릇되게 쾌활한 야만적인 살생 게임은,
마치 저희의 의식적인 노략질이 부끄러워 385
빛을 피하는 것처럼 밤새도록 절박하게
어둠 속을 헤매고 다녔던 육식동물들이
잠자리에 드는 어슴푸레한 아침 녘에
안달하는 젊은이를 서둘러 깨우는 이 쾌락의 격정은.
온화한 날씨가 환하게 이어지는 날들 동안, 390
일찍이 황야를 배회하는 극악한 괴물의
극도의 흉포성을 능가할 정도로,
아무 생각 없이 오만하게 제힘을 행사하겠다는 욕망에 불타올라,
오로지 도락을 위해 그 잔인한 추격을 계속하는
냉철한 폭군인 인간은 그렇지 않다. 395
너희 육식동물들아, 우리의 무자비한 격정을 꾸짖으라.
허기만이 너희를, 무도한 갈망을 불붙이니까.
또 풍성한 자연 속에서 뒹굴며 배불리 먹고도
사냥감의 고통에 기뻐하고 피에 환호하는 것을
너희의 섬뜩한 가슴은 결코 알지 못할 테니까. 400

겁 많은 산토끼에 대한 승리는 보잘것없어라!
녀석은 곡물을 갉아먹다가 깜짝 놀라, 이제는 한적한 어떤 곳,
즉 골풀 우거진 늪, 돌투성이 황야 위로 펼쳐진
깔쭉깔쭉한 가시 금작화, 짧게 잘린 그루터기,
엉겅퀴 우거진 숲속 빈터, 빽빽하게 뒤얽힌 금작화 덤불, 405
시들어 자신과 비슷한 색조를 띤 고비 덤불,
햇볕에 완전히 드러나 열기로 익어 가는
휴경지, 산속 개울의 미로들 위로 펼쳐진,
수풀 우거진 얇은 갈색 둑으로 물러난다.
비록 귀를 접고, 태어날 때부터 410
사방을 둘러볼 수 있도록 끌어올려진 두 눈을 뜨고,**25**
언제라도 뛰어 달아날 수 있도록 털투성이 발 사이에
머리를 푹 파묻고 숨어 있더라도,
녀석의 극도의 조심성도 다 허사다. 냄새나는 이슬 때문에
녀석의 미로 같은 첫 은신처가 드러난다. 저 멀리 뒤쪽에서, 415
여기저기에서 들리는 불길한 컹컹 소리에서, 깊숙이 몸을 숨긴
녀석은 바람결 하나하나에서 다가오는 폭풍 소리를 듣는다.
하지만 점점 더 가까이에서 더 자주
한층 더 소란스러운 바람이 불어오자, 녀석은 소스라쳐 뛰쳐나오고,
야만적인 추격극이 즉각 펼쳐진다. 420

---

25 산토끼는 머리에 뒤쪽을 향하도록 배치된 무척 튀어나온 두 눈을 갖고 있어서, 달리면서도 거의 등 뒤쪽을 볼 수 있다.

입을 한껏 벌린 온갖 사냥개들, 언덕에서부터
울려 퍼지는 날카로운 뿔피리 소리, 추격에 흥분해
히힝거리는 말, 사냥꾼의 요란한 외침 —
이 모든 게 약하고 무해한 달아나는 산토끼를 잡겠다고
광기 어린 소란과 시끌벅적한 기쁨 속에 뒤섞여 있다. 425

오랫동안 가지 뻗은 멋진 뿔을 지닌 계곡의 군주로 군림하던 곳에서
태풍이 휘몰아치기 전에 무리에서 홀로 떨어져 나온
수사슴에 대한 승리 또한 그렇다. **26** 처음에, 녀석은
제 속도를 활기 넘치게 자신하다가, 갑자기 두려움에 사로잡혀
온 힘을 다해 전속력으로 바람처럼 달아난다. 430
바람을 거슬러 녀석은 질주하는데, 그 방향으로 가는 건
자신을 죽이려는 무리의 외침이 그만큼 더 작게 들리기 때문이다.
하지만 살을 에는 듯한 한기(寒氣) 가득한 산 위로 불어 대는
북풍보다 더 날래게 녀석이 잡목 숲을 부서뜨리고,
숲속 빈터를 휙 훑어보고, 원시림의 가장 깊숙한 곳으로 435
뛰어든다 하더라도, 그 속임수는 오래가지 못한다!
또다시 사냥개 무리가, 비록 느리지만 확실하게,
녀석의 냄새가 붙은 발자국에 달라붙어, 더운 김을 내뿜으며,
바로 뒤에서 바짝 쫓아오고, 그가 움직인 자취를 쫓아 빙 에워싸고

---

26 426~457행에 걸쳐 묘사되는 수사슴 사냥은 존 데넘(John Denham)의 《쿠퍼 언덕》(*Cooper's Hill*, 1668년본)의 241~318행을 모델로 삼은 것이다.

일대를 훑으면서 깊고 어둑한 숲에서 녀석을 몰아낸다. 440
종종 숲을 휙 스쳐 지나가는 녀석은 헐떡거리며
황금빛 햇살이 부드럽게 비쳐 드는 숲속 빈터를 바라본다.
그곳은 녀석이 벗들과 뿔을 부딪치며
유쾌하게 겨루거나 암컷들과 교미하던 곳.
종종 녀석은 냄새를 없애거나 타는 듯한 옆구리를 식히려고 445
개울 속으로 날래게 뛰어든다.
종종 녀석은 무리를 찾지만, 겁에 질려 지켜보는 무리는
저희 안전에만 신경 쓰느라 형제의 고통을 못 본 체한다.
이제 어떻게 해야 할까? 발랄한 원기로 넘쳐나던
한때 그토록 팔팔하던 힘줄들도 이제 더는 녀석의 행보를 450
북돋우지 못하고, 실신할 정도로 숨 가쁜 헉헉거림이
메스껍게 녀석의 심장을 붙잡는다. 궁지에 몰린 녀석은
체념을 최후의 나약한 은신처로 삼는다.
커다란 눈물이 알록달록한 얼굴에서 흘러내리고, 녀석이
괴로워하며 신음하는 동안, 으르렁거리는 사냥개 무리는, 455
살육의 기쁨에 들뜬 채, 멋지게 튀어나온 녀석의 가슴께에 매달려,
아름다운 바둑판무늬 옆구리를 핏덩이로 뒤덮는다.

이 정도로 충분하다. 하지만 만일
혈기 왕성하여 광포해진 숲의 젊은이가
추격에 나서지 않을 수 없다면, 창을 앞세우고 460
멀리서 포위 전술을 쓰며 쫓아오는 겁쟁이 무리를 향해,

달아나는 걸 경멸하며 과감하게 또 유유히
똑바로 나아가는 분노한 사자를 보라.
또 동굴과 뒤숭숭한 숲에서 살짝 빠져나온 무시무시한
늑대를 보라. 복수심에 찬 털북숭이 늑대 사냥개[27]로 하여금 465
늑대만 끝까지 지켜보며 그 악당을 죽이게 하라.
아니면, 섬뜩하게 으르렁대는 얼룩무늬 멧돼지가
사납게 이를 드러내며 사냥감을 잡아먹을 때, 근육질의 팔에서
창이 번개처럼 번쩍이며 그 거대한 동물의 심장에 꽂히게 하라.

이들을 **영국**은 알지 못한다. 너희 **영국인들**이여, 470
그렇다면 너희의 유쾌한 격노를 밤마다 우리를 급습하는
날강도[28]에게 가차 없이 쏟아부어라.
구불구불한 바위투성이 굴에서 몰아낸 녀석을
온갖 우레 소리를 내며 끝까지 추격하라.
널찍한 도랑을 훌쩍 건너고, 생울타리를 475
거침없이 뛰어넘고, 깊은 늪지를
마다하지 말고, 울창한 원시림도
멋지게 뚫고 가고, 격렬한 본능으로 가득 차
위험한 개울 속으로 겁 없이 나아가라.

---

27 스코틀랜드에서 마지막 늑대는 1743년에 사살되었지만, 잉글랜드에서는 200년 전에 이미 늑대들이 사라진 상태였을 공산이 크다. 1730년에 유럽의 많은 지역에서는 여전히 정기적으로 늑대 사냥이 행해졌다.

28 '여우'를 가리킨다.

또 급류를 건너면서 너희의 승리의 환성이 양쪽 둑에 480
낭랑하게 울려 퍼지게 하여, 빙빙 도는 메아리 속에서
이 바위 저 바위로 던져 올려지며 퍼져 나가게 하라.
그러고는 울창한 꼭대기까지 산을 기어오르고,
가파르고 위험한 벼랑을 달려 내려오고, 초원 위로,
상상 속에서 그사이 공간을 꿀꺽 삼켜 버리면서, 485
아주 날랜 사냥감을 전속력으로 쫓아가라.
행복하여라, 눈이 핑핑 도는 추격을 훌륭히 해내고,
미로란 미로는 다 펼쳐 놓고, 간계란 간계는
다 드러내고, 사냥개들의 장기를 십분 이해하고,
붙잡힌 악당이 비록 백 개의 주둥이에 사정없이 490
찢기긴 했지만 불평 없이 끝까지 저항하는 것을
보는 이는! 오, 영광스러워라, 자신의 담대한
동료들보다 훨씬 더! 퇴각의 뿔 나팔 소리가 숲의 전리품들,
즉 천장에서 멋지게 늘어뜨려진 여우 모피와
황량한 벽들 주위에 옛날의 기괴한 초상화들과 495
함께 걸려 있는 수사슴의 커다란 두상(頭像)으로 장식된
잿빛 명성의 음산한 홀들[29]로
그들을 부를 때, 밤이 좀 더 가혹한 노동으로,
테살리아의 켄타우로스들이 알지 못했던 위업들[30]로

---

29 구식 가옥들.
30 테살리아는 그리스 동북부이자 마케도니아 남부에 속하는 지역이다. 켄타우로스

비틀거리는 동안 그의 목소리가 가장 크게 들리고, 500
그들의 거듭된 경탄은 둥근 지붕까지 흔들어 댄다.

그런데 먼저 땔감을 채워 넣은 난로가 활활 타오르고,
손잡이 달린 큰 맥주잔에서 거품이 일고, 튼튼한 식탁은
큼직하게 활짝 펼쳐져 구워지는 등심 밑에서
신음하는데, 식탁에서는 그들이 나이프를 써서 힘껏 505
고기를 깊이 자르고, 그동안 결코 더럽혀진 적 없는
잉글랜드의 영광에 관해 얘기하면서
활기를 얻는다. 그러다가 심한 공복(空腹)으로 인해
잠시 쉬는 시간이 주어지면
짬짬이 패스티[31]를 열심히 탐하면서 510
사냥감 추격 과정에서의 갖가지 무용담을 늘어놓는다.
그러고는 실컷 배를 채운 **허기**는 형제인 **갈증**에게
거대한 술 사발을 내놓으라고 명한다. 강풍이 불자
화끈한 술로 넘칠 듯한 거대한 사발이
사방 가득 풍겨 대는 술 향기는, 사랑하는 양치기가 헉헉거리며 515
제 양팔이 있는 곳으로 살그머니 다가오는 소리를 들으면서
제비꽃들 위에 몸을 뻗고 누운, 상사병에 걸린 양치기 처녀에게는

는 몸과 다리는 말, 상반신과 머리와 팔은 사람인 전설적인 동물로, 테살리아의 펠리온산에서 날고기를 먹으며 사는 성질이 난폭하고 호색적인 종족으로 알려져 있다.

31 만두처럼 고기와 채소로 소를 넣어 만든 작은 파이.

마이아[32]의 숨결만큼이나 감미롭게 다가온다.
30년간 어둑한 술통에 담겨 있다가
완벽하게 숙성되어 꺼내진 10월산 갈색 맥주[33]도 520
빠짐없이 선보이는데, 이제 그의 정직한 얼굴[34]은
환한 빛으로 넘쳐나면서 최상급 포도주와
견주는 것도 전혀 두려워하지 않는다.
갈증 나는 순간들을 이럭저럭 넘기려고, 파이프에서
향긋하게 내뿜어지는 동그란 담배 연기 아래서 잠시 **휘스트**[35]가 525
진지하게 한 게임 행해지거나, 천둥 치듯 상자에서
뛰어나오는 날랜 주사위들은 요란한 주사위 게임[36]을 깨우고,
그새 떠들썩하게 노는 걸 좋아하는 처녀는 남자들 사이에서
활기차면서도 정중한 관심 속에 이리저리 끌려다닌다.

마침내 이 킹킹대는 한가로운 놀이들이 한쪽으로 530

---

32 아틀라스와 플레이오네의 딸로, 제우스와의 사이에서 헤르메스를 낳은 여신. 영어에서 '5월'을 뜻하는 'May'는 '마이아(Maia)의 달'을 뜻하는 '마이움'(*Maium*)에서 유래한 것이다.

33 10월에 양조되어 맛이 한층 더 강해지도록 수년간 보존된 강한 에일 맥주는 많은 사람들이 토리당의 골수 지지층으로 여겼던 군소 시골 지주들이 즐기던 특별한 술이었다. 소설가 대니얼 디포(Daniel Defoe)는 '10월 클럽'이라는 표제의 팸플릿에서 토리 극단주의자들을 공격하기도 했다.

34 '맥주'를 의인화한 것.

35 네 명이 하는 카드놀이.

36 '백개먼(*Backgammon*) 게임'을 가리킨다.

치워지자, 사람들로 가득한 건조한 회합이
완벽하게 한 바퀴 돌아 마무리되고, 오로지 술 마시기 위한
준비가 열심히 행해진다. 살짝 빠져 달아나거나
맨정신으로 교대하는 것은 토하고 있는 이에게조차
따로 허용되지 않고, 흘러넘치는 술 사발들은 535
술 취해 제대로 서 있지도 못하고 식탁과 보도 주위를
비틀거리며 돌아다니는 사람들을 모조리 열심히 술독에 빠뜨린다.
이렇게 그들이 서로 주거니 받거니 하며 폭음을 이어 갈 때,
스무 개의 혀에서 한꺼번에 쏟아 내는 떠들썩한 대화는
말이나 사냥개부터 교회나 정부(情婦), 540
정치나 유령에 이르기까지 이 화제에서 저 화제로,
얽히고설킨 복잡하고 끝없는 미로에서 빠르게 빙글빙글 돈다.
한편, 기쁨에 겨운 오늘의 영웅이 더는 참지 못하고
느닷없이 대화를 중단시키며 큰 소리로 무용담을 꺼낸다.
그 순간 유쾌해진 그 누구도 들뜨지 않을 수 없고, 545
다들 한껏 입을 벌리고 기쁨의 **외침**을 쏟아 내면서
웃음과 박수와 쾌활한 욕지거리가 사방에서 터져 나온다.
그새, 개집에서 잠들어 있다 깨어난 사냥개들은
다시 낮의 컹컹거림을 시작한다.
캄캄한 밤 내내 바다를 괴롭힌 태풍이 550
점점 더 약하게 중얼거리며 잦아들 때처럼,
그렇게 그들의 환성도 차츰 가라앉는다. 길고 복잡한 단어를
집어들 수 없게 된 그들의 빈약한 혀는

완전히 힘이 풀린 상태다. 감상에 젖은 그들의 눈앞에서
길고 가느다란 파르스름한 양초 한 쌍은 555
엷은 안개 속을 거니는 해처럼 춤을 춘다.
그러고는, 부드럽게 미끄러지며, 숨을 거둔다.
마치 식탁 자체가 술 취한 것처럼, 식탁 위에 어질러진
유리잔들과 병들과 파이프들과 신문들은
엉망이 된 질편한 한 장면을 이루고, 식탁 아래에는 560
파티를 위해 도살된 사냥감들이 사방에 쌓여 있다. 거기에서
힘세고 덩치 큰 멍청이[37]는 두 다리를 벌리고 앉아
불결한 승리를 즐기며 졸음에 겨워 계속 좌우로 몸을 기울이다가,
결국 아침까지 인사불성으로 깊은 잠에 곯아떨어진다.
어쩌면 시커먼[38] 큰 술잔처럼 무시무시하게 깊고 565
엄청나게 뿔록한 올챙이배를 지닌 어떤 성직자도
그들보다는 오래 버티면서 쓰러진 신자들로부터
물러나, 슬픈 상념에 잠긴 채,
요즘 사람들이 술에 약한 것을 한탄하리라.

하지만 설령 남성들이 이 야만적인 스포츠로 570
쉬이 격해진다 하더라도, 그런 끔찍한 기쁨이

---

37 이것은 '술 취한 상태'를 의인화한 것으로, 앞에서의 "허기"(512행)와 "갈증"(512행)과 "휘스트"(524행)에 뒤이어 우의적인 야외극의 결미로 제격이다.

38 성직자의 복장의 색.

영국 여성들[39]의 가슴을 어떻든 더럽히지 않게 하라.
제발 사냥감 추격의 기백이 그들에게서 멀리 떨어져 있기를!
울타리를 뛰어넘거나 뒷다리로 껑충거리는 말의 고삐를 잡는
꼴사나운 용기와 어울리지 않는 기술, 575
운동용 모자와 채찍과 남성용 복장 같은 것들은
모두 그들을 거칠게 보이도록 할 뿐이고,
여성들 특유의 매력적인 부드러움은 빠져 있는 것이다.
그들의 경우, 비통함에 마음이 약해지고,
동작 하나와 말 한마디에도 빛나는 뺨 위로 580
재빨리 기꺼이 홍조를 띠고, 아주 작은 폭력에도
그에 걸맞지 않게 움츠러드는 것이 아름답다.
사실 그때 겁에 질린 그들의 모습이 가장 사랑스럽다.
또 이 무언의 애교로 부드럽게
더 매력적인 남성들이 자신들을 보호하게 만드는 것이다. 585
오, 그들의 두 눈이 눈물 흘리는 연인들을 제외한
그 어떤 비참한 정경도 보지 않기를! 좀 더 고귀한 사냥감[40]은
모호한 추격 과정에서 사랑의 매혹적인 간계를 통해
추적되지만 달아나 버리는 법. 그들의 부드러운 사지가
낙낙하고 소박한 드레스 속에서 떠다니기를![41] 590

---

39 570~609행은 '아름다운 존재'나 '연약한 존재'로 불렸던 여성에 대한 18세기의 지배적인 태도를 잘 보여 준다.

40 '남자'를 가리킨다.

41 버팀 살대로 퍼지게 한 속치마인 '후프 페티코트'는 종종 남성의 풍자 대상이었다.

또 모든 걸 조화롭게 꾸며서 혼자서도
사랑을 속삭이는 입술들이 노래한 황홀경 속에
매혹된 영혼을 붙잡는 법,
류트[42]로 비탄의 가락을 탄주하는 법,
날렵한 발걸음으로 온갖 매력적인 동작을 뽐내며 595
사뿐히 나아가면서 미로 같은 춤을 한층 더 부풀리는 법,
새하얀 천에 잎 무늬를 수놓는 법,
화필(畵筆)을 이끌고 악보를 넘기는 법,
풍성하게 수확된 작물들에 새 풍미를 더하고
자연의 진미를 한층 더 끌어올리는 법, 딸들이 600
여성으로서 제 2의 삶을 살아가도록 교육하는 법,
사회에 최고의 취향을 부여하는 법,
잘 정돈된 가정을 남성의 최고의 기쁨으로 만드는 법,
또 순종적인 지혜와 겸손한 솜씨와
남의 눈에 띄지 않는 온화한 갖가지 기예로 605
미덕들을 드높이고 행복을 북돋우며
고통들조차 기쁨 이상의 어떤 것으로 마법적으로 변화시키고
인생의 온갖 노고들을 달콤하게 만드는 법을 알기를! —
이것이 바로 여성의 존엄이자 찬미할 점이어라.

---

42 16~18세기에 유럽에서 널리 유행하던 현악기로, 만돌린이나 기타처럼 손가락이나 다른 기물로 퉁겨 소리를 낸다. 가느다란 나뭇조각을 이어 맞춘 공명통의 뒷면, 앞판 위의 둥근 울림 구멍에 치장된 정교한 투명 세공 등의 우아한 형태로 인해 '악기의 여왕'으로도 불렸다.

너희 시골 청년들아, 지금 저 계곡 아래쪽에서 610
거칠게 굽이치는 개울이 이 낭떠러지에서 저 낭떠러지로
소란스레 떨어지는 개암나무 둑으로 서둘러 오라. 덤불들과
뒤얽힌 관목들에 걸리지 않게 딱 맞는 옷을 입고
너희 처녀들아, 오라. 너희를 위해 숲은
제 마지막 노래를 부르고, 너희를 위해 연인은 615
은밀한 그늘 사이에서 주렁주렁 매달린 개암들을 찾고,
개암들이 우듬지에서 빛을 발하면
온 힘을 다해 활기차게 나뭇가지를 끌어내리거나,
벌어지는 깍지에서 잘 익은 열매를 흔들어
마치 **멜린다**의 돌돌 말린 머리칼마냥 빛나는 620
윤기 도는 갈색 열매들을 무더기로 떨어뜨린다.
사실 **멜린다**는 온갖 미점들을 완벽하게 갖췄으면서도,
인간적 아름다움에 연연하지 않을 만큼 지혜로워 머리칼 같은 건
신경도 안 쓰고, 그런 속된 찬사를 훌쩍 넘어선 여성이다.

이제부터 환성이 울려 퍼지는 부산한 들판을 벗어나 625
즐겁게 여기저기 쏘다니면서, 가을의 미로를 거침없이
밟고, 기운을 되찾아 가지가 휠 정도로 매달린
과일들이 가득한 과수원의 향기를 맛보도록 하자.
산들바람과 내리쬐는 햇살에 순응해,
과일들이 잔뜩 매달린 나뭇가지로부터 향기의 소나기가 630
끊임없이 녹아 사라진다. 즙이 많은 배는

부드럽고 풍성하게 사방에 흩어져 있다.
갖가지 달콤함이 그 유순한 족속[43]을 부풀리는데,
매번 천차만별의 조합으로 뒤섞인
자연의 온화한 해와 물과 흙과 바람의 635
모든 걸 정화하는 손길에 의해 마련된 것이다.
좀 더 서늘한 밤 내내 자주 떨어진
숱한 향긋한 과일들, 즉 활기찬 손을 지닌 한 해가
붉어지는 과수원 위로 무수히 흔들어
멀리까지 내던진 사과 더미 또한 그렇다. 640
상큼하고 맛있고 강렬한 갖가지 기운이
그들의 차가운 기공(氣孔) 속에 깃들어, 갈증 난 혀를 위해
도수 높은 사과주를 활기차게 제공한다.
이것이 그대 **특유의** 주제이자 유쾌한 영감의 원천이다,
담대하게도 각운의 속박에서 벗어난 운문으로 645
영국인의 자유분방함을 지닌 채 **영국**의 노래를 고상하게 불렀던
포모나의 2대 음유시인인 **필립스**[44]여. 그대는 어떻게
실루리아[45]의 큰 술통들의 고발포성(高發泡性) 술들이 투명한

---

43 '과일'을 가리키는 우회 어법.

44 무운시(無韻詩) 형식으로 쓰인 존 필립스(John Philips, 1676~1708)의 《사과주》(*Cyder*)는 포모나 출신인 베르길리우스의 《농경시》의 모작으로, 애국적 여담과 함께 사과주용 사과의 경작과 사과주의 제조 과정 및 가치를 기술한다.

45 로마령 영국에서 세번(Severn) 강 서쪽에 자리한 지역으로, 지금의 헤리퍼드셔(Herefordshire)를 가리킨다.

액체 속에서 거품이 이는지, 또 어떤 술들이 고된 일을 하는 농부의
겨울 주연(酒宴)을 흥겹게 해 줄 만큼 강하고, 또 어떤 술들이 650
여름철 더위를 식혀 줄 만큼 청량하고 맛 좋은지를 노래했었다.

이 즐거운 계절에, 해가 온화해진 낮 위로
가장 감미로운 햇살을 적당히[46] 뿌리는 동안,
도딩턴[47]이여! 오, 그대의 평온하고 소박한 영지의
쾌적한 녹색 산책로에 대한 생각에 잠기게 해 주오. 655
거기에서는 소박한 자연이 지배하고, 어느 곳을 보건 간에
사방으로 뻗은 순수한 **도싯**의 구릉들이
끝없이 멀리까지 펼쳐지고, 저 멀리는 숲으로 무성하고,
여기는 수확물로 풍성하고, 저기는 양 떼로 하얗다.
한편 그대의 높다란 저택의 장려함은 무척 인상적이어서 660
매혹된 이들의 눈길을 사로잡는다.
하루가 멀다 하고 새 아름다움이 솟고,
새 열주(列柱)들이 부풀고, 늘 신선한 샘물은
새 식물들에게 생기를 불어넣고, 작은 새 숲들을 푸르게 한다.
온통 그대의 재능으로 가득한 시신(詩神)들의 영지로다! 665
이곳의 은밀한 나무 그늘과 구불구불한 산책로에서
덕성스런 **영**[48]과 그대를 위해 시신들은 월계관을 짠다.

---

46 지금이 추분 무렵이기 때문이다.
47 〈여름〉 29행의 주를 볼 것.

여기에서 나는 그대의 칭찬을 받고 싶은 쉼 없는 갈망에 불타올라,
종종 헤매고 다니면서, 홀로
영감의 산들바람을 얻으려 애쓰고, 늘 펼쳐져 있는 670
자연의 책을 숙고하면서, 그로부터
가슴에서 우러난 도덕적인 노래를 배울 작정이다.
또한 가을이 볕을 쬐며 과일들이 진한 자줏빛으로 물든
햇살 가득한 벽을 따라 내가 살그머니 지나갈 때,
나의 만족스러운 주제**49**는 끊임없이 나의 상념을 재촉하고, 675
솜털로 덮인 복숭아와 푸르스름하고 고운
뿌연 안개 같은 곤충들이 바글거리는
빛나는 자두와 불그레한 승도복숭아와
널찍한 이파리 밑에서 눈에 잘 안 띄는 달콤한 무화과를 내놓는다.
포도나무도 여기에서는 돌돌 말린 덩굴들을 내밀고, 680
남쪽을 향해 빛나는 포도송이들을 매달아,
이보다 더 따뜻한 기후를 필요로 하는 법은 거의 없다.

잠시 상상의 신속한 비상을 비옥한 토양과
무척 온난한 기후를 자랑하는 지역으로 돌려 보자.**50**
거기에서는 강력한 햇살에 크게 북돋워진 포도밭이 685

---

48 《밤의 상념》(*Night Thoughts*, 1742~1745)을 쓴 시인 에드워드 영(Edward Young, 1683~1765)을 가리킨다.

49 자연의 책.

50 683~706행은 프랑스의 포도원으로 향한다.

낮에는 눈부시게 넘실거리면서 계곡 너머로 펼쳐지거나
산 위쪽으로까지 널찍하게 이어지고,
별바른 바위들 사이에서, 벼랑에 반사될 때마다
점점 더 강해지는 햇살을 들이마신다.
묵직한 가지들은 낮게 처진다. 잎들 사이로 반쯤 보이는 690
선명한 포도송이들은 눈부시게 타오르거나
투명하게 빛나고, 그새 부풀어 오르는 껍질 위로
신선한 이슬[51]을 내뿜으며 익어 간다.
이렇게 포도송이들이 뒤섞는 햇살에 의해
한층 풍미가 깊어진 과즙으로 빛날 때,[52] 695
시골의 젊은 남녀들은 각자 서로를 위해
가을의 최상품을 고르려고 기쁨에 들떠 포도밭을 쏘다니며
명품 포도주 생산 연도를 거의 알아맞힌다.
그러고는 압착을 담당한 젊은이가 나오고, 이 일대 곳곳에서
걸쭉한 포도즙이 넘쳐흐르며 끝없이 거품을 낸다. 700
그러고는 포도즙은 차츰 발효되고 정제되어
흥분한 여러 민족들 주위에 기쁨의 잔을 쏟아붓는다 —
반짝이는 상상 속에서 우리가 술잔을 들이키는 동안,
우리 입술만큼이나 붉은 매끄러운 클라레,[53]

---

51 과일이 익어 갈 때 표면에 생기는 흰 가루인 '과분'(果粉)을 가리킨다.

52 포도는 바위투성이 벼랑에 반사되는 햇살의 열기에 의해 그 즙의 풍미가 깊어진다.

53 프랑스의 보르도산 적포도주.

향긋하게 무르익은 버건디산 포도주, 705
또 술자리의 위트만큼이나 짜릿하고 화사한 샴페인을.

이제, 중천으로 눈에 띄지 않게 살짝 올라가다가 제지된
풍성한 증기는 기울어 가는 한 해의
냉기로 응축되어 내려와,
산 주변에 두 겹의 짙은 안개를 굴린다.[54] 710
산 중턱에서부터 세찬 강물을 쏟아붓고
서로 맞서 싸우는 두 왕국[55] 사이에
긴 바위 격벽(隔壁)을 높이 세우는
무시무시하고 숭엄한 거대한 산[56]은 더는 다채로운 모습으로
경관을 가득 채우지 않고, 안개가 짙어지는 밤에는 715
시커멓고 황량한 모습으로 변하면서
보는 이를 헷갈리게 한다. 그러고는 거대한 어스름은
멀리까지 확산되어 차츰 평원 전체를 집어삼킨다.
숲들도 사라지고, 희미하게 보이는 강은
음산하고 느릿하게 아련한 물결들을 굴리는 듯하다. 720

---

54 [707~710행] 따뜻한 가을날에 태양열은 수증기를 끌어올리지만, 이 수증기는 중천에 있는 서늘한 대기층에 의해 응축되고, 그래서 짙은 안개처럼 내린다.

55 만일 두 왕국이 잉글랜드와 스코틀랜드를 가리킨다면, 여기에서 톰슨은 어린 시절 집이 내려다보이던 카터 펠(Carter Fell) 산을 언급하는 것일 수 있다.

56 조지프 애디슨(Joseph Addison)은 상상의 즐거움을 '거대함', 즉 '광대함'에서 찾았다.

대낮인데도 짙은 안개에 짓눌린 해는
널찍하게 굴절된 햇살을 약하고 무디게 뿌리고,
종종 눈부시게 빛나면서, 확대된 숱한 구체들로
어리석은 이들을 겁에 질리게 만든다. 57 지상의 물상들은
하나같이 혼탁한 대기 속에서 흐릿하게 나타나면서 725
실제보다 더 크게 보이고, 어안이 벙벙한 양치기는
거인의 모습으로 황야 위를 활보한다. 58 마침내
사방에서 회갈색 화관을 쓴 채, 연달아
점점 더 큰 원으로 에워싸며 짙은 안개가
세상 위로 끝없이 계속 내려앉고, 두텁게 섞이면서 730
형태를 알 수 없는 잿빛 혼란이 삼라만상을 뒤덮는다—
마치 그 옛날 (히브리 음유시인59이 노래했듯이)
해가 소집하지 않은 빛60이 혼돈을 뚫고
그 유년기의 길을 재촉하고, 또 질서가 모호한 어둠으로부터
제 사랑스러운 일행들을 끌고 나가지 않았던 때처럼. 735

---

57 여기에서 맹종하는 어리석은 사람들의 태도는 계몽된 소수의 그것과 넌지시 대조된다.

58 721~727행은 빽빽한 엷은 안개층을 통해 굴절된 빛의 효과를 묘사한다. 특히 725~727행에서는 일출이나 일몰 때의 약한 빛이 시트 같은 엷은 안개에 비쳐 대상의 그림자가 확대되곤 하는 '브로켄(*Brocken*) 현상'을 언급한다.

59 산꼭대기에서 성령을 받았던 모세를 가리킨다. 톰슨은 그런 영감이 산들 사이에서의 빛과 엷은 안개에 대한 자신의 경험과 어떻게든 연계되어 있음을 암시한다.

60 구약성서 〈창세기〉(1장 1~19절)에 따르면, 빛은 첫날, 해는 넷째 날에 창조되었다.

구릉지를 따라 변함없이 지금도 피어오르기 시작하는
이 표류하는 엷은 안개의 물방울들, 이들은,
묵직한 빗방울들과 산에서 눈이 녹은 물과 함께
산속의 물탱크들, 속 빈 바위들 사이에서 퍼내게 될
그 풍성하게 비축된 물 창고를 가득 채우고, 740
여기서부터 개울들은 세차게 흘러나오고, 샘들은 끊임없이 솟고,
강들은 무진장 풍성한 물을 끌어온다. **61**
순한 물결들이 파도 소리 울려 퍼지는 해변을
끊임없이 때려 대는 곳에서는, 사질층(砂質層) 사이로 구멍이 뚫려
사방에서 바닷물이 사질층과 함께 솟고, 745
모래 사이로 무수히 걸러져
깔쭉깔쭉한 소금 결정들을 기쁘게 뒤에 남긴 채
다시 스며들면서 담수화(淡水化) 된다고
말하는 학자들도 있다.
또한 물은 가만히 있는 법 없이 늘 흐르고 750
종종 물을 대는 계곡 사이에서 솟구치기도 하지만,
어둠 속에서 믿을 만한 미로를 통해 데려가는
사질층에 의해 산까지 이끌려 갔다가
부모인 바다와는 멀리 떨어진 곳에서 다시 햇살 속으로

---

61 736~835행에서 톰슨은 호수들과 강들의 기원에 관해 설명한다. 여기에서의 그의 과학적 설명은 앙투안 플뤼슈(Antoine Pluche)의 지질학과 에드먼드 핼리(Edmund Halley)의 수로학을 결합한 것으로, 전반적으로 '대자연의 조화'(828~835행) 라는 그의 변함없는 메시지를 전달한다.

신선하게 용솟음치고, 반짝거리는 언덕은 755
분출하는 실개천들로 빛난다. 하지만 꺼져라,
이 즐겁지만 헛된 몽상이여! 향기로운 계곡들이 물의 노고에
매혹적인 고요와 더 가까운 침상을 제공하는 판에,
왜 그들이 언덕까지 그토록 먼 여정을
택하는 걸 좋아해야 하는가? 760
아니면 만일 그들이 맹목적인 야망에 현혹되어
솟아올라야 한다면, 왜 그들은 울퉁불퉁한 산의
골풀 우거진 계곡들 사이에서 갑자기 멈추고는,
산꼭대기에 이르기 전에, 그토록 오랫동안
자신들의 행로를 이끌어 온 매력적인 사질층을 내버려야 하는가? 765
게다가, 긴 세월 동안 응결된
단단한 집괴염(集塊鹽)은 지하의 수로를
통과할 수 없게 질식시키거나, 부풀어 오르는 계곡들을
조금씩 천천히 언덕들만큼이나 높이 튀어나오게 만들곤 한다.
오래된 대양 또한, 구멍 뚫린 대지에 흡수되어, 770
이미 오래전에 우툴두툴한 제 침상을 버리고,
다시 **데우칼리온**62의 홍수 시대를 데려왔다.

그렇다면 말하라, **창조하는 대자연**63처럼,

62 그리스 신화에 나오는 거인족 신의 하나로, 노아처럼 배를 만들어 제우스가 죄 많은 인간 종족 전체를 없애려고 보낸 홍수에서 자신과 아내를 구한다.

인간의 눈에는 보이지 않지만, 풍성한 비축물들로
지구와 거기 서식하는 기쁨에 찬 부족들 전체를 생기 띠게 만드는 775
영속적인 거대한 수원(水源)은 어디 숨어 있는가?
오, 너, 어두운 심해의 비밀을 추적하라고
인간에게 부여된 넘치는 **재능**이여,
산들을 발가벗기고 그들의 숨은 구조를
경악해 바라보는 이들의 눈에 활짝 드러내라! 780
뻗어 나간 **알프스산맥**으로부터 무성한 소나무 숲을,
아시아의 타우루스산맥64으로부터, 유목하는 **타타르인들**의
음울한 국경에 비스듬히 뻗어 있는 **이마우스산맥**65으로부터
거추장스럽고 무시무시한 대삼림을 벗겨 내라!
탐구하는 나의 눈에 탁 트인 **헤무스 연산**66과 785
숱한 개울들을 쏟아붓는 드높은 **올림포스산**67을 주어라!
오, 북방의 파도 소리가 울려 퍼지는 산꼭대기들,
즉 **스칸디나비아**를 관통해, 최북단의 **라플란드**와
얼어붙은 북극해까지 굴러간 **도프린산맥**68으로부터,

---

63 ‘조물주’를 가리킨다.

64 아나톨리아 서남부에서 아르메니아까지 뻗은 산맥.

65 고대 지리학자들이 언급한, 힌두쿠시산맥에 자리한 중앙아시아의 연산(連山).

66 고전 시인들이 찬미한 트라키아의 연산. 베르길리우스는 《농경시》(2권 488행)에서 이 연산의 서늘하고 아늑한 계곡들을 언급한다.

67 [원주] “아나톨리아에서 그 이름으로 부르는 산.”

68 노르웨이 남쪽 곶 근처에서 일어나 여러 연산들로 라플란드의 가장 먼 지역까지 뻗어 있으면서 스웨덴과 노르웨이의 경계를 짓는 산맥.

카스피해와 **흑해**69에서 애써 항해하는 이들이 790
멀리서 목표로 삼는 높은 **코카서스산맥**으로부터,
야만적인 러시아인들이 지구의 **석대**(石帶) 라고 믿는
혹한의 바위산인 **리파에우스산맥**70 으로부터,
또 광활한 **시베리아**가 유일하게 물을 끌어오는,
폭풍우로 뒤덮인 그 모든 가공할 산들로부터, 795
오, 만년설을 일소해 주어라! 시인들이 하늘을 떠받친다고
꾸며 놓은 **아틀라스**71에게 명해, 그 요란한 토대 아래에서
늘 유동하는 심연 위에 매달린
지하의 불가사의들을 밝히고,
구름을 몰아내는72 **아비시니아**73의 벼랑들과, 800
굽은 **달의 산들**74의, 대낮에도 이글거리는
지하 동굴들의 베일을 벗겨 주어라!
눈부신 적도에서부터 남극 주위에서 굉음을 울리는

---

69 고대에는 '에욱시네해'라고 불렸다.

70 [원주] "모스크바 주민들은 리파에우스산맥을 '거대한 석대'라고 불렀는데, 그 산맥이 지구를 감싸고 있다고 추정했기 때문이었다." 고대 지리학자들은 리파에우스산맥을 스키타이 최북단, 즉 현대의 시베리아로 확정했다.

71 북아프리카의 산들을 가리킨다. 아틀라스는 제우스에 의해 머리와 손으로 하늘을 받쳐 들고 있도록 선고받은 티탄족 신이다.

72 이 어구는 호메로스가 제우스를 수식하는 어구였다.

73 아프리카 북동부에 자리한 에티오피아의 옛 이름.

74 16세기에 지금의 짐바브웨·잠비아·모잠비크·남아프리카 등의 광대한 영토를 차지했던 모노모타파 왕국의 거의 전역을 에워싼 산맥.

폭풍우 치는 바다들까지 뻗어 있고
지구의 이 모든 거산(巨山)들을 능가하는 무시무시한 805
안데스산맥으로 하여금 제 끔찍한 심연을 펼쳐 보이게 하라!
보라, 어둠이 드러내는 경이로운 광경을![75]
나는 유아기의 침상에 누워 있는 강들을 본다!
저 깊고 깊은 곳에서 벗어나려고 애쓰는 그들의 소리를 나는 듣는다!
나는 솜씨 좋게 배열된 비스듬한 **지층들**, 810
비와 눈 녹은 물과 짙은 안개에서
계속 떨어지는 물을 흡수하는 입을 벌린 틈들을 본다.
위쪽엔 흡습성이 좋은 모래가 뿌려져 있고,
다음엔 자갈 덮인 사력층(砂礫層), 다음엔 혼합 토양과
보습력이 더 좋은 토질층, 닳아 수로가 나 있는 암석들과 815
미로처럼 이어진 쪼개진 돌들이 보이는데,
이들은 몰래 스며드는 물을 전달하면서도
그 움직임을 늦춰 완전히 소모되는 걸 막는다.
끊임없이 물이 뚝뚝 떨어지는 이 배수관들 밑에는
끝없이 펼쳐진 암층 흡수관들이 보이는데, 820
이들은 단단한 백악층과 밀도 높은 점토층으로 이루어진
엄청난 용량의 거대한 저수조인 셈이다.
거기서부터 넘쳐흘러 모여 쌓인 물,

---

75 807~828행에서 톰슨은 지하의 저수지들과 도관들을 이루는 성층화된 투과성·비투과성 암석들을 설명한다.

유동하는 세계의 수정 같은 보물은
교란된 모래 사이로 거품 이는 수로를 열어젖히고, 825
벼랑 중간쯤이나 포근하게 안긴 언덕들의
밑바닥에서부터 넘쳐나,
맑은 샘물로 솟아 나온다. 이런 식으로 결합된
따뜻한 햇살과 증기 가득한 대기와
얼음 같은 산들은 지상의 증기를 830
끊임없이 빨아들여 비로 응축해서는,
멋지게 나뉜[76] 땅 위를 거쳐 풍성한 강들의 형태로
바다로 되돌려 보내면서
사회적 교역을 유지하고, 완벽하게 어우러진
만물의 조화를 굳건히 뒷받침한다. 835

겨울이 다가온다는 경고를 받은 가을이
떠나가는 제 희미한 빛을 흩어 놓을 무렵,
제비족은 한데 모여 노닐고, 평온한 하늘에
사방으로 널찍하게 던져 올린 깃털 달린 소용돌이가
나선형으로 빠르게 떠다닌다. 겨울잠을 자려고 840
물러나기 전에 마지막으로 한번 즐기는 것인데,
겨울에는 썩어 가는 강둑 밑이나 서릿발도 뚫고 들어오지 못하는
따뜻한 동굴에서 삼삼오오 서로 붙어 지낸다.

---

76 '강에 의해 나뉜'이라는 뜻이다.

아니면 차라리 다른 부류의 철새들과 함께
좀 더 따뜻한 지방으로 날아가서, 거기에서 845
봄철이 다시 그들을 반갑게 부를 때까지
명랑하게 짹짹거린다. 지금도 모여들어
무수한 날개들로 사방이 온통 소란스러운 판이니까. 77

깜짝 놀랄 정도의 근면과
자유의 불굴의 강력한 손에 의해 노호하는 바다로부터 850
수몰되는 걸 면한 **벨기에**의 평원에서
라인강이 그 웅장한 힘을 잃는 곳에78
황새들은 집결한다. 며칠간
갖가지 문제를 깊이 상의한 뒤, 그들은
맑은 하늘을 가로지르는 고된 항해를 시작한다. 855
먼저 대오를 편성하고, 선도자를 정하고,
친족 관계를 조정하고, 활기찬 날개를 청소하고는,
전원이 모여 일제히 빙글빙글 숱하게 원을 그리며

---

77 [836~848행] 고대 박물학자 플리니우스는 제비들이 박쥐들처럼 겨울에는 무기력해진다고 생각했다. 이런 믿음은 18세기까지 이어졌고, 많은 사람들은 제비 무리가 연못의 물 밑에서 둥글게 뭉쳐 겨울잠을 잔다고 생각했다.

78 [849~852행] 바타비아인들과 그들의 후손인 네덜란드인들의 '자유'에 대한 굳건한 사랑은 타키투스 이래로 많은 저술가들이 주목해 왔다. 그들의 근면함 또한 여행자들의 기록에서 종종 기술된다. 여러 저작에서 "황새"(853행)는 그들의 자유와 연관된다.

짧은 시험 비행을 숱하게 시도한 후,
쐐기 모양으로 편성된 조가 비행을 시작하여 860
대기의 너울을 높이 타고 구름들과 뒤섞인다.

또는, **북해**가 광대한 소용돌이를 이루어
극북(極北)의 **툴레**[79]의 민둥하고 음울한 제도(諸島) 주변에서
거세게 물결치고, **대서양**의 너울들이
폭풍우 치는 **헤브리디스 제도** 사이로 쏟아져 들어올 때, 865
누가 그곳에서 해마다 어떤 철새들의 이동이 이루어진다고
말할 수 있을까? 어떤 새 족속이 왔다가 가는가?
어떻게 활발한 구름들이 다른 구름들 위에 솟아오르는가?
끝없는 날개들! 마침내 깃털들로 어둑해진 하늘 전체와
굉음을 내는 소란스러운 해변은 야성의 대합성인 셈이다.[80] 870

여기에서 순박하고 천진난만한 주민들은 바다로 둘러싸인
양치기의 왕국인 작은 섬의 초록빛 구릉에서
얼마 안 되는 양 떼와 갖가지 색의
작은 소 떼를 돌보거나, 무시무시한 암벽에 매달려

---

79 셰틀랜드 제도, 아이슬란드, 노르웨이 등을 가리키는 고대 그리스·로마식 이름.
80 [862~875행] 스코틀랜드 여행자들의 기록에 따르면, 셰틀랜드 제도의 자잘한 섬들에는 갖가지 바닷새들이 엄청나게 무리를 짓고 있어서, 그들이 비상할 때는 공중이 어둑해질 정도라고 한다. 또 헤브리디스 제도의 소, 양, 말들은 몸집이 작고 색이 다채롭다고 알려져 있다.

들새들의 알을 모으거나, 875
물고기 많은 연안을 누비고 다니거나,
솜털오리의 한껏 자란 깃털들을 소중히 모아
호화로운 침상을 꾸민다. 또 여기에서 잠시 시신은
광활한 감청색 경관 위 높은 곳에서 배회하면서
칼레도니아[81]의 낭만적인 풍경[82]을 본다— 880
파도치는 대해로부터 끌어온 비를 뿌리는
드넓은 하늘에 둘러싸인 채 그 주민들의
억센 기질을 드러내는 높이 치솟은 산들을,
자연의 손길이 오래전에 조성한
우뚝 솟은 튼실한 원시림을, 그사이에 광대하게 펼쳐진 885
물고기 가득한 하늘빛 호수들을,
트위드강[너의 지류인 숲속의 **제드강**[83]과 함께
나의 **도리아풍**[84] 갈대 피리 소리를 처음 들었던
목가적인 강둑이 펼쳐진 더없이 맑은 **모천**(母川)]에서부터
북쪽에서 팽창한 태풍이 **오르카**나 **베투비움**[85]의 890

---

81 브리튼섬 북부, 즉 스코틀랜드를 가리키는 로마식 이름.
82 톰슨은 풍경에 귀속된 '낭만적' 특질은 바라보는 이가 받는 느낌의 투사임을 인식한다.
83 시인을 그의 고향이나 집 근처의 강과 연관시키는 것은 전원시의 한 관례다. 톰슨의 경우, 이 강은 록스버러셔(Roxburghshire)의 제드(Jed)강이다.
84 '소박한'이란 뜻이다.
85 스코틀랜드 본토의 최북단에 자리한 두 곳은 고대 지리학자 프톨레마이오스에 의해 '오르카스'(Orcas)와 '베투비움'(Betubium)으로 명명되었고, 윌리엄 캠던(Wil-

최고봉의 꼭대기 위로 맹렬하게 휘몰아치는 곳에 이르기까지
맑고 서늘하고 넘칠 듯한 순한 개울들에 의해 사랑스럽게 씻긴
무척 구불구불하게 이어진 비옥한 초록빛 계곡들을.
역경이 계속 이어지는 학교에서 담대한 행위들을 하도록 훈련되고,
고트족이 맹위를 떨치기**86** 전 서쪽으로 비상했을 때 895
이내 **학문**의 방문을 받았던**87**
한 민족을 기른 땅, 지혜롭고 용감하고
불굴의 기백을 지닌 남자다운 종족은
(위대한 애국자이자 영웅이자
지독하게 불운한 수장인 **월러스88**가 잘 증명하듯) 900
유혈이 낭자한 시대에도 여전히 쇠퇴하지 않은
너그러운 국가를 유지하고자 분투했다.
하지만 너무 힘에 부치는 일로 다 허사가 되었구나! 그리하여,
불공평한 국경을 참지 못하고 매혹적인 영광에 이끌려
온갖 나라들을 떠돌면서 그들은 온갖 나라들을 위해 905

---

liam Camden)의 《브리타니아》(*Britannia*, 라틴어본 1586년, 영역본 1720년)에서 '하우번'(Howburn)과 '어디헤드'(Urdehead)로 확인되었다.

86 스칸디나비아반도에 거주했던 동게르만족의 일파인 고트족의 침략, 특히 410년의 로마 약탈에 대한 언급이다.

87 6~7세기의 콜룸바(Columba), 아이단(Aidan), 커스버트(Cuthbert)를 비롯한 복음 전파자들의 활동을 가리킨다.

88 스코틀랜드를 진압하려는 잉글랜드의 에드워드 1세(Edward I)의 거듭되는 시도에 성공적으로 저항했지만, 배신당해 교수형에 처해지고 능지처참된 스코틀랜드 정치인이자 장군인 윌리엄 월러스 경(Sir William Wallace, 1270?~1305).

아낌없이 목숨을 바쳤고, 예리한 재능을 발휘했으며,
화려한 평화의 행렬을 부풀리는 일에 헌신했다—
마치 그들 자신의 맑은 북방 하늘로부터 **북극광**이
눈부시게 물결치며 **유럽** 대륙 위로 갑자기 터져 나오듯이.[89]

오, 무수한 국민들, 아직 태어나지 않은 먼 뒷날의 910
무수한 후손들까지 축복해 줄, 그 최고의,
그 거룩한 호사를 누리게 해 줄 힘을 지닌
어떤 애국지사, 낙후된 산업에 활기를 불어넣고,
초췌해지는 농부에게 이모작의 기회를 부여하고
노동하는 손에 노동의 달콤함을 가르쳐 줄 915
광대한 영혼을 지닌 인물은 없는 것인가?
가장 섬세한 기술로 고유의 의복을 짓는 법,
극북 지대의 눈처럼 새하얀 깨끗한 면포를
짜는 법, 모험을 피하지 않는 노로 너울 일렁이는 드넓은 바다를
헤쳐 나가는 법, **바타비아인들**[90]의 선대(船隊)가 920
우리의 강어귀에서 꿈틀대고 우리의 해안에서 바글대는
반짝이는 비늘 달린 무리[91]를 우리에게서 빼앗아 가는 동안
수치스럽게 팔짱만 끼고 바라보지는 않는 법,

---

89 스코틀랜드는 오랫동안 전 세계에 숱한 이민자들과 용병들을 제공했고 또 앞으로도 그럴 것이다.

90 지금의 네덜란드의 일부 지역에 살던 고대 민족.

91 '물고기'를 가리키는 우회 어법.

모두를 활기 띠게 만드는 교역을 북돋우고
점점 커 가는 온갖 항구들에서 출발해 전 세계의 바다를, 925
안전하게, 순풍을 받아 신속하게 일주하도록 만드는 법,
그리하여 이름뿐만 아니라 국민정신에서도 하나가 되어
영국이 바다의 여왕으로 군림하게 하는 법을 가르칠 인물은?[92]

물론, 그런 인물들은 있다. 첫 애국자들과 영웅들로부터 솟아난
영국의 희망이자 버팀목이자 총아이자 930
자랑거리인 그대, **아가일**[93]에게
그대의 간청하는 다정한 조국은 온통 눈길을 쏟고,
어머니의 의기양양함으로 그대에게서
온갖 우아함과 결합된 자신의 온갖 미덕들,
자신의 재능과 지혜와 매력적인 기질과 935
영예로운 자부심과 용기가 지옥 불로 둘러싸인 듯한 전쟁의
바로 그 목구멍인 **테니에르**[94]의 가공할 전쟁터에서

---

92 [913~928행] 스코틀랜드에서 농업 · 어업 · 무역의 개선과 양모와 리넨 산업의 발전을 주장하는 많은 팸플릿들이 1720년대에 나왔고, 청어 산업의 운명은 대니얼 디포를 비롯한 많은 문인들을 자극했다.

93 2대 아가일 공작 존 캠벨(John Campbell, 2nd Duke of Argyll, 1678~1743)은 말보러(Marlborough) 휘하의 뛰어난 군인으로, 뒷날 1715년의 제임스 2세(James II) 지지파의 반란을 분쇄한 군대를 지휘했다. 그는 스코틀랜드인으로서 주도적으로 연합령을 주창했고, 연합 후에는 상원에서 스코틀랜드의 이익을 열렬히 대변했다.

94 플랑드르 지방의 말플라케 근처의 숲으로, 아가일 공작이 1709년 9월 11일의 전

시험당하는 것을 냉정하고 담대하게 지켜본다.
그에 못지않게 평화의 종려나무는 그대의 이마를
화환으로 둘러싸는데, 젊음의 매력과 940
성년기의 힘과 연륜의 깊이가 잘 어우러져 있으면서도
그대의 칼 못지않게 강력한, 그대의 구변 좋은 혀는
풍부한 설득력으로 대논쟁에서 상대를 논파하기 때문이다.
포브스95여, 온갖 미덕들을 다 갖추고, 진리만큼이나 진실하고,
눈물짓는 우정만큼이나 다정한 그대를, 945
진정 너그럽고 과묵하고 훌륭한 그대를
그대의 조국은 그대의 지혜가 설계하고
그대의 영혼이 활력을 부여한 부흥하는 학예들을 통해 느끼고,
또 그대 같은 벗을 좀처럼 가져 본 적이 없다.

그런데 보라, 시들어 가는 다채로운 숲들이 950
조금씩 색조가 짙어지면서 사방 일대를 온통 어둡게 물들이고,
무성한 그늘이 퇴색하는 파리한 녹색에서부터
검댕처럼 시커먼 색에 이르기까지 갖가지 음침한 색조를 띠는 것을.
이 광경들은 이제 나직하게 속삭이며
고독한 시신을 낙엽 깔린 산책로로 이끌어 955

투에서 우익을 지휘하며 용감하게 싸웠던 곳이다.

95 던컨 포브스(Duncan Forbes, 1685~1747)는 존경받던 하원의원이자 판사로서, 스코틀랜드의 농업과 사법 과정 개선책을 도입했으며, 아들의 벗인 톰슨의 4절판 시집 다섯 권을 예약 구입했다.

늦가을의 모습을 보여 준다.

한편, 차분한 고요가 사방에 살짝 그늘을 드리우며
무한한 상공을 깃털처럼 덮는데, 그 미세한 파동은
온화한 흐름을 어디로 향하게 할지 정하지 못한 채
떨며 서 있고, 그새 멀리까지 환한 빛을 받은 960
이슬로 감싸인 구름들은 햇살을 빨아들이면서
투명한 피막을 통해 부드러워진 햇살을
평온한 세상 위로 뿌린다. **96** 바로 그때가,
지혜와 자연의 매력에 흠뻑 빠진 이들에게는,
타락한 무리로부터 남몰래 살짝 빠져나와서는 965
이 자그마한 세상 위로 날아올라,
저급한 악덕을 발로 밟고서
고동치는 격정들을 어루만져 평온하게 만들고
조용히 산책 중인 고독한 **정적**에게 구애할 때다.

이렇게 홀로, 깊은 생각에 잠긴 채, 970
황갈색 초원 위를, 나무꾼의 노고를 응원할
잦아드는 노랫가락 하나 좀처럼 들리지 않는

---

96 [957~963행] 상층부의 대기나 에테르는 가는 줄 모양으로 사방으로 뻗은 권운(卷雲)에 의해 살짝 그늘지거나 “깃털처럼 덮이게” 되는데, 이것은 날씨의 변화를 알리는 표시다. 또 햇살을 빨아들여 그중 일부를 전도하는 좀 더 낮은 곳의 층운(層雲)도 있다.

거무스름해진 작은 숲속을 종종 헤매게 해 다오.
때마침 짝 잃은 울새 한 마리가 저 멀리 황갈색 잡목 숲 속에
들릴 듯 말 듯 하게 재잘거리며 탄식을 쏟아붓는다. 975
한편, 지빠귀들과 홍방울새들과 종달새들과
바로 얼마 전까지 소박한 가락으로 무성한 숲 그늘의
갖가지 음악을 부풀렸던 작은 들새들도 한데 모여,
노래할 의욕을 잃은 채, 풀 죽고 기운 없는 모습으로,
지금은 죽은 나무에서 몸을 떨며 앉아 있구나! 980
깃털 위로는 윤기 하나 물결치지 않고,
울음소리에서는 오로지 시끄러운 짹짹거림만 들릴 뿐.
오, 어떤 비정한 이가 총을 겨눠
다가오는 해의 음악을 망쳐 놓지 않게 하고, 남을 해치지도 않고
또 남들이 자신들을 해칠 거라고는 꿈에도 생각지 않는 985
이 약한 부족들, 가엾은 사냥감들이 인간과 개의 살육 행위로 인해
땅바닥에서 퍼덕거리며 누워 있지 않게 해 다오!

기울어 가는 파리한 한 해는, 아직은 여전히 상냥하게,
좀 더 평온한 기분을 부추기는데, 지금 잎은
음울한 작은 숲에서 끊임없이 바스락거리면서 990
종종 나무 아래에서 생각에 잠겨 걷는 이들을 깜짝 놀라게 하고는,
물결치는 대기 속에서 천천히 빙글빙글 돌기 때문이다.
하지만 좀 더 빠른 바람이 나뭇가지 사이에서
흐느낄 때면, 공중에는 잎들의 대홍수가 끝없이 이어지고,

갑자기 쏟아져 내리는 황량한 잎들로 질식될 듯 뒤덮인 995
숲의 산책로는 강풍이 일 때마다 시든 폐물들을
저 멀리까지 사방에 굴려 놓고 쓸쓸하게 휘파람을 분다.
들판의 초목의 시들어 버린 녹색은 사라졌고,
화단 속으로 오그라든 꽃 종족은
저희의 밝은 의복들을 넘겨준다. 좀 더 대담한 과일들 중 1000
남아 있는 것들조차 헐벗은 나무에서 떨어지고,
숲과 들판과 정원과 과수원들 주변의
황량한 경관들은 하나같이 영혼을 오싹하게 만든다.

그가 찾아온다! 그가 찾아온다! 바람결마다
철학적 우울의 힘[97]이 찾아온다! 1005
왈칵 쏟아지는 눈물, 붉게 달아오른 뺨,
풀죽은 온화한 태도, 부드러워진 표정,
숱한 고결한 격통들에 심하게 시달린 뛰는 가슴이
그가 가까이 다가왔음을 선언한다.

---

97 우울증으로 알려진 다양한 신경증적 혼란은 대개 고도로 지적이고 예민한 남녀들에게서 발견된다고 여겨졌고, 따라서 우울증은 때로 '현자의 질병'으로 불렸다. 톰슨의 경우, 우울한 기분은 가을의 '황량한 경관들'에 의해 촉발된 것이지만, 뒤이은 시행들은 이 우울증이 도덕적·심미적 예민성과 상상력의 합성물로 '공적 미덕'에 대한 존중으로 이어진다는 점을 강조한다. 톰슨의 의인화는, 가을이 '영감을 주는' 계절이기 때문에, '철학적 우울'을 이전과는 달리 여성이 아니라 남성으로 재현한다.

그의 성스러운 영향력은 영혼 전체에 입김을 불어넣고, 1010
상상에 불을 붙이고, 가슴속 깊이 온갖 사랑을 주입하고,
흐릿한 지상을 훨씬 넘어선 곳으로
부푼 상념을 끌어올린다.
속된 꿈과는 결코 섞인 적 없는 듯한
휙 스쳐 가는 수천만 가지 관념들이 1015
마음의 창조적인 눈 속으로 빠르게 쇄도한다.
그만큼 빠르게, 그만큼 다양하게, 그만큼 고상하게,
상응하는 격정들이 일어난다. 경건함은
황홀경과 신성한 경악으로 끌어올려지고,
자연에 대한, 무엇보다도 인류에 대한 사랑은 1020
한없이 깊어지고, 그들 모두를 행복하게 만들겠다는
크나큰 야망을 품고, 무명으로 세상을 떠난
고통당한 훌륭한 이들을 안타까워하고, 폭군의 오만함을
고결한 경멸의 대상으로 삼고, 두려움 없는 숭고한 결의를 품고,
죽어가는 애국자에 대한 경탄은 1025
머나먼 미래의 영광을 고취하고,
미덕과 명성에 대해 새롭게 감명받고,
사랑과 소중한 우정의 공감들과
가슴에서 우러난 다른 온갖 공적 미덕들을 존중한다.

오, 이제 나를 나뭇가지로 둘러싸인 광대한 그늘들로, 1030
어슴푸레한 작은 숲들로, 환상을 볼 수 있는 계곡들로,

물방울 뚝뚝 떨어지는 작은 동굴들로, 신탁을 얻을 수 있는
어둑한 곳들로 데려가 주오! 그런 곳들에선 장엄한 어스름을
가로질러 무수한 천사들의 형상이 휩쓸고 다니거나
휙 스쳐 가는 듯하고, 허공에서 굵고 낮게 울리는 1035
사람 목소리를 넘어선 목소리들이 열광적인 귀를 사로잡는다.

아니면, 이런 어둑한 곳은 불가능한 것인가?
그렇다면 복된 **브리타니아**98의 쾌적한 땅 전역에서
무수히 빛나는99 정원들과 시골 영지를 통할하는
너희 권력자들이여, 인도해 주오. 1040
오, 나를 드넓게 펼쳐진 산책로들로,
스토100의 장려한 낙원으로 인도해 주오!
페르시아의 **키루스**도 **이오니아 해안**에서101 수목이 무성한
그런 멋진 경관은 결코 본 적 없다. 그곳은 천재성이 불붙인

98 '영국'을 여성으로 의인화한 것.

99 18세기 전반 영국에서는 특히 부유한 휘그당 귀족들 사이에서 시골 저택의 건축과 재건축 열풍이 불었다.

100 1037~1081행이 〈가을〉에 처음 덧붙여진 1744년 무렵에 콥햄 자작 리처드 템플 경(Sir Richard Temple, Viscount of Cobham, 1669~1749)의 버밍엄셔 영지인 스토(Stowe)의 정원은 저명한 건축가들에 의해 조성된 상태였다. 이 정원은 400에이커가 넘는 땅에 조성되었고, 여러 채의 건물들과 기둥들, 또 야당인 휘그당 정치인인 콥햄 서클이 숭배한 인물들과 원칙들의 기념물들이 건립되었다.

101 페르시아 왕인 형 아르타크세르크세스 2세(Artaxerxes II)에 맞서 반군을 이끌다가 기원전 401년에 사망한 키루스(Cyrus)는 아나톨리아의 서쪽 해안의 중심부인 '이오니아 해안'의 사르디스(Sardis)에 유명한 정원 또는 '낙원'을 건설했다.

그토록 다양한 기예와 냉철하고 현명한 기예가 길들인 1045
그토록 열렬한 천재성의 합작품이어서, 서로 겨루면,
더없이 아름다운 자연이 질까 두려워할 정도다.
그리고 거기에서, 오, 그대 조국의 조숙한 자랑거리인 **피트**[102]여,
거기에서 내가 그대의 영지의 안락한 산비탈 아래
앉아 있게 해 주거나, 아니면 뒷날 그대가 명사로서 1050
마땅히 이름을 날리게 될 그 **전당**[103]에서
그대와 담소를 즐기며 누런 숲들 위로 환희에 빛나는
가을의 마지막 미소를 보게 해 주오.
거기에서 내가 그대와 그 잘 정돈된 야생(野生)에 매혹되어
한 바퀴 산책하는 동안, 그때는 내 마음속 쾌활한 상상이 1055
아티카[104]의 작은 숲들을 밟고 다닐 테고,
그대의 격조 높은 취향으로 제 취향을 세련할 테고,
제 작은 붓을 자연의 가장 순연한 진실에 맞게
고치거나, 열정 없는 환상들을 버리고
인간의 마음까지 끌어올리게 되리라.[105] 1060

---

102 이 시행들이 발표된 1744년에 1대 채텀 백작 윌리엄 피트(William Pitt, 1st Earl of Chatham, 1708~1778)는 아직 정부의 주요 관직을 맡지는 않았지만, 이미 훌륭한 연설가이자 월폴 수상의 격렬한 반대자로 널리 알려져 있었다.

103 스토 정원에 있는 위인의 전당. 어쩌면 이것은 톰슨이 원주에서 밝힌 '미덕의 전당'이 아니라 '영국 위인 사당'을 가리키는 것일 수 있다. 이 사당에는 알프레드 대왕, 흑태자, 엘리자베스 여왕, 롤리, 드레이크, 베이컨, 로크, 뉴턴, 셰익스피어, 밀턴, 포프 등의 흉상이 세워져 있었다.

104 아테나이 주변의 그리스의 일부.

오, 만일 앞으로 쾌활한 상상이 **더 공정한** 손으로 비극적 장면을
그리게 된다면, 그대가 상상에게 가슴속의 다양한 움직임들을,
비극에 어울리는 인물 한 사람 한 사람에게 필요하고
또 희로애락 하나하나가 말하는 바를 드러내는 법을
가르쳐 주오. 오, 상상의 가락을 통해**106** 1065
그대의 능변은 상원 의원들을
경청하게 만들고, 매료하고, 설득하고, 자극하고,
정직한 열의 넘치는 분노의 번갯불을 던지고,
제 부패한 옥좌에 앉은 타락을 흔들어 댈 수 있으니.
이렇게 우리가 환담을 나누며 **엘리시움 뜰107**을 1070

---

105 1054~1060행은 18세기 잉글랜드에서 발전한 격식 차리지 않은 풍경식 정원의 원리들 중 몇 가지를 암시한다. 정원은 "잘 정돈된 야생"(1054행) 또는 "정돈된 자연"(《비평론》에서의 포프의 어구)이 되어야 했다. 이렇게 실제 경관인 '평범한 자연'을 규제하거나 정리하면서 정원사는 "자연의 가장 순연한 진실"(1068행), 즉 인간의 타락이 이 세상과 자신을 저하시키기 전인 천지창조 때의 상태 그대로의 자연을 추구했다. 스토의 고전적 전당들의 잘 정돈되어 있지만 자연스러워 보이는 배경은 그리스·로마의 경관을, 이 전당들의 헌사들과 대상들은 고전적인 영웅들과 미덕들(1055~1056행)을 상기시켰다.

106 1061~1069행은 널리 알려진 피트의 연설(1065~1069행)에 대한 언급일 수 있다. 톰슨은 이미 세 편의 희곡 — 《소포니스바》(*Sophonisba*, 1730), 《아가멤논》(*Agamemnon*, 1738), 《에드워드와 엘리노라》(*Edward and Eleanora*, 1739) — 을 통해 세 차례나 "비극적 장면"(1062행)을 그렸고, 다른 두 편의 희곡을 구상 중이었다. "타락"(1068행)은 1742년에 피트가 끌어내리는 데 일조한 월폴을 지칭하는 것일 수 있다. 톰슨의 비극들은 대개 반-월폴적인 정치극이었다.

107 1735년 윌리엄 켄트(William Kent)가 조경을 담당한 이 작은 숲은 스토에 있는 정원 중 가장 야생적인 느낌을 살린 곳으로, 고대의 삼나무 숲을 암시하기 위해 상록수를 심었다. 고전 신화에서 엘리시움은 영웅과 애국자들과 신들이 애호하는

기쁘게 돌아다니는 동안, 한숨이 새어 나오는 듯하다.
콥햄 경108이여, 교만한 원수로서, 세상을 어지럽히는
허영심 강한 이교도들인, 무례하기 짝이 없는 **갈리아인들**109이
전 세계를 전쟁으로 몰아넣었을 때, 또다시 그 교활한 강도들,
그 야망의 노예들을 그들의 영토 안으로 1075
마구 밀어 넣어 버리고 싶어서 **영국의 젊은이들**이
그대의 현명한 지휘와 그대의 절제된 열정과
그대의 노련한 전쟁술을 환호로 맞이하고 싶어 할 때, 110
전장의 화려한 기병대와 길게 전투대형을 갖춘 군대 대신에
그대가 여기에서 눈에 띄지 않게 가지런한 나무들의 1080
초록색 종대(縱隊)를 정렬시키고 있어야 하다니 그 얼마나 애석한가!

서녘 하늘의 해는 짧아진 하루를 거두고,

이들이 사후 행복한 삶을 누리는 장소였다.

108 군인이자 정치가였던 콥햄 자작 리처드 템플 경은 자신의 정원을 가꾸고, '애국 청년들', '콥햄의 아이들'로 알려지게 된 재능 있는 반체제 젊은이들을 양성하기 위해 1733년에 월폴 내각을 떠났다. 그 젊은이들 중 두드러진 인물들로는 윌리엄 피트와 조지 리틀턴(George Lyttelton)이 있다.

109 고대 켈트인들의 땅이었던 갈리아(Gallia) 또는 골(Gaul) 지방은 지금의 북이탈리아・프랑스・벨기에 등을 포함한 지역으로, "갈리아인들"은 여기에서는 '프랑스인들'을 가리킨다.

110 영국은 오스트리아 왕위계승전쟁(1740~1748)을 수행하면서도 전력을 다하지는 않는 상태였고, 실제로 1744년 봄까지는 공식적으로 프랑스와의 전쟁을 선언하지 않았다. 이전의 적대 관계에서 영국은 1739년 포르토벨로(파나마) 전투와 1743년 데팅겐 전투를 빼고는 그다지 의미 있는 승리를 거두지 못했었다.

하늘 위로 미끄러지는 저녁 안개는
차갑게 내려오며 응축되어 땅에
짙은 안개비를 던진다. 지하수가 스며 나오는 곳에서, 1085
늪들이 고여 있는 곳에서, 개울들이 굽이도는 곳에서,
구르는 안개들은 모여들어, 어둠의 망토를 걸친
초원을 따라 미끄러져 간다. 한편 완전한 보름달은
흩어진 구름들 사이를 뚫고 지나가면서
진홍빛으로 물든 동녘에서 널찍한 제 얼굴을 드러낸다. 1090
망원경으로 확인하기로는, 소형 지구처럼,
산들이 솟아 있고 그늘진 계곡들과
깊은 동굴들이 자리한 반점 찍힌 둥근 달은,
해와 정면으로 맞선 채, 해의 불길은 빠진 제 빛을
온통 되비추며 세상을 좀 더 부드럽게 만든다. 1095
때로는 지나가는 구름 사이로 허리를 굽히는 것 같기도 하고,
때로는 맑고 푸른 하늘 위로 숭엄하게 떠오르기도 한다.
창백한 빛의 홍수가 드넓게 퍼지고, 하늘에 닿을 듯한 산에서부터
그늘진 계곡까지 부드럽게 흐르는 동안,
바위들과 개울들은 떨리는 미광을 반사하고, 1100
대기 전체는 은빛 광선의 끝없는 물결로 하얘지며
온 세상을 에워싸고 전율한다.

　하지만 하늘에서부터 달의 형상의 절반이 지워져
빛이 약해지면서 별들의 불길이 하늘 한가운데에서

한층 더 휘황하게 타오르거나, 1105
창백할 정도로 빛을 발하지 않는 약화된 흰색 구체가
완전히 빛이 꺼진 모습으로 나타나거나 좀처럼 나타나지 않을 때,
이 시기에 종종 북방에서 고요히
무수한 유성(流星) 들[111]이 나타난다. 처음에는
좀 더 아래쪽 하늘을 휙 스쳐 가다가 갑자기 하늘의 정점을 향해 1110
높이 수렴되고, 갑자기 원래 자리로 빨리 되돌아갔다가는
그만큼 빠르게 다시 솟아오르며,
빛의 미로 속에서 세차게 흐르는 온갖 에테르[112]를
뒤섞고 가로막고 소멸시키고 갱신시킨다.

그걸 바라보는 사람들 사이에서 이 눈길로부터 저 눈길로 1115
공황 상태에서 비롯된 갖가지 억측이 난무하고, 이 현상은
불가사의한 광경으로 곧장 이어진다. 적절한 대형을 이룬 군대가
공중에 치솟은 창들과 불의 군마들과 함께 모이고,
마침내 전면전을 벌이는 긴 전열이
피비린내 나는 전투를 벌이며 뒤섞여, 하늘의 평원에서 1120

---

111 '북극광'을 가리킨다. 북극광은 지구 표면으로부터 80킬로미터에서 수백 킬로미터 떨어진 지점으로부터 북쪽 지평선을 향해 방출되는, 다채롭고 깜빡거리며 가늘고 길게 흐르는 띠 모양의 빛으로 나타난다. 1716년 3월 6일과 1726년 10월 19일에 북유럽에서 무척 멋진 사례들이 관측되었지만, 예전부터 아리스토텔레스·세네카·플리니우스가 이 현상에 대해 언급한 걸로 보아 새로운 것은 아니었다.

112 빛을 전도하는 무척 가볍고 희박한 액체 매질(媒質).

광범위하게 행해진 살육의 현장이 피바다가 된다.
이렇게 그들이 환상적인 광경을 눈여겨볼 때,
사방팔방에서 미신 가득한 소동이 당장
격렬해지고, 떠들썩한 광란은 유혈과 전투,
한밤중에 지진에 집어삼켜져 땅속으로 가라앉거나 1125
치솟는 맹렬한 불길에 끔찍하게 휩싸인 도시들,
얼굴을 누리끼리하게 만드는 대기근, 대홍수, 폭풍,
역병과 갖가지 심각한 재난,
모든 걸 지배하는 운명의 여신이
정해진 시각에 타격을 가하자 전복된 1130
제국들에 관한 이야기를 늘어놓는다. 자연의 여신조차
시간의 가장자리에서 비틀비틀 걷는 걸로 여겨진다.
반면에, 철학적인 눈과 지혜로운 통찰력을 지닌 사람은
그렇지 않다. 그는 아직 밝혀지지 않은,
이 아름다운 새 현상의 원인들과 질료들을 1135
속속들이 알고 싶어 하면서,
물결치는 빛을 면밀하게 관측한다. 113

이제 거대한 그늘인 시커멓고 깊은 밤이
다가오기 시작한다. 하늘과 땅은 삼라만상을 덮어 버리는

---

113 1115~1137행에서 톰슨은 "이 아름다운 새 현상"(1135행)에 대한, 어리석은 무리와 계몽된 소수의 반응들을 계속해서 대조시킨다.

광대무변하고 장려한 어둠 속에 파묻힌다. 1140
질서는 어리둥절한 채 누워 있고, 온갖 아름다움은 다 텅 비고,
사물들 간의 구분은 사라지고, 화려한 다양성은
시커먼 얼룩 일색으로 변한다. 온 세상을 불 밝히고
창조하는 빛의 그 멋진 힘도 그렇다.[114]
갈 길이 저문 가엾은 이의 상태도 비참한데, 1145
이때 그는 파리한 공상들과
거대한 키마이라들[115]로 머릿속이 가득하고
또 농가나 우뚝한 저택에서 새어 나오는 불빛 한 줄기
받지 못한 채 당황하며 어둠 속을 헤맨다.
어쩌면 다급해서인지 그가 미끈미끈한 골풀 뿌리에 걸려 1150
넘어질 듯 비틀거릴 때, 파란 도깨비불[116]은
사방으로 흩어지거나, 한데 모여
늪 위로 사람을 현혹하는 긴 불길의 꼬리를 끌고 간다.
사라졌다가 다시 나타나기를 거듭하는
괴이한 불에 유인된 그는 말과 함께 1155
늪의 수렁 속으로 가라앉고,

---

114 "온 세상을 불 밝히고 창조하는 빛"의 힘에 대해서는 〈여름〉 82~85, 104~111행을 볼 것.

115 키마이라(키메라)는 머리는 사자, 몸통은 염소, 꼬리는 뱀의 모습으로 불을 내뿜는다는 전설의 동물이다.

116 썩어가는 유기물에서 나오는 가스의 자연발생적인 연소에서 비롯된다고 추정되는, 습지 위로 돌아다니는 인광성 빛.

한편 날마다 초췌해지기만 하는 그의 아내와
애처로운 아이들은 터무니없는 온갖 추측을 하면서
그의 귀가를 기다린다. 다른 때 같으면,
밤의 **선한 수호신**이 보낸 행운의 불[117]이 1160
말의 갈기 위에서 희미하게 빛을 발하면서,
죽음의 구렁텅이 속으로 구불구불 이어진
가느다란 길을 보여 주거나, 위험한 여울을
건너가는 법을 그에게 가르쳐 주기도 하건만.

기나긴 밤이 지나고, 온통 이슬에 젖어 1165
아름답고 평온하게 빛나는 아침이
마지막 가을날을 멋지게 펼쳐 보인다.
또 때로 떠오르는 해는 짙은 안개를 내쫓고,
뻣뻣한 흰 서리는 햇살 앞에서 녹고,
온갖 잔가지들과 온갖 풀잎들에 매달린 1170
무수한 이슬방울들은 사방에서 반짝거린다.

아, 보라, 약탈당하고 살해된 벌들로 가득한 벌집이
저 구덩이에서 여전히 들썩거리는 것을! 그것은 그 행복한 일족이
설마 재난이 닥칠 거라고는 꿈에도 생각지 않고

---

117 폭풍우 때 대기 중 전기의 방전으로 생기는 '성 엘모의 불'로, 대개 뾰족한 물체의 끝에 나타난다.

밀랍 봉방(蜂房)에 앉아 엄혹한 겨울에 대비해 1175
번거로운 공적인 일들을 처리하고 절제할 계획을 세우면서,
사방에 넘쳐흐르는 풍성하게 비축된 꿀을 눈여겨보며
기뻐하는 동안, 악행을 감춰 주는 야음을 틈타
저녁에 낚아채져 유황불 위에 올려져 버렸다.
갑자기 시커먼 독기가 올라오고, 1180
좀 더 온화한 냄새에 익숙한 이 여린 종족[118]은
꿀 묻은 벌집 천장에서 수천 마리씩 굴러떨어져
함께 돌돌 말린 채 고통스럽게 흙 속에 파묻힌다.
그렇다면 너희가 봄에 이 꽃에서 저 꽃으로 열심히 돌아다닌 게
이것을 위해서였던가? 너희가 찌는 듯한 여름에도 1185
쉼 없이 일에 몰두했던 게 이것을 위해서였던가?
가을에 꽃이 피어 있는 황야를 뒤지고 다니고 가느다란 햇살
하나라도 놓치지 않으려 했던 게 이것을 위해서였던가?
오, 인간이여! 폭군이여! 얼마나 오랫동안, 얼마나 오랫동안
엎드린 자연은 개혁을 기다리며 너의 광기 아래에서 1190
신음해야 할 것인가? 은혜를 입고서도
너는 파괴를 일삼아야 하는가? 너는 아주 맛 좋은
그들의 음식을 빌리고, 마땅히 답례로
그들에게 겨울바람을 피할 수 있는 피난처를 제공하거나,
매서운 한 해에 시달릴 때 어떤 미소 짓는 날에 1195

---

118 '벌들'을 가리키는 우회 어법.

그들 자신의 음식으로 다시 그들을 융숭하게 대접할 수는
없는 것인가? 보라, 그들의 벌집의 돌 같은 밑바닥이
황폐해져 어지럽게 보이고, 폐허가 된 상태에서
살아남은 무수한 무력한 벌들이 여기저기에서
가냘프게 탄식하며 죽음에 내던져진 모습을.[119] 1200
이렇게 벌들로 바글거리고 풍요롭고 평화의 작품들이 가득하고
드높은 기쁨에 젖어 있던 한 당당한 도시가
연극이나 잔치를 즐기는 중이거나 잠에 곯아떨어진 동안
(최근에 **팔레르모**도 너와 같은 운명이었다)[120]
가공할 어떤 지진에 휘말려, 악취로 뒤덮인 채, 1205
시커먼 토대로부터 파란 유황불의 심연 속으로
좌우로 심하게 흔들리며 수직으로 내던져졌다.

그러니 모든 게 더 참혹한 광경이구나! 지금
하늘과 땅 위에 흩뿌려진 햇살은 따뜻하고 온도가 높아져,
무한한 광채로 삼라만상을 두루 감싸고 있으니. 1210
산들바람은 얼마나 고요한지! 산들바람이 들판들로부터
증발된 이슬의 얇은 막 같은 실들을 쓸어 가는 걸 빼고는
구름 한 점 없는 하늘은 얼마나 맑은지! 특이한 청색으로

119 1172~1200행에서는 벌들을 죽이고 꿀을 얻는 흔한 방식이 묘사된다.
120 이탈리아 시칠리아주의 주도인 팔레르모는 1726년 9월 1일 밤 격렬한 지진으로 심하게 흔들렸다.

얼마나 깊게 물들어 있는지! 상공은 얼마나 엄청나게
부풀어 있는지! 그 푸른 하늘 사이에서 옥좌에 앉은 1215
눈부신 해는 얼마나 번쩍거리는지! 도금된 대지는
아래쪽에서 얼마나 고요한지! 이제 다 수합되어
폭풍의 맹위가 미치지 않는 안전한 장소에 보관된
수확된 보물들은 에워싸는 울타리가 닫히면
임박한 겨울의 극도의 맹위도 물리친다. 1220
한편, 흥겨운 기쁨에 젖은 시골은 사방에서
시끌벅적하면서도 진지하게 환락을 즐기며 웃고,
사람들의 근심은 바람에 날려 간다. 애써 일하며 활력을 얻은
젊은이는 음감(音感)을 혼자서 날래게 익혀
격정적이면서도 우아하게 껑충거리며 활기차게 춤을 춘다. 1225
젊고 토실토실하고 다정하고 순박한 아름다움이 넘쳐흐르는
마을의 소문난 미인은 매력을 발산하며
의미가 없지는 않은 눈길을 던지고, 그녀의 눈길이
흡족한 미소를 던지는 곳에서는 전보다 두 배나 힘차게
곤봉들이 덜커덕거리고 씨름꾼들이 얽힌다. 1230
노인들도 눈을 빛내며 수다스럽게
왕년에 한가락 했던 일들을 늘어놓는다. 이렇게 그들은 즐거워하고,
내일 해가 뜨면 해마다 해야 할 고된 일이
다시 끝없이 되풀이되기 시작한다는 걸 잊어버린다. **121**

---

121 [1221~1234행] 대부분의 시골에서는 수확이 마무리되고 과일들을 적절한 용기

오, 시끌벅적한 도회에서 멀리 벗어나, 깊은 산속에서, 1235
정선(精選)**된 소수**와 함께 은둔하며, **전원생활**의
순수한 즐거움을 들이마시는 이가 제 행복을
알기만 한다면, 세상에서 가장 행복한 사람일 것이리![122]
매일 아침 겉으로만 알랑거리다가 기회만 되면
이용하려 드는 비열한 무리를 토해 내는 1240
으리으리한 정문이 있는 대저택이 없다 한들 어떠리?
그건 저급한 교제일 뿐! 빛에 반사되어 갖가지 색깔로 반짝거리고
또 정교한 금장식이 달려 있어 빳빳하거나 헐겁게 걸쳐져,
어리석은 이들의 자랑거리와 응시의 대상이 되는 호화로운 복장이
그를 압박하지 않는다 한들 어떠리? 1245
최고의 땅과 바다에서 조달되어 진상된
진귀한 생물 하나하나가 그를 위해 피 흘리지 않고,
만족을 모르는 그의 식탁이 호화판 음식과
죽음으로 쌓여 있지 않은들 어떠리? 그의 사발이
값비싼 음료로 불타오르지 않고, 침상에 파묻혀 1250
종종 들뜬 상태로 밤을 내팽개치거나

에 담아 보관하고 나면, 일꾼들과 집안 하인들을 위한 풍성한 잔치를 벌이곤 한다.

122 〔1235~1373행〕 베르길리우스가 이 구절의 모델이 된 《농경시》(2권 458~542행)에서 주로 검소하고 튼튼하고 경건한 농부의 기쁨에 초점을 맞추고 시골에 은거한 시인 자신의 행복은 짧게 여담 형식으로 다룬 데 비해, 톰슨은 "행복한 사람"(1238행)에 대한 설명을 전적으로 쾌락주의자·철학자·시인에게 할애한다. 물론 이런 식의 각색은 18세기에 무척 흔한 일이었다.

게을러터져 아무 생각 없이 시간을 허비하지 않는다 한들 어떠리?
방종한 이들을 늘 즐겁게 하면서도 늘 속이는
그 경박한 기쁨들을 그가 알지 못한다 한들 어떠리?
그건 겉은 쾌락이지만 속은 고통이고, 1255
그 공허한 순간들은 온통 슬픔만 남길 테니까.
확실한 평온함이, 실망이나 그릇된 희망과는
거리가 먼 충실한 삶이 그의 것이다.
그의 삶은 알차고, 식용 식물들과 과일들을 비롯한
자연의 혜택도 풍성하다. 하늘에서 소나기가 내릴 때 봄을 1260
푸릇푸릇하게 만드는 건 무엇이건, 아니면 여름이 얼굴을 붉히고
가을이 환하게 미소 지을 때 나뭇가지를 휘게 만드는 건 무엇이건,
아니면 겨울의 밭에 감춰져 있으면서
가장 자양분 많은 수액으로 통통해지는 건 무엇이건 —
이들이 부족하진 않다. 또한 음매 울음소리 들리는 1265
계곡 위 여기저기 흩어져 있는 숱한 젖소들도,
양들의 매애 소리 들리는 산들도, 개울물의 시끌벅적한 소음도,
벌들의 잉잉거림도 부족하진 않아, 나무 그늘 밑이나
향긋한 건초 사이에 대자로 드러누운 순결한 이의 가슴속으로
순수한 잠을 불러온다. 게다가 멋진 경관이나 작은 숲이나 1270
노래나 흐릿한 동굴들이나 어렴풋이 빛나는 호수들이나
맑은 샘들 중 그 어느 것도 부족하진 않다.
여기에도 소박한 진실, 꾸밈없는 청순함,
때 묻지 않은 아름다움, 고된 노동을 잘 견디며

적은 것에 만족할 줄 아는 꺾이지 않은 건전한 젊음, 1275
늘 꽃피는 건강, 야심을 모르는 노력,
차분한 심사숙고, 시적(詩的)인 안락이 산다.

이득을 찾아 나선 다른 이들로 하여금 바다에 용감하게
맞서게 하고, 기쁨 없는 몇 달간 음산한 파도를 무찌르게 하라.
파괴하는 걸 영광으로 아는 그런 이들로 하여금, 1280
비정하게도, 미망인의 흐느낌과 처녀의 비명과
어린이들의 겁에 질린 외침에 기뻐 날뛰며,
핏속으로 돌진하고, 도시를 약탈하는 일에 나서게 하라.
조국 땅에서 멀리 떨어져, 필요나
철면피한 탐욕에 내몰린 이들로 하여금 1285
다른 해 아래의 다른 땅들을 찾게 하라.[123]
필요로 하여금, 사회의식 같은 건 내팽개친 채,
법을 유린하고 확증된 간계를 사용하여 이 도시와 저 도시를
열심히 정복해 나가게 하고, 철면피한 탐욕으로 하여금
선동가 무리를 자극해 미쳐 날뛰며 폭동을 일으키게 하거나 1290
그들을 억눌러 노예로 삼아라. 이들로 하여금
가엾은 이들을 법의 분쟁 속에 빠뜨려,

---

123 [1278~1286행] 사람들이 서인도제도 식민지들과 동인도회사의 활동에 대해 우려를 갖게 되었기 때문에 이 베르길리우스적인 주제는 18세기 영국에서 더 시급해졌다. 톰슨은 〈가을〉 118~134행에서는 이와는 다른 태도를 보인다.

불화를 부추기거나 정의를 어지럽히게 하고
(철의 시대[124]의 종족들이어라!), 좀 더 고운 얼굴이지만
그만큼 비인간적인 저들로 하여금 궁정들과 1295
기만적인 호사와 음흉한 도당들에 기쁨을 느끼고,
몸을 비틀어 허리를 깊숙이 굽혀 절하고, 거짓 미소를 흩뿌리고,
정계(政界)의 지루한 미로에서 우왕좌왕하게 하라.
반면에, 속세의 사람들을 안달복달하게 만드는
그 모든 폭풍 같은 욕망들로부터 자유로운 이는 인간 세상의 1300
태풍이 노호하는 소리를 듣지만, 정신의 평온함 속에 폭 파묻힌 채,
멀리 떨어진 안전한 곳에서 듣는다. 왕들의 몰락과
국민들의 격분과 국가들의 분쇄도
속세를 피해 꽃 만발한 조용한 은거지에서 홀로
달이면 달마다 날이면 날마다 해가 바뀌도록 1305
자연의 목소리에 귀를 기울이고
자연의 갖가지 형상들을 보며 감탄하고
자연의 향긋한 정서들을 빠짐없이 가슴으로 느끼고
자연의 풍성한 혜택에 만족하면서
더는 욕심 부리지 않는 이를 흔들어 대지는 못한다. 1310
젊은 봄이 벌어지는 보석들을 밀어낼 때, 그는
첫 꽃봉오리를 눈여겨보고, 건강한 산들바람을

124 그리스 신화에서, 인류 최후이자 최악의 시대를 가리킨다. 톰슨은 만족한 시골 거주자들은 황금시대에 견줄 만한 시대에 산다는 것을 암시한다.

상쾌한 제 영혼 속으로 빨아들이고, 봄의 쾌적한 시간들을
충분히 즐긴다. 아름다운 어떤 꽃도 헛되이 피어나는 법 없고
벌어지는 어떤 꽃송이도 헛되이 향기를 내뿜는 법 없다. 1315
여름이면 그는, 몹시 추운 **템페 계곡**[125]이나
서늘한 **헤무스 연산**[126] 위로 물결치곤 했던 울창한 숲속 그늘에서,
시신(詩神)들이 어쩌면 불멸의 시에서
노래했을 법한 내용을 읽거나
시신이 구술하는 내용을 받아 적고, 종종 주위를 1320
흘낏 둘러보며 활기찬 한 해를 기뻐한다.
가을의 누런 광채가 온 세상을 황금색으로 물들이고
낫을 든 농부를 들판으로 유혹할 때,
모든 게 흡족한 그의 마음은 부드러운 낫질로
잔뜩 부풀고, 미지근한 빛 속에서 1325
깊은 생각에 잠겼다가는 **최고의** 노래 솜씨를 발휘한다.
사나운 날씨의 겨울조차 그에게는 행복으로 가득 차 있다.
강력한 태풍과, 파묻힌 땅 위로
두텁게 펼쳐진 느닷없는 큰 눈도
엄숙한 상념을 불러일으킨다. 밤에는 1330
정화하는 서리에 의해 드러나고 불 밝혀진 하늘이
의기양양한 눈에 온갖 광채를 쏟아붓는다.

---

125 고전 시인들이 상찬한 테살리아의 아름다운 계곡.
126 785행의 주를 볼 것.

기나긴 조용한 겨울밤은 책을 벗 삼을 수 있는 절호의 시간으로,
그들은 함께 앉아 지혜를 얻는다. 날랜 날개를 지닌
상상력은 육지와 바다 위를 이리저리 날아다니고, 1335
그의 마음에 문득 성스럽게 떠오르는 진리는
그의 존재를 드높이고 그의 능력을 펼쳐 준다.
아니면 그의 가슴에서는 영웅적인 가치가 불타오른다.
혈족의 손길과 사랑도 그는 느낀다.
아내의 정숙한 눈빛은 그의 눈길에만 1340
황홀하게 빛나고, 그의 목에 매달린 채
그를 기쁘게 해 주려고 경쟁하며 재잘거리는 아이들의
소소하지만 강한 포옹은 애정 어린 부모의
영혼을 불러낸다. 또 쾌활한 목적이나
오락이나 춤이나 노래를 그는 단호하게 경멸하지는 않는데, 1345
행복과 참된 철학은
늘 우호적이고 생글거리기 때문이다.
바로 이것이 죄 속에서 또 죄로 가득한 도회에서
안달복달하는 이들이 결코 알지 못하는 삶,
천사들과 신이 인간과 더불어 살던, 1350
타락이라곤 알지 못했던 태곳적에 영위하던 삶인 것이다.

오, 완전무결하고 보편적인 자연이여,[127]

---

127 〔1352~1373행〕 이 구절은 베르길리우스의 《농경시》의 한 구절(2권 475~486행)

너의 작업들에 대한 지식으로 나를 풍요롭게 해 다오!
나를 천상으로 잡아채 가서, 광막한 천공 위로
풍성하게 흩어져 있는 광대무변의, 1355
세계 너머의 세계, 하늘에서 구르는 경이들을
내게 보여 다오. 그들의 운동과 주기와 법칙들을 내가
정밀하게 조사하게 해 다오. 제 모습을 드러내는 땅속 심연 사이로
보이지 않는 나의 길을 밝혀 다오. 거기 있는 광물층,
그러고는 뿌리를 넓게 펼치고 피어난 식물계, 1360
그 위로, 발흥하는 더 복잡한 동물계,
한 층 더 높은 곳에는, 날래게 합성되는 상념의
다양한 현장이자 뒤섞이는 격정들이
끝없이 자리를 옮기는 장소인 마음—
이들은 늘 나의 매혹된 눈에 펼쳐지고, 1365
시간의 빠른 흐름도 결코 고갈시킬 수 없는 연구 대상이어라!
하지만 설령 그에 걸맞지 않더라도,
설령 피가 내 심장 근처에서 굼뜨게 흐르며
그 최고의 야망을 금지하더라도,128 어둑한 숲속

을 각색, 확장한 것이다. 《농경시》에서 시신들이 시인을 낚아채 돌보는 데 비해, 여기서 자연은 시인을 천상으로 낚아채 올린다. 베르길리우스와 달리, 톰슨은 이 철학적 황홀경을 클라이맥스로 삼는다. 광시곡의 시풍에 관해서는 〈겨울〉 106~117행을, 이 구절을 관류하는 '존재의 대연쇄' 관념에 관해서는 〈여름〉 334행을, 인간의 마음과 발흥하는 세계에서 그것의 위치에 관해서는 〈여름〉 1788~1805행을 볼 것.

조촐한 개울가에 겸손하게 나를 눕혀, 1370
내 꿈에 속삭여 다오. 너에게서 시작해,
너에 관한 모든 걸 곰곰 생각하고, 너로 내 노래를 마무리하고,
내가 결코 결코 너를 놓쳐 헤매지 않게 해 다오.

---

128 고대인들은 심장 근처의 피가 차가울 때는 지성의 활동이 둔해질 수 있다고 생각했다.

겨울

《사계》(1730) 사절판을 위해 윌리엄 켄트(William Kent)가 도안하고
니콜라-앙리 타르디외(Nicolas-Henri Tardieu)가 판각한 삽화 중 〈겨울〉.

개요

제재 제시. 윌밍턴 백작에게 바치는 헌사. 겨울이 처음으로 다가온다. 계절의 자연스러운 과정에 따라 여러 가지 폭풍우가 묘사된다. 비. 바람. 눈. 휘몰아치는 눈보라—① 눈보라 속에서 죽어 가는 사람. ② 그로부터 비롯된 인간 삶의 궁핍과 불행들에 대한 사색. 알프스산맥과 아펜니노산맥에서 내려오는 늑대들. 어느 겨울 저녁에 대한 묘사—① 철학자들이 보내는 겨울 저녁. ② 시골 사람들이 보내는 겨울 저녁. ③ 도시에서 보내는 겨울 저녁. 서리. 극권(極圈) 내에서의 겨울 정경. 해동. 미래 국가에 관한 도덕적 사색으로 전체를 마무리한다.

　보라, **겨울**이 침울하고 슬픈 표정으로
증기와 구름과 폭풍 같은 솟아오르는 종자(從者)들을 다 데리고
변화무쌍한 한 해를 지배하려고 다가오는 것을. 이들이,
영혼을 끌어올려 엄숙한 상념과 장엄한 묵상에 잠기게 하는 이들이
내 주제가 되기를. 환영하노라, 같은 부류의 음울함이여! 5
마음 맞는 가공할 현상들이여, 환호하노라! 잦은 발걸음으로
즐거이, 근심 걱정 없는 고독의 보살핌을 받아 살면서
끊임없는 기쁨으로 자연을 노래했던
내 삶의 쾌활한 아침1에,

즐거이 나는 너희의 황량한 영토를 헤매고 다녔고, 10
나 자신만큼이나 순수한 첫눈을 밟았고,
바람들의 고함소리와 거대한 급류의 굉음을 들었고,
속속들이 발효되는 강풍이 음산한 저녁 하늘에서
양조되는 걸 보았다. 그렇게 시간은 흘렀고,
마침내 빛나는 남방의 밀실들[2] 사이로 15
기쁨에 찬 **봄**이 내다보았다 — 내다보고 미소 지었다.

오, **윌밍턴**[3]이여! **이 첫** 시도의 후원자인 그대에게,
시신(詩神)은 제 노래의 개정본을 바친다.[4]
그녀는 순환하는 한 해를 마무리했으니까.
화사한 봄을 스치듯 지나가고, 독수리 날개를 타고 20
여름의 폭염을 뚫고 솟아오르려 시도하고,
그러고는 어슴푸레한 질풍을 타고 가을의 정경을 조감했기에,

---

1 스코틀랜드 남동부의 록스버러셔(Roxburghshire)에서 보낸 톰슨의 소년기.

2 남쪽 하늘. 구약성서 〈욥기〉에는 "북두칠성과 삼성을 만드시고 묘성과 남방의 밀실을 만드신 이"(9장 19절)라는 어구가 나온다.

3 1730년 윌밍턴 백작(Earl of Wilmington) 작위를 수여받은 휘그당 정치인 스펜서 콤프턴(Spencer Compton, 1673~1743)은 톰슨의 《겨울》 초판본(1726)의 헌사를 받을 때 하원의장이었다. 1742년 월폴 수상이 실각한 후 그는 명목상이긴 하지만 수상에 임명되었다.

4 17~40행은 《겨울》 초판본의 산문 헌사를 대체하기 위해 1730년에 덧붙여졌는데, 그래서 톰슨은 다른 계절들(17~22행)을 노래한 후 자신의 노래의 "개정본을 바친다"라고 말하고 있다.

이제 다시 두 배로 늘어난 폭풍 속에서 돌돌 말린
겨울 구름들 사이에서 그녀는 날아오르려고,
돌진하는 온갖 바람들로 제 음색을 부풀리려고, 25
제 낭랑한 가락을 홍수에 맞추려고 애쓴다.
주제가 그러하니, 그녀의 노래 또한 엄청난 대작일 수밖에 없으리라.
세 배로 행복하리라, 담대한 묘사와 남성적인 시상(詩想)으로
그녀가 그대의 판정하는 귀를 가득 채울 수 있다면!
또 거창한 국가적 사업들의 추진과 강력한 한 민족을 30
번영으로 이끄는 방법에 숙달해 있는 이가 그대만은 아니지만,
공정하고 선한 품성, 건전하고 고결한 인격,
타락해 가는 시대 한가운데에서 확고하고 의연하고 청렴하고
조국의 번영을 위해 뜨겁게 불타오르면서도
헛되이 이글거리지는 않는 영혼, 35
원칙을 따르면서도 자유로운 차분한 정신 —
이런 미덕들이, 각각 서로를 북돋우며, 정치인을
애국자로 끌어올린다. 이런 미덕들이, 대중의 희망과
눈길을 그대에게로 돌리게 하면서, 시기심이
감히 아부라고 부르지 않는 바를 시신에게 기록하도록 명한다. 40

지금, 하늘의 생기 없는 제국이
궁수자리[5]를 **염소자리**[6]에게 넘겨주고

---

5 황도대의 아홉 번째 자리로, 동지(12월 21일 또는 22일)에 해는 이곳으로 들어

또 사나운 **물병자리**[7]가 역전된 한 해를 더럽힐 때,
하늘의 가장 먼 가장자리에 매달린 해는
좀처럼 에테르[8] 위로 낙담한 광선을 펼치지 않는다. 45
해의 섬광은 희미하고, 지평선에서 발버둥 치는
광선들은 두터운 대기 속으로 헛되이
발사될 뿐이다. 두터운 비구름에 가려진 듯,
힘없이 파리한 모습으로 드넓게[9] 해는 남쪽 하늘가를 지나가고,
또, 이내 지면서, 삼라만상을 두루 그늘지게 하는 50
캄캄한 긴 밤에 엎드린 세상을 넘겨준다.
물론 생기를 주는 열기와 빛과 생명과 기쁨이
미심쩍은 낮을 저버리는 동안 밤을 원치 않은 건 아니다.
한편, 새까만 띠를 두르고 속까지 물든
축축한 거대한 그림자들, 밀집한 구름들, 55
또 하늘의 소란스러운 온갖 증기들은
만물의 표면을 뒤덮는다. 그렇게 겨울은
세상을 덮쳐누르는 묵직한 어둠으로
자연계 전체에 해로운 영향을 뿌리며 닥치고,

선다.

6 황도대의 열 번째 자리로, 11월 22일경에 해는 이곳으로 들어선다.

7 황도대의 열한 번째 자리로, 1월 21일경에 해는 이곳으로 들어선다. 전승에 의하면, 동쪽에서 이 별자리가 보이면 우기가 시작된다고 한다.

8 빛을 전도하는 무척 가볍고 희박한 액체 매질(媒質).

9 반사된 빛의 효과.

음습한 질병의 씨앗들을 깨운다.[10] 60
인간의 영혼은 삶에 염증을 느끼고
우울한 생각 이상의 것으로 암담해져 죽어 간다.
소 떼는 풀이 죽고, 밭갈이를 막 끝낸 색 바랜 회갈색 양 떼는
고랑을 지어 놓은 땅 위에 방목된 채
여기저기 흩어져, 건강에 좋은 뿌리를 뜯어 먹는다.[11] 65
다가오는 폭풍의 구슬픈 **수호신**은 숲을 따라가며
황야의 늪지대를 따라가며 한숨을 내쉬고,
요란한 개울과 동굴은 관절이 빠진 헐거운 벼랑들과
골절된 황량한 산들 사이로
귀 기울여 듣는 공상의 귀에 오래도록 울려 퍼지는 70
공허한 신음 소리를 불길하게 올려 보낸다.

그러고는 시커먼 어둠에 감싸인 폭풍의 아버지가
앞으로 나온다. 처음엔 음울하고 칙칙한 비가
더러운 증기와 뒤섞인 하늘에서 세차게 내려
산의 이마에 격렬하게 부딪치고, 숲을 흔들어 75

---

10 루크레티우스의 《사물의 본성에 관해》(6장 1090~1102행)에 따르면, 죽음과 질병의 씨앗들은 구름이나 옅은 안개로 대기를 통해 내려오거나, 습기를 머금을 때는 땅에서 솟아오른다.

11 수확이 끝나면 그루터기만 남은 밭은 쟁기로 갈아엎고, 양들을 겨우내 밭에 방목하여 순무("건강에 좋은 뿌리")를 먹여 키우면서 그들의 배설물로 토양을 비옥하게 만든다.

저 아래에서 툴툴대며 물결치게 만든다. 낮게 걸린 구름들이
홍수에 홍수를 쏟아붓지만, 계속 지치지도 않고
결집해, 점점 짙어져 시커먼 어둠으로 변하며
낮의 고운 얼굴을 밀봉해 버릴 때, 꼴사나운 평원은
갈색의 큰물로 변한다. 소란한 공중에서 유희를 즐기거나 80
잔물결 이는 못 주변을 스치듯 지나가며
날개를 퍼덕이는 걸 좋아하는 새들을 빼고는
하늘의 떠돌이들12은 저마다 둥지로 퇴각한다.
소 떼는 제대로 풀도 뜯어 먹지 못한 채 들에서 돌아와
호소하듯 음매 하고 울면서 익숙한 우사(牛舍)를 내놓으라고 85
요구하거나 근처 나무 그늘에서 되새김질한다.
그곳으로 집안의 가금류 무리,
볏 달린 수탉이 암탉들을 이끌고 밀어닥쳐
수심에 잠긴 채 물을 뚝뚝 떨어뜨린다. 그새 오두막 시골뜨기는
활활 타오르는 불길 위로 몸을 숙이고는, 입에 거품을 물고 90
제 소박한 말 재롱을 늘어놓는다. 그는 많이 말하고
많이 웃으면서, 바깥에서 맹렬하게 일어나 초라한 지붕을
두들겨 대는 폭풍우에는 신경도 쓰지 않는다.

숱한 급류가 호우로 불어나 무너뜨린 둑의
어지러운 폐허까지 물에 뒤덮이고, 마침내 맹렬해진 탁류는 95

12 "집안의 가금류"와 구별되는 '들새들'.

둑 가장자리까지 마구 쏟아져 나온다.
강물은 거침없이 노호하며 겁나게 내리 닥쳐
황량한 산과 이끼 낀 황야로부터
깎아지른 듯한 절벽 사이로 흘러내리고 멀리서 굉음을 낸다.
그러고는 소리 없이 굼뜨게 모래투성이 계곡 위로 100
떠다니듯 펼쳐지고는, 마침내 다시 가둬졌다가,
돌들과 나무들이 소란한 강물 위로 돌출해 있는
서로 만나는 두 언덕 사이에 길을 하나 튼다.
거기에서, 세 배로 힘을 모으며, 급속히 또 깊숙이, 강물은
부글거리고 소용돌이치고 거품을 내며 우레처럼 밀치고 나간다. 105

자연이여! 훌륭한 부모여! 그대의 쉼 없는 손은
변화무쌍한 한 해의 사계 주위에서 구른다.
그대의 작품들은 그 얼마나 강대하고 그 얼마나 위풍당당한가!
얼마나 즐거운 두려움으로 그대의 작품들은 영혼을 부풀리는지,
영혼은 경탄하며 보고, 경탄하며 노래하는구나![13] 110
이제 소란스레 휘몰아치며 불어 대기 시작하는
너희 바람들이여! 나는 너희에게 목소리를 높이노라.
너희의 군수품들은 어디 있는가, 너희 강력한 존재들이여! 말하라,
폭풍의 음울한 공포들을 부풀리기 위해 따로 마련된

---

13 106~110행에서의 자연의 손길에 대한 톰슨의 찬양은 자연 종교 또는 이신론에 가까운 것이다.

너희의 공중 병기고는 어디 있는가? 115
하늘의 아주 먼 어떤 지역에서 깊은 침묵 속에
숨죽인 채 너희는 평온하게 잠들어 있는가?

　눈부신 궤도 위쪽에서 얼룩진 채 정처 없이 떠도는
많은 점들[14]을 데리고 해쓱한 하늘로부터
해가 내려올 때, 선홍색 빛줄기들은 120
온통 홍조를 띠기 시작한다. 휘청거리는 구름들은
아직은 어느 주인을 따라야 할지 확신하지 못한 듯
주저하며 우왕좌왕하고, 그새 납빛 동녘에서는
하얀 달이 천천히 솟아오르며
무뎌진 제 뿔들[15] 주변에 창백한 원을 걸친다. 125
소란스레 요동치는 대기 사이로 보이는
뭉툭한 별들은 떨리는 빛을 발하거나,
종종 어둠을 가로질러 떨어지면서
저희 뒤에 오래도록 하얀 불길을 끌고 간다.
잠깐의 소용돌이에 낚아채진 시든 잎은 경쾌하게 노닐고, 130
큰 물결 위에는 춤추는 깃털이 떠다닌다.
벌린 콧구멍을 하늘로 향한 채,

---

14 "많은 점들"은, 베르길리우스의 《농경시》에서처럼, 해의 흑점들이 아니라 '구름들'을 가리킨다.

15 영어에서 '달의 뿔'은 초승달의 뾰족하게 튀어나온 부분을 말한다.

정신이 든 암소는 맹렬한 질풍을 들이마신다.
밤일을 맡은 어떤 부인이 수심에 잠겨
힘겹게 일하며 아마실을 잡아당길 때조차, 135
허비된 양초와 탁탁 소리 내는 불길은
돌풍을 예고한다. 하지만 누구보다도 깃털 달린 족속,
하늘의 세입자들[16]이 그 변화를 일러 준다.
소란스럽고 새까만 까마귀 무리는
종일 얼마 되지 않은 먹이를 쪼아 대던 140
언덕 풀밭에서 물러나면서, 쉰 목소리로
지친 비상을 재촉하며 작은 숲의 은신처를 찾는다.
제 정자에서 애처롭게 울어 대는 올빼미는 지치지도 않고
구슬픈 노래를 계속한다. 바다에서 나온 가마우지는
상공에서 선회하다가, 육지를 따라가며 날카롭게 소리친다. 145
활공하는 왜가리는 요란스레 새된 소리를 내고,
원을 그리는 바닷새는 격렬하게 날갯짓하며 조각구름을 쪼갠다.
들쭉날쭉 눌린 대양은 부서진 조수(潮水)와
마구잡이식 격동으로 굽이치고, 그새 쉼 없는 파도에 의해
동굴 속까지 침식된 해변과, 숲이 바스락거리는 산에서부터 150
이 세상에게 준비하라고 명하는 한 소리가
엄숙하게 울려 퍼지며 다가온다.[17]

---

16 '새들'을 가리키는 우회 어법.
17 118~152행의 다가오는 폭풍우의 징조들에 대한 묘사는 베르길리우스의 《농경

그러고는 갑작스레 터지듯 폭풍이 솟아나
응결된 대기 전체를
내팽개친다. 수동적인 대해(大海) 위로 155
대기의 군대가 내리 닥쳐, 강한 돌풍으로
변색된 심연을 바닥부터 뒤집는다.
사방에 드넓게 내려앉은 시커먼 밤 내내
채찍질당해 거품이 된 채 격렬하게 투쟁하는 바다는
무수한 거친 파도 위에서 불타고 있는 듯하다. 160
그새 집채만 한 큰 파도는 가공할 소란 속에서
구름까지 부풀어 올라 계속 굽이치다가
엄청난 굉음을 내며 갑자기 터져 혼돈의 극치를 이루고,
닻을 내린 선대(船隊)는 정박지에서 풀려나
노호하는 황막한 대해원(大海原)을 가로질러 165
바람처럼 미친 듯 휘몰려 가는데, 겨울의 **발트해**[18]가
머리 위에서 천둥 치는 상황에서
때로는 팽창한 파도를 기를 쓰며 기어오르고,
때로는 맹렬하게 바다의 밀실 속으로 쏜살같이 들어간다.
그러고는 다시 솟아올라, 사력을 다한 하늘의 숨결 앞에서 170
날개를 단 듯 항로를 따라 미끄러지듯 나아가,

시》 1권(351~392, 402~403, 450~456행)에 빚지고 있다.

18 북유럽의 내해로, 러시아 서쪽 해안에 위치해 있으며 유럽 대륙과 스칸디나비아 반도를 구분한다.

먼 해안으로 쏜살같이 날아간다—어떤 뾰족한 암초나
음험한 얕은 여울이 그들의 진로를 가로막고,
그들을 산산조각 내어 사방에 떠다니게 내동댕이치지만 않는다면.

그에 못지않게 육지에서도 고삐 풀린 태풍이 맹위를 떨친다. 175
산이 천둥 치고, 산의 억센 아들들[19]은
저희가 가려 주는 바위들의 밑바닥까지 몸을 굽힌다.
도보 여행 중인 어둠 속 이방인은 한밤중 벼랑에서
홀로, 넋이 나간 채, 헐떡이며 애쓰는데,
종종 넘어지기도 하면서 강풍 속에서 기어오른다. 180
뿌리 뽑힌 숲은 짜증 내며 낮게 물결치고,
색 바랜 훈장들[20] 중 아직 남은 걸 떨어뜨리는데,
잡아 뜯는 바람의 지칠 줄 모르는 맹위로
그 거대한 사지들[21]은 꺾여 떨어져 흩어진다.
그렇게 흩어진 작은 숲을 헤치고 나아가면서 185
맹렬한 회오리바람은 평원을 따라 사납게 날뛰고,
이엉 이은 농가나 멋진 저택에 바짝 달라붙어
계속 흔들어 대며 단단한 토대 쪽으로 끌어내린다.
잠자던 사람들은 겁에 질려 달아난다. 흔들리는 집 주위에서

19 '나무들'을 가리킨다.

20 "훈장"(*honour*)이라는 단어는 베르길리우스의 《농경시》와 호라티우스의 《서한시》, 포프의 〈윈저 숲〉에 종종 나오는데, '이파리들'을 가리킨다.

21 '나뭇가지들'을 가리킨다.

그 야만적인 돌풍은 들어가고 싶어 하며 노호한다. 190
그러고는 또, 사람들 말로는, 강풍에 마구 시달리는 대기 사이로
저주받은 가엾은 이에게 화(禍)와 죽음을 경고하는,
밤의 악령이 내뱉는 긴 신음 소리와
날카로운 소리들과 한숨들이 저 멀리에서 들린다고 한다.

거대한 소란은 온 사방에서 빼긴다.[22] 날래게 미끄러지는 195
별들과 뒤섞인 구름들은 하늘을 휩쓸고 간다.
온 자연계가 비틀거리고, 마침내 폭풍우 치는 어둠 속
종종 홀로 거주하는 자연의 **왕**이
질주하는 바람의 날개를 타고
더없이 평온하게 걸으며 고요를 명한다. 200
그럴 때면 곧장 대기와 바다와 땅은 즉각 숨을 죽인다.[23]

아직은 깊은 한밤중. 더디게 만나는
지긋지긋한 구름들은 짙은 어둠 속으로 뒤섞여 들어간다.
이제, 졸음에 겨워하던 세상이 잠에 곯아떨어져 있는 동안,
나를 엄숙한 **밤**과 그 차분한 동료인 205
사색과 연결시켜 다오.

---

22 존 밀턴은 《실낙원》의 제3권(710~711행)에서 "소란"(*Uproar*)을 의인화한 바 있다.

23 톰슨은 구약성서 〈시편〉(18장 11절)과 신약성서 〈마가복음〉(4장 39절)에서의 하느님과 예수 그리스도의 행위에 대한 묘사를 참고한 듯하다.

나로 하여금 낮의 번잡한 근심들을 털어 버리고,
쓸데없이 참견하는 감각들을 다 치워 버리게 해 다오.

지금 어디 있는가, 너희, 삶의 거짓된 허영들은!
너희, 늘 유혹하고 늘 속이는 무리는! 210
너희는 지금 어디 있는가? 또 너희의 총량은 얼마인가?
걱정거리, 실망, 또 회한.
넌더리 나게 만드는 구슬픈 상념이여! 하지만 현혹된 인간은,
노골적이고 혼란스러운 환각의 장면이 사라지고
토막잠을 자고 일어나면, 새로 고개 내민 희망을 품고, 215
그 현기증 나는 과정을 밟겠노라고 또 마음먹는다.

빛과 생명의 아버지여! 선한 지고의 존재인 당신이시여!
오, 내게 무엇이 선한 것인지 가르쳐 주소서! 내게 당신 자신을
가르쳐 주소서!
내가 어리석음과 허영과 악과 온갖 저열한 일들을
찾아 나서지 않게 구해 주소서! 또 내 영혼을 220
양식(良識), 스스로 느끼는 마음의 평안, 순수한 미덕으로,
성스럽고 알차고 결코 시들지 않는 지복(至福)으로 양육해 주소서.

더 매서운 강풍이 닥친다. 납빛 동쪽 하늘이나
살을 에는 북쪽 하늘 전역에서 암갈색 연기를 내뿜으며
짙은 구름들이 솟아오르는데, 그 널찍한 자궁 속엔 225

수증기가 가득 들어 있다가 눈으로 응결된다.
구름들은 제 양털 같은 세계를 굼뜨게 굴려 가고,
하늘은 모여든 폭풍우로 어둑해진다.
숨죽인 대기를 뚫고 소나기가 하얗게 내린다.
처음엔 간간이 흩날리다가, 마침내 눈송이들은 230
굵고 넓고 빠르게 떨어지고, 끊임없이 내려
날이 흐려진다. 고이 간직된**24** 밭들은
순백의 겨울옷을 걸친다.
온 세상이 환하게 빛난다 — 굽이도는 개울을 따라
새 눈이 녹는 곳을 빼고는. 숲들은 235
허연 머리를 낮게 숙이고, 나른한 해가
서쪽 하늘에서 희미한 석양빛을 발하기 전에
깊이 감춰진 서늘한 대지의 표면은 온통
눈부신 황야로 변해, 인간의 작업들을
남김없이 묻어 버린다.**25** 일소는 풀이 죽어 240
온몸에 눈이 덮인 채 서 있다가 그동안의 제 노고의
보수를 달라고 요구한다. 엄혹한 계절에 위축된
하늘의 새들은 키질하는 창고 주위에 몰려와

---

24 "고이 간직된"(*cherished*)이라는 단어는 '눈에 덮인'을 뜻하며, 자연계에서의 눈의 유익한 기능을 시사한다.

25 톰슨이 묘사한 세 번째 폭풍우(223~240행)는 앞서 닥친 첫 번째 폭풍우(72~80행)나 두 번째 폭풍우(153~194행)보다 훨씬 더 혹독한 것으로, 앞에서의 묘사와는 달리 의인화에 의존하지 않는다.

섭리가 저희에게 할당한
자잘한 혜택을 달라고 요구한다. 딱 한 마리, 245
집안의 수호신들에게 바쳐진 붉은가슴울새만이
지혜롭게도 어지러운 하늘을 눈여겨보며
쓸쓸한 들판과 가시투성이 풀숲에
벌벌 떠는 벗들을 남겨 두고 여느 해처럼
믿을 만한 인간을 찾아온다. 처음엔 반쯤은 두려워하며 250
창문을 두드린다. 그러고는 활기차게
따뜻한 난롯가에 내려앉았다가, 마룻바닥을 뛰어다니며
미소 짓는 가족들을 비스듬히 눈여겨보고,
부리로 쪼다 흠칫 놀라 여기가 어딘지 궁금해한다.
그러더니 마침내 점점 익숙해져 식탁의 빵 부스러기에 255
가느다란 발이 끌린다. 먹을 것 하나 없는 산과 들은
갈색 거주자들26을 쏟아 낸다. 산토끼는
비록 소심하고 또 음험한 덫과 개들과
더 잔인한 인간들 같은 갖가지 형태의 죽음에
가혹하게 포위되긴 했지만, 두려움을 모르는 궁핍에 내몰려 260
정원을 찾아 나선다. 매애 매애 우는 족속27은
말 없는 절망의 눈길로 황량한 하늘을,

---

26 묘사된 지역에 거주하는 생물들을 통칭하는데, 눈 속에서 눈에 띄는 것은 오직 갈색뿐이다.

27 '양 떼'를 가리키는 우회 어법.

다음엔 빛나는 땅을 눈여겨본다. 그러고는 비탄에 젖어 흩어져
시든 풀을 찾아 눈 더미를 파헤친다.

이제, 양치기들이여, 그대들이 돌봐야 할 양들에게 265
온정을 베풀고, 맹위를 떨치는 한 해를 좌절시키고,
실컷 먹을 먹이로 양 우리를 가득 채워라. 눈보라를 피할 곳에
양들을 묵게 하고, 그들을 꼼꼼하게 지켜보라.
이 끔찍한 계절에는 울부짖는 동녘으로부터 종종
날개 달린 회오리바람이 한바탕 크게 불어 겨울 평원 곳곳에 270
쌓인 것들을 쓸어버리고, 넘실거리는 강풍이
이웃한 두 언덕 사이 우묵한 곳에 피신한
운 나쁜 양 떼를 덮쳐, 마침내 위쪽으로 내몰린 그들이 계곡을
공중에서 춤추듯 흩날리는 눈보라 화환으로 끝이 장식된
하얗게 빛나는 산 위의 설원으로 만들어 버리니까. 275

이렇듯 눈은 점점 더 쌓이고, 겨우내
어둑해진 대기를 따라 맹렬하게 질주한다.
시시각각 변하는 밭에서 양치기는 갑작스런 재난에
넋 놓고 서서, 알 수 없는 쓸쓸한 이마[28]를 지닌
다른 설산들이 솟아오르고 섬뜩한 전망을 드러내는 280
다른 경관들이 인적미답의 설원을 울퉁불퉁하게 만드는 것을 본다.

---

28 영어에서 산의 이마 또는 눈썹(*brow*)은 '산등성이'를 의미한다.

또 그는 강물도, 형체를 알 수 없는 황야 속에 숨겨진
숲도 보지 못한 채 언덕에서 계곡까지
점점 더 길을 잃고 헤매는데,
집 생각에 마음이 괴로워져 안달복달하면서 285
흩날려 쌓인 눈 더미를 헤치며 미친 듯 쏘다닌다. 집 생각은
그의 신경[29]에 돌진해 오고, 신경의 활기를 불러내려고
숱하게 시도하지만 다 허사다. 그 주위로 밤이
거침없이 바짝 에워싸고, 그의 머리 위에서 울부짖는
강풍 하나하나가 야만적인 황야를 더 황량하게 만드는 동안, 290
공상이 눈 사이로 솟아오른 그의 숲 달린[30] 시골집으로
착각하게 만든 그 어둑한 지점을 찾아
그가 오솔길과 사람들이 사는 복된 거처로부터
멀리 떨어져 그사이에 펼쳐진 황야를 만날 때,
얼마나 그의 영혼은 가라앉는 것인지! 그 어떤 시커먼 절망, 295
그 어떤 공포가 그의 가슴을 가득 채우는 것인지! 그러고는
서릿발의 힘이 미치지 못하는, 너무 깊어 측량할 수도 없는,
눈으로 뒤덮인 구덩이들(빠지면 얼마나 끔찍할까!)의,
음험한 늪들의, 눈으로 매끈해진
거대한 벼랑들의, 또 발이 푹푹 빠지는 습지나 300
바닥에서 솟아난 신선한 샘이 끓어오르는 한적한 호수에서

---

29 동작과 감각 작용의 즉각적 도구.
30 '나무들과 덤불에 둘러싸인'이라는 뜻이다.

어디가 땅이고 어디가 물인지 알 길 없는 상황에서
아직 얼어붙지 않은 샘의 부산한 형체들이
그의 마음속으로 밀어닥친다.
이 형체들이 두려움에 찬 그의 발걸음을 가로막고, 그는 305
자연이 죽어 가는 사람과 그의 아내와 아이들과
눈에 안 보이는 벗들의 괴로운 가슴속으로
쏘아 대는 부드러운 고통과 뒤섞인
죽음의 그 모든 쓰라림에 대해 생각하면서
볼품없이 쌓인 눈 더미의 피난처 밑으로 가라앉는다. 310
그를 위해 충실한 아내는 잘 타는 벽난로 불과
따뜻한 옷가지를 준비하지만 허사고,
그의 아이들도 눈보라를 흘낏 내다보며
꾸밈없는 순진함과 눈물로 아버지를 찾지만
다 허사다. 아, 슬퍼라! 315
그는 아내도 아이들도 벗들도 성스러운 가정도
더는 못 보게 되리라. 치명적인 겨울이
신경 하나하나를 움켜쥐고, 감각을 완전히 밀봉해 버리고,
내밀한 신체 기관들 위로 차갑게 기어가며
쌓인 눈을 따라 그를, 아주 널브러져 320
강한 북풍 속에서 표백되는 뻣뻣한 사체를 눕힌다.

아, 쾌락과 권력과 재력에 둘러싸인
경박하고 방탕하고 오만한 이들은, 아찔한 환락과

종종 잔인하기까지 한 음란한 술판에
무분별한 시간을 허비하는 이들은 거의 생각지 못하리라. 325
아, 그들은 거의 생각지 못하리라, 자신들이 춤추며 돌아다니는 동안
얼마나 많은 이들이 바로 이 순간 죽음과 고통이 안기는
온갖 슬픔들을 하나하나 느낄지를.
얼마나 많은 이들이 게걸스러운 홍수나
더 게걸스러운 불길 속에서 스러지는지를. 얼마나 많은 이들이 330
사람과 사람 사이의 수치스러운 불화로 인해 피 흘리는지를.
얼마나 많은 이들이 함께 들이마시는 공기로부터,
또 자신들의 팔다리를 쓰는 일로부터 차단된 채
궁핍과 토굴의 어둠 속에서 파리해지는지를. 얼마나 많은 이들이
해로운 깊은 슬픔의 잔을 들이켜거나, 불행의 쓰디쓴 빵을 335
뜯어먹는지를. 얼마나 많은 이들이 겨울바람에
지독하게 시달리며 음울한 가난의 더러운 오두막에서
움츠러드는지를. 얼마나 많은 이들이
마음의 한층 더 격심한 그 모든 고통들로
끝없는 걱정과 광기와 죄책감과 회한(그것들로 인해 340
삶의 정점에서 곤두박질친 그들은
비극 시인의 소재가 된다)을 털어 버리는지를.
지혜가 우정과 평화와 사색과
함께 사는 걸 좋아하는 계곡에서조차,
얼마나 많은 이들이 솔직한 격정에 시달려 345
후미진 깊은 번민 속에서 시들어 가는지를. 얼마나 많은 이들이

가장 소중한 벗들이 임종을 맞는 침상 주위에 서서
이별의 고통을 강조하는지를. 만일 어리석은 인간이
이런 것들을, 또 삶을 한 끊임없는 투쟁으로,
노고와 고통과 비운의 한 현장으로 만드는 350
이름 없는 무수한 해악들을 생각한다면,
승승장구하는 악은 간담이 서늘해져 멈춰 설 테고,
어슬렁거리는 경솔한 충동은 생각하는 법을 배울 테고,
공감적인 자비심은 따뜻해질 테고,
자비심의 드넓은 바람은 자선을 확장할 테고, 355
사회적인 눈물과 사회적인 한숨이 솟아날 테고,
사회적인 열정들은 계속 정련되어
뚜렷한 완벽성, 점진적인 지복(至福)이 되어 갈 텐데.

그리고 여기에서 내가 인간의 고통에 마음이 움직여
그릇된 것을 바로잡으려고 어두컴컴한 형무소 안에서 벌어지는 360
끔찍한 일들을 조사한 너그러운 무리**31**를 잊을 수 있을까?
그곳은 비참함이 신음하고, 질병이 파리해지고,
갈증과 허기가 타오르고, 가엾은 불운이 악의 채찍질을 느끼면서도

---

31 영국 내 형무소에서 자행되는 고문의 실태를 파악하기 위해 구성된 의회조사위원회는 1729년 3월과 5월에 첫 보고서를 제출했고, 이는 월폴 내각의 실정을 공격하는 중요한 계기를 제공했다. 이 위원회의 위원들 중 9명이 톰슨의 사절판 《사계》를 예약 구입한 점을 고려할 때, 이 위원회의 구성원들에 대한 톰슨의 찬사에는 어느 정도 당파적 요소가 들어가 있는 듯하다.

전혀 동정을 받지 못하고 아무도 귀 기울이려 하지 않는 곳.
반면, 자유의 땅에서는, 거리마다 또 사람들이 모이는 곳마다 365
거침없는 자유가 빛나는 땅에서는
폭군들이 폭정을 일삼는 일이 거의 없다.
굶주린 입에서 얼마 안 되는 한 조각을 낚아채는 일도 없고,
겨울 추위에 떠는 사지에서 잡초 같은 누더기를 찢어 내는 일도 없고,
심지어 그들에게서 마지막 위안인 잠을 강탈하는 일도 없고, 370
태어날 때부터 자유로운 영국인을 토굴 감옥에
사슬로 묶어 두는 일도 없고, 잔인한 욕망에 지배될 때마다
제 맘대로 그를 수치스러운 줄무늬 죄수복으로 차별하는 일도 없고,
조국을 위해 애쓰고 피 흘렸을 동포들을
은밀하면서도 야만적인 방식으로 박살 내는 일도 없다. 375
오, 만일 인내하고 조심하면서 지혜로 단련된 열의를 갖고
잘만 수행된다면 훌륭한 계획이로다!
너희 자비의 아들들이여! 그 조사를 계속해서,
법의 괴물들을 빛 속으로 끌어내고,
그들의 손에서 압제의 쇠막대를 비틀어 떼어 내고, 380
잔인한 자들이 자신들이 남에게 가한 고통을 느끼도록 명하라.
아직 건드리지도 못한 많은 것들이 남아 있다. 이 악취 나는 시대에
잡초를 솎아 내는 애국자의 손은 무척이나 필요하다.
법의 덫들(사악하고 음흉한 인간들이
진실을 왜곡하고 단순한 정의를 늘려 385
거래하려고 번거롭게 덧붙인 것) —

이것들이 부서지고 모두가 정의의 손길이 닿는 곳에
있게 되는 걸 보는 날은 얼마나 영광스러울 것인가!

겨울 기근에 내몰려, 눈으로 빛나는 **알프스산맥**32과
물결치는 듯한 **아펜니노산맥**33과 **피레네산맥**34이 390
멀리 떨어진 지역으로 거대하게 갈라져 들어가는
거친 산악지대 전역으로부터
죽음처럼 잔인하고 무덤처럼 굶주려 있고
피에 대한 갈망으로 불타오르고 뼈만 앙상하고 수척하고 광포한
늑대 무리가 무섭게 울부짖으며 떼 지어 내려와, 395
그 일대로 쏟아져 나오며 북풍이 윤나는 눈을 쓸고 가듯
맹렬하게 마구 휩쓸고 다닌다.
모든 게 그들의 전리품이다. 그들은 말 등에 달라붙어
강제로 땅바닥으로 끌어내리고는 억센 심장을 찢어 버린다.
황소도 제 멋진 이마를 방어하지 못하고, 400
이 살인적인 야만적 무리를 떨쳐 내지 못한다.
탐욕스럽게 그들은 엄마의 목에 순식간에 달려들어

---

32 스위스·프랑스·이탈리아·오스트리아에 걸쳐 있는 유럽 중남부의 큰 산계로, 최고봉은 몽블랑산(4,807미터)이다.

33 이탈리아 반도를 남북으로 지나는 산맥으로, 최고봉은 몬테코르노산(2,914미터)이다.

34 유럽 남서부의 프랑스와 스페인의 국경을 이루는 산맥으로, 최고봉은 아네토산(3,404미터)이다.

비명을 지르는 아기를 품에서 떼어 낸다.
신을 닮은 인간의 얼굴도 아무 소용이 없다.
그 빛나는 눈길에 너그러운 사자도 부드럽게 응시한다는[35] 405
신의 걸작인 미인조차 여기에서는
운 나쁜 평범한 먹잇감이 되어 피를 흘린다.
하지만 만일 그 포악한 공격의 심각성을 깨닫고
일대가 폐쇄된다 해도, 냄새에 이끌려
실망한 채 배회하는 그 무리는 황량한 교회 경내를 덮쳐 410
(얘기하는 것조차 비인도적이리라!) 무덤에서
수의에 싸인 시신을 파내고, 무덤 위에서
더러운 망령들과 겁에 질린 유령들과 뒤섞여 울부짖는다.

평화로운 계곡에 폭 싸인 채
행복한 **그리종 사람들**[36]이 사는 그 구릉지에서는 415
종종 눈이 잔뜩 쌓인 벼랑으로부터 느닷없이 돌진해 오는
거대한 눈사태가 점점 더 공포를 키운다.
그것은 이 비탈에서 저 비탈로, 요란한 우레 소리를 내며
굴러 내려와, 겨울 황야를 온통 끔찍한 소동 속에 빠뜨린다.
소 떼나 양 떼, 여행자들과 시골 젊은이들, 420

---

35 사자가 본능적으로 미인을 공경한다는 믿음은 에드먼드 스펜서(Edmund Spenser)의 《요정 여왕》(*The Faerie Queene*) 1권(3시편, 5~6연)에 빗진 듯하다.
36 스위스 연방의 동부 산악지방의 한 주에 거주하는 사람들로, 소박한 생활에서 행복을 느끼는 것으로 널리 알려져 있다.

때로는 행군 중인 여단(旅團) 전체,
또는 한밤중 잠들어 있는 촌락들은
질식할 듯한 폐허 속에 깊숙이 삼켜진다.[37]

이제, 온통 한 해의 궁핍한 상황에서,
엄혹한 한겨울에, 바깥에서 그칠 줄 모르는 425
바람이 불어 빙판을 만드는 동안, 신음하는 숲과
무수한 파도들에게 끝없이 두들겨 맞는
해변 사이에서 비바람이 들이치지 않는
한적한 시골 풍경이여, 내 피난처가 되어 다오.
거기에선 발그레한 불과 환하게 미소 짓는 양초들이 합세하여 430
음울한 분위기를 싹 씻어 낸다. 거기에서 내가 학문에 몰두하여
위대한 사자(死者)들, 신들처럼 공경받고
신들처럼 인정 많고 학예(學藝)와 무기로
인간을 축복하고 또 한 세계를 교화했던
고대의 현인들[38]과 고담준론을 나누게 해 다오. 435
영감을 주는 상념에 일깨워진 나는 불후의 명저인 그 책[39]을

---

37 414~423행에서의 묘사는 윌리엄 윈덤(William Windham)과 피터 마텔(Peter Martel)의 《사부아 지역의 빙하 또는 알프스 빙원에 대한 설명》(*An Account of the Glaciers or Ice Alps in Savoy*, 1744)에 토대를 둔 것이다.

38 433~435행에 제시된 인간성과 사회애의 신성한 성격은 톰슨의 〈봄〉 878~903행에서도 강조되고 있다.

39 그리스와 로마의 위인들을 다룬 플루타르코스의 《영웅전》을 가리킨다. 439~540

내팽개치고, 깊은 묵상에 잠긴 채
서서히 일어나 경탄하는 내 눈앞을 지나가는
그 성스러운 유령들을 환호하며 맞는다. 첫 번째는 **소크라테스.** **40**
그는 타락한 국가에서 꿋꿋하게 선한 이로 440
참주(僭主)들의 폭정에 **홀로** 맞섰고,
천하무적이었다! 차분한 이성의 신성한 법,
살아 있건 죽음을 맞건 간에 두려움 없이 순종하는
그가 귀 기울이는 마음속 신의 그 **음성.**
위대한 도덕 교사! **인류 중 최고의 현자**(賢者)! 445
다음은 **솔론.** **41** 그는 자신의 공화국을
공평의 드넓은 토대 위에 세웠고, 활기찬 민족을
부드러운 법들로 통제하면서도 여전히
그 유별난 타오르는 불꽃**42**을 축축하지 않게 보존하여,

행에 열거되는 대다수 인물들은 이 책에서 다루어지고 있다.

40 소크라테스(Socrates, 기원전 469~399)는 아테나이의 위대한 도덕철학자로, 이전 사상가들의 물리적 추론들로부터 벗어나 그가 지식과 동등시했던 미덕을 연구했다. 그는 톰슨이 이 시에서 계몽된 이성과 동등시하는 한 신성한 음성(다이몬)에 의해 자신의 행위를 인도했다. 신성모독과 젊은이들을 타락시킨다는 그릇된 죄목으로 기소된 그는 재판 과정에서 또 독배를 마시는 형을 기다리는 중에도 전혀 두려워하지 않고 평정을 유지했다. 델포이의 신탁은 그를 '인류 중 최고의 현자'라고 불렀다.

41 톰슨이 《자유》(*Liberty*, 1735)에서 아테나이 민주주의의 "온화한 복원자"(2부 159~163행)로 불렀던 솔론(Solon, 기원전 640/635?~560?)의 '부드러운 법들'은 드라콘(Dracon)의 가혹한 법전을 대체했다.

42 아테나이인들의 '열정', '상상력', '활기'를 뜻한다.

그로부터 더 섬세한 학예와 담대한 자유의 450
월계관을 쓴 분야에서 그들은 풍요로운 **그리스**와
인류의 자랑거리로 더없이 빛났다.
다음은 **리쿠르고스.** [43] 그는 **더없이 지혜롭게**
온갖 인간적 격정들을 가장 엄격한 기율의 힘 아래
복종시켰다. 그를 뒤따르는 이를 나는 본다— 455
테르모필라이에서 영예롭게 전사했을 때처럼,
다른 이[44]가 가르친 가장 힘든 교훈을
행위들로 입증한 꿋꿋한 **헌신적인 수장**[45]을.
그러고는 **아리스티데스**[46]가 정직한 얼굴을 든다—
자유의 아첨하지 않는 목소리가 **공정**이라는 460
가장 고결한 이름을 부여한 흠 없는 가슴의 소유자로,
당당한 청빈(淸貧)으로 존경받고,
자신의 영광조차 조국의 번영에 복종시키며

---

43 스파르타의 전설적인 입법자인 리쿠르고스(Lycurgus)는 기원전 600년경 금은의 사용을 금지하는 등 숱한 법과 제도들을 통해 절제를 권장하고 사치를 억제했다.

44 리쿠르고스를 가리킨다.

45 스파르타 왕 레오니다스(Leonidas)는 기원전 480년에 그리스 병사 600명을 이끌고 테르모필라이(Thermopylae) 고개에서 그리스를 침공한 페르시아 대군을 저지했지만, 결국 전세가 뒤집혀 그와 병사들 다수가 전사했다. 그는 리쿠르고스가 높게 평가한 스파르타인의 특질들을 모두 지닌 모델로 간주되고 있다.

46 '공정한 이' 아리스티데스(Aristides, 기원전 468년 사망)는 아테나이의 민주적인 지도자로, 강직함·애국심·절제로 널리 알려졌다. 동료인 테미스토클레스의 음모로 인해 추방되었지만, 아테나이로 돌아올 수 있게 되자 테미스토클레스를 도와 일했고 페르시아와의 전쟁에서 큰 역할을 했다.

오만한 **정적**(政敵)47의 성가(聲價)를 드높여 주었던 이가.
좀 더 부드럽게 빛나는 그의 보살핌으로 자라난 465
향기로운 영혼을 지닌 **키몬**48이 나타난다. 힘차게 솟아오르는
그의 재능은 젊을 적 방탕한 시기의 짐을 떨쳐 버리고, 바깥에서는
페르시아의 오만함의 징벌로, 안에서는
모든 가치 있는 일과 모든 멋진 학예의 벗으로
부의 호화로움 속에서도 겸손하고 소박했다. 470
그러고는 **어울리지 않는** 시대49에 뒤늦게 영광의 자리에 부름받은
쇠락하는 **그리스**의 최후의 고결한 인물들이
수심에 잠긴 채 나타난다. 행복하고 온화하고 굳건하게 단련된,
코린토스인들의 멋진 자랑거리인 **티몰레온**50은
참주가 피 흘리는 동안 **형**을 위해 눈물 흘렸다. 475
최고의 인물들에 견줄 만한 **테바이의 한 쌍**, 51

---

47 아테나이의 지도자인 테미스토클레스(Themistocles, 기원전 528?~462?)는 기원전 480년 살라미스에서 페르시아군을 물리쳤지만, 기원전 472년경 키몬과의 불화로 인해 추방되어 다시는 아테나이로 돌아오지 못했다.

48 키몬(Cimon, 기원전 512?~449)은 젊을 때 근친상간("젊을 적 방탕한 시기의 짐")으로 기소되었지만, 아리스티데스를 도와 그리스 국가들 간의 델로스 동맹을 결성하는 데 이바지했고, 추방된 테미스토클레스와 사망한 아리스티데스에 뒤이어 아테나이의 가장 강력한 지도자가 되어 페르시아와의 전쟁에서 승리를 거두었다.

49 거명된 위대한 인물들과 어울리지 않는다는 뜻이다.

50 코린토스인 티몰레온(Timoleon, 기원전 336년 사망)은 기원전 365년경 참주가 되어 가던 형 티모파네스(Timophanes)를 살해할 계획을 세웠다.

51 펠로피다스(Pelopidas, 기원전 364년 사망)는 뛰어난 군사전략가인 에파미논다

그들의 미덕은 **영웅적인 조화** 속에 합쳐져
조국을 자유의 명성 드높은 제국으로까지 끌어올렸다.
또한 **아테나이**의 영예가 가라앉고
숱한 더러운 찌꺼기 속에서 고투하던 480
선한 이, **포키온.** 52 공적 삶에서는 엄격하고
미덕에서는 늘 가차 없이 단호했지만,
그의 야트막한 눈부신 지붕 밑에서
달콤한 평화와 행복한 지혜가 그의 이마를 매끄럽게 할 때
우정은 더없이 부드러웠고 사랑도 더없이 따뜻했다. 485
그리고 그 사람, **리쿠르고스**의 **막내아들**로
썩은 국가를 구하려는 그 헛된 시도의
너그러운 제물인 **아기스**53는 **스파르타** 자체가
비열한 탐욕에 굴복하는 걸 보았다.
아카이아의 두 영웅도 행렬을 마무리한다. 490
그리스에서 어리석게 머뭇거리는 자유의 영혼을

스(Epaminondas, 기원전 420?~362)가 레욱트라(Leuctra)에서 테바이 군대를 이끌고 스파르타 군대에 승리를 거두었을 때 총지휘관이었다. 이 승리 이후 테바이는 에파미논다스가 사망할 때까지 그리스의 주도권을 장악했다.

52 아테나이의 장군이자 웅변가인 포키온(Phocion)은 조국이 필리포스 2세(King Philip)와 알렉산드로스 대왕(King Alexander the Great)의 마케도니아와 전쟁을 벌이지 않도록 애썼지만, 기원전 318년 반역죄로 처형당했다.

53 스파르타 왕 아기스 4세(Agis IV, 기원전 262?~241)는 리쿠르고스의 법률 체계로 되돌아감으로써 국가적 폐해들을 척결하려고 시도했지만, 결국 퇴위당한 후 살해되었다.

한동안 다시 불타오르게 했던 **아라투스**,[54]
또 **그리스**의 최후의 희망으로 **그리스**가 아끼던 이,
용맹한 필로포이멘[55]은 자신이 뿌리 뽑을 수 없었던
시민들의 호화로운 사치를 무력 강화로 돌렸고, 495
소박한 시골 젊은이로서 농장 일에 몰두하거나
담대하면서도 능수능란하게 전쟁터에서 고함치곤 했다.

더 거친 얼굴의 강력한 민족이 온다!
편파적인 불길로 **가장 소중한** 조국을
지나치게 사랑했다는 걸 빼고는 그 어떤 오점도 없었던 500
그 덕성스러운 시대[56]의 영웅들의 족속이!
먼저 그 가장 소중한 조국의 **더 나은 창건자**, **로마**의 빛인
누마[57]는 **로마**의 탐욕스러운 아들들을 온순하게 만들었다.
왕 세르비우스[58]는 **광대한 공화국**이 지상에

---

54 정치인이자 장군인 시키온의 아라투스(Aratus, 기원전 271~213)는 아카이아 동맹의 결성을 주도하여 그리스 국가들을 마케도니아의 지배로부터 해방시켰다.

55 아르카디아의 메갈로폴리스 출신의 필로포이멘(Philopoemen, 기원전 250?~183)은 아카이아 동맹의 뛰어난 장군으로, 스파르타 군을 여러 차례 격퇴했다. 그는 종종 그리스가 배출한 최후의 위대한 인물로 여겨진다.

56 초기 로마 왕들과 초기 공화정 시대.

57 로마의 전설적인 2대 왕인 누마(Numa)는 평화롭고 계몽된 시기를 이끌었다고 해서 창건자인 로물루스 왕(King Romulus)보다 "더 나은 창건자"로 불린다. 베스타(Vesta) 여신 숭배는 그가 창시한 것으로 전해진다.

58 세르비우스(Servius)는 6대 왕으로 알려져 있는데, 기원전 6세기경 그가 통치 기간 중 정비한 행정 체제가 로마 공화정 기간 내내 존속된 것으로 평가된다.

퍼져 나갈 수 있도록 단단한 토대를 닦았다. 505
그러고는 대집정관들이 위풍당당하게 일어선다.
두려운 법정에서처럼 준엄하고 진지하게
사적인 아버지를 억눌렀던 **공적인 아버지.** 59
감사할 줄 모르는 그의 조국이 잃을 **수 없었던** 그,
조국의 적들에게만 복수심에 불탔던 **카밀루스.** 60 510
만인을 정복한 황금을 비웃던 **파브리키우스**61와
쟁기질하다 일어서도 경외로운 **킨키나투스.** 62
카르타고여! 너의 **자발적인 제물**63은 굳은 신념과

---

59 "공적인 아버지"는 로마의 마지막 왕인 타르퀴니우스 수페르부스(Tarquinius Superbus)의 조카인 루키우스 유니우스 브루투스(Lucius Junius Brutus)를 가리킨다. 기원전 510년 타르퀴니우스 왕가가 추방당하고 로마 군주정이 끝난 후 그는 집정관이 되었는데, 집정관 시절 타르퀴니우스 왕가를 복원하려는 음모를 꾸민 자신의 두 아들에게 사형을 선고한 것으로 전해진다.

60 기원전 4세기 초 로마의 독재자이자 장군이었던 카밀루스(Camillus)는 망명길에 올랐지만, 다시 부름을 받아 갈리아인들과 볼스키족과 아이퀴족과의 전쟁에서 로마를 승리로 이끌었다.

61 기원전 3세기 초 로마 집정관을 세 차례 역임했던 파브리키우스(Fabricius)는 옛 로마의 검소함과 정직성의 전형으로, 로마를 침공한 그리스 왕 피로스(Pyrrhus)에게 사절로 파견되었을 때 자신을 매수하려는 제의를 여러 번 거절한 것으로 전해진다.

62 초기 로마의 경건한 검소함을 대표하는 루키우스 퀸크티우스 킨키나투스(Lucius Quinctius Cincinnatus)는 시골 농장에 거주하다가 기원전 458년 로마군이 패배의 위기에 처하자 쟁기를 버리고 집정관의 직무를 수행했고, 적들을 물리친 후 다시 농장으로 돌아간 것으로 전해진다.

63 기원전 267년과 256년 로마의 집정관이었던 레굴루스(Regulus)는 아프리카 원정군의 지휘관으로 참전했던 제 1차 포에니 전쟁 기간 중 카르타고의 포로가 되었

명예의 무시무시한 명령의 긴급한 부름을 받아
간청하는 본성이 반대할 법한 모든 것으로부터, 515
전 도시 주민들의 눈물로부터 느닷없이 멀리 벗어났다.
스키피오,[64] 인정 많으면서도 용맹한 그 **온화한 수장**은
이내 흠 없는 영광의 경주에 나섰고,
젊을 때는 다정했고, **우정**과 **철학**과 더불어
시의 그늘로 은퇴했다. 520
툴리,[65] 그의 힘찬 능변은 **급속히** 기우는
로마의 가파른 운명을 한동안 막아 주었다.
지극히 덕성스러운 불굴의 **카토**.[66]
그리고 그대, 따뜻한 심성의 불운한 **브루투스**,[67]

는데, 로마와의 평화 협상을 위해 사절로 파견되었을 때 로마인들에게 전쟁을 속행할 것을 조언했고 결국 카르타고로 돌아와 잔인하게 처형당했다.

64 카르타고를 처부순 후 눈물을 흘린 것으로 전해지는 스키피오 아이밀리아누스 누만티누스(Scipio Aemilianus Numantinus, 기원전 184~129)는 수준 높은 교양인으로, 은퇴한 후 뛰어난 문인·철학자 서클의 핵심 인물이었다.

65 마르쿠스 툴리우스 키케로(Marcus Tullius Cicero)는 19세기까지 영국 문인들에 의해 '툴리'(Tully)로 불렸는데, 그의 웅변은 기원전 63년 카틸리네(Catiline)가 주도한 무정부주의자 음모를 진압하는 데 이바지했다. 율리우스 카이사르(Julius Caesar)가 사망한 뒤 키케로는 독재자의 길을 가려고 하는 마르쿠스 안토니우스(Marcus Antonius)의 야심에 반대하다가 결국 기원전 43년 처형되었다.

66 로마 내전 중 율리우스 카이사르의 정적이었던 '소(小) 카토' 마르쿠스 포르키우스 카토(Marcus Porcius Cato, 기원전 95~46)는 우티카의 동맹 세력에 가담하기 위해 사막을 가로지르는 6일간의 행군에 나섰지만, 동맹 세력이 카이사르의 제의를 받아들이고 자신의 죽음을 원하는 상황이 되자 자살했다.

67 이상적인 공화주의자인 마르쿠스 유니우스 브루투스(Marcus Junius Brutus, 기

그대의 침착한 팔은 경외로운 미덕의 재촉을 받아 525
벗에 맞서 **로마의 칼**을 들어 올렸다.
이 밖에도 수천 명이 시(詩)의 찬사를 요구하지만,
누가 하늘의 별들을 다 헤아릴 수 있을까?
누가 이 더 낮은 세상에 끼친 그들의 영향을 노래할 수 있을까?

보라, 봄철의 해처럼 침착하고 당당하게, 530
맑고 온화하면서도 힘차게 저쪽에서 누가 오는지!
포이보스[68] 자신이거나 **만토바의 시골 젊은이**![69]
시가(詩歌)의 **아버지**, 담대한 날개를 지닌
위대한 **호메로스**[70]도 나타난다! 또 그 옆에 **대등하게**
영국의 시신[71]이. 손에 손을 잡고 그들은 걷는다, 535
어둠 속에서,[72] 명성에 이르는 도중의 가파른 길을 가득 메우며.

원전 78~42)는 율리우스 카이사르의 벗이었지만 독재를 계획하는 카이사르를 암살하는 음모에 가담했다.

68 로마 신화에서 치유·예언·신탁의 신인 아폴론(Apollon)은 '포이보스'(Phoebos)라는 별칭으로도 불리는데, 베르길리우스의 《전원시》에서는 시와 음악의 후원자로 그려진다.

69 이탈리아 북부 만토바 태생의 푸블리우스 베르길리우스 마로(Publius Vergilius Maro, 기원전 70~19)는 로마의 건국을 다룬 《아이네이스》를 비롯해 《농경시》와 《전원시》 등의 저자로, '로마의 시성'으로 여겨진다.

70 《일리아스》와 《오디세이아》의 저자인 호메로스(Homeros)는 최초의 시인으로 여겨진다.

71 《실낙원》, 《복낙원》, 《투사 삼손》의 저자인 존 밀턴(John Milton, 1608~1674)은 셰익스피어에 버금가는 영국의 대시인으로 평가된다.

또 그 유령들[73]도 나타난다 — 교묘한 필치로
열정적인 심성의 소유자들을 가슴 아프게 만들며 끌어당겼고
도덕적 장면으로 **아테나이**를 매료했던 그들도.
또한 멋진 선율로 매혹적인 **수금**(豎琴)을 깨웠던 그들도. 540

그대들과 같은 부류의 가장 뛰어난 이들이여! 신성한 공동체여!
그대들을 위해 남겨 둔 내 밤들을 늘 그렇게 방문하여
날아오르는 내 영혼을 그대들의 것과 같은 상념들에게로 끌어올려 주오.
그대 고독한 힘인 **정적**이여! 이제 문은 그대에게 맡겼으니,
세련된 감각과 잘 소화된 학식과 545
고매한 신념과 순발력 있는 위트와
늘 쾌활한 유머로 고맙게도 내 소박한 지붕을
때로 축복해 주는 선택된 몇 명의 벗 말고는
그 성스러운 시간에 아무도 침범하지 못하게 지켜보아 주오.
아니면 시신들의 언덕에서 **포프**가 내려와 550
그 성스러운 시간을 끌어올려 미소 짓도록 명하고
상냥한 정신으로 가슴을 데워 주리라.
그 자신이 번역한 **호메로스**가 더 감미롭게 노래하지 않더라도,
그의 삶이 더 사랑스러운 노래이니까.[74]

---

72 밀턴은 40대에 실명했고, 호메로스 또한 실명한 것으로 전해진다.

73 그리스 극작가들과 서정시인들. 톰슨은 《자유》에서 아티카 극을 "도덕적 장면"(2권 279행)으로 기술한 바 있다.

74 알렉산더 포프(Alexander Pope, 1688~1744)는 어릴 때 앓은 병으로 평생 불구

해먼드[75]여, 그대는 어디 있는가? 선율을 즐기는 무리[76]의 555
벗이자 연인이자 소중한 자랑거리인 그대여!
아, 사랑스러운 젊은이여, 왜인가, 활기찬 온갖 가치들과
남성적인 온갖 미덕들의 진가가 빠르게 드러나던,
청춘의 재능이 꽃을 피우던 전성기에
왜 그대는 우리의 희망으로부터 그토록 빨리 앗아 가졌는가? 560
그대의 열렬한 가슴을 찔러 대던, 명성에 대한 그 고결한 갈증이
이제 무슨 소용이 있는가? 일찍이 얻어진
지식의 그 보고(寶庫)가? 조국의 명성을 드높이는
젊은 애국자들 무리에서 이글거리던,
조국에 이바지하려는 그 열의가? 565
슬퍼라! 재기발랄한 위트의 그 활기찬 매력은
이제 무슨 소용이 있는가? 시신에 매혹된 그 황홀경,
우정의 그 심성, 또 가장 부드러운 빛으로
그대의 미덕들에게 미소 지으라 명한 그 기쁨의 영혼은?
아! 그 모든 것은 우리의 어리석은 추구를 가로막고, 570

의 몸이 되었지만 독학으로 고전과 문학을 공부하여 《비평론》, 《머리타래의 겁탈》, 《우인(愚人) 열전》, 《인간론》 등의 시편들과 호메로스의 《일리아스》, 《오디세이아》의 번역본을 출간했다. 554행에서의 찬사는 트위크넘에서 은둔자로서의 삶을 살면서 자신의 정신을 끊임없이 갈고닦았던 포프의 삶을 기리는 것이다.

75 제임스 해먼드(James Hammond, 1710~1742)는 왕세자의 시종이자 시인으로, "젊은 애국자들" 중 한 명이었다. 그의 사후 출판된 사랑의 비가들은 당대에 높은 평가를 받았다.

76 '시인들'을 가리킨다.

우리의 겸허한 희망들에게 삶의 허망함을 가르치기 위한 것일 뿐.

그래서 나는 어떤 깊숙한 은거지에서 주제에 고무되어
유연한 영혼을 지닌 벗들과 함께 때로는 쾌활하게
때로는 진지하게 겨울의 음울한 시간을 보내면서,
자연의 끝없는 뼈대가 밤의 공허함으로부터 575
느지막이 불러내졌는지, 아니면
자연의 생명이자 법칙들이자 발전이자 목표인
영원한 정신으로부터 **영원히** 솟아났는지를 탐구하리라. 77
그리하여 아름다운 세계 전체의 더 큰 전망들이
우리의 열리는 정신에 차츰 펼쳐지고, 580
확산되는 조화 하나하나를 더없이 완벽한 상태로
깜짝 놀란 눈과 하나 되게 하리라. 78
그러고는 우리는, 비록 우리에겐 어지럽게 보이지만,
더 높은 질서 속에서 앞으로 나아가는 **도덕적 세계**,
즉 **지혜**의 가장 섬세한 손에 의해 맞춰지고 추진되어 585
온통 **공공선**(公共善)으로 귀결되는 그 세계를

---

77 물질적 우주가 신에 의해 무로부터 창조되었다는 575~576행에서의 첫 번째 관념은 구약성서 〈창세기〉 속 천지창조의 상황에 대한 전통적 해석이고, 물질적 우주가 신에 의해 신 자신의 존재로부터 창조되었다는 576~578행에서의 두 번째 관념은 창조주가 물질계를 한 영원한 모형의 복제물로 창조했다는 플라톤의 《티마이오스》(*Timaeus*)에서 제시된 생각을 발전시킨 것이다.

78 579~582행은 《사계》의 의도를 요약한 것이다.

정밀하게 살펴보려고 애쓰리라. 현명한 역사의 여신[79]은 다음엔
시간의 심연을 지나가도록 우리를 인도하여 어떻게 제국이
자라났다가 기울어 여러 국가로 흩어져 몰락했는지를,
무엇이 민족들을 부강케 하고 그들의 토양을 비옥하게 하고 590
그들에게 두 번이나 수확하도록 해 주는지를,
또 왜 그들이 자연의 가장 풍성한 보살핌을 받으면서도
가장 빛나는 하늘 아래 초췌해지는지를 우리에게 보여 주리라.[80]
그렇게 우리가 이야기할 때, 우리의 가슴은
속에서 불타올라, 신성(神性)의 그 몫,[81] 595
애국자들과 영웅들의 공적 영혼에 불을 지피는
지극히 순수한 하늘의 그 광선을 들이마시리라. 하지만 만일
보잘것없는 무력한 운세여서 불붙은 영혼의
이 맹렬한 봉기를 억누를 운명이었다면,
그럼 우리는 야망보다도 한층 더 우월한 600
사적인 미덕들을 배우리라 — 숲과 들판을 헤쳐 나가고
또 전원의 가장 매끈한 개울을 따라
미끄러져 가는 법이나, 희망에 의해 낚아채져
미래의 흐릿한 공간들을 지나오면서
진지한 눈으로 행복과 경이로움의 그 광경들 605

79 아홉 명의 시신 중 역사를 관장하는 클리오(Clio).

80 587~593행에 제시된 국민성과 국가의 역사에 끼친 풍토 및 기타 자연적 원인들의 영향은 당대 역사가들이 즐겨 다루던 주제였다.

81 "신성의 그 몫"은 자비심이나 선행에서 표현된 신 같은 지혜를 가리킨다.

(거기에서 정신은 끝없이 자라고 한없이 솟아오르며
이 상태에서 저 상태로, 이 세계에서 저 세계로
올라간다) 을 예견하는 법을. 82
하지만 진지한 상념이 이것들로 돋보이게 될 때,
우리는, 기분 전환을 위해 이동하면서, 장난기 어린 공상의 610
형체들을 실연하고, 전에는 결코 결합된 적 없는
날랜 관념들의 행렬을 모아 놓은
그 신속한 그림들을 끊임없이 만들어 내리라—
이로 인해 활기찬 **위트**는 쾌활한 놀람으로 흥겹게 이어지고,
우행(愚行) 을 색칠하는 **유머**는, 저는 진지한 얼굴로, 615
신경 하나하나를 깊게 흔들며 큰 웃음을 불러낸다. 83

한편 시골 마을에서는 난롯불을 피우는데,
그새 증언하는 이도 많고 마찬가지로 믿는 이도 많고
다들 진지하게 듣는 도깨비 이야기가 사방에 퍼지고,
마침내 미신적인 공포가 어느새 모두를 사로잡는다. 620
아니면 종종 소란스러운 공회당에서 사람들은 밤을 새우며

---

82 '존재의 대연쇄'(*the great chain of being*) 란 옛 관념은 17~18세기 동안 현재 및 미래의 진보의 관념을 포함하는 것으로 재해석되었다. 그래서 미래의 삶은 정신이 이 단계에서 저 단계로 무한히 상승하는 것으로, 또 불멸성은 지식의 끝없는 확장으로 간주될 수 있다.

83 '위트'(*wit*) 에 대한 이런 생각은 존 로크(John Locke) 의 《인간오성론》(*An Essay Concerning Human Understanding*) 2권 11장 2절에 제시되어 있다.

떠들썩한 시골 오락을 즐긴다. 순박한 기쁨이 사방을 돌아다닌다—
금방 즐거워하는 양치기의 가슴을 사로잡는
순박한 농담, 마음에서 우러난 오래 시끌벅적한 웃음,
부러 무방비하거나 자는 척하는 625
곁의 처녀에게서 서둘러 낚아챈 입맞춤,
껑충 뛰기, 찰싹 때리기, 잡아당기기, 토속 음악의
곡조에 맞춰 흔들어 대는, 마주 보고 추는 춤.
이렇게 겨울밤은 그런 오락들과 더불어 유쾌하게 휙 지나간다.

도시는 인파로 활기차게 북적거린다. 사람들이 모이는 곳마다 630
화젯거리가 넘치고 갖가지 열띤 얘기가 뒤섞여
왁자지껄한 소리만 웅웅거린다. 폭동의 아들들은
홀린 가짜 기쁨의 느슨한 흐름을 타고
날랜 파괴에게로 흘러간다. 괴로워하는 영혼 위로
내기를 건 분노의 여신이 덮친다. 총체적인 파멸의 635
구렁텅이 속으로 명예와 미덕과 평안과
벗들과 가족들과 재산이 곤두박질친다.
불 켜진 둥근 지붕[84]을 따라 천 가지 활기찬 방식으로
뒤섞이고 진화한 춤이 솟아오른다.
반짝거리는 궁정은 온갖 호화로움을 발산하고, 640
차츰 사람들이 모여든다. 야한 의상들과 양초들과

---

84 대저택.

반짝이는 보석들과 빛나는 눈들에서 나온
부드러운 광채가 궁성 위에서 물결치고,
그새 **제** 여름 광채 속에 잠겨 있는 화려한 벌레인 셈인
맵시꾼은 가볍게 퍼덕거리며 분가루가 묻은 날개를 펼친다. 645

무대 위에선 무시무시한 **햄릿**의 유령이 살그머니 다가가고,
오셀로[85]는 격분하고, 가엾은 **모니미아**[86]는 슬퍼하고,
또 **벨비데라**[87]는 사랑에 제 영혼을 쏟아붓는다.
공포가 가슴을 깜짝 놀라게 하고, 어여쁜 눈물이 어느새
뺨 위로 흘러내린다. 아니면 **희극의 시신**[88]은 세상 사람들에게 650
그들의 우스꽝스러운 모습을 들어 올려 보여 주면서,
공평무사한 웃음을 익살맞게 자아낸다.
때로 그녀는 노랫가락을 끌어올리고,[89] 너그러운 **베블**[90]에게서

---

85 '햄릿'과 '오셀로'는 셰익스피어의 같은 이름의 비극의 주인공들이다.

86 토머스 오트웨이(Thomas Otway)의 비극 《고아》(*The Orphan*, 1680년 초연됨)의 여주인공.

87 오트웨이의 비극 《보존된 베네치아》(*Venice Preserved*, 1682년 초연됨)의 여주인공.

88 탈리아(Thalia) 또는 탈레이아(Thaleia).

89 톰슨은 당대에 유행하던 '감수성의 희곡'(*drama of sensibility*)이나 '감상 희극'(*sentimental comedy*)이 풍부한 정조(情操)와 감성이 뒤섞인 장르이기 때문에 희극에서도 격정적인 부분에서는 비극적 고양(高揚)이 받아들여진다고 여기는 듯하다.

90 [원주] "리처드 스틸 경의 《의식적인 연인들》에 나오는 등장인물." 리처드 스틸 경(Sir Richard Steele)의 감상 희극인 이 작품(*The Conscious Lovers*)은 1722년

드러나듯, 아름다운 삶의 장면들 — 인류를 치장하거나
가슴을 매혹시킬 수 있는 것은 무엇이건 간에 — 을 채색한다. 655

오, **그대**의 견실하면서도 세련된 지혜,
그대의 애국자로서의 미덕들 또 이 세상 사람들을 감화하는
좀 더 섬세한 원천들91을 건드릴 수 있는 완벽한 기술은
미(美)의 세 여신92이 수여할 수 있는 모든 것과
아폴론93의 생기를 주는 불 전부와 결합되어 660
그대에게 매력적인 위엄을 주고, 세련된 삶의
수호자이자 장식이자 기쁨으로
빛나게 한다. 오, **체스터필드94**여, **시골 시신**이,
그대와 함께 그녀의 노래를 멋지게 장식하도록 허락해 주오!
그녀가 다시 겸손하게 그늘로 달아나기 전에, 665

에 초연되었다.

91 체스터필드(Chesterfield)의 웅변술에 "건드려진" 의원들의 정신과 가슴, 또는 그의 본보기에 영향받은 모든 이들의 좀 더 섬세한 감정들을 가리키는 듯하다.

92 그리스 신화에서 아름다움이나 우아함을 인격화한 세 여신, 즉 아글라이아(Aglaea, '빛남'), 에우프로시네(Euphrosyne, '기쁨'), 탈리아(Thalia, '꽃핌')를 가리킨다.

93 그리스 신화의 음악 · 시 · 가축 · 궁술 · 예언 · 빛의 신.

94 정치인이자 재사이자 서간문 작가인 4대 체스터필드 백작 필립 도머 스탠호프(Philip Dormer Stanhope, 4th Earl of Chesterfield, 1694~1773)로, 《사계》에서 찬양된 다른 정치인들처럼 월폴과 조지 2세에 맞선 휘그당 내 왕세자 서클의 주요 멤버였다. 그는 1742년 월폴 수상을 몰아내는 데 일조했지만, 1744년 656~690행이 처음 인쇄되었을 때까지는 아직 야당에 속했다.

그대의 두루 능통한 정신을 드러내겠다는,
영국인다운 경멸로 타락한 권력의 유혹들을
내쳐 버리는 그 기백을 기념하겠다는,
심지어 주제넘은 **프랑스**의 판단으로도
저희의 눈부신 궁정의 자랑거리인 예법들을 670
능가하는 그 우아한 예의 바름을,
분별력의 생기 띤 활력이자 자연의 진리로서
아티카풍 위트[95]와 매끈하게 날카롭고
온정 있고 잘 담금질된 풍자로 영혼 속으로 살짝 들어가
통증 없이 바로잡아 주는 그 위트를 기념하겠다는 675
그녀의 애정 어린 야망을 그대의 일행 속에 받아 주오
(시신이란 시신은 누구나 그대의 일행 속에 한 자리를 차지하고 있으니).
아니면, 거기서부터 한결 더 빛나는 불길로 솟아올라,
오, 나로 하여금 브리타니아[96]의 아들들이 조국을 위한 열변을
들으려고 귀 기울이는 상원(上院)으로 열렬하게 몰려가는[97] 680
어떤 영광스러운 날에 그대를 환호하여 맞게 해 주오.
그때 그대에 의해 더 사랑스럽고 아름다운 옷을 걸친 진리는
온건한 설득의 부드러운 의복을 걸친다.
그대는 동의하는 이성(理性)에게 다시

---

95 담화자로서의 고대 아테나이인들의 예리함을 가리킨다.

96 '영국'을 여성으로 의인화한 것.

97 679~680행은 하노버 왕가를 옹호하는 데 영국 국고를 쓰는 것을 반대한 체스터필드의 연설을 가리키는 듯하다.

이성 자신의 계몽된 상념들을 주고, 가슴에서 불러낸 685
순종적인 열정들은 그대의 목소리에 귀 기울이고,
또 내키지 않아 하는 정파(政派)[98]조차 잠시
그대의 우아한 힘을 느낀다 — 때로는 매끄럽고
때로는 신속하고 때로는 강력하고 심오하고 명료한 능변의
다양한 미로(迷路) 사이로 그대가 엄청난 큰물을 쏟아 낼 때. 690

너의 사랑스러운 보금자리로 돌아가라, 나의 행복한 시신이여.
보다시피, 이제 기쁨에 찬 싸늘한
겨울날들이 이어지고, 청명한 대기 속으로
너무 미세하여 잘 보이지 않는 에테르 같은 초석(硝石)이 흩날리며[99]
공중의 병원균을 죽이고 고갈된 대기에 695
새로 자연의 생명력을 공급해 주니까.
빛나는 대기는 빈틈없이 빽빽해지면서
그 차가운 수축성 포옹 속에 우리의 강화된 육체들을 묶고,
우리의 피에 양분을 공급하여 생기 띠게 하고,
두뇌까지 더 날래게 거듭 돌진하여 700
새로 긴장된 신경들을 통해 우리의 원기를 정련한다.
그리하여 거기에서 영혼은 활기차면서도 차분하고 침착하게

98 체스터필드에 맞선 정파.

99 당시에는 바람이 많고 하늘이 청명한 날이 이어지면 무색의 투명·반투명 결정체인 초석(질산칼륨) 생산에 유리하다고 여겼다.

창공처럼 빛나며 겨울처럼 예리하게 자리 잡는다.
자연의 삼라만상은 겨울의 쇄신력을
느끼며, 아무 생각 없는 눈에만 705
황폐하게 보일 뿐이다. 서리가 응고시킨[100] 토양은
식물의 풍성한 활력원(活力源)[101]을 끌어당기고,
다가올 해를 위해 활력을 모은다.
좀 더 강한 홍조[102]가 빨갛게 타오르는 불의 생기 띤 뺨에
얹혀 있고, 좀 더 순수한 강들은 710
내내 맑고 깨끗하게 흐른다.[103] 강들의 시무룩한 심연은
양치기의 응시에 투명하게 열리고,
응결하는 서리를 향해 한층 더 쉰 목소리로 중얼거린다.

서리여, 너는 무엇인가? 그 마법의 액체[104]조차 벗어날 수 없는
너 만물에 침투하는 불가사의한 힘이여, 어디에서 715
너의 비장(秘藏)의 예리한 힘은 생겨나는가?

---

100 원문의 "*concocted*"에는 '숙성하다', '완성하다'라는 의미도 있어 자연의 조화 속 서리의 유익한 역할을 시사한다.

101 여기에서는 초석(질산칼륨)과 동일시되고 있다.

102 추울 때는 더울 때보다 가스가 조밀해지기 때문에 서리 낀 날씨에 불은 여느 때보다 산소를 더 많이 받아들이고, 그래서 더 강렬하게 타오르곤 한다.

103 눈이 녹아 만들어 내는 강물은 가장 순수한 것으로 알려져 있다.

104 톰슨 시대의 온도계에서 쓰인 주정(酒精) 또는 에틸알코올. 1736~1737년 스칸디나비아반도 북부의 라플란드를 조사한 탐사대는 주정이 든 온도계가 얼어 버린 것을 발견했는데, 주정 속에 수분이 함유되어 있었기 때문으로 추정된다.

눈에 보이지 않는 너의 강력한 동력의 정체는
갈고리나 이중(二重) 쐐기 같은 형체로
물과 땅과 공기 속으로 엄청나게 널리 퍼진
무수한 소금 결정들이 아닌가? 이 때문에 저녁에는 720
겨울의 극심한 맹위로 가득 채워진 채
붉은 지평선 근처에서 살을 에듯 불어오는
얼음장 같은 강풍은 종종 방향을 틀면서 물웅덩이 위로
푸르스름한 피막을 내뿜고, 질주하는 도중에
졸졸 흐르는 개울물을 가로막는다. 헐거워진 얼음덩이는 725
개울물 따라 내려가며 햇살에 반쯤 녹아
더는 사각거리지 않지만, 사초(莎草) 우거진 둑까지
금방 불어나거나 뾰족한 바위 주변으로 모여들어
하늘의 숨결로 단단하게 굳은 수정의 빙판이 만들어지고,
마침내 이 개울가에서 저 개울가까지 꽁꽁 얼어붙는 통에 730
갇힌 개울 전체가 빙판 밑에서 으르렁거리며 흘러간다.
얼어붙은 땅은 소란스럽고, 여느 때의 두 배나 되는
소음을 크게 반향한다. 그새, 초저녁 불침번을 서는
마을 개는 밤도둑을 막아 주고,
암소는 음매 하고 울고, 먼 곳의 폭포 소리는 735
바람 속에서 부풀어 오르고, 공허하게 울리는 평원은
길손의 서두르는 발걸음으로
멀리서부터 흔들린다. 대기권 전체는
무한한 세계들을 눈앞에 드러내며

아주 눈부시게 빛나고, 온통 별처럼 반짝이는 740
장막이 되어 전 세계 곳곳에서 빛을 발한다.
전 세계 곳곳에서 그 완강한 영향력은 고요한 밤 내내
끊임없이 묵직하게 또 힘차게 떨어져
자연계를 단단히 붙잡는다. 계속 한파가 이어지고,
마침내 아침이 풀 죽은 세계 위로 느지막이 일어나며 745
우울하게 파리한 눈을 쳐든다. 그러고는
조용한 밤의 갖가지 활동이 나타난다 —
물이 뚝뚝 떨어지는 처마, 얼어붙은 물줄기만
고함치는 것처럼 보이는 작은 벙어리 폭포에서 내려뜨려져
매달린 고드름, 변화무쌍한 색조들과 750
별난 형상들이 솟아오르는 멋진 성에,
언덕 위로 널찍하게 솟아올라 아침에 어렴풋이
차갑게 빛나는 납빛 구역으로 변한 얼어붙은 개울,
깃털 물결105 아래 굽은 숲,
표면이 단단하게 얼어붙어 일찍 일어난 양치기가 755
수심에 잠긴 채 야위어 가는 양 떼를 찾거나
미끄러운 땅바닥에 즐거워하며 산꼭대기에서
날래게 내려올 때 그의 발걸음에 울리는,
서리에 순화된 좀 더 하얀 눈.

---

105 깃털처럼 보이는 성에 낀 나무들.

인간의 온갖 작업들이 잠시 멈춰 선 동안, 760
유쾌한 장난에 정신이 팔린 시골 젊은이들은
즐겁게 강 주위로 몰려와, 뿔뿔이 흩어져
갖가지 오락과 놀이를 한껏 즐긴다. 거기에서 신나게 어울리며
일행 중 누구보다도 행복하게 희희낙락하는 남자아이는
빙그르르 도는 팽이를 세차게 채찍질한다. 아니면, **라인강**이 765
숱한 긴 운하들에서 갈라지는 곳에서는,
바타비아인들**106**이 농한기에 각 지방에서
떼 지어 몰려든다. 또 그들이 요란한 스케이트를 타고
바람처럼 날랜 동작으로 침착하게 빙그르르 돌면서
무수히 다른 방식으로 내내 미끄러져 갈 때, 770
그때는 명랑한 땅**107**은 온통 미칠 듯한 환희에 사로잡힌다.
그에 못지않게 북방의 왕궁들은 설국 전역에서
호화로운 새 제전을 쏟아 낸다. 그들의 활기찬 젊은이들은
날랜 썰매를 타고 열심히 대담하게 겨루며
요란한 소리가 그치지 않는 경주로를 미끄러져 간다. 그새, 775
남성들 간의 열띤 경쟁을 부추기려고, 절정의 매력을 뽐내는
스칸디나비아의 귀부인들이나 **러시아**의 토실토실한 딸들은
추위로 얼굴이 달아올라 사방에서 빛을 발한다.

---

106 네덜란드인들.
107 네덜란드인들은 대개 활기 없는 것으로 알려져 있다.

건강에 좋은 날은 맑고 생기 띠고 즐겁지만,
이내 지나가 버린다. 남쪽 지평선상에 780
큼직하게 걸린 해는 정오를 알리고,
차디찬 벼랑을 헛되이 비춘다.
산에서는 늘 하늘빛 광택이 나고,
해의 미약한 손길도 느끼지 못한다. 어쩌면 계곡은
반사된 햇살에 잠시 누그러진 듯하다. 785
아니면 나무에서는 눈 뭉치가 떨어져
여기저기 흩날리면서 물결치는 듯한 미광 속에서
무수한 보석들처럼 화려하게 반짝거린다. 총과 총소리에
안달하며 뛰어다니는 사냥개와 함께,
겨울 한파 이상으로 들판을 황폐하게 만들고 790
또, 한 해의 폐허에 더해, 발이나 깃털 달린
사냥감을 괴롭히는 사람들의 오락이
사방에서 둔탁하게 천둥 치듯 큰소리를 낸다.

하지만 어찌 된 것인가? 우리의 눈이 깜짝 놀라,
혹독한 몇 달 동안 계속되는 밤이 795
별처럼 빛나며 반짝거리는 황야를 통치하는
혹한 지대로 쏜살같이 날아간다면, 우리의 어린 겨울은
그 장중함을 빼앗긴 채 아주 의기소침해지리라.

거기에선, 자연의 손길[108]에 의해 탈출의 기회가 가로막힌 채,

끝없는 설원의 감옥 속에서, **러시아**의 망명객은 800
사방팔방 헤매고 다닌다. 주변에서
그의 애처로운 눈에 띄는 거라곤, 오직
온통 눈으로 뒤덮인 황야, 묵직한 눈 짐을 짊어진 작은 숲들,
인적 드문 대설원을 가로질러 무시무시한 빙판들을
얼어붙은 바다까지 펼치는 꽝꽝 언 개울들, 805
또 카라반[109]이 풍요로운 **중국**의 황금 연안 쪽으로
1년에 한 번 행로를 구부릴 때 빼고는
결코 사람들 소식을 듣는 복을 누리지 못하는 저 먼 곳의
기쁨 없는 소읍들뿐. 하지만 거기에서도 생명은 희미하게 빛난다.
하지만 거기에서도 빛나는 설원 속에, 꼬리 끝만 검게 물든, 810
그들이 밟아 대는 눈만큼이나 얼룩 하나 없는 하얀 산족제비 털,
윤나는 시커먼 검은담비 털로 끝동을 대고, 또 암갈색이나
뒤섞인 수천 가지 색조들로 아름답게 알록달록한
궁정의 값비싼 자랑거리를 걸친 채,[110]
모피를 걸친 민족들이 소중하게 숨겨져 있다. 815
거기에서 함께 몸을 기대며 온기를 나누는 사슴 무리는
방금 내린 눈 위에서 잠을 자고, 수북한 화관 위로는

---

108 '쌓인 눈'을 뜻한다.

109 낙타나 말에 짐을 싣고 떼를 지어 먼 곳으로 다니며 특산물을 교역하는 상인 집단.

110 809~814행은 요하네스 셰페루스(Johannes Schefferus)의 《라포니아(라플란드)》(*Lapponia*, 1673; 영역본 1674년) 29장에서 따온 것이다. 북방에 대한 톰슨의 묘사는 이 책에 크게 빚지고 있다.

좀처럼 머리를 들지 않는 가지 뻗은 뿔이 달린 엘크는
흰 눈에 파묻혀 시무룩한 표정으로 잠들어 있다.
무자비한 사냥꾼에게는 개들이나 그물도 필요 없고, 820
또 무시무시한 석궁도 없이 그는 겁에 질려 달아나는
족속을 몰아간다. 그들이 고동치는 가슴을
산더미 같은 눈 속에 헛되이 힘없이 밀치며
애처롭게 큰 소리로 울어 댈 때, 그는 묵직한 곤봉으로
벌벌 떠는 그들을 쓰러뜨려 주위의 눈밭을 피로 도배하고는 825
요란한 환성을 지르며 집으로 싣고 간다.[111]
소나무 우거진 숲에서 눈에 반쯤 파묻힌 채,
이 그늘의 난폭한 세입자인 몰골사나운 곰은
온몸에 아주 무시무시한 얼음을 매달고 외롭게 활보한다.
느린 걸음으로, 또 눈보라가 심해지자 더 시무룩한 표정으로, 830
곰은 무섭게 쌓이는 눈 더미 밑에 침상을 마련하고,
꿋꿋하게 참고 나약한 불평을 비웃으며,
엄습하는 허기에 맞서 마음을 다잡는다.[112]

더디고 큰 제 짐수레[113]를 재촉하는
마차부자리[114]가 보이는 광대한 북방 지역 일대에 835

111 이런 사냥 방식은 베르길리우스의 《농경시》 3권 369~375행에 묘사되고 있다.
112 곰은 동면을 시작한다.
113 북두칠성.
114 마차부자리(마부좌)는 북쪽 하늘의 오리온자리 북쪽에 있는, 오각형 모양의 다섯

낙이 거의 없고 고통도 전혀 두려워하지 않는 떠들썩한 한 종족이
살을 에는 서릿발 같은 **카우루스**115에 내몰린 채
떼 지어 바글거린다. 한때 그들은 문명사회의 노예제 속에 가라앉은
길 잃은 인류의 불길을 다시 불붙였고,
가공할 군사력으로 나약해진 남방을 향해 거침없이 돌진하여 840
호전적인 유목민 무리116를 몰아냈으며,
정복된 세계에 또 다른 형태를 부여했다.117
라플란드의 아들들은 그렇지 않다. 지혜롭게도 그들은
무분별하고 야만적인 활동인 전쟁을 경멸하고,
소박한 자연이 주는 것 이상을 요구하지도 않으며, 845
산을 사랑하고 그곳의 폭풍우를 즐긴다.
그 어떤 거짓된 욕망들, 그 어떤 오만이 빚은 결핍들도
그들 시대의 평화의 물결을 흩뜨리지 못하고,
쾌락이나 야망의 늘 고통스러운 불안한 미로 속에서
그 물결이 광란하도록 명하지 않는다.118 850

별을 가리키는데, 큰곰자리나 큰곰자리의 꼬리와 머리에 해당하는 북두칠성과 가까이 있다. 큰곰자리는 북극 주위로 작은 원만을 그리며 움직이기 때문에 더디게 움직이는 것처럼 보인다.

115 북서풍.

116 스키타이 씨족.

117 쇠락하는 로마 제국에 유입되어 나약해진 유럽의 기운을 회복시킨 '민족들의 벌집'으로서의 극북(極北) 지역의 관념은 몇몇 역사가들의 저작들과 톰슨 자신의 《자유》(*Liberty*) 1735년본 3권 510~538행과 1736년본 4권 370~378행에서도 나타난다.

그들에겐 순록들이 한 재산이다. 이 순록들은
텐트와 의복과 침구를 비롯한 생활용품 일체와
건강한 먹거리와 원기를 주는 피를 제공한다.
이 유순한 족속은 저희를 부르는 소리에 순종하여
목을 썰매에 내주고, 단단한 눈이 차곡차곡 쌓인, 855
또는, 눈길이 가닿을 수 있는 저 멀리에서,
끝없는 푸르스름한 얼음 껍질로 매끈해진 광활한 공간이 된
언덕과 골짜기 위로 목을 재빠르게 빙그르르 돌린다.[119]
그러고는, **라플란드인들**은 천체들 위로 굴절된
물결치는 불길을 끊임없이 흔들어 대는 춤추는 유성(流星)들, 860
선명한 달들, 또 눈부신 설원에서 반사되어
두 배로 빛을 발하며 더 멋지게 노니는 별들을 보고,
극지의 밤의 심연 속에서조차 사냥터를 밝혀 주거나
핀란드의 가축시장으로 가는 자신들의 담대한 발걸음을
인도해 주기에 충분한 멋진 낮을 발견한다.[120] 865
기다리던 봄이 돌아오고, 희미한 서광이

---

118 이 구절뿐만 아니라 877~886행에 나타나는 라플란드인들에 대한 이상화는 톰슨이 크게 빚진 셰페루스의 《라포니아》에 근거한 것이다.

119 톰슨은 아주 유용한 순록에 관한 정보를 올라우스 마그누스(Olaus Magnus)의 《고트족, 스웨덴인, 반달족 약사》(*A Compendious History of the Goths, Swedes and Vandals*, 영역본 1658년) 17장에서 얻은 것으로 보인다.

120 극북 지역의 긴 겨울밤은 북극광, 또 설원에서 반사되어 맑은 하늘 전역에서 빛나는 별빛과 달빛으로 환하다.

앞에서 천천히 움직이는 동안 아슴푸레한 남방으로부터
반가운 해가, 처음엔 그저 비스듬히 떠오르더니,
조금씩 둥근 얼굴을 크게 내밀기 시작한다.
그러다가 마침내 해는 즐겁고 쾌활한 몇 달간 모습을 드러내며 870
제 나선형 행로[121]를 계속 일주하며 나아가고,
제 불타는 구체(球體)를 거의 숨기는 듯하다가
다시 위쪽으로 방향을 바꿔, 하늘로 다시 오른다.
그 기쁜 계절에는 맑은 **니에미**[122]의 선경(仙境) 속 산들이
솟아오르고 또 장미꽃들로 테를 두른 **텡글리오강**[123]이 875
제 물결을 굴리는 호수들과 강들에서
그들은 엄청난 양의 치어들을 그물로 잡는다. 저녁에 그들은
치어들을 짊어지고 의기양양하게 텐트로 돌아오는데,
텐트 안에선 그들의 나무랄 데 없는 다정한 아내들이 종일

---

121 극권(極圈)에서는 여름 동안 해가 지는 법이 없고, 겨울에는 뜨는 법이 없다.

122 [원주] "모페르튀이는 자신의 저서 《지구의 형상》(1738)에서, 라플란드의 니에미의 아름다운 호수와 산을 묘사한 후, 이렇게 말한다. '이 고도에서는, 이 지방 주민들이 '할티오스'라고 부르고 또 산의 수호 정령이라고 여기는 그 증기가 호수에서 솟아나는 것을 여러 번 볼 수 있었다. 우리는 이 장소에 출몰하는 곰들 이야기에 겁에 질렸지만, 단 한 마리도 보지는 못했다. 오히려 그곳은 곰들보다는 요정들과 정령들의 휴식처인 듯했다.'" 피에르 루이 모페르튀이(Pierre Louis Maupertuis, 1698~1759)의 영역본의 제목은 《프랑스 국왕의 명을 받아 북극권에서 관찰한 바에 의해 확정된 지구의 형상》(*The Figure of the Earth Determined by Observations Ordered by the French King at the Polar Circle*, 1738년)이다.

123 [원주] "이 저자는 또 이렇게 말한다: '나는 이 강둑 위에서 우리나라 정원에서 피어난 장미꽃만큼이나 선명한 붉은색의(텡글리오) 장미꽃들을 보고 깜짝 놀랐다.'"

이런저런 집안일을 슬기롭게 돌보며 불을 피울 준비를 한다. 880
세 배로 행복한 종족이어라! 가난하기 때문에
합법적 약탈과 탐욕스러운 권력으로부터 안전하고,
사리사욕이 아직은 그들의 마음속에 결코 악의 씨앗을
뿌리지 않았고, 그들의 나무랄 데 없는 젊은이들은 결코
상처 주는 행동을 알지 못했고 또 그들의 생기 넘치는 딸들은 885
신의를 저버린 연인의 숨결에 망쳐진 비통함을 알지 못했으니.

토르네아 호수[124]와 황량한 설원 속에서 불길을 내뿜는
헤클라 화산[125]과 최북단(最北端)의 **그린란드**를 넘어
차츰 사그라지는 생명이 마침내 사멸하는
북극 자체에 이르기까지 계속 갈 길을 재촉하는 890
시신(詩神)은 홀로 비행을 이어 가고,
황막한 미개지 위를 배회하면서
또 다른 하늘[126] 아래의 새 바다들을 바라본다.
감청색 얼음 궁전의 옥좌를 차지한 채
이곳에서 **겨울**은 음울한 통치를 이어 가고, 895
그의 공중의 널찍한 홀 곳곳에서는 휘몰아치는 태풍이
악행을 저지르는 요란한 소리가 끊이질 않는다.

---

124 노르웨이와의 국경 근처이자 스웨덴과 핀란드를 나누는 토르니오강 상류에 자리한, 스웨덴 북부의 토르네 호수.

125 아이슬란드의 화산.

126 [원주] "다른 반구(半球)."

여기에서 그 무시무시한 폭군은 제 노여움을 곰곰 생각하고,
여기에서 만물을 진압하는 서릿발로 제 바람을 무장시키고,
제 사나운 우박을 빚고, 제 눈들을 쌓아 놓고, 900
그걸로 지금 북반구를 제압한다.

그러고는 동쪽으로 **타타르인들**의 연안[127]까지 굽이돌아,
시신은 망망대해의 포효하는 가장자리를 스치듯 지나간다.
거기에선, 태곳적부터 녹지 않은 눈이 눈 더미로 쌓여
하늘까지 엄청나게 부풀어 오르고, 905
산들 위로 높이 쌓인 얼음산들은
저 멀리에서 추워 벌벌 떠는 선원에게는
형체 없는 하얀 구름 덩어리처럼 보인다.
큰 파도 위로 거대하게 또 섬뜩하게 튀어나온
빙산들은 서로에게 눈살을 찌푸리거나, 910
마치 옛 혼돈 상태가 되돌아온 듯 차츰 붕괴되면서
깊은 바다를 널찍하게 찢고 견고한 북극을 흔들어 댄다.
바다 자체도 결빙의 위력에
더는 버티지 못하고, 가없는 서릿발에 붙잡힌
맹렬한 눈 폭풍 속에서 915
바다 밑바닥까지 여러 길 사슬에 묶인 채
더 이상 노호하지 말라고 명한다. 물결치는 바위들[128]로

---

127 시베리아 북부.

텁수룩하고 음울하고 생기 하나 없는
황량한 대빙원(大氷原)은 음산한 몇 달을 피해
마음먹고 남쪽으로 달아난다. 사방엔 죽음의 그림자 가득하고 920
서릿발은 열 배나 매서워진 상황에서
기나긴 밤이 머리를 짓누르며 섬뜩하게 떨어지는 동안,
여기에서 차츰 모여드는 빙판들에 갇힌 채
지는 해를 마지막으로 바라보는 이들은
불쌍하여라! **최초로** 배로 (**영국인들**이 925
용감하게 시도해 보지 않은 게 무엇이겠는가!)
북동항로를 찾아 나섰고, 그 후 그토록 숱하게
헛되이 시도하다가, 시샘하는 자연에 의해
영원한 빗장으로 가둬진 그 **영국인**129의 운명이 바로 그러했다.
이 무시무시한 지역에서, **아르지나만**에서 붙잡혀, 930
꼼짝달싹하지 못한 그의 배는 즉각 빙판 가득한 바다에
갇혀 발이 묶이고, 각자 제 직무를 수행하느라 혼신의 힘을 쏟았던
운 나쁜 승무원들과 함께 그는 얼어붙어

---

128 얼어붙은 파도들.

129 [원주] "북동항로를 찾기 위해 엘리자베스 여왕이 파견한 휴 윌러비 경." 휴 윌러비 경(Sir Hugh Willoughby)과 탐사대원들은 1553~1554년 겨울을 보낼 생각으로 노르웨이와 러시아의 현재 국경 근처인, 뒷날 아르지나만으로 알려진 내해로 들어섰지만, 식량 부족으로 전원 사망했다. 그들의 사체들은 몇 년 뒤 발견되었고, 윌러비 경의 일기는 하클뤼트(Hakluyt)를 비롯한 다른 여행가들의 저작들에 수록되었다. 탐사 활동 중 동사한 대원들에 관한 묘사는 톰슨이 지어낸 허구인 듯하다. 그 후 각국의 수많은 탐사대들은 북동항로 탐사를 여러 차례 시도했다.

조각상으로 변했다 — 항해사는 삭조(索條)에,
조타수는 키에 달라붙어 버리고. 935

사나운 **오비강130**이 얼어붙은 강물을 좀처럼 굴려 보내지 못하는
이 연안 바로 근처에 최후의 인간들131이 산다.
식물뿐만 아니라 인간도 기르고 성숙시키는
저 멀리 떨어진 해로 반쯤만 생기 띠게 된
이곳에서 인간성은 가장 조악한 형태를 띤다. 940
살을 에는 겨울 추위를 피해 동굴 속 깊이 은신한 채,
희미한 불 곁에서, 변변찮은 음식으로 연명하며, 그들은
지루하게 이어지는 겨울을 음울하게 보낸다. 모피로 몸을 감싼
그 야만적인 종족은 깜박 잠이 든다. 활기찬 농담도, 노래도,
다정함도, 또 바깥에서 활보하는 같은 혈통의 곰들을 제외한 945
그 어떤 생물도 그들은 알지 못한다.
마침내 아침은, 제 장미들을 다 축 처지게 만들면서,
들판 멀리까지 빛나는 긴 어스름을 떨어뜨려,
추위에 떠는 야만인들을 사냥으로 부른다.

---

130 러시아와 몽골 국경 근처에서 솟아 북극해로 흘러들어 가는 강으로, 그 하구는 북동항로를 발견하려는 표트르 1세의 노력의 일환으로 1720년대에 측량되었다.

131 시베리아 서부와 우랄 지방에 사는 핀족계의 일족인 사모에드족과 오스탸크족으로, 그들의 겨울 거처와 미개 상태는 일찍이 베르길리우스의 《농경시》(3권 349~383행)에서의 히페르보레이오이족에 관한 묘사와 뒷날의 여러 저작들에 그려져 있다.

적극적인 정부가 무엇인들 못 하겠는가, 950
인간을 새로 주조하는 일인들? 이 연안에서부터
광대하게 펼쳐진 곳에서 아득한 옛날부터 미개했던 한 민족,
그동안 방치되었던 대제국은 **하늘**의 영감을 받아
한 **위인**[132]을 야만의 어둠으로부터 불러냈다.
불멸의 **표트르 1세**![133] 군주들 중 으뜸이어라! 그는 자신의 955
완고한 조국을 길들였다 — 조국의 바위들을, 조국의 늪지대를,
조국의 강들을, 조국의 바다들을, 잘 따르지 않는 조국의 아들들을.
또한 사나운 **야만인들**을 진압하면서도
인간을 좀 더 고귀한 영혼으로 끌어올렸다.
고대 영웅들의 유령들인 그대들이여, 960
연이은 기나긴 시대 내내 국가 건설의 과업에
몸 바쳐 온 그대들이여, 당장 보라,

132 955행부터 칭송되는 러시아의 표트르 1세.

133 러시아 차르인 표트르 1세(Peter the Great, 1672~1725)는 1697년부터 1698년까지 정부 조직·교역·산업을 연구하기 위해 서유럽을 여행했고, 네덜란드와 영국 조선소에서는 손수 수공 기술까지 익혔다(969행). 고국으로 돌아온 그는 러시아의 후진적인 육군·해군·행정·교육·사회·문화 등을 개혁했다. 발트해 연안 지역을 확보한 후, 1703년에 상트페테르부르크를 새 수도로 정하고(973행), 발트해와 흑해를 운하로 연결할 계획을 세웠다(975~976행). 또 그는 20년에 걸친 스웨덴의 카를 12세와의 전쟁에서 결국 승리하면서(973행) 북방으로 영토를 확장했다. 그렇지만 1711년 터키를 공격한 끝에 어쩔 수 없이 굴욕적인 강화조약을 맺고 영토 상실을 받아들였던 점으로 미루어 보아 오스만투르크족을 압도하지는 못했다(980~981행). 물질적 진보에 대한 톰슨의 찬양은 〈가을〉 43~130행에도 나타나 있다.

이루어진 경이로운 업적들을! 저 비길 데 없는 군주를 보라!
그는 그때까지는 실체 없는 권력의 막강한 그림자가
군림해 왔던 물려받은 옥좌를 떠났고, 965
궁정의 나태와 사치를 철저하게 내쫓았고,
온갖 나라들을 떠돌며, 온갖 항구들에서,
홀(笏)을 따로 치워 둔 채, 영예로운 손으로,
지치지도 않고 기계 도구들을 쓰면서,
무역과 실용적인 기술과 행정의 지혜와 970
군사 기술의 씨앗들을 그러모았다.
유럽의 지식을 잔뜩 채워 넣은 채 고국으로 그는 간다!
그러자 불 밝힌 황야 한가운데에서 도시들이 솟아오르고,
기쁨 없는 불모지들에서 농업이 번성하고,
저 먼 곳의 바다가 다른 바다에 허물없이 합쳐지고, 975
깜짝 놀란 **에욱시네해**[134]가 **발트해**의 굉음을 듣고,
당당한 함대는 전에는 단 한 번도 담대한 용골로 거품 인 적 없던
바다들을 미끄러져 나아가고, 군대는 어떤 길에서건
눈부신 대오를 이루어 여기에서는 미친 듯 날뛰는
북방의 **알렉산드로스**[135]를 진압하고, 저기에서는 무시무시한 980

---

134 '흑해'를 가리킨다.

135 스웨덴 국왕 카를 12세(Karl XII, 1682~1718). 1700년부터 1702년까지 덴마크·러시아·폴란드에 차례로 패배를 안긴 군사 전략가인 그는 1708년 러시아를 침공했지만, 러시아의 혹한에 전력이 심각하게 약화된 그의 군대는 1709년 폴타바에서 전멸했다.

오스만 왕조의 움츠러드는 아들들[136]을 압도한다.
황실의 나태와 **무지**와 옛 불명예를 자랑스러워하는 **악습**도
이 땅에서 달아나고, 전체를, 즉 기술과 무기와
부상하는 무역의 장(場) 일체를 일깨운
대제(大帝)의 손에 훈육된 이 땅은 사방에서 빛을 발한다. 985
그의 지혜가 설계하고 권력이 시행한 바를,
한층 더 강력하게, 그의 훌륭한 **모범**이 보여 주었으니까.

저녁에 바람은 덜 매섭게 남쪽에서
나직하게 공허한 함성을 지르며 불어온다.
진압된 서리는 녹아 물방울로 똑똑 떨어진다. 990
눈이 드문드문 쌓인 산들은 빛나고, 진눈깨비가 성기게 내리고,
주위의 들판이 물에 잠긴다. 속박을 견디지 못하고
개울은 부풀어 오른다. 눈이 녹아 만든 무수한 급류가
널찍하고 세찬 갈색 물줄기로 갑자기 언덕에서부터
바위들과 숲들 위로 쏜살같이 지나가고, 995
급류들이 돌진하는 소리가 멀리까지 울려 퍼지는 평원은
금방 드넓은 진창으로 변한다. 혹한의 극지를 두들겨 대는
저 음울한 바다들은 강력한 북극의
족쇄 아래에서 더는 쉬지 못하고,
제 파도란 파도를 다 깨우며 제멋대로 굽이친다. 1000

---

136 투르크족.

또 들어 보라! 점점 길어지는 굉음은 찢긴 얼음 바다 위로 비스듬히
끊임없이 이어지다가, 갑자기 빙판을 폭발시켜
구름까지 닿을 정도로 높다란 산을 무수히 쌓아 올린다.
전전긍긍하는 가엾은 승무원들로 가득한 범선은 운 나쁘게도
떠다니는 얼음 조각들 사이에 내던져졌다가 1005
얼음 섬의 피난처 아래에 정박한다.
그새 밤은 바다를 뒤덮고, 점점 더 커져 가는 공포는
섬뜩하기만 하다. 과연 인간들의 힘이 자신들을 사방에서 포위한
그 숱한 재해들을 견딜 수 있을까?
극심한 허기, 정신을 혼미하게 만드는 피로감, 1010
바람과 파도의 굉음, 잠시 그쳤다가 때로 한층 더 요란한
소리를 내며 격렬하게 다시 시작되면서 끔찍한 메아리와 함께
여기저기에서 얼음이 부서지며 노호하는 소리를?
그 바다를 더 혼란스럽게 하려고, 레비아탄137과
그의 만만찮은 일행은, 섬뜩하게도 반은 장난삼아, 1015
헐거워진 바닷물을 격렬하게 뒤흔들고, 그새 어둠 속,
저 멀리, 바람의 짐을 싣는 황폐한
연안으로부터, 난파선을 기다리는
굶주린 괴물들의 허기진 울부짖음이 들린다.
하지만 **늘 깨어 있는 눈**인 **섭리**는, 1020

137 구약성서 〈욥기〉(41장)에 나오는 거대한 바다 동물이지만, 근대 문학에서 종종 그렇듯 여기에서는 고래를 가리킨다.

절망에 빠진 인간들의 가냘픈 노고를
불쌍히 여겨 내려다보면서, 운명의 이 모든 황량한 미로를
뚫고 나갈 수 있도록 불을 밝혀 그들을 안전하게 이끈다.

다 끝났구나! — 두려운 **겨울**이 마지막 어둠을 펼치고,
정복된 한 해 위에 위풍당당하게 군림한다. 1025
얼마나 죽은 듯 식물 왕국은 누워 있는지!
선율의 왕국138은 얼마나 잠자코 있는지! 공포는 제 적막한 영토를
드넓게 확장한다. 보라, 어리석은 인간이여!139
여기에서 그대의 인생의 축도(縮圖)를 보라. 인생은 짧아,
그대의 활짝 꽃핀 봄을, 그대의 혈기 왕성한 여름을, 1030
노쇠함으로 시들어 가는 그대의 차분한 가을을 보내고 나면,
마무리하는 창백한 겨울이 마침내 찾아와
막을 내려 버린다. 아! 이제 어디로 달아나 버렸는가,
그 큰 꿈들은? 행복의 그 허약한
희망들은? 명성에 대한 그 갈망들은? 1035
안달복달하는 그 근심들은? 부산하게 법석대는 그 낮들은?
흥청대며 보낸 그 흥겨운 밤들은? 그대의 인생을 양분한,
선과 악 사이에서 길 잃은 그대의 변덕스러운 상념들은?
이제 다 사라졌구나! 인간의 변함없는 영원한 벗,

138 '새들'을 가리키는 우회 어법.
139 1028~1046행은 구약성서 〈욥기〉(14장 1~15절)의 욥의 기도를 상기시킨다.

인간을 드높은 행복으로 이끄는 길잡이인 1040
미덕만 살아남았다. 그리고 보라!
눈부신 아침이 찾아왔구나! 하늘과 땅의
두 번째 탄생이! 깨어나는 자연은
새로운 창조의 말씀을 듣고, 고통과 죽음에서
영원히 벗어나, 갖가지 숭고한 형태의 1045
삶을 시작한다. 삼라만상을 포함하고 또 하나의 **완벽한 전체**로
통합시키는 **거대한 불멸의 체계**는,
시야가 더 넓어짐에 따라,
순화된 이성의 눈에 홀연히 나타난다.[140]
지혜로운 척하는 너희들아! 눈멀고 주제넘은 너희들아! 1050
이제, 흙먼지 속에서 어리둥절한 채, 너희가 종종 비난했던
그 **힘**과 **지혜**를 숭배하라. 이제 그 이유를 알라,
왜 겸손하고 훌륭한 이가 이름 없이 살다가
빛도 못 보고 죽었는지를, 왜 삶에서
착한 이의 몫이 괴롭고 쓰디쓴 영혼이었는지를,[141] 1055
왜 **사치**가 대저택에 누워 제 저급한 상념을 잡아당겨
터무니없는 것들을 갈망하는 동안
외로운 과부와 그녀의 자식들이 쓸쓸하게 굶주리며

---

140 톰슨은 《사계》의 여러 곳에서 상상과 이성의 '눈'이 육신의 눈보다 자연의 아름다움과 질서와 조화를 훨씬 더 많이 본다는 주장을 펼친다.

141 신약성서 〈사도행전〉에는 사도 베드로가 "… 내가 보기에 당신은 죄에 얽매여 마음이 고약해졌소"(8장 23절) 라고 말하는 구절이 나온다.

초췌해졌는지를, 왜 천성이 진실하고
공정하고 절제하는 이가 미신적인 재앙의 1060
붉은 낙인을 걸쳤는지를, 왜 그 잔인한 약탈자이자
만인의 원수인 공인된 고통이 우리의 모든 행복을
괴롭혀 왔는지를. 궁핍에 시달리는 착한 그대들이여,
삶의 무게를 짊어지면서도 휘지 않고 여기 서 있는
몇 안 되는 고결한 그대들이여! 하지만 잠시만 잘 견뎌 주오. 1065
일부만 보았던 그대들의 제한된 견해가
악이라고 여겼던 것은 더 이상 없으니.
겨울철의 폭풍우는 빠르게 지나갈 테고,
한없는 봄이 삼라만상을 감쌀 테니까.

찬가*

* 리틀턴(Lyttelton)이 1758년경에 준비했지만 출판하지는 못했던 판본에서 이 〈찬가〉는 제외되었는데, 그 이유는, 그가 '서문'에서 밝혔듯, "훌륭한 판관들에게는 그 〈찬가〉에 들어 있는 모든 내용과 상념들이 《사계》 자체에 훨씬 더 잘 표현되어 있는 것처럼 보이기" 때문이라는 것이었다. 그러나 뒷날의 몇몇 판관들에게는 리틀턴이 실제로는 〈찬가〉에 나타나 있다고 추정되는 이신론적 경향 때문에 반대한 것으로 여겨졌다. 톰슨의 〈찬가〉는 전반적으로 밀턴의 《실낙원》 5권 153~208행과 구약성서 〈시편〉 148장을 모델로 삼았지만, 이 시 앞부분에 소개된 과학적·철학적·종교적 관념들의 상당 부분을 재진술하고 또 조화시키고 있다.

전능한 아버지시여, 천변만화하는 이들은, 이들은
다양한 신의 모습에 지나지 않습니다. 순환하는 한 해는
당신으로 가득합니다. 즐거운 봄에는 당신의 아름다움이,
당신의 다정함과 사랑이 걸어 나옵니다.
들판은 저 멀리까지 빛나고, 부드러워지는 대기는 향긋하고, 5
사방에서 산들은 메아리치고, 숲은 미소 짓고,
누구의 감각이건, 누구의 가슴이건 다 기쁨으로 가득합니다.
그러고는 여름의 몇 달 동안은 빛과 열기로 넘치며
당신의 장관이 찾아옵니다. 그러고는 당신의 해가
부푸는 한 해 속으로 충만한 완벽성을 쏘아 대고, 10
종종 당신의 음성은 가공할 우레 속에서,
종종 새벽녘이나 정오나 해 저무는 저녁 무렵에, 개울가와
작은 숲 주변에서, 공허하게 속삭이는 질풍 속에서 말합니다.
당신의 은혜는 가을에 한없이 빛나고,
살아 있는 모두를 위해 공동의 잔치를 펼칩니다. 15
겨울에 무서운 당신은, 구름들과 폭풍우들을
당신 주위에 던져 놓고, 거듭 태풍들을 굴려 대고,
회오리바람의 날개로 장중한 어둠을 숭엄하게 타고서,
당신의 북풍으로 이 세상과 가장 겸손한 자연에게
당신을 숭배하라고 명하십니다. 20

신비로운 순환이여! 그 어떤 솜씨가, 그 어떤 신성한 힘이
깊이 담겨 이들 속에서 나타나는지! 단순한 행렬이지만,

그토록 쾌적하게 섞이고, 그런 아름다움과 자애로움이
그토록 인정 많은 기예와 결합되고,
그늘이 어느새 그늘 속으로 부드럽게 들어가고, 25
모두가 조화로운 전체를 그토록 잘 이루어서,
그들은 늘 성공을 거두고 늘 매혹적입니다.[1]
하지만 종종 짐승처럼 생각 없는 눈길로 헤매는 인간은
당신을 눈여겨보지 못하고, 늘 분주하게 말 없는 천체들을
회전시키고 땅속 깊은 곳에서 작업하면서 봄을 가득 덮는 30
풍성한 아름다운 초목들을, 애써 부지런히, 땅속에서 쏘아 올리고
해로부터 타는 듯한 햇살을 곧장 던지고
온갖 생물들을 먹여 살리고 태풍을 앞으로 내팽개치고
지상에서 이 기분 좋은 변화가 주기적으로 일어날 때
기쁨에 겨워하며 생명의 온갖 스프링들[2]에 손을 대는 35
그 강력한 손길을 눈여겨보지 못합니다.

자연이여, 하늘의 광활한 성전(聖殿) 아래에서
온갖 살아 있는 영혼들과 함께
찬미하고, 일제히 소리 높여 열렬히
찬가를 불러라! 너희 소리 내는 바람들아, 너희의 상쾌함을 40

---

1 21~27행의 톰슨의 태도는 〈봄〉 317~320행에서의 태도와 상충된다. 〈찬가〉는 이 시 앞부분에서 드러나는 자연에 대한 제한된 견해들을 교정하고 확장한다.

2 〈봄〉 330행에서처럼, 생명 유지에 필요한 기관들은 기계의 스프링들에 비유되고 있다.

불어넣어 준 영(靈)을 지닌 그분께 살랑대며 불고,
오, 바위 위에서 미동도 하지 않는 소나무가
갈색 그늘을 종교적인 외경심으로 가득 채우는
고적한 숲 그늘에서 그분에 대해 얘기하라!
또 멀리서도 들리는 좀 더 담대한 가락으로 이 세상을 흔들어 45
깜짝 놀라게 만드는 너희들아, 하늘 높이 열렬한 노래를
들어 올리고, 누구에게서 그런 격정을 받았는지 말하라.
너희 개울들아, 너희 떨리는 실개천들아, 그분에 대한
찬가를 조율하여, 내가 묵상에 잠길 때 그걸 듣게 해 다오.
깊고 빠르게 곤두박질쳐 떨어지는 너희 급류들아, 50
계곡을 따라 미로 같은 수로를 통해 흘러가는
좀 더 온화한 너희 큰 개울들아, 스스로도 경이 가득한 신비한
세계인 너희 장중한 바다들아, 그분을 찬미하는 장엄한 노래를
불러라. 그분은 더 큰 음성으로 너희에게 고함치라 명하거나
너희의 고함들에게 떨어지라 명하시니. 55
풀들과 과일들과 꽃들아, 너희의 향기를 잘 뒤섞어 자욱하게
그분께 부드럽게 굴려라. 그분의 해는 너희를 활기차게 만들고,
그분의 숨결은 너희를 향기롭게 만들고, 그분의 작은 붓은 너희를
색칠해 주었으니, 그분께 너희 숲들은 허리를 굽히고, 너희 곡물들은
물결치고, 수확하는 이가 기뻐하는 달 아래에서 집으로 60
돌아갈 때 그의 가슴속에 너희의 무언의 노래를 주입하라.
대지가 잠에 곯아떨어질 때 창공에서 불침번을 서는
너희 성좌들아, 너희의 천사들이 반짝반짝 빛나는 하늘에서

은빛 수금을 탄주하는 동안
너희의 가장 부드러운 빛을 내뿜어라.[3] 65
여기 지상에서 네 창조주의 최고의 권화(權化)로서,
세상 끝에서 끝까지 또 생명을 키우는 대양 주위에 두루
끊임없이 내리쬐는 빛의 위대한 원천[4]아,
자연 위에 온갖 햇살로 **그분**에 대한 찬가를 기록하라.[5]
우레가 굉음을 울리자 엎드린 세상은 숨을 죽이고, 70
그새 이 구름은 저 구름에게 엄숙한 찬가를 되돌려준다.
너희 언덕들아, 새롭게 매애 소리를 내고, 너희 이끼 낀 바위들아,
그 소리를 잘 간직하고, 너희 계곡들아, 저 멀리까지 공명하는
음매 소리를 높여라. 왜냐하면 **위대한 목자**(牧者)가 군림하고,
그분의 **고통 없는** 왕국이 언젠가는 찾아올 테니까. 75
너희 숲들아, 모두 깨어나, 수풀에서
끝없는 노래를 터뜨려라. 또 들뜬 낮이 끝나 가며
지저귀는 세계[6]를 잠자리에 눕힐 때
새들 중 으뜸인 감미로운 필로멜라[7]여, 귀 기울이는 그늘들을
매혹하고, 밤에게 **그분**을 찬미하는 법을 가르쳐라. 80
특히, 모든 피조물의 미소를 받고

---

3 여기서는 빛과 음악 간의 조응을 암시한다.
4 '해'를 가리킨다.
5 액체로서의 빛에 관해서는 〈여름〉 83행을 볼 것.
6 '새들'을 가리키는 우회 어법.
7 나이팅게일. 〈봄〉 601행의 각주를 볼 것.

만물의 수장이자 중심이자 대변자인 너희 인간들아,
그 위대한 찬가의 대미를 장식하라! 북적거리는 대도시들에서
교회에 모여든 이들은, 굵고 낮은 오르간 소리에 맞춰,
엄숙하게 잠깐 멈출 때마다 부풀어 오르는 저음부 사이로 85
종종 낭랑하게 새어 나오는 길게 울려 퍼지는 목소리에 합세하고,
각자의 뒤섞인 불길이 서로를 고조(高調) 시킬 때
신앙의 열정 속에서 하나가 되어 하늘로 솟아오른다.
아니면, 만일 그대가 차라리 시골의 그늘을 택해
성스러운 작은 숲 하나하나에서 성전(聖殿) 을 발견한다면, 90
거기에서 양치기의 피리와 처녀의 노래와
영감을 북돋우는 치품천사와 시인의 수금이
순환하는 **사계의 신**을 계속 노래하게 하라.
나의 경우, 내가 그 매력적인 주제를 잊게 될 때면,
온갖 꽃들이 피어나는 봄이건, 강한 햇살이 평원을 갈색으로 95
그을리는 여름이건, 잘 익은 곡식에서 반사된 빛으로 **영감을 주며**
빛나는 가을이건, 아니면 시커메지는 동녘에서 솟아오르는
겨울이건 간에, 나는 입을 다물고, 상상력은 더는 색칠하지 않고,
기쁨에 무감각한 채 심장이 뛰는 걸 잊게 하리라.

설령 운명이 녹색 대지의 가장 먼 가장자리로, 100
저 먼 미개지로, 노래 같은 건 알 리 없는
강가로, 처음으로 해가 **인도**의 산들을 도금하거나
석양빛이 **대서양**의 섬들 위에 비치는 곳으로

나를 가라 명한다 하더라도, 그건 아무렇지 않다.
사람 가득한 도시에서처럼 텅 빈 황야에서도 105
신은 늘 존재하고 늘 느껴지고,
그분이 생기 있게 펼쳐지는 곳에는 기쁨이 있기 마련이니까.[8]
심지어, 마침내 엄숙한 시간이 다가와
내세로의 나의 신비로운 비행에 날개를 달아 줄 때도,
나는 쾌활하게 복종하며, 거기에서 새 힘을 얻어 110
솟아오르는 경이들을 노래하리라. 나는 **보편적인 사랑**이,
끝없이 앞으로 나아가는 과정에서, 저쪽의 온갖 천체들과
그 아들들[9]을 다 부양하면서, **악하게 보이는 것**으로부터
늘 **선한 것**을, 또 거기서부터 다시 **더 선한 것**을,
또 그보다 **한층 더 선한 것**을 끌어내면서 115
사방에서 미소 짓지 않는 곳으로는 갈 수가 없고[10] — **그분** 안에,
이루 말로 다 표현할 수 없는 빛 속에 나 자신을 몰입시키리라.
그러니 의미심장한 침묵이여, 와서 **그분**에 대한 찬가를 묵상하라.

---

8 뉴턴은 무한한 공간을 '신의 감각기관'으로 기술한 바 있다. 여기에서 톰슨은 신의 초월성이 아니라 내재성을 강조한다.

9 '주민들'을 뜻한다.

10 〈찬가〉에서 "미소 짓는" 주체는 자연물상인 "숲"(6행) 에서부터 "모든 피조물"(81행) 로, 또 "보편적인 사랑"(111행) 으로 차츰 끌어올려진다.

옮긴이 해제

1. 제임스 톰슨의 문학적 생애

18세기에 가장 널리 읽혔던 시편들 중 하나인 《사계》(*The Seasons*, 1746년, 5,541행)의 저자 제임스 톰슨(James Thomson, 1700~1748)은 영국 스코틀랜드(Scotland) 남부 저지대의 에드넘에서 태어났다. 톰슨의 아버지는 근면함과 경건함으로 칭송받던 장로교 목사였고 어머니는 상상력과 온정과 열렬한 신앙심의 소유자였다. 그림 같은 국경 지방의 자연 속에서 보낸 어린 시절에 시에 끌렸던 성향에도 불구하고 그는 양친이 바랐던 대로 아버지의 길을 따라 장로교 성직자가 될 생각이었다. 그러나 그가 신학을 공부하려고 15세에 입학한 에딘버러대학은 숱한 문인 지망생들과 그들이 펴내는 간행물들과 서클들로 넘쳐났고, 이곳에서 10년간(1715~1725) 공부하면서 차츰 시의 매력에 빠져들게 된 그는 결국 성직자의 길보다는 시인의 삶을 택하기로 마음먹었다. 비록 대학의 문학 서클인 '그로테스크 클럽'(Grotesque Club)의 재치 있는 벗들은 그를 "따분한 친구"이자 "우리 클럽의 웃음거리"라고 여겼지만,[1] 그는 소년기 이래로 이미 꾸준히 시를 습작해 왔었고 또 상당한 재능을 보였다. 젊은 톰슨에게는 시와 경건성이 결코 양립 불가능한 것은 아니었지만, 쓸모 있는 성직자가 되려면 "그의 상상력에 좀 더 엄격한 재갈을 물리고, 평범한 회중이 더 이해하기 쉬운 언어로 자신을 표현하라"는 지도 교수의 지시를 곧이곧대로 따를 수 없었던 그는 1725년 2월에 신학 공부를 포기했다.

톰슨이 7세 때였던 1707년, 잉글랜드(England)와 국경을 접하고 있던 스코틀랜드는 '연합령'(Act of Union)에 의해 웨일스(Wales)와 함께 '대(大) 브리튼'(Great Britain)이라는 하나의 통합된 국가로 확장되었다. 이 '연합령'의 여파 속에서 그는 많은 야심적인 스코틀랜드 청년들처럼 런던에서 새 삶을 찾기 위해 남항선을 탔고, 런던에서 비닝 경(Lord Binning)의 아들의 가정교사로서 일자리를 얻었다. 물론 이것은 썩 좋은 일자리는 아니었지만, 고향인 스코틀랜드의 자연 풍경의 이미지들을 마음속에 담고 런던에 도착한 그는 여가 시간 동안

---

1 제임스 샘브룩(James Sambrook)의 전기 《제임스 톰슨 1700~1748》(*James Thomson 1700~1748: A Life*)에 따르면, 대학 시절 벗으로서 뒷날 톰슨과 가면극 《알프레드》(*Alfred*)를 합작했던 데이비드 맬릿(David Mallet)은 톰슨이 잉글랜드에 도착한 이후에 쓴 작품들을 보고는 대학 시절에 자신이 다른 벗들과 함께 톰슨을 조롱했던 것을 후회했다고 한다. 실제로 맬릿은 톰슨의 《겨울》 2판본의 발간을 축하하는 시를 써서 잉글랜드 식으로 개명하기 전의 데이비드 맬록(David Malloch)이라는 이름으로 발표하기도 했다.

시를 쓸 수 있었다. 1726년 4월 8일에 존 밀란(John Millan)이 출판한 톰슨의 《겨울》(*Winter*)은 상투적인 겨울시로 계획되었지만, 자연계의 다양한 현상과 분위기와 움직임에 대한 구체적이고 생생한 묘사는 405행의 무운시(無韻詩, *blank verse*)2로 이루어진 이 시를 유난히 돋보이게 했고, 톰슨을 하루아침에 일약 유명 인사로 만들어 주었다. 이 시에서의 "이미지들은 불타고 살아 있다"라고 소견을 밝힌 그의 문학적 후원자 아론 힐(Aaron Hill)은 톰슨을 자신의 작가 서클에 끌어들였고, 이들은 톰슨이 연달아 〈여름〉("*Summer*", 1727), 〈봄〉("*Spring*", 1728), 1730년에 〈가을〉("*Autumn*")을 포함한 《사계》를 창작하도록 격려했다.

당대 독자들과 서평가들에게 무척 참신한 작품으로 받아들여졌던 《사계》는 1730년부터 1800년까지 50회나 판을 거듭해 출간되었다. "《사계》의 독자는 톰슨이 자신에게 보여 주는 바를 자신이 전에는 결코 본 적이 없었다는 사실과, 톰슨이 깊은 인상을 아로새겨 주는 바를 자신은 아직 느껴 본 적이 없었다는 사실에 놀란다"는 《영국 시인전》(*Lives of the English Poets*, 1779~1781)에서의 새뮤얼 존슨(Samuel Johnson)의 논평은 이 작품이 당대 독자들에게 안겨 준 신선한 충격을

2 각운이 없는 약강5보격(*iambic pentameter*)의 시행들로 이루어진 운문 형식을 가리킨다. 영어의 자연스러운 리듬에 가장 가깝고 또 무척 유연한 이 운문 형식은 전형적인 각운 도식에 의존하지 않고 시행들이 내용에 따라 고르지 않은 토막으로 구획된 운문 단락을 즐겨 활용한다. 존 밀턴(John Milton)의 《실낙원》(*Paradise Lost*)과 윌리엄 워즈워스(William Wordsworth)의 《서곡》(*The Prelude*)도 무운시로 쓰였다.

간명하게 요약하고 있다. 뒷날 스코틀랜드 전역을 도보 여행하면서 시골 사람들의 거실들에 《사계》가 《성서》만큼이나 많이 비치되어 있는 것을 직접 목격했던 콜리지(Coleridge)의 술회 또한 《사계》가 당대에 거둔 대중적인 성공을 뚜렷하게 증언한다. "삼라만상의 완성된 우주를/ 그 모든 질서와 규모와 부분들 속에서/ 두루 살펴본" "우리의 철학적 태양"으로서의 뉴턴(Issac Newton)의 과학적 발견들이 시인들과 철학자들의 혜안을 능가한다는 생각을 표현한 〈아이작 뉴턴 경을 추도하는 시〉("*A Poem Sacred to the Memory of Sir Issac Newton*")[3]는 1727년에, 로버트 월폴(Robert Walpole) 수상의 유화적인 외교 정책에 대한 노골적인 비판을 담은 〈브리타니아. 한편의 시〉("*Britannia. A Poem*")는 1729년에 발표되었다.

그동안 톰슨은 문인인 알렉산더 포프(Alexander Pope)와 존 게이(John Gay)와 에드워드 영(Edward Young)의 우정과 허트포드 백작부인 프랜시스 신(Frances Thynne, Countess of Hertford)뿐만 아니라 대법관 찰스 탤보트(Charles Talbot)의 후원도 받게 되었는데, 탤보트는 1730년에 자기 아들의 유럽 대륙 순유(巡遊) 여행(*Grand Tour*)에 동반할 가정교사로 톰슨을 택했다. 그에게 유럽 국가들에 대한 실망만 잔

3 톰슨은 1720년대에 런던에서 뉴턴의 과학을 대중에게 전파하는 데 크게 기여한 와츠학원(Watts Academy)에서 한동안 교사로 일했다. 18세기 전반기에 적잖이 설립된 런던의 학원들은 보수적인 옥스퍼드와 케임브리지대학에서는 교수되지 않은 최신 과학 지식을 다루는 대중 강좌들을 개설했다. 뉴턴의 광학과 천문학, 또 지리학에 대한 톰슨의 관심과 흥미는 에딘버러대학에서 처음 일깨워졌고 와츠학원에서 심화되었는데, 그 첫 번째 결실이 〈여름〉이었다.

뜩 안겨 준 이 여행은 영국의 우월성에 대한 그의 확신을 강화했다. 〈아이작 뉴턴 경을 추도하는 시〉뿐만 아니라 뒷날의 숱한 시편들에서도 뚜렷하게 나타난 톰슨의 열렬한 애국심 또한 그의 정치관에 활기를 불어넣었다. 특히 월폴의 대(對) 스페인 유화 정책을 통렬하게 비난하면서 톰슨은 야당인 휘그당의 반체제파 애국자 그룹과 긴밀한 유대를 맺게 되었고, 이들과의 교유는 이후 10여 년간 그의 창작 활동에 큰 영향을 미쳤다. 이 시기에 그는 정치에 관여하면서 음식과 술의 쾌락에 한껏 빠졌고, 벗들과의 교유를 즐겼으며, 여성들을 향한 보답 없는 짝사랑에 매달렸다.

톰슨의 벗이자 저술가이자 정치인인 조지 리틀턴 1대 남작(George Lyttelton, 1st Baron)은 그를 왕세자 프레데릭 루이스(Frederick Louis, Prince of Wales)에게 소개했는데, 프레데릭은 1737년 이후 톰슨에게 연금을 하사했다. 프레데릭에게 헌정된, 역사의 진행 과정에서의 자유의 부상과 몰락에 관한 5부로 된 야심적인 장시 《자유》(*Liberty*, 1735~1736)는 그 시사성에도 불구하고 《사계》보다 훨씬 덜 인기를 끌었던 것으로 보인다. 이 시에서 '자유'는 그리스와 로마와 영국에서의 수 세기에 걸친 자신의 진전 과정을 이야기한다. 《소포니스바》(*Sophonisba*, 1731)로 극작가로서 상당한 성공을 거두었던 톰슨은 계속해서 정치적인 목적의 역사 비극들을 적잖이 생산했는데, 그중 《에드워드와 엘리노라》(*Edward and Eleanora*, 1738)는 월폴의 공연허가령(1737년)에 의해 금지된 첫 작품이었다. 데이비드 맬릿(David Mallet)과의 합작품으로 프레데릭 왕세자 가족만을 위해 처음 상연된 가면극 《알프레드》(*Alfred*, 1740)에서 그는 〈지배하라,

브리타니아여〉(“*Rule, Britannia*”)를 처음으로 소개했다.

1748년 3월에 톰슨은 1732년 이래 틈틈이 써 왔던 스펜서(Edmund Spenser) 풍 알레고리인 《나태의 성》(*The Castle of Indolence*)을 발간했다. 스펜서의 《요정 여왕》(*The Faerie Queene*)을 재치 있게 모방한 이 경쾌한 시는 시인과 벗들의 나태에 관한 관능적인 묘사로 시작해서 근면과 진보에 대한 찬양으로 마무리된다. 톰슨은 자신을 이 '나태의 성'의 거주자들 중 하나로 묘사하는데, 제 2곡에서 이 성은 그들에게 분발하여 무슨 일이라도 하도록 권고하는 기사 '근면 경'(Sir Industry)에 의해 급작스럽게 파괴된다. 그의 시의 바탕이 되어 주었지만 동시에 후속 작품의 생산을 가로막기도 했던 상상적 나태의 성향에 대한 흥미로운 알레고리인 이 자전적인 시는 결국 그의 고별사가 되었다. 구애 상대였던 같은 스코틀랜드인 엘리자베스 영(Elizabeth Young)으로부터 거절당한 톰슨은 1748년 8월에 독신으로 세상을 떠났고, 이듬해인 1749년에 발표된 윌리엄 콜린스(William Collins)의 〈톰슨 씨의 죽음에 부치는 송가〉(“*Ode Occasion'd by the Death of Mr Thomson*”)는 “숲의 순례자”이자 “온화한 자연의 총아”로서의 그의 죽음을 애도하고 또 그의 시가 다음 문학 세대에 끼칠 비상한 영향을 예고한 많은 시편들 중 첫 번째 것이었다.

2. 톰슨의 《사계》

1) 문학사적 배경 및 개작 과정

톰슨이 활동했던 18세기 전반기는 영국문학사에서 대체로 '오거스턴 시대'(*Augustan Age*, 1700~1745)[4]로 분류되고, 스튜어트 왕가의 찰스 2세(Charles II)의 즉위를 기점으로 한 그 이전의 '왕정복고기'(*Restoration Age*, 1660~1700)와 그 이후의 '감수성의 시대'(*Age of Sensibility*, 1745~1798)와 합쳐져 '신고전주의 시대'(1660~1798)를 이룬다. 이미 직전 시대인 왕정복고기에 뉴턴의 《자연철학의 수학적 원리들》(*Philosophiae Naturalis Principia Mathematica*, 1687)과 존 로크(John Locke)의 《인간오성론》(*An Essay Concerning Human Understanding*, 1690)을 비롯한 과학·철학 저작들이 발간된 사실에서 확인할 수 있듯이, 신고전주의 문학의 전성기라고 할 수 있는 오거스턴 시대는 이성에 바탕을 둔 인간 정신의 향상에 대한 굳건한 믿음을 지녔

---

4 원래의 '아우구스투스 시대'(*Augustan Age*)는 로마 황제였던 아우구스투스(Augustus)가 통치했던 기간(기원전 27년~기원후 14년)을 가리키는 용어로, 베르길리우스(Vergilius)·호라티우스(Horatius)·오비디우스(Ovidius) 등의 뛰어난 문인들이 이 시대에 활동했다. 영국문학에서는 1700년부터 1745년까지의 기간을 '오거스턴 시대'로 부르는데, 이 시기에 활동했던 포프와 스위프트(Swift)를 비롯한 주요 작가들이 로마의 아우구스투스 시대 작가들을 높이 평가하고 두 시대 간의 유사성을 강조했을 뿐만 아니라 실제로 선배 작가들의 문학 형식과 주제들, 사회 문제에 대한 깊은 관심, 중용과 적격(*decorum*)과 세련미의 이상을 공유하면서 그들을 의도적으로 모방했기 때문이다.

던 이해와 계몽의 시대였다. 특히 이성이 그 어떤 능력보다 중요하다는 것을 강조하고 또 규칙과 질서와 조화를 창작과 비평의 절대적 기준으로 받아들인 알렉산더 포프에게서 우리는 톰슨이 활동했던 오거스턴 시대의 문학・예술관의 전형적 표현뿐만 아니라 그 근거까지 찾아볼 수 있다.

이처럼 체계를 중시하고 전통적인 형식과 방법을 이용하려는 경향을 지닌 이성적인 문학・예술관이 널리 통용되었던 것은 당대의 현실이 격변으로 점철된 17세기와는 달리 대체로 왕정의 복고를 통해 안정된 사회 기반을 형성하고 있었기 때문이다. 또한 그것은 근본적으로는 이성에 대한 무한한 신념을 가졌던 데카르트(René Descartes)와 뉴턴의 영향이기도 했다. 이들은 기계론적 물리학을 통해 공간에 대해 이전보다 훨씬 더 정확한 개념을 설정했고, 인간과 사회는 이성적인 개인의 사색과 연구의 주요 대상으로 자리 잡게 되었다. 특히 우주의 삼라만상이 하나의 통어하는 정신에 의해 훌륭하게 조직된 것으로 간주하는 뉴턴의 만유인력의 원리는 행성들의 움직임부터 조수의 간만과 사과의 낙하에 이르기까지 모든 것이 자연의 동일한 법칙에 입각한 현상임을 입증했다. 그런 상황에서 문학과 예술은 현실에 의문을 제기하기보다는 합리적으로 잘 연구된 우주와 사회 속에서의 인간의 위상에 대한 확인을 그 주요 기능으로 떠맡게 되었다고 할 수 있다.

그렇지만 〈인간론〉("*An Essay on Man*")에서 "인간의 적합한 연구 대상은 인간이다"라고 주장했던 포프가 독자의 관심을 인간과 사회에 붙잡아 두는 동안 18세기 영국에서는 자연 그 자체에 대한 관심이 서서히 싹트고 있었다. 물론 영국문학에서는 앵글로색슨 시대부터 밀턴에 이르기까지 자연에 대한 관심을 보여 준 유서 깊은 전통이 있어 왔지만, 18세기에는 사유지나 공원 지대에 인위적으로 멋진 자연 경관을 꾸며 놓은 풍경식 정원의 유행과 더불어 자연이 독자적인 제재가 되었던 것이다. 특히 밀턴풍의 유연한 무운시로 쓰인 톰슨의 《사계》는 영국문학에서 자연을 소재로 한 가장 빼어난 묘사-명상시편 중 하나로 평가되고 있다. 그가 이 장시에서 보여 준 자연의 역동적인 양상들에 대한 깊은 관심, 빛과 느낌에의 민감성, 생생하고 활기찬 표현, 즉각적인 인상적 반응과 정서에의 신중한 호소는 존 데넘(John Denham)의 〈쿠퍼 언덕〉(“*Cooper's Hill*”, 1642)과 포프의 〈윈저 숲〉(“*Windsor Forest*”, 1713)의 전통을 따르는 무채색의 정적인 ‘풍경시’(*topographical poetry*)와는 뚜렷하게 구별되는 새로운 경지를 보여 준다. 뉴턴의 과학적 발견에 큰 영향을 받았던 톰슨은 《사계》에서 자연계에 대한 정밀한 관찰과 낭만적 감수성과 진지한 사색과 인간적 정감을 설득력 있게 결합시켰고, 인간사와 사회적 문제들을 배경으로 한 자연 묘사를 통해 새로운 낭만적 감수성의 원형을 보여 준 이 장시는 풍경시와 낭만기 묘사-명상시의 교량 역할을 하는 작품으로 평가되고 있다.

당대 독자들의 열광적인 호응 속에 판을 거듭했던 《사계》는 네 계절에 관한 시편들이 일차로 완성된 1730년본의 4,470행부터 최종적인 1746년본의 5,541행으로 확장되는 동안 장기간에 걸쳐 여러 번 개작과 증보 과정을 거쳤다. 1730년의 첫 집성본 이래 《사계》의 서두에 자리한 〈봄〉은 〈겨울〉(1726) 뿐만 아니라 〈여름〉(1727)이 발간된 이후인 1728년에 발간되었다. 비록 뒷날 실질적으로 개작되기는 했지만, 〈봄〉의 전체적인 길이는 크게 확장되지는 않았다. A본(1728)

은 1,082행, B본(1730)은 1,087행, C본(1744)은 1,173행, D본(1746)은 1,176행이었다. 1727년에 처음 발간된 〈여름〉은 톰슨의 사계 시편들 중 두 번째로 쓰인 것으로, 1746년 무렵엔 대폭 개작되고 확장되었다. A본(1727)은 1,146행, B본(1730)은 1,206행, C본(1744)은 1,796행, D본(1746)은 1,805행이었다. 사계 시편들 중 마지막으로 쓰인 〈가을〉은 1730년의 집성본에서 첫선을 보였는데, 〈겨울〉과 〈여름〉의 첫 판본들에서 따온 상당한 양의 구절들이 1730년에 〈가을〉의 일부가 되었다. 〈가을〉의 개별 판본들은 수가 가장 적고 또 개작된 분량도 많지 않다. A본(1730)은 1,269행, B본(1744)은 1,375행, C본(1746)은 1,375행이었다. 1726년에 비교적 짧은 시편으로 가장 먼저 쓰인 〈겨울〉은 뒷날 여러 번 대폭 개작되고 확장되었기 때문에 가장 많은 판본이 존재한다. A본(1726년 3월)은 405행, B본(1726년 6월)은 463행, C본(1730년 4절판)은 781행, D본(1730년 8절판)은 787행, E본(1744)은 1,069행, F본(1746)은 1,069행이었다. 1730년의 첫 집성본에 처음으로 덧붙여진 〈찬가〉는 뒷날 약간만 개작되고, 원래의 121행이 1746년 이전에 118행으로 축소되었다.

일부 비평가들은 이 시가 점점 늘어나면서 덧붙여진 도덕적·역사적·철학적·과학적 여담들이 전체적인 균형을 깨고 분위기의 통일성을 해친다고 주장했다. 새뮤얼 존슨도 《영국 시인전》에서 톰슨의 "방법의 결여", 즉 자명한 논리적 구조의 결여를 비난했지만, 동시에 "톰슨이 자신의 판단이 더 정확해졌다고 생각했고 또 책들이나 벗들과의 대화가 그의 지식을 확대하고 그의 전망을 열어 주었다"는 점을 근거로 《사계》의 개작과 증보 작업을 옹호하기도 했다. 《사계》는 고전

문학과 기행 문학에 대한 시인의 취향과 당대의 지적·과학적 흐름에 대한 그의 깊은 관심과 지식을 반영하고 있다. 실제로 《사계》는 성서와 베르길리우스(Vergilius)의 《농경시》(*Georgics*)와 《전원시》(*Eclogues*)와 밀턴의 《실낙원》(*Paradise Lost*)뿐만 아니라 토머스 버넷(Thomas Burnet)을 비롯한 물리신학자들과 뉴턴·로크·샤프츠베리(Shaftesbury) 등의 저작에 크게 빚지고 있다. 특히 뉴턴의 과학에 대한 그의 깊은 관심은 "막강한 자연"을 "섭리의 현명한 대리인"으로 간주하면서 '우주적 조화'를 강조한 샤프츠베리의 교설과 자연스럽게 융화될 수 있었던 것으로 보인다. 외국의 지리·정치·역사·과학에 대한 그의 점증되는 관심을 반영하기 위해 20여 년간에 걸쳐 확장되는 과정에서 《사계》는 애초의 섬세함과 활기는 일부 잃었을지 모르지만, 이 시의 철학적 야망들을 강화시켰던 사색과 관찰의 폭이 한층 더 확대되었을 뿐만 아니라 그에게 그토록 많은 기쁨을 안겨 준 자연의 다양한 형상들을 두루 망라할 수 있을 만큼 충분히 포괄적인 시적 구조를 발전시켰다.

2) 《사계》의 각 부별 내용

(1) 봄

《사계》의 시편들은 구조가 없다는 비난을 받았지만, 톰슨은 〈봄〉을 위해 '존재의 대연쇄'[5]에 근거한 순서를 채택했다—"하등 부문에서부

---

5 '존재의 대연쇄'(*the great chain of being*)라는 관념은 플라톤과 아리스토텔레스와

터 고등 부문에 이르기까지 자연의 다양한 부문에 미치는 이 계절의 영향이 묘사되고 …. "('개요') 조화와 질서에 대한 이 유서 깊은 관념은 자연의 요소들이 가장 조화를 이루고 있는 시기인 봄의 제시에 적절한 것이다. 자연의 생성력과 연관된 봄은 의인화된 네 계절 중 유일하게 여성으로 묘사된다. 시인은 쟁기질하는 농부와 "허옇게 석회 가루를 뒤집어쓴 채"(44행) 씨 뿌리는 이의 부지런한 활동을 묘사하면서 그들을 타락한 정치인들과 대비시키고, 영국인들이 "쟁기를 공경하고"(67행) 영국의 "비옥하고 풍성한 토양"(74행)이 "한 세계의 고갈되는 일 없는 곡창지대가 될 수 있기를"(77행) 기원한다. "너그러운 대기"(78행)와 "풍성한 향기"(98행) 가득한 "온화한 봄"은 "겨울 폭풍우가 생명을 억누르며 인간들 위로/ 쏟아지는 것처럼이 아니라, 사랑스럽고 온화하고 친절하게"(152~153행) 부드러운 소나기들을 불러온다.

톰슨이 묘사하는 봄의 세계는 어떤 정적인 체계가 아니라 끊임없이 운동 중인 체계로서, 가장 고요한 순간조차 행위에 대한 숨죽인 기대 속에 제시되면서 미묘하게 얽힌 활동과 정지의 감각을 환기한다.

플로티노스에게서 발견되는 신 또는 제1원인의 본성에 관한 견해에 그 토대를 두고 있으며, 뒷날의 사상가들에 의해 하나의 포괄적인 세계관으로 발전되었다. 18세기 사상가들에 의하면, 신의 본질적인 '탁월성'은 그의 무한한 창조력, 즉 그의 빛이 아낌없이 흘러 나와 가능한 최대의 다양성을 지닌 존재들 속으로 들어간 데 있다. 특히 현존하는 종들은 미물의 가장 낮은 지위에서 신에 이르는 하나의 존재의 대연쇄 또는 사다리와 같은 위계를 이룬다. 이 연쇄에서 인간은 동물과 천사, 즉 순전히 영적인 존재 사이의 중간 위치를 차지한다.

차츰, 산들바람은
완벽한 정적 속으로 가라앉아, 닫히는 숲속에서
떨고, 높다란 사시나무의 숱하게 반짝거리는 잎들을
바스락거리며 뒤집는 살랑거리는 소리 하나
들리지 않는다. 잔물결 하나 없는 큰 개울들은
널찍하게 유리처럼 두루 퍼져, 미동도 없이
흐르는 것을 잊은 듯하다. 사방엔 온통 정적과
즐거운 기대만 가득하다. (155~162행)

이 생기 띤 장면에서 우리는 움직임과 소리가 부정되는 때조차 '떨림'과 '바스락거림'의 잠재력을 느낀다. 큰 개울들은 "잔물결 하나 없고"(*uncurling*) "두루 퍼져"(*diffus'd*) 있지만, 이 두 단어는 '굽이침'과 '펼쳐짐'이라는 움직임을 암시한다. 실제로 《사계》 전체에 걸쳐 많은 자연 현상들과 과정들은 아무리 평온한 것이라 하더라도 상충되는 요소들 간의, 활력으로 충전된 긴장 관계 속에서 묘사되고 있다.

톰슨은 "타락하지 않은 인류"(243행) 가 "조화로운 자연"(258행) 속에서 행복하게 살았던 지나간 '황금시대'의 대중적인 우화에서 봄의 사랑스러움에 대한 한 적합한 비유를 발견한다. 고대의 많은 시인들에 의하면, '황금시대'는 농경의 신 사투르누스가 정결하고 행복한 세계를 다스리던 시대고, 그 뒤를 이어 점점 더 사악한 '은의 시대'와 '동의 시대', 마지막으로 시인들을 비롯한 인간들이 태어나는 불운을 겪게 되는 '철의 시대'가 나타난다. 이 '철의 시대'에는 자연계뿐만 아니라 인간의 내면도 더럽혀져 타락하고, 가공할 파괴적인 힘들에 내맡겨진다. 자연계의 폭풍들과 눈보라들과 지진들과 나란히 제시되는 것은 인간계의 무절제한 욕망들과 환상들과 잔혹한 행위들이다—"만물은 내부의 평형을 잃어, / 격한 감정들은 다 경계를 폭파시켰고, / 반쯤 꺼졌거나 무력한 이성은/ 더러운 무질서를 보면서 인정한다"(277~280행). 공정하지도 단정하지도 않은 인간의 삶의 비극들은 기실 사계 자체에 의해 실연된 폭력과 불균형과 예측 불가능성의 일부인 셈이다. 그런 후 시인은 버넷의 《지구에 관한 신성한 이론》(*Telluris Theoria Sacra*, 1681~1689년, 영역본 1684~1689년)을 근거로 대홍수로 인한 사계의 순환과, 사계의 순환에서 비롯된 날씨의 끊임없는 변화가 초래한 신체 기관의 약화와 노령화의 과정(309~335행)을 설명한다. 또 그는 인간의 섭생과 영적 상승의 관련성(336~378행)을 암시하고, 전원시의 방식을 따라 봄철에 행해지는 인간의 스포츠인 낚시질(379~442행)을 묘사한다.

비록 우리의 수용력과 표현력의 한계가 우리의 좌절의 한 원천이긴 하지만, 종종 톰슨은 우리의 육안으로는 잘 보이지 않는 사물들과 감춰져 있거나 극히 미세한 자연 현상들과 과정들을 정밀하게 관찰하도록 우리를 이끈다. 봄철의 식물계의 아름다움과 충만성과 다양성(443~571행)은 주로 온갖 꽃들에 대한 묘사와 목록에서 확인된다. 아무리 식물학자를 비롯한 인간들이 열심히 자신들의 노획물을 찾아낸다 하더라도, 자연의 아름다움과 충만성과 다양성은 수집하고 범주화하고 분류하려는 인간의 지적 욕망을 늘 압도한다. "숫자건 향기건 절묘한 아름다움이건 무한하고, / 색조 또한 다채로워, 펜으로는 이루 다 표현할 수 없다/ 자연의 숨결과 그 끝없는 개화를"(553~555행).

동물계에서의 사랑과 조화와 활기(575~848행)는 "화음으로 넘쳐나는"(598행), 사랑에 빠진 봄의 새들의 "거침없는"(590행) 노래와 닭·오리·백조·칠면조·공작·비둘기 같은 "숲 그늘의 온화한 세입자들"의 "청순한 사랑"(789~790행)과 소와 말과 "바다의/ 거대한 괴물들"(821~822행)의 "욕정의 불길"(827행)에 의해 잘 예시된다. 그런 조화와 다양성과 아름다움의 원천은 다름 아닌 "무한한 영(靈) 전부와 줄어들지 않는 활력에/ 고루 스며들어 조정하고 지탱시키고/ 삼라만상을 활동케 하는 원기를 불어넣는 신"(853~855행)이다. 또한 봄의 아름다움과 조화는 인간의 가슴을 부드럽게 만들어 종교와 동료인간들에 대한 자애로운 관심들에게로 향하게 함으로써 그에게 영향을 끼칠 수 있다—"자연의 사랑이 조금씩 날래게 작용하여/ 가슴을 데워 주고, 마침내 황홀경과/ 열광적인 도취 상태에 빠지게 된/ 우리는 신의 현존을 느끼고, 신의 기쁨을 맛보면서/ 한 행복한 세계를 보게 된다"(899~903행). 톰슨은 1744년에 자연과 신과 동료 인간들과 조화를 이루는 이 "너그러운 마음을 지닌 이들"(878행)의 한 특정한 사례를 〈봄〉에 덧붙였다. 그의 벗이자 후원자였던 조지 리틀턴 1대 남작은 해글리 파크에서 "따뜻하고 자애로운 마음과 당리당략에 치우치지 않은/ 정직한 열의를 갖고 브리타니아의 복리(福利)를 추구하는"(928~929행) 참된 애국자의 모범으로 제시된다.

꽃들과 새들과 벌들 사이에서의 봄의 "사랑의 영"(582행)에 의해 생겨난 행복과 조화를 묘사하는 톰슨의 도식은 봄이 인간들 속에서 일깨운 성적 충동들을 그가 묘사하게 될 때 다소 흐트러진다. 꽃들이 자신들의 "아버지 격의 꽃가루"(541행)를 거침없이 퍼트리고 새들이 "자연의 여신의 **절대적인 명령**"(634행)에 복종해 행복하게 짝지어 떠나는 데 비해, 인간들은 더 조심스러울 수밖에 없다. 처녀의 "갈망하는 가슴"이 "격렬한 두근거림으로/ 들먹거릴"(968~969행) 때, 그녀는 저항해야 하고 또 "배신하는 남자"(982행)를 "아주 조심해야 한다"(974행). 사랑을 얻지 못해 낙심하여 괴로워하다가 꿈꾸듯 자신의 "병든 상상"(1054행)에 탐닉하는 젊은이에게는 사랑은 조화와 행복의 고취자가 아니라 무질서와 고통의 원천이다. 이 고통받는 연인의 모습은 여성들을 향한 보답 없는 짝사랑을 거듭했던 톰슨 자신의 통렬하게 자전적인 초상이기도 하다. 〈봄〉을 마무리하기 위해 그는 완벽하게 조화로운 결혼생활과 단란한 가정생활을 즐기는 한 부부를 제시함으로써 행복하고 이상적인 세계로 되돌아가는데, "가슴을 눌러 대는" "갖가지 자연"(1159행)에 둘러싸인 이 가족은 "우아한 충족감, 만족, / 은둔 생활, 전원의 정적, 우정, 독서, / 휴식과 노동의 교대, 유익한 생활, / 덕성의 향상, 그리고 흡족해하는 **하늘**"(1161~1164행)로 이루어진 충만한 삶을 누리는 것으로 그려진다.

(2) 여름

시인은 계절의 변화를 초래하는 천체들의 운행과 태양계 전체를 추진하고 지배하는 "**더없이 완벽한 손**"(41행)에 관한 사색(32~42행)으로 시작하여, 해돋이부터 저녁과 밤에 이르기까지 시간의 경과를 따라 순서대로 여름날을 묘사한다. 온화하고 여성적인 봄과는 대조적으로, 힘차고 남성적인 여름은 아래쪽의 만물에게 "폭군인 **열기**"(209행)의 "불타는 영향력"(211행)을 쏘아 보내는 "강력한 낮의 왕"(82행)이자 태양계 전체를 굴러가게 만드는 "행성 무리의 활력원"(104행) 인 해로 상징된다. 당당하게 행차하는 "**사계**의 부모"(116행) 인 해는 "빛나는 전차 주위에서"(121행) 시간들과 서풍들과 비들과 이슬들과 폭풍들을 이끌고, 지상의 삼라만상과 인간의 노동과 교역과 지하의 광물들에까지 그 영향력을 행사한다.

여름철 자연의 풍성함과 충만성은 "땡볕 속에 모이는" "오만 가지 형체들, 서로 다른 오만 가지 족속들"(249~250행) 에 나타난다. 꽃 이파리의 "부드러운 거주자들"(297행), 바위의 "무수한 생물들"(298행), 숲의 나뭇가지들과 과일나무들과 과육의 "이름 없는 덧없는 곤충들"(302행), 연못의 수초들 사이의 "무수한 미생물들"(305행) 은 시인에게 "온 자연은 생물들로 들끓는다"(289행) 는 사실을 상기시킨다. 자연의 풍성함은 눈에 보이는 세계뿐만 아니라 당대 작가들을 특히 매혹시켰던 현미경으로나 볼 수 있는 세계에서도 발견되는 것이다. 톰슨이 여기에서 강조하는 것은 사실 인간이 현미경을 통해 볼 수 있는 세계라기보다 오히려 현미경 같은 눈으로도 볼 수 없는 세계의 세부이다. 만일 인간들이 "세계들 속에 포함된/ 세계들"(313~314행) 을 지각하게 되면, 그들의 감각은 과부하로 인해 압도되고 경악할 것이기 때문이다. 사람들을 경악시킬 이런 현미경적인 비전은 인간에게 정말 그가 '존재의 대연쇄'에 관해 얼마나 아는 게 적은지를 상기시키고, 그래서 그로 하여금 자신의 제한된 인식을 실감하게 만든다.

누가

완전무결한 존재부터 생각만 해도 깜짝 놀라

움찔하며 돌아서게 되는 음울한 무(無)의
황량한 심연의 가장자리에 이르기까지
점점 낮아지는 존재의 대연쇄를 본 적이 있는가?
마침내 그때 거룩한 경이에 대한 열렬한 찬사와 찬가들만이
그분의 종인 해가 우리의 미소 짓는 두 눈을
환하게 해 주는 것만큼이나 사랑스럽게 우리의 마음을
환하게 해 주는 지혜를 지닌 그 힘으로 올라가게 하라. (333~341행)

그렇지만 춤추는 무수한 곤충들이 "사나운 겨울이 낮의 얼굴로부터 자신들을 쓸어버릴 때까지"(343행) 햇살 속에서 노니는 것과 똑같이, 실제로 방탕한 인간들은 무한한 창조력을 지닌 신이 창조한 이 세계의 풍성함을 인식할 수 없는 자신들의 한계를 깨닫지 못한 채 "죽음의 신에 의해 흩날리고, 망각이 뒤에서 다가와/ 그들을 후려쳐 생명의 책에서 떨어뜨릴"(350~351행) 때까지 "이 노리개에서 저 노리개로,/ 허영에서 악행으로 퍼덕거리며 나아간다"(348~349행).

'존재의 대연쇄'에 관한 사색에 뒤이어 건초 만들기(352~370행), 양털 깎기(371~422행), 소 떼와 양 떼의 활동(480~505행) 등 영국 농촌의 소박한 정경들이 차례로 묘사된다. 〈여름〉에서 톰슨은 경외감을 불러일으키는 자연의 두 측면, 즉 그것의 위력과 숭엄성을 강조한다. "현란한 빛의 홍수"(435행)는 시인으로 하여금 땅을 향해 시선을 내리깔지 않을 수 없게 만들지만 별 소용이 없고, "땅에서 솟아오르는 뜨거운 열기와/ 날카로운 반사광이 눈에 통증만 안길"(438~439행) 뿐이다. 열기는 "표면이 갈라진 들판"(440행)과 시인의 "격렬하게

고동치는 관자놀이"(452행) 에서도 느껴지는데, 시인은 그로부터 "악의 불길로 타오르는 불화의 세상"(465행) 의 한 표상을 끌어낸다. 이와 대조적으로 "우뚝한 소나무들"과 "고색창연한 참나무들"(470행) 의 숲속은 새로운 활력을 가져다주는 명상의 장소로서, "옛 시인들이 황홀경 속에서 시적 영감을/ 얻고"(523~524행) 천사들이나 불멸의 형상들과 대화하는 장소다. 여기에서 들리는 목소리들은 온갖 풍상에 시달린 "파란만장한 삶"(551행) 으로부터 "이 성스러운 평온", "이 마음의 조화"(549행) 까지의 점진적인 상승에 관해 말한다.

그러고는 시인은 환상의 세계로부터 깨어나 물소리를 듣게 되고, 상상 속에서 "**작열하는 지대**의 경이로운 경관들"(632행) 을 꽤 오랫동안 살펴본다. 맹위를 떨치는 "무자비한 기후"(633행) 와 "이글거리는 불길"(637행) 과 "엄청난 강들"(705행) 같은 무시무시한 자연력과 맹수들과 야만인들이 가장 강력하고 파괴적인 형태로 나타나는 이곳에서는 자연의 위력과 숭엄성이 유난히 두드러진다. 지상의 인간의 가장 큰 두려움의 대상인 강력한 열기와 홍수는 하늘에서 내려오는 것으로 그려진다. 또 일단 역병이 창궐하게 되면 사회적 유대는 찾을 길 없고, 각 개인이 제 이웃을 쫓아내는 사악한 타락만이 판을 치게 된다 ― "아직 감염되지 않은/ 시무룩한 문은 그 조심스러운 경첩 위에서 도는 걸/ 두려워하면서 사람들의 모임을 끔찍이도 싫어한다"(1077~1079행).

열대지방을 벗어난 온난한 지역에서도 자연의 가공할 위력은 나무들과 가축들과 인간들을 산산조각 내고 망쳐 놓는 뇌우 속에서 예시된다. 덕성스럽고 천진난만한 처녀 아멜리아는 연인 셀라돈의 팔에 안긴 채 벼락을 맞아 "시커먼 시체"(1216행) 로 땅바닥으로 내동댕이쳐진다.

실제로 영국의 어느 시골에서 일어난 사건에 근거한 이 에피소드(1169~1222행)는 "미소 짓는"(1208행) 신의 현존을 좀처럼 느낄 수 없는 예측불가능하고 불가해한, 그래서 죄 없는 결백한 연인들에게조차 극도의 고통을 안겨 주는 자연 재해에 취약할 수밖에 없는 한 세계의 모습을 강조한다. 그렇지만 시인은 뒤이어 "팔과 다리를 잘 조화시키면서"(1253행) 연못에서 헤엄치는 "활기찬 젊은이"(1244행)의 모습(1244~1256행)을 그림으로써 인간의 삶을 포용하는 자연의 이미지를 제시한다. 셀라돈-아멜리아 에피소드와는 전혀 다른 부류의 연애담이 스펜서의 《요정 여왕》의 '열락의 정자' 장면의 영향을 받은 데이먼-무시도라 에피소드(1269~1370행)에서 나타난다. 무시도라에 대한 사랑으로 고통받는 데이먼은 우연히 그녀가 옷을 벗고 멱 감는 것을 보지만, 그의 "연인으로서의 정숙하고 공손한 태도"(1335행)는 결국 무시도라의 "경의와 찬탄"(1358행)을 자아내게 된다.

《사계》의 많은 구절들은 정치적이고 애국적인 함축을 담고 있는데, 〈여름〉의 끝부분에서 자신 주위의 잘 경작된 비옥한 시골의 "멋진 전망"(1440행)을 관찰하는 시인의 기쁨과 만족감은 "행복한 브리타니아"(1442행)의 자연 환경과 도시와 "영예로운 아들들"(1479행)과 "딸들"(1580행)에 대한 긴 찬사(1371~1600행)로 이어진다. 여름의 열기와 영광이 기울어 가면서 밤이 찾아오고, 시인은 밤하늘에 나타나는 유성과 혜성의 움직임이 "신 같은 정신을 자연철학으로 단련시킨"(1715행) 계몽된 소수에게는 영감과 증거와 표상을 제공함으로써 궁극적으로 지식과 도덕적 향상으로 이어질 수 있다고 주장한다. 그러고는 계몽된 인간으로 하여금 "피조물 일체를/ 응시해 꿰뚫어 보고, 또 끝없는 경이들이 가득한/ 그 복잡한 세계를 토대로 삼아 **말씀으로**/ 자연을 완전하게 작동시킨 그 **유일한 존재**를/ 올바로 이해하는"(1784~1788행) 걸 가능케 해 주는 "자연철학", 즉 과학에 대한 찬가(1730~1805행)로 자신의 사색을 마무리한다.

(3) 가을

가을에 수확 준비가 되어 있는 들판은 시인에게 "노동과/ 땀과 고통이 따르는 억센 힘"(43~44행)으로서의 '근면'의 복들을 상기시키고, 〈가을〉은 문명화하는 힘인 근면과 인간과 자연의 조화로운 상호작용을 궁극적으로 완성시키는 활동인 상업의 축복들에 관한 다소 긴 구절들(43~150행)로 시작된다. 여기에서 문명의 원천이자 "인류의 양육자"(47행)로서의 '근면'은 "통합을 이룬 사회"(111행)와 "기술의 유모인 도시"(113행)를 낳는 것으로 찬양되고, "공공의 복리"(98행)를 목표로 삼은 "완벽하고 자유롭고/ 공정하게 대표된 전체"(99~100행)로서의 영국 의회는 정치적 자유의 모범으로 이상화되고 있다. 수확에 뒤이은 이삭 줍는 이들에 대한 언급은 팔레몬과 라비니아의 이야기(177~310행)로 이어지는데, 이것은 룻에 관한 성서의 이야기를 다시 쓴 것으로 동일한 행복한 결말을 보여 준다. 그렇지만 가을에 만사가 다 만족스러운 건 아니다. 폭풍과 홍수는 때로 곡물들을 파괴하고, "농민들의 큰 희망이자 한 해의 노고 끝에/ 당당히 얻은 보물들"(341~342행)을 망친다. 새와 산토끼와 수사슴과 여우에 대한 사냥 장면들(360~501행)은 〈가을〉의 상당 부분을 차지하는데, 여기에서 시인은 "**농촌의 오락**"(362행)으로서의 사냥 장면을 생생하게 그리면서도 사냥 행위에서 드러나는 인간의 흉포성과 야만성을 비판한다. 사냥 후에 벌어진 잔치와 주연에서의 술 취한 상태는 "**힘세고 덩치 큰 멍청이**"(562행)로 유머러스하게 의인화되면서 모의-영웅시적 관점에서 전개되는 우의적인 야외극을 마무리한다.

시인은 야만적인 사냥 행위를 즐기는 남성들과는 달리 영국 여성들이 '연약한 존재'로서 자신들에게 어울리는 가정적인 미덕들(570~609행)을 갖추어야 한다는 점을 강조한 후, 과일들의 향기 가득한 과수원(625~651행)과 도딩턴의 영지의 "녹색 산책로"(655행)와 결실 한가운데에서 "볕을 쬐고 있는" 의인화된 게으른 가을(673~682행)과 프랑스 포도밭의 정경(683~706행) 등 좀 더 온화하고 즐거운 장면들을 제시한다. 호수들과 강들의 기원에 관한 과학적인 설명(736~835행) 또한 완벽하게 어우러진 '대자연의 조화'라는 그의 변함없는 메시지를 전달한다. 〈여름〉에서의 "행복한 브리타니아"에 대한 찬사는 〈가을〉에서 톰슨 자신의 고향인 스코틀랜드와 스코틀랜드가 배출한 애국자들과 영웅들에 대한 찬사(871~949행)와 짝을 이룬다. 짙은 안개들, 철새들의 이주, "시들어 가는 다채로운 숲들"(950행)도 가을 정경의 일부다.

그런데 보라, 시들어 가는 다채로운 숲들이
조금씩 색조가 짙어지면서 사방 일대를 온통 어둡게 물들이고,
무성한 그늘이 퇴색하는 파리한 녹색에서부터
검댕처럼 시커먼 색에 이르기까지 갖가지 음침한 색조를 띠는 것을.
이 광경들은 이제 나직하게 속삭이며

고독한 시신을 낙엽 깔린 산책로로 이끌어
늦가을의 모습을 보여 준다.

　한편, 차분한 고요가 사방에 살짝 그늘을 드리우며
무한한 상공을 깃털처럼 덮는데, 그 미세한 파동은
온화한 흐름을 어디로 향하게 할지 정하지 못한 채
떨며 서 있고, 그새 멀리까지 환한 빛을 받은
이슬로 감싸인 구름들은 햇살을 빨아들이면서
투명한 피막을 통해 부드러워진 햇살을
평온한 세상 위로 뿌린다. (950~963행)

이 구절에 빈번하게 사용된 현재분사들 — "시들어 가는"(*fading*), "짙어지면서"(*deepening*), "퇴색하는"(*declining*), "살짝 그늘을 드리우며"(*light-shadowing*) — 은 톰슨이 묘사하는 경관의 역동성을 부각시킨다. 색조와 결에 대한 그의 민감성 또한 뚜렷하다. 가을의 황혼을 섬세한 언어로 묘사하는 이 구절에서 빛과 어둠은 더 이상 상반되는 요소들이 아니라 함께 엮어 짜여 살아 있는 한 장경을 만들어 낸다. 날씨의 변화를 알리는 권운(卷雲)들의 움직임과 햇살을 빨아들여 그중 일부를 전도하는 층운(層雲)들의 활동에 대한 톰슨의 면밀한 묘사 또한 뉴턴의 《광학》(*Opticks*, 1704)에 대한 그의 깊은 관심과 지식에 힘입은 것이다. 그에게는 빛과 색은 인간의 지각(知覺)과 영원한 존재를 연계시키는 보편적 영을 표현하는 자연의 핵심적 요소들인 것이다.

늦가을의 "황량한 경관들"(1003행)은 관찰자인 시인에게서 "철학적 우울”(1005행)을 일깨우고, 이 철학적 우울은 그에게서 상응하는 사회적 감정들과 도덕적 열정들, 즉 “자연에 대한, 무엇보다도 인류에 대한 사랑과/ 그들 모두를 행복하게 만들겠다는/ 크나큰 야망”(1020~1022행)을 부추긴다. 짙은 안개 사이로 빛나는 추분 무렵의 보름달(1082~1102행), 북극광(1108~1137행), 들불(1150~1164행)에 관한 묘사에서는 과학과 환상, 인간적 관점과 신성한 관점이 대비되면서 함께 얽히고설킨 조화를 이룬다. 베르길리우스의 《농경시》 2권의 일부를 자신의 언어로 풀어 쓴 한 부분(1235~1351행)에서 톰슨은 ‘근면’을 찬양하는 서두의 구절들에서와는 대조적으로 도시적 삶의 타락과 허식과 탐욕을 비판하면서, “소박한 진실, 꾸밈없는 청순함, / 때 묻지 않은 아름다움, 고된 노동을 잘 견디며/ 적은 것에 만족할 줄 아는 꺾이지 않은 건전한 젊음, / 늘 꽃피는 건강, 야심을 모르는 노력, / 차분한 심사숙고, 시적(詩的)인 안락”(1273~1277행)이 있는 전원생활의 “순수한 즐거움”(1237행)을 찬양한다. 언뜻 모순된 것으로 보이는 톰슨의 이런 태도는 실제로 톰슨 자신이 문인으로서의 삶을 영위했던 그 세계의 본질적으로 자기모순적인 성격을 반영한다.

(4) 겨울

〈겨울〉은 〈여름〉처럼 자연의 극단적이고 “숭엄한” 양상들을 다룬다. 겨울은 그 경외롭고 파괴적인 힘으로 인간을 겸손하게 만드는데, 〈겨울〉의 제재뿐만 아니라 문체도 숭엄성을 시도하기 위한 것이다 — “돌진하는 온갖 바람들로 제〔시신〕 음색을 부풀리려고, / 제 낭랑한 가락을 홍수에 맞추려고 애쓴다. / 주제가 그러하니, 그녀의 노래 또한 엄청난 대작일 수밖에 없으리라"(25~27행). 그의 "시신"은 톰슨이 "강대하고" "위풍당당한"(108행) 작품들을 내놓는 "훌륭한 부모"(106행)로서의 자연의 경외로운 장엄함과 자연이 시인에게 끼친 영향을 붙잡으려고 시도할 때 날아오른다. 특히 겨울은 "터져 나오다"(*burst*), "내팽개치다"(*hurls*), "급류"(*torrent*), "채찍질당하다"(*lashed*), "굉음을 내는"(*raging*) 같은 강력한 행위를 나타내거나 내포하는 단어들과 현재분사들을 통해 효과적으로 묘사된 역동적인 폭풍들로 가득 차 있다.

〈겨울〉 곳곳에서 자연 경관은 그것이 불러내는 인간적 반응들 속으로 녹아든다. 톰슨이 연달아 묘사하는 세 번의 눈 폭풍은 지상을 "눈부신 황야"(239행)로 만들고 "인간의 작업들을/ 남김없이 묻어 버림"(239~240행)으로써 인간들을 납작 엎드리게 만든다. 첫 폭풍(72~80행)은 숭엄한 정서의 "즐거운 두려움"(109행)을 일깨우고, 두 번째 폭풍(153~194행)에 뒤이은 급작스런 정적은 고요한 사색을 가져온다 — "나로 하여금 낮의 번잡한 근심들을 털어 버리고, / 쓸데없이 참견하는 감각들을 다 치워 버리게 해 다오"(205~207행). 그렇지만 그새 여전히 형체들을 지우고 생명을 파괴하는 세 번째 눈 폭풍(223~240행)은 결국 길 잃은 양치기를 뻣뻣한 사체로 만들어 버린다. 한 해가 그 순환을 마무리하는 겨울에 자연의 풍성함과 충만함은 대체로 인간에게 축복이지만, 지나칠 경우 인간을 집어삼키기도 하는 것이다.

이 파괴적인 눈 폭풍은 "경박하고 방탕하고 오만한 이들"(323행)의 얼음 같은 잔인함에 자리를 내주고, 그것은 이번에는 "죽음처럼 잔인하고 무덤처럼 굶주린"(393행) 채 알프스산맥으로부터 내려오는 늑대들에 대한 묘사(389~413행)로 이어진다. 인간의 작은 사회들을 압도하는 산사태의 "질식할 듯한 폐허"(423행)는 시인으로 하여금 인간 정신의 강인함을 대표하는 영웅들에게 관심을 돌리게 하고, "위대한 사자(死者)들, 신들처럼 공경받고/ 신들처럼 인정 많고 학예(學藝)와 무기로/ 인간을 축복하고 또 한 세계를 교화했던/ 고대의 현인들과 고담준론"(432~435행)을 나누게 만든다. 톰슨은 입법자들과 자유의 옹호자들과 폭정의 순교자들부터 얼마 전에 세상을 떠난 애국자 해먼드에 이르는, "경외로운 미덕"(525행)을 지닌 인간들로부터 그런 미덕을 활성화시킨 원칙들 그 자체로 거슬러 올라간다.

> 그렇게 우리가 이야기할 때, 우리의 가슴은
> 속에서 불타올라, 신성(神性)의 그 몫,
> 애국자들과 영웅들의 공적 영혼에 불을 지피는
> 지극히 순수한 하늘의 그 광선을 들이마시리라. (594~597행)

이 사색적인 층위로부터 우리는 사회적인 층위로 옮겨 간다. 겨울은 난롯가에서의 즐거운 "시골 오락"들(617~629행)과 도시의 더 세련된 오락들(630~655행)을 가능케 하는데, 예의 바르고 덕성스럽고 위트와 고결한 열정을 지닌 체스터필드(656~690행)는 고전적 영웅의 근대적 화신으로 제시된다. 시인의 관점에서는 "아무 생각 없는 눈에만/ 황폐하게 보일 뿐"(705~706행)인 겨울은 "공중의 병원균을 죽이고 고갈된 대기에/ 새로 자연의 생명력을 공급해 주면서"(695~696행) 자연을 쇄신하고, 또 "우리의 피에 양분을 공급하여 생기 띠게 하고, / 두뇌까지 더 날래게 거듭 돌진하여/ 새로 긴장된 신경들을 통해 우리의 원기를 정련한다"(699~701행). 인간 정신은 생태계의 유기적 일부로 간주되고, 그 활력을 자연과 함께 회복하는 것이다.

〈여름〉에서 톰슨의 시신이 자연의 "불덩이 같고" "노호하는" 양상들의 더 극단적인 형태들을 찾아 "작열하는 지대"로 멀리 날아갔듯, 〈겨울〉에서 그는 "**혹한 지대**"(797행) 를 방문하여 겨울의 더 큰 무자비함에 깜짝 놀란다. 이곳은 겨울의 항구적인 거처로서, "음울한 통치를 이어가는"(895행) 이곳에서부터 그는 정기적으로 출격하여 이 세상의 다른 부분들을 억압한다—"여기에서 그 무시무시한 폭군은 제 노여움을 곰곰 생각하고, / 여기에서 만물을 진압하는 서릿발로 제 바람을 무장시키고, / 제 사나운 우박을 빚고, 제 눈들을 쌓아 놓고, / 그걸로 지금 북반구를 제압한다"(898~901행). 이 시의 끝부분에서 우리는 겨울의 모호한 측면들과 맞닥뜨리는데, 앞에서 제시된 유럽의 건전한 겨울 스포츠(760~793행) 와 고트족과 스키타이족의 고결한 순박성(810~886행) 은 동굴에 갇힌 채 거의 생명을 유지하지 못하는 "가장 조악한 형태"(940행) 의 인간성을 지닌 종족들(936~949행) 과 나란히 제시된다. 그렇지만 이어지는 부분에서 고대 영웅들의 상속자로서 "조국의 바위들을, 조국의 늪지대를, / 조국의 강들을, 조국의 바다들을, 잘 따르지 않는 조국의 아들들을"(956~957행) 야만의 어둠으로부터 "좀 더 고귀한 영혼으로 끌어올렸던"(959행) 표트르 대제(950~987행) 는 겨울의 도전에 대한 도덕적 응답, 즉 겨울의 엄혹함이 강요하는 활기찬 행위의 도덕적 힘을 대표한다.

최종적으로, 빙산들의 공포가 남아 있긴 하지만 "녹아 똑똑 떨어지는"(990행) 물방울들은 겨울이 지나갔음을 일러 준다. 온화한 봄과 눈부신 여름과 결실의 가을과 파괴적인 겨울로 이어진 자연의 계절적 주기는 초봄의 도래와 함께 새로운 순환을 시작할 것이다. 겨울로부터 봄으로의 이행은 악이 도사리고 있는 현실의 시간으로부터 영원으로의 이행을 또한 시인에게 시사한다. 겨울은 "인간을 드높은 행복으로 이끄는 길잡이"(1040행)로서의 미덕의 승리와 구원의 가능성을 가져오고, 고통과 궁핍과 죽음에 시달리는 지상에서의 불완전한 삶의 현실은 "갖가지 숭고한 형태의/ 삶"(1045~1046행)에 대한 희망으로 확장된다. 궁극적으로 "삶의 무게를 짊어지면서도 휘지 않는" 소수의 "고결한"(1064~1065행) 인간들은 미덕을 통해 새롭게 낙원을 창조하면서 시간의 주기를 벗어나는 것이다.

(5) 찬가

사계를 다루는 각 부에서 소개된 과학적·철학적·종교적 관념들의 상당 부분을 재진술하고 또 조화시키고 있는 이 찬가는 자신의 "웅대한 작품들"에서의 신의 현현, 또 그런 "숭엄한"(18행) 자연을 빚은 창조주의 경외로운 장엄함에 대한 최고의 찬사로 의도된 것이다. 봄의 아름다움, 여름의 찬란함, 가을의 풍성함, 겨울의 경외로운 양상들은 자연계에서 드러난 "**다양한 신**"(2행)의 속성들로서, 그런 장엄함과 신비는 우리를 찬미와 경탄으로 이끈다. 이런 관념들은 갖가지 꽃과 잎과 줄기에서 신의 세공품의 과학적 증거들을 찾으려고 애쓰던 톰슨 시대의 널리 퍼진 자연신학 이론들을 공유하면서도 또 그것들을 넘어선다. 그렇지만 톰슨의 〈찬가〉는 서로를 생기 띠게 만드는 지상의 모든 피조물들이 신을 찬미하는 장면을 그리는 〈시편〉 148장, 또 《실낙원》에서의 아담과 이브의 아침 찬가(5권 153~208행)를 반향한다. 톰슨의 〈찬가〉와 《사계》는 "**보편적인 사랑**이, / 끝없이 앞으로 나아가는 과정에서"(111~112행) 인간의 현재 상태의 "**악하게 보이는 것**으로부터/ 늘 **선한 것**을, 또 거기에서부터 다시 **더 선한 것**을, / 또 그보다 **한층 더 선한 것**을"(113~115행) 끌어낼 거라는 낙관적인 비전으로 끝난다. 이처럼 자연 속에 드러난 신의 장엄함과 신비를 대면한 지상의 인간은 "의미심장한 침묵"(118행) 속에서 자신을 넘어선 "**그분**에 대한 찬가"(116행)를 경건하게 묵상하지 않을 수 없다.

3) 《사계》의 주제와 구조

《사계》에서의 톰슨의 자연 묘사는 조지프 애디슨(Joseph Addison)이 시 〈상상의 즐거움〉("*Pleasures of the Imagination*")에서 규정한 세 미학적 범주, 즉 자연의 '아름다움'(*beauty*), '다양성'(*variety*), '장엄함'(*magnificence*) 또는 '숭엄함'(*sublimity*)에 대한 예리한 인식을 드러낸다. 애디슨은 일찍이 여러 편의 산문에서 상상의 일차적 즐거움은 자연 그 자체에 대한 관찰에서 비롯되는 것이고, 시는 이차적 즐거움만을 제공한다고 주장했다. 톰슨은 《겨울》 제2판(1726)에 붙인 〈서문〉에서 애디슨의 이런 주장을 반향하면서 자연을 자신의 제재로 택한 이유를 명확하게 밝히고 있다.

> 나는 자연의 작품들보다 더 인간의 마음을 고양시키고, 더 흥미롭고, 시적 열광과 철학적 사색과 도덕적 감정을 더 잘 일깨울 준비가 된 그 어

떤 제재도 알지 못한다. 어디에서 우리가 그런 다양성, 그런 아름다움, 그런 장엄함과 맞닥뜨릴 수 있을까? 영혼을 확장시키고 황홀하게 사로잡는 모든 것들을? 자연의 작품들에 대한 차분하고 광범위한 개관보다 더 영감을 불러일으키는 것이 무엇이겠는가? 어떤 옷을 입건 간에 자연은 무척이나 매력적이다 — 자연이 아침의 진홍색 의복을 입건, 정오의 강력한 광휘를 입건, 저녁의 수수한 정장을 입건, 아니면 검은색과 폭풍우의 짙은 상복을 입건 간에! 봄은 얼마나 화사한 모습인가! 여름은 얼마나 현란한 모습인가! 가을은 얼마나 상냥한 모습인가! 또 겨울은 얼마나 위엄 있는 모습인가! — 그러나 이런 것들에 대한 사색은 시를 쓰지 않고서는 할 수가 없다. 말이 났으니 말이지, 시는 그런 것들의 탁월성에 대한 명백하고 부인할 수 없는 주장인 것이다.

이런 이유로 고대뿐만 아니라 현대의 최고의 시인들은 은거와 고독을 열렬히 좋아해 왔다. 야생의 낭만적인 시골을 그들은 낙으로 삼았다. 그리고 그들에게는 인적이 뜸한 들판 한가운데에서 무아경에 빠진 채, 번잡한 작은 세계로부터 멀리 떠나, 한가롭게 자연의 작품들을 명상하고 노래할 수 있었던 때가 가장 행복했던 것 같다.

인간이 연구해야 할 대상이 인간과 사회라고 여겼던 동시대 시인들과는 달리 톰슨은 "자연의 작품들"을 자신의 시적 비전의 원천으로 삼는다. 〈서문〉의 다른 부분에서 그는 독자들에게 자연시의 유서 깊은 고전인 베르길리우스의 《농경시》와 《전원시》뿐만 아니라 모세(Moses)부터 밀턴에 이르기까지의 숭엄한 종교시의 전통도 상기시킨다. 종종 지적되듯, 톰슨의 운문의 특질은 상당 부분 밀턴적 스타일에서 비롯된다. 그가 밀턴에게서 빌려 온 것은 리드미컬한 긴 미문(美文), 다양한 운율, 이 시행에서 저 시행으로 문장들을 이월시키는 방식, 과장된 라틴식 어법 등이었다. 실제로 밀턴의 무운시에 자연력의 아름답고 무시무시한 작용들에 걸맞은 서사적 장중함을 부여한 사람은 다름 아닌 톰슨이었다. 《사계》에서 무척 빈번하게 사용되는 행위 동사들과 색채와 소리와 결의 다양한 세부들을 표현하는 감각적인 단어들 또한 자연계의 역동적인 천변만화를 섬세하게 포착하고 있다.

톰슨의 묘사는 영국의 시골 정원들과 과수원들과 들판들에서부터 칼레도니아의 "높이 치솟은 산들"과 "**작열하는 지대**의 경이들"과 북극의 대설원들과 사막들과 강들과 바다들에 이르기까지 넓은 범위의 풍경들과 전망들을 망라한다. 햇살 가득한 평온한 정경을 그린 목가적인 장면들은 노호하는 원소들이 혼란스럽게 파괴적인 에너지를 펼치는 폭력과 공포의 장면들과 번갈아 제시되는데, 후자는 특히 적대적인 자연력 앞에서의 인간의 하찮음을 강조한다. 만물을 포괄하는 시인은 또한 평화와 전쟁, 은둔과 사회적 삶, 베르길리우스적인 아르카디아와 번잡한 도시의 상업, 시골의 나무 그늘들과 "돛대들의 작은 숲들"로 빽빽한 항구들, 원시적 세계와 개화된 세계를 병치하면서 인간적 활동들을 도입한다. 그러나 시인은 경외로운 광경들과 소리들을 찾아 상상의 날개를 타고 전 지구적 범위를 배회하지만 결국 "살아 있는 중심"으로서의 영국의 전원으로 되돌아온다.

이 시에 묘사된 거의 모든 경관은 실제적이거나 잠재적인 움직임으로 가득 차 있을 뿐만 아니라 어느 정도 인간적 정서의 배음이 덧붙여져 있다. 실제로 《사계》의 목표는 자연의 아름다움과 다양성과 장엄함에 대한 묘사나 개관만이 아니라 자연의 그런 속성들에 대한 인간적 반응들, 즉 톰슨이 앞의 〈서문〉에서 밝힌 "시적 열광"과 "철학적 사색"과 "도덕적 감정"을 일깨우는 것이고, "공상을 즐겁게 하고, 머리를 계몽시키고, 가슴을 따뜻하게 만들어 주는" 원천으로서의 자연에 관한 시야말로 "상상력의 가장 매력적인 힘이고, 사색을 가장 고양시키는 힘이고, 감정을 가장 잘 건드리는 손길"인 것이다.

일부 학자들은 《사계》를 "무척 비상한 잡동사니"로 평가하지만, 당대의 많은 독자들에게 이 시는 "대가적 어법과 작시법으로 장식된, 가장 아름다운 상상력과 가장 섬세한 사색을 아주 멋진 솜씨로 결합한"(《런던 저널》, 1726년 6월 4일) 뛰어난 작품으로 받아들여졌다. 그것은 어쩌면 이 시가 다루는 광범위하고 다양한 정조(情操)와 분위기와 제재들, 기억할 만한 인상적인 묘사들과 흥미로운 사건들과 이야기들이 유연한 무운시와 복합적이고 다양한 스타일 속에 흥미롭게 결합되어 있기 때문일 것이다. 비록 독자들이 때로 자연 현상들에 대한 묘사에서 톰슨이 '통일성'이라는 추상적 원리보다는 다양성·풍부함·충만성, 또 생기 띤 혼란스런 힘들에 더 매혹되고 있다고 느낄 수 있긴 하지만, 그는 우주의 외견상의 무질서 배후에서 지각되는 질서와 조화를 전달하고 싶어 한다. 그런 점에서 《사계》의 주요 제재는 우리가 살고 있는 이 세계의 근원적인 무질서나 불화와, 만물을 포용하는 하나의 질서나 조화의 관념 간의 관계라고 볼 수도 있다.

대다수 학자들은 톰슨이 자연의 총체적 패턴에 깊은 관심을 기울였고 또 시각적 세부들을 통해서라기보다는 오히려 하나의 통합적 비전을 통해 묘사들을 통제한다고 주장한다. 그가 농업의 발전을 위한 인간의 토지 개발과 신의 창조 계획 사이에 이루어지는 균형과 조화를 강조하고 있는 것에서도 우리는 우주의 신성한 질서에 대한 그의 경이감을 읽어 낼 수 있다. 사실 우주가 최초의 설계자인 창조주가 정한 법칙들에 의해 질서정연하게 움직인다는 견해는 톰슨에게 큰 영향을 미쳤던 뉴턴이 발견한 것이었다. 자신의 우상인 뉴턴처럼 "자연의 책"을 새로운 관점에서 읽고 재현하는 톰슨은 《사계》를 마무리하는 〈찬가〉에서 자신이 묘사하는 자연 현상들이 이 질서정연한 체계의 일부임을 뚜렷하게 밝히고 있다.

　전능한 아버지시여, 천변만화하는 이들은, 이들은
다양한 신의 모습에 지나지 않습니다. 순환하는 한 해는
당신으로 가득합니다. 즐거운 봄에는 **당신**의 아름다움이,
당신의 다정함과 사랑이 걸어 나옵니다.
들판은 저 멀리까지 빛나고, 부드러워지는 대기는 향긋하고,
사방에서 산들은 메아리치고, 숲은 미소 짓고,
누구의 감각이건, 누구의 가슴이건 다 기쁨으로 가득합니다.
그러고는 여름의 몇 달 동안은 빛과 열기로 넘치며
당신의 장관이 찾아옵니다. 그러고는 **당신**의 해가
부푸는 한 해 속으로 충만한 완벽성을 쏘아 대고,
종종 **당신**의 음성은 가공할 우레 속에서,
종종 새벽녘이나 정오나 해 저무는 저녁 무렵에, 개울가와
작은 숲 주변에서, 공허하게 속삭이는 질풍 속에서 말합니다.
당신의 은혜는 가을에 한없이 빛나고,

살아 있는 모두를 위해 공동의 잔치를 펼칩니다.
겨울에 무서운 당신은, 구름들과 폭풍우들을
당신 주위에 던져 놓고, 거듭 태풍들을 굴려 대고,
회오리바람의 날개로 장중한 어둠을 숭엄하게 타고서,
당신의 북풍으로 이 세상과 가장 겸손한 자연에게
당신을 숭배하라고 명하십니다.

신비로운 순환이여! 그 어떤 솜씨가, 그 어떤 신성한 힘이
깊이 담겨 이들 속에서 나타나는지! 단순한 행렬이지만,
그토록 쾌적하게 섞이고, 그런 아름다움과 자애로움이
그토록 인정 많은 기예와 결합되고,
그늘이 어느새 그늘 속으로 부드럽게 들어가고,
모두가 조화로운 전체를 그토록 잘 이루어서,
그들은 늘 성공을 거두고 늘 매혹적입니다. (1~27행)

실제로, "자연의 책"과 그것의 "웅대한 작품들"에 대한 인간의 반응은 멀리 떨어져 있으면서도 만물 속에 부드럽게 스며드는 "전능한 아버지"로서의 창조주의 은밀하게 작용하는 손길을 드러낸다. 톰슨이 보기에 순환하는 사계 동안 천변만화하는 만물은 "다양한 신"의 모습으로, 대지의 거주자로서의 인간이 예리한 식별력과 적절한 외경심을 갖고 관찰해야 하는 형상들이다. 다시 말해서, 자연계에서의 신의 내재성에 대한 확신을 가졌던 그는 자연계의 참된 구조가 면밀한 관찰 못지않게 신앙과 신학적 교설들에 의해서도 이해될 수 있다고 믿

었던 것이다.

신이 창조한 세계의 아름다움과 다양성과 장엄함을 이해하기 위해 떠돌아다니면서 풍경을 면밀하게 관찰하던 시인은 잠시 멈춰 풍경의 세부들을 열거하고 명상하고 감탄한다. 그는 물리적 세계의 더 광대한 패턴들을 보려고 언덕에 올라가 관찰하고 조망하는 활동도 마다하지 않는다. 그렇지만 자연 현상들의 신비를 이해하는 데 도움이 되는 과학만으로 부족할 경우에는 자연이 그의 "긴장된 눈"에 "던지는" 감각 작용의 당혹스러운 복합성에 관한 사색을 위해 "명상의 단골 장소"인 "황혼 녘의 작은 숲들"에서 "고독한 정적에 구애하는" 것을 좋아한다. 또 그는 종종 인간의 육신의 눈의 "제한된 견해"를 넘어서는 "상상력의 눈"이나 지적인 이해력으로 가시적 세계를 벗어나 극에서 극으로 솟아오르거나 무한한 공간을 개관하거나 "어렴풋한 대지 너머로" 상념을 끌어올리면서 내세에서 발견될 수 있는 "그 행복의 장면들"을 예견한다. 이 시가 한 제재로부터 다른 제재로 움직여 갈 때의 매끄러운 전이 과정은 고독한 시인-화자인 '나'(I)의 정신의 끊임없는 움직임을 통해 일관성을 얻는데, 일정한 설계에 의존하기보다는 관찰과 사색 사이를 끊임없이 오가는 이 시의 방법은 우리로 하여금 그의 마음속에서 작동하는 연상 과정을 인식하게 만든다. 이런 방법과 절차를 통해 시인의 명상을 촉발하는 한 계기이자 매체로서의 물리적 세계는 인간의 탐구적 활동이 신의 "웅대한 작품들"과 가장 충실하게 대면하는 현장이 된다.

시인의 다양한 목소리들은 그가 단순히 묘사적 운문을 쓰고 있는 게 아니라 계절마다 다른 양상을 드러내는 자연계에서의 자신의 내적 경험을 기술하고 있음을 보여 준다. 《사계》에 대한 초기의 가장 예리한 독자들 중 한 사람이었던 새뮤얼 존슨은 《영국 시인전》에서 이 시에서의 톰슨의 경험이 어떻게 당대의 독자들과 그 자신에게 깊은 인상을 주게 되었는지를 이렇게 설명한다.

> 광활한 장경들과 폭넓은 효과들에 관한 그의 묘사들은 우리 앞에, 상냥하건 두려운 것이건 간에, 자연의 온전한 장엄함을 데려온다. **봄**의 화사함, **여름**의 찬란함, **가을**의 평온함, 그리고 **겨울**의 공포는 차례로 마음을 사로잡는다. 시인은 한 해의 변천에 의해 계속 다양해지는 사물들의 외관들 속으로 우리를 이끌고, 우리에게 그 자신의 열광의 그토록 많은 부분을 나누어 주어 우리의 상념들은 그의 이미저리로 확장되고 그의 정조(情操)들로 불붙여진다. 또한 이 오락에 박물학자의 역할이 없진 않다. 왜냐하면 그는 회상하고 결합하고, 자신이 발견한 것들을 배열하고, 자신의 정관의 영역을 확대하는 데 도움을 받고 있기 때문이다.

《사계》에는 부분적으로 과학적 자료들과 추상적 용어들이 많이 사용되고 있는 것이 사실이다. 그렇지만 자연계의 경이로운 현상들과 미세한 움직임들에 대한 톰슨의 정밀한 관찰과 공감적인 반응과 과학적인 이해, 빛과 색채에 대한 그의 참신한 묘사, 그리고 어조의 미묘한 변주는 뒷날의 많은 문인들과 예술가들의 큰 관심을 끌었다. 특히 톰슨의 "자연에 대한 참된 사랑과 감수성"뿐만 아니라 "상상력 넘치는 시인으로서의 천재성"에 주목하면서 《사계》를 "영감의 작품"이라고 불렀던 워즈워스는 그를 밀턴 이래 외부 자연의 새 이미지들을 제시한 최초의 시인으로 환호하며 맞았다. 실제로 톰슨은 워즈워스처럼 단순히 자연만이 아니라 자연을 바라보는 방식에도, 또 단순히 조화의 힘에 의해 조율된 한 세계만이 아니라 그 세계를 인식하는 인간 정신에도 관심을 기울였고, 어쩌면 바로 그 점이 톰슨의 자연시가 워즈워스의 상상력에 끼친 가장 중요한 영향일 것이다.

《사계》는 발간된 후 유럽의 대부분의 언어들로 번역되었다. 작곡가 요제프 하이든(Joseph Haydn)은 자신이 읽어 낸 이 시의 정념들을 같은 표제의 오라토리오에서 음악에 맞췄고, J. M. W. 터너(Turner)와 존 콘스터블(John Constable)을 비롯한 화가들은 이 시에 묘사된 풍경들에 나타난 빛과 색채의 인상주의적인 효과들을 자신들의 작품들에서 종종 되살려 냈다. 톰슨이 뉴턴의 과학적 발견에서 배운 것은 무엇보다도 시각이 지적·상상적 고찰의 기초를 이룬다는 점이었다. 여러 세대에 걸쳐 독자들은 그의 눈을 통해 자연을 관찰하고 그가 일깨워 준 정서들을 통해 외부 세계를 바라보는 법을 배운 셈이었다. 또한 《사계》에서 그는 각 계절에 찾아볼 수 있는 온갖 자연 물상들과 현상들을 다양한 원근법으로 살펴보면서 당대적 관념들과 관심들을 적절히 연관시켰다. 요컨대 면밀하게 관찰되고 기록된 과학적 과정의 신비와 장중함으로 충전된 한 세계로서의 자연과 그 자연에 의해 촉발된 인간의 갖가지 경험들과 반응들을 포괄적인 시적 구조 속에 포용하고 있는 《사계》는 "즐거움과 교훈과 놀라움과 경악을 동시에 안겨 주기 위해" 준비된 "정당하고 유용하고 장중한" 주제를 독창적인 방식으로 다루고 있는 것이다.

참고문헌

Campbell, Hilbert H. *James Thomson*. Boston: Twayne Publishers, 1979.

Fairer, David. *English Poetry of the Eighteenth Century, 1700~1789*. London: Longman, 2003.

______. "James Thomson, *The Seasons*." *A Companion to Literature from Milton to Blake*. Ed. David Womersley. Oxford: Blackwell, 2001. 284~299.

Fairer, David and Christine Gerrard, eds. *Eighteenth-Century Poetry: An Annotated Anthology*. 3rd ed. Chichester: Wiley Blackwell, 2015.

Gerrard, Christine. "James Thomson, *The Seasons*." *A Companion to Eighteenth-Century Poetry*. Ed. Christine Gerrard. Oxford: Blackwell, 2006. 197~208.

Johnson, Samuel. "Thomson." *Lives of the English Poets*. 3 vols. Ed. George Birbeck Hill. Oxford: Clarendon Press, 1905. 3: 281~301.

McKillop, Alan Dugald. *The Background of Thomson's "Seasons."* Minneapolis: University of Minnesota Press, 1942.

Price, Martin. *To the Palace of Wisdom: Studies in Order and Energy from Dryden to Blake*. New York: Doubleday, 1964.

Raimond, Jean and J. R. Watson, eds. *A Handbook to English Romanticism*. New York: St. Martin's Press, 1992.

Sambrook, James. *James Thomson 1700~1748: A Life*. Oxford: Clarendon Press, 1991.

Spacks, Patricia Meyer. *The Varied God: A Critical Study of Thomson's "The Seasons."* Berkeley: University of California Press, 1959.

Terry, Richard. "Longer Eighteenth-Century Poems (Akenside, Thomson, Young, Cowper and Others)." *The Cambridge History of English Poetry*. Ed. Michael O'Neil. Cambridge: Cambridge University Press, 2010. 378~396.

Thomson, James. *The Seasons*. Edited with Introduction and Commentary by James Sambrook. Oxford: Clarendon Press, 1981.

옮긴이 후기

이 책은 18세기 영국 시인 제임스 톰슨(James Thomson)의 《사계》(*The Seasons*) 1746년본(5,541행)을 우리말로 옮긴 것이다. 번역의 저본으로는 제임스 샘브룩(James Sambrook)이 편집해 참고자료와 주석을 덧붙여 옥스퍼드대 출판부에서 발간한 판본〔James Thomson, *The Seasons*, edited with Introduction and Commentary by James Sambrook (Oxford: Clarendon Press, 1981)〕을 사용했다.

1730년 4,470행으로 이루어진 첫 집성본이 발간된 이래 독자들의 호평 속에 널리 읽혔을 뿐만 아니라 유럽 문학과 예술 전반에 큰 영향을 끼친 《사계》는 영문학의 고전으로 평가되어 왔다. 그렇지만 《사계》에는 당대의 과학적 성과에 힘입은 정밀한 자연 묘사, 고전 저작들과 고대인들의 삶과 행적에 관한 숱한 인유들, 당대의 정치적·사회적·철학적 관심사들까지 폭넓게 담겨 있기 때문에 외국 독자들로서는 접근하기가 쉽지 않은 작품이다. 그런 이유로 국내에서도 《사계》에 대한 관심과 연구는 다른 작품들에 비해 무척 빈약한 수준에 머물러 있다. 샘브룩의 상세한 주석은 옮긴이가 이 장시의 복잡한 미로들에서 길을 잃지 않게 만들어 준 귀중한 나침반 역할을 해 주었다.

옮긴이가 17·18세기의 풍경시와 낭만주의 묘사-명상시를 이어 주는 중요한 작품인 《사계》의 번역에 매달릴 수 있었던 것은 한국연구재단의 2019년도 '명저번역지원' 2년 과제로 선정된 덕분이었다. 2019년 7월부터 시작된 번역 작업은 옮긴이의 이런저런 일들로 인해 띄엄띄엄 이루어지다가 결과물 제출 기한인 2021년 12월 말에 맞춰 마무리되었다. 옮긴이 나름대로 적지 않은 시간과 노력을 기울였지만 《사계》의 번역은 예상했던 대로 만만찮은 작업이었다.

2022년 10월 말에 나남출판에 최종 수정본을 넘길 때까지 옮긴이로서는 수정에 수정을 거듭했지만, 그 결과에 대한 평가는 온전히 이 장시를 읽을 독자들의 몫일 것이다. 무엇보다도 출판 과정에서 번역 원고의 잘못된 부분들을 바로잡고 부족한 부분들을 채워 주신 편집부 민광호 부장과 오은환 선생의 엄정하고 세심한 교열을 받을 수 있었던 것은 옮긴이의 큰 행운이었다.

《사계》의 출간을 앞두고 이 글을 쓰고 있는 옮긴이의 머릿속에 가장 먼저 떠오른 분은 고(故) 이영걸 교수님(1939~2002)이다. 옮긴이에게 영미시를 읽는 즐거움을 맨 처음 일깨워 주셨던 선생님은 살아계셨더라면 미욱한 제자의 번역본을 꼼꼼히 읽어 주셨으리라. 공부하며 살아온 과정에서 가족은 언제나 큰 힘이 되어 주었다. 지금은 안타깝게도 자리에 누워 계시지만 연전에 읽어 드린 〈봄〉의 서두를 무척 마음에 들어 하셨던 어머니, 늘 집안과 형제들의 든든한 버팀목이

되어 준 누나와 자형, 플루타르코스의 《영웅전》 번역본 전집을 선뜻 건네 준 서양고대사 전공의 아우, 번역에 참고하도록 일역본을 애써 구해 준 도쿄의 처제와 처남, 그리고 누구보다도 끝이 보이지 않는 듯한 번역 작업으로 악전고투를 벌이던 옮긴이를 한결같이 격려해 준 홍천 종자산 기슭의 '겨울이 엄마'에게 이 번역 시집이 작은 기쁨을 줄 수 있다면 더 바랄 것이 없겠다.

2023년 5월

윤 준

지은이 · 옮긴이 소개

지은이_제임스 톰슨 (James Thomson, 1700~1748)

영국 스코틀랜드 장로교파 목사의 아들로 태어나 록스버러셔의 국경지방에서 자연과 접하며 성장했다. 일찍부터 전원 풍경을 즐겨 묘사하는 시를 썼던 그는 에딘버러대학에서 신학을 공부해 성직자의 길을 준비하다가 결국 시인의 삶을 택하기로 마음먹었다. 1725년 런던으로 이주한 후 발간한 405행의 무운시 《겨울》(1726)로 유명해진 그는 이 작품을 대폭 수정·보완하고 다른 계절들에 관한 시편들도 연달아 발표해 1730년에 《사계》의 첫 집성본(4,470행)을 발간했고, 1746년에는 5,541행으로 증보했다. 특히 뉴턴의 과학적 발견에 대한 관심 및 지식과 자연계에 대한 신선한 감수성과 정밀한 관찰에 입각한 섬세한 묘사가 두드러진 《사계》는 이후의 낭만주의 시대 시인들뿐만 아니라 유럽 문학과 예술 전반에 큰 영향을 끼쳤다. 상상적 나태의 성향에 대한 흥미로운 알레고리인 《나태의 성》(1748)은 결국 독신으로 세상을 떠난 그의 마지막 작품이 되었다.

옮긴이_윤 준

한국외국어대학교 영어과를 졸업하고 같은 대학원에서 문학박사 학위를 받았으며, 배재대학교 영어영문학과 교수(1985~2022)로 오랫동안 일한 후 현재는 명예교수다. 미국 노스캐롤라이나대학 영문과에서 풀브라이트 방문학자로 연구했고, 한국현대영어영문학회 제1회 우수논문상을 받았으며, 한국현대영미시학회장과 한국현대영어영문학회장으로 일했다. 지은 책으로 《콜리지의 시 연구》, 옮긴 책으로 《문학과 인간의 이미지》, 《거상(巨像) : 실비아 플라스 시선》(공역), 《영문학사》(공역), *Who's Who in Korean Literature* (공동영역), 《티베트 원정기》(공역), 《영미시의 길잡이》, 《티베트 순례자》(공역), 《영문학의 길잡이》, 《마지막 탐험가: 스벤 헤딘 자서전》(공역), 《콜리지 시선》, 《워즈워스 시선》, 《영국 대표시선집》, 《허버트 시선》, 《루바이야트》, 《20세기 영국시》가 있다.